教育部人文社会科学
研究规划基金项目资助

中国性别理论与女性文学批评

Chinese
Gender Theory
and Feminist
Literary Criticism

王纯菲 等 ◎ 著

社会科学文献出版社
SOCIAL SCIENCES ACADEMIC PRESS (CHINA)

目 录

前　言 / 001

上　编

第一章　中国女性文学批评民族主体性建构的三个维度 / 003
　第一节　性别伦理学——伦理维度的女性文学批评建构 / 003
　第二节　性别哲学——哲学维度的女性文学批评建构 / 018
　第三节　性别美学——审美维度的女性文学批评建构 / 029

第二章　中国当代性别诗学建构的问题域 / 037
　第一节　中国古代性别诗学建构的问题域 / 038
　第二节　五四时期现代性别诗学建构的问题域 / 040
　第三节　20世纪50~70年代性别诗学建构的问题域 / 043
　第四节　新时期以来性别诗学建构的问题域 / 046

中　编

第三章　儒家：社会人伦秩序交互中的性别文化 / 051
　第一节　男尊女卑：儒家性别文化的价值形态 / 051
　第二节　男女有别：儒家性别文化的实践形态 / 056
　第三节　内置与同化：儒家性别文化的交互之维 / 066

第四章　道家：超越之维中的性别文化 / 076
  第一节　玄牝化生：道家性别文化的经典形态 / 077
  第二节　性灵佳人：道家性别文化的衍生形态 / 083
  第三节　崇妾抑妻、崇女抑母：道家性别文化的悖反形态 / 091

第五章　儒道互补性别文化格局中的女性处境 / 107
  第一节　"消解对立面"的单向度性别统治 / 107
  第二节　"虚拟化"的诗性文化超越 / 109
  第三节　双重标准之下的"儒道两难" / 111

下　编

第六章　现代性发生与中国女性文学批评的滥觞 / 115
  第一节　女性文学批评滥觞的历史语境与文学场域 / 115
  第二节　疆域的开拓：女性文学批评的现代文论建树 / 121
  第三节　时代的共名：女性文学批评现代阶段的特征 / 129
  第四节　在场与缺席：女性文学批评现代阶段的功绩与局限 / 142

第七章　"十七年"与中国女性文学批评的政治化时代 / 151
  第一节　"十七年"女性文学批评的时代特征 / 152
  第二节　政治化批评：女性文学批评的主流形态 / 160
  第三节　非政治化声音：女性文学批评审美维度的持守 / 178

第八章　思想解放浪潮与中国女性主义文学批评的开创 / 184
  第一节　新时期到来与女性文学批评的反思与思进 / 185
  第二节　作为"主义"的女性文学批评的理论开创 / 192
  第三节　女性主义文学批评的文本实践与批评实效 / 203

第九章　全球化视域与中国女性主义文学批评的多元发展 / 215
  第一节　女性主义文学批评的全球化视域 / 215

第二节　女性主义文学批评立足世界的本土化建设 / 226
第三节　女性主义文学批评发展的新质性 / 252

参考文献 / 262

后　记 / 266

前　言

中国女性文学批评滥觞于五四新文化运动，伴随着中国现代社会的建设进程而发展，其间历经新民主主义文化运动、新中国政治一体化建设、新时期思想解放以及21世纪面向全球化发展的历史时期，从自发到自觉，已走过了近百年的历程。如果从新时期女性文学批评开始主体性建构真正意义上的女性主义文学批评算起，女性文学批评也走过了36个春秋。这36个春秋，中国坚持女性主义文学批评研究的学者们在大量涌进的西方女性主义（"西方女性主义"这一提法取其广义，包括西方前期的女权主义，全书同）理论与批评践行的文本中钩深取极，结合中国女性文学创作与批评实际，开创性地进行着中国女性文学批评的建设，取得了辉煌的成就。但综观中国女性文学批评实践，对西方女性主义文学理论的译介、用西方女性主义文学理论以及西方其他文学与文化理论解读与阐发中国女性文学文本的成就要远远大于中国女性文学批评民族主体性原创理论的开掘。当下，"借西论中""借西构体"仍然是大多数女性文学批评学者选择的批评范式与批评路径。

不可否认，西方女性主义文学理论具有来自女性性别体验与女性书写普遍性的世界可适性，但由于西方性别文化导致的西方女性的历史及现实生存与中国女性历史与现实状况的差异，前者的女性性别体验又有着体现西方文化印记的特殊性；同时西方文学传统迥异于中国文学传统，基于这样的文学传统的西方女性书写也有着鲜明的西方特色。西方女性主义文学批评家是面对西方的女性书写，以西方传统的性别压迫为批判指涉而创构的女性主义文学批评理论，对于中国女性文学批评适用性的程度值得商榷，盲目地将其作为圭臬奉为至宝地拿来衡量中国女性文学创作更不可取。中国女性文学创作生发于中国土壤，浸润着中国历史文化之风，即使是当下的女性文学创作，无论它如何追逐西方文学创作的脚步，如何开放和新潮，但只要它根植于中国的土壤，它写的是生长于中国的体验，就具有中国的历史文化特色，"借西论中"的批评会屏蔽掉作品中很多具有中国特色的深刻而复杂的意蕴，甚至指鹿为马。因此，研究中国的历史文化尤其是性别文化特征，探究中国文学传统之于中国女性文学创作的作用，进而建构中国女性文学批评民族主体性理论，是中国女性文学批评走出"唯西是尊"樊篱，破除西方"话语霸权"的重要举措，也是中国女性文学批评以更适合中国女性文学创作的态势向纵深发展的关键所在。

基于上述认识，我们完成了教育部人文社会科学研究项目——"中国性别理论与女性文学批评"的写作。

本书的研究内容主要由两部分构成：一是中国传统性别理论研究；二是中国女性文学批评研究。

中国社会结构、政治制度、文化构型铸就了中国具有不同于西方的传统性别文化特质，这是决定中国女性的历史生存其实也暗存于女性现实生存的文化根源。本书对中国传统性别理论的研究，从中国传统文化奠基性学说——儒家学说与道家学说入手，探讨两种特质不同但共同织就中国人伦性文化之网的学说的性别理论，进而发掘中国传统性别文化特质。对于中国传统性别文化，已有很多学者研究，但我们在研究中仍有所收获，并在与西方性别文化的比照中得出我们的观点。比如，我们认为，中国"男尊女卑"的性别文化与西方"男优女劣"的性别文化论调，有着男性话语霸权的本质一致性，但二者亦有差异，"男优女劣"是西方二元对立格局组中派生的对立统一范畴，是个本质论判定，"男尊女卑"则是中国自然—人伦一元差序格局中的有机成分，是个关系论命题；儒家性别文化实践形态"男女有别"所确立的"男主外，女主内"的模式化的性别分工，与西方现代女性主义所批判的、建构在男性优越论基础上的将女性逐出社会领域的性别政治有殊途同归之处，但二者也有差异，就性别分工的压迫性而言，西方的着眼点在领域的划分上，儒家的着眼点在空间的分割上，因而中国的女性比西方的女性更容易实现"领域僭越"，却不容易实现"空间僭越"；在男女两性相互关系最为典型的表现形态——夫妻序位上，中西女性都处于"服从"的位次,差异在于西方的"妻子"是在以契约联结的夫妻组成的小家庭中服从"丈夫",价值衡定的标准是做"家庭天使",中国"媳妇"则是在家族本位主义制约的四世同堂的大家族中服从整个"夫族",价值衡定标准是做夫族的"贤妇",由于中国对血缘亲情的强调胜于夫妻爱情,儒家性别文化从根本上是恐惧夫妻爱情的,诸如此类的差异构成中国传统性别文化有别于西方性别文化的独特性。我们还分析了中国性别文化的其他特点,如儒家性别文化的交互之维,道家性别文化的超越之维、儒道互补性别文化格局中的女性处境等。由此我们认为,中国现代女性主义文学批评不能照搬西方女性主义的批判性话语体系,将两者直接加以转换,并进而"以西律中"地进行文化与文学的观照。中国当代女性文学批评建构,不能将中国性别文化的特殊性湮没在西方女性主义的视界里,从而遮蔽自己的问题。

受制于"后发现代性"的历史语境,现代以降的中国文学理论界一直处于学术话语"认同"的困惑:"我们所操练的这套学术话语是从哪里来的?古人如此言说吗?西方人如此言说吗?现代以来的学者们究竟是古人的'传声筒',还是洋人的'中国版'?这种困惑一直萦绕在中国学人的头上,挥之不去。我们的文化自卑感,我们对西方学术的盲目推崇都是这一历史语境的产物。"[①] 同样,这也是中国女性文学批评面临的困惑。在我们梳理中国女性文学批评的历史进程时,我们越发感受到了中国女性文学批评受制于"他者"的这种困惑。中国女性文学批评滥觞时期,正是中国与自己的民族文化传统决裂,积极引进西方文化的时期,中国文学批评界深受西方文化与文学理论思潮的影响,西方的社会进化论、社会历史批评等文化思潮,现实主义、浪漫主义、象征主义等外国文艺思潮都对中国文学批评界产生了重要影响,女性文学批评一方面成为时代政治的女性文学阐释,另一方面成为文学批评的女性文学阐释。新中国成立以后的"十七年",女性文学批评继续延续着与时代政治和主流文学批评导向同步的表现情形,只不过时代政治演化成毛泽东时代的政治,主流文学批评在政治

---

① 此段话见于中国文艺理论学会与教育部人文社会科学重点研究基地北京师范大学文艺学研究中心于2014年10月17~19日召开的"中国文艺理论学会第十二次年会'百年文艺理论研究中的中国话语'学术研究会"的会议通知。

一元化场域中进行着文学工具论的诉求。从严格意义上说，新时期之前的中国现代女性文学批评还算不上真正意义的女性主义文学批评，它在理论资源、批评指向、批评视角、批评模式等方面都缺失女性主体意识的自觉，缺失基于女性立场的考量，它之所以被称为现代女性文学批评在于它的批评对象为女性文学，并且批评者大多是从女性解放的现代意义上去对其进行解读的。从女性解放的现代意义上进行解读，当然也涵盖站在女性立场上对女性主体意识的肯定，但这种肯定更多的是基于时代进步的肯定，是以男性为话语批评主体的"他审"的肯定，而不是女性群体性性别自觉的肯定。女性群体性性别自觉是在新时期以后，西方女性主义文化与文学批评思潮涌进中国，中国女性文化与文学研究界迅速与之认同，接受了西方女性主义的观点、理论和主张，女性"主义"的文学批评就此在女性文学研究领域展开，成果是显著与辉煌的。综观这一时期的女性主义批评成就，对于西学的接受，大体有三种情形：唯西是尊—以西律中—借西构体（这三种情形也是中国女性文学批评接受西学的大体走向，虽然如此走向并不十分截然分明并互有交叉）。新时期伊始，政治解束后的中国女性文学批评便展开双臂热烈拥抱西方女性主义理论，大量译介其著作，其研究也紧随西学，西方展开"妇女形象"批评，我们也用其"天使"与"妖妇"二元对立的理论进行"妇女形象"阐释；西方提出"双性同体"理论，我们也赶紧进行"双性同体"的探讨；西方主张"身体写作"，我们也掀起"身体写作"研究热潮；西方提出"性别研究"，我们也紧随其后将中心关键词"女性"改为"性别"，这种理论对应性的横向移植开拓了中国女性主义文学研究的疆域，具有相当的历史功绩，但它同时削弱了中国女性文学批评基于本土的原创性理论探讨的热情，大家都热衷于向"西"求索，热衷于传播西学的学术话语，似乎只有用西学的理论视域与学术话语的研究才具有前沿性，才叫真学问。与此同时，一些学者自觉地用西方女性主义理论进行中国女性文学的批评，普遍的做法是：将西方女性主义理论作为批评的武器实施于中国文学的批评实践，即所谓"以西律中""借西构体"，这方面的成就也是卓越的。以最有影响的孟悦、戴锦华的《浮出历史地表——现代妇女文学研究》为例，乔以钢、林丹娅主编的2007年出版的中国第一部《女性文学教程》对该书所具意义的评价之一是:"该书在用西方批评武器阐释中国本土文学现象方面做出了比较成功的尝试。它以激烈、尖锐而深刻的阐释和论述,凸显了女性主义批评的风采。作者有关民族历史文化和女性文学创作的精妙阐发,紧密联系本土实际,洋溢着探索的激情,一定程度上有助于消除读者对西方女性主义批评的隔阂和误解。"[1] 由此可见,这部被业界高度认可的著作的历史功绩就在于成功地将西学运用于对中国女性文学的研究中。这颇能代表中西女性研究最高成就的差异,波伏娃《第二性》的成功在于原创性;《浮出历史地表——现代妇女文学研究》的成功在于阐释性,当然阐释也具有原创的意义,但它毕竟是阐释中的原创。原创性自身创造理论,阐释性则另有理论根据。《女性文学教程》对于这一时期中国对西方女性主义理论的借鉴,做了这样的认定:"西方女性主义批评在实践中一定程度上有效地植入了中国当代文学批评的话语体系,成为一种新的批评方法和潮流。"[2] 对西方女性主义理论之于中国文学批评的作用给予肯定是正确的,问题是我们是否有一个中国当代文学批评的话语体系?西学只是给我们提供了一种方法和潮流,还是它本身就已成为我们得以操练的体系?为此,不妨看看我们进行批评所运用的关键话语:"父权制","女性主义","后女性主义","双性同体","社会性别","身体写作","性别诗学","身份认同","话语权","弑父","他者","第二性"和"生态女性主义"等,这些都舶自西方,如果屏蔽掉这些关键词,我们是否还有自己的观点输出?我们是否还能慷慨陈词地进行女性主义文学的批评?

当然,我们应该承认西学的引进使中国女性文学批评迅速与世界接轨的历史功绩,如是说并不是否定对西学的引入,而是为了重视源于中国自身文化传统体系同女性历史与现实生存体验及文学实践的理论创造,这也是本书将中国传统性别理论的研究与中国现代以降的女性主义文学批评研究作为两个重要研究方面的初衷,尽管这两部分表面看起来似乎并无必然联系,但我们认为,就中国女性主义文学批评而言,对于西学的引入是历史的必然,也是学术的必需,它的学术意义在于开阔我们的学术视域,更

---

[1] 乔以钢、林丹娅主编《女性文学教程》,河北教育出版社,2007,第307页。
[2] 乔以钢、林丹娅主编《女性文学教程》,河北教育出版社,2007,第304页。

在于它是我们进行本土学术理论研究的重要参照,对此,本书的中国女性文学批评实践研究,设专题总结西学的本土化转换的成就。但引入不应是全盘接受,而应是批判地吸收。比如,对于"第二性"与"他者"概念的引入,我们认为,就历史发展来看,尽管因政治与文化的差异,中西女性的历史生存情形不同,但在世界性的男性文化为统治文化的文化构型中,中西女性都被置于其价值序列的"第二性"位次,"第二性"的概念同样适用于中国女性性别位次的判定,直移式借鉴引用是可行的。"他者"概念引入则须思量。"他者"相对于"主体"而言,作为女性与男性关系的认定,是西方二元论思维的产物,是西方女权主义基于对西方长久以来的男性是与理性相联系的高贵的一元,女性是与感性相联系的低贱的一元的本质主义思维批判的概括,如波伏娃所说:"如果男人不考虑他者,便不能考虑他自己。他认为世界具有二元性特征。"① 中国传统文化则是将女性与男性置于一个相互联系的有机关系体中加以认识,当然,在中国有机生成性的文化构型中,有着严格的尊卑贵贱的序位规定(本书对此有较为翔实的论证),男女两性也在这种尊卑贵贱的序位认定中有了高下之分。我们认为,对于中国女性文化价值序位的判定,用"卑从"较之"他者"更合于中国传统女性性别文化实际,"他者"强调的是两性对立关系中女性被摒出"中心"的地位;"卑从"则强调的是两性构成性关系中女性"卑贱"的地位。

对于在引入与跟进西学过程中中国女性文学研究中出现的盲点与误区,中国女性文学研究者已有所警觉,"中国当代女性主义文学批评在20世纪80年代后期悄然面世时,正值欧美女性主义批评实践与理论建构的繁荣以及西方文论大规模引进促成的中国当代文艺理论批评的'众声喧哗'时期。在批评和理论滞后状态下登场的焦虑,以及中国批评者'缺啥补啥'的实用主义态度,带来了接受视域的双重单一:一是东方/西方接受视域中的单一指向。即以仰视的'学生'心态面对西方资源,不加质疑、急功近利的接受和拿来,而对本土思想资源有意无意地'遗忘'。……二是多元西方/一元西方接受视域中的一元、狭义的西方。……由于西方资

---

① 〔法〕西蒙娜·德·波伏娃:《第二性》,陶铁柱译,中国书籍出版社,1998,第78页。

源引进的片断和零碎、汉译的障碍和歧义以及功利主义的各取所需，原本流派纷呈、方法多样、研究对象五花八门、观点各有特色、成果颇为繁富的西方女性主义理论，在本土的接受中变得内涵单一，呈现出碎片化和概念化倾向。[①]"这种认识是可喜的，也说明走出西学的话语迷雾，进行原创性的民族主体性的理论建构，已成为中国女性文学批评持续发展迫切需要的理论增长点。这一方面需要我们对西学进行合于中国女性文学创作与批评历史与现实实践的辨析、厘清、批判地扬弃与吸纳；另一方面需要我们潜心于中国传统性别文化，深究于中国女性文学创作与发展的现代性进程，爬梳两者之间既冲撞又纠缠的内在关联。同时，将这两方面整合，中国女性主义批评理论源于西学引入又根植于自己的民族土壤，决定了中西整合的必然性与合理有效性。

正是基于上述考虑，在研究中国性别理论与女性主义文学批评的基础上，本书提出了建构中国女性文学批评民族主体性理论的构想，并将之设为上编。本书从两个角度提出中国女性文学批评民族主体性理论建构的构想，其一，根据中国性别文化与女性文学创作的历史与现实实际，基于中国文化传统，提出了中国女性文学批评主体性理论建构的三个维度——伦理维度的性别伦理学建构、哲学维度的性别哲学建构与审美维度的性别美学建构。我们认为，伦理建构在中国文化与政治制度构型中具有决定性的作用，由此而形成的性别伦理对于中国女性历史与现实生存具有决定性的意义，如果说西方女性的"他者"地位主要在于男性政治、社会地位上的排"她"并导致"菲勒斯（Phallus）中心主义"确定的话，那么，中国以儒家文化精神为主导的性别伦理对于女性"卑下"序位的规定，则是中国女性历史上主体位置缺席的元凶；从哲学维度研究性别问题，着眼点在于研究男女两性的相互关系问题，"女性"乃至"女性文学"，之所以成为一个问题域，成为一个肯定的命题，就在于这种关系的呈现，中西哲学世界观与认识论的差异，形成关于男女两性相互关系的不同认知，这一认知的实践效应便是中西女性在由男女两性相互关系构成的历史与现实生活活动中不同的生存情形与文学呈现；性别美学是研究中国女性文学的审美特

---

① 乔以钢、林丹娅主编《女性文学教程》，河北教育出版社，2007，第331~332页。

征，着意于对女作家的作品的研究，我们认为，与西方建立在认识论基础上强调叙事的审美传统不同，中国的审美传统是建立在体验论基础上强调抒情的传统，中国女性书写是在这一审美传统体系下的书写，主客一体的审美体验模式也是中国女性书写的审美体验模式，它构成与西方女性书写的区别，同时，源于女性性别特殊性的审美体验与书写特征又构成着与中国男性书写的不同。中国女性文学批评研究者应立足于中国女性历史与现实的书写实践，在中国文学精神与审美旨趣视域下，去寻找属于中国女性"自己的文学"传统。对于这三个维度的论证，本书主要证明中国是与西方不同，有进行本土建设的必要性，其中一些问题的提出目的在于抛砖引玉，更为科学的、系统的、特征化的、本质性的研究还是一个长期的任务。其二，为了对中国女性文学批评民族性建构提出更切实有效的建设性意见，在研究中国女性主义文学批评实践的基础上，本书提出了中国当代性别诗学建构需着力研究的十四个问题，这些问题自然不是中国女性文学批评面对的所有问题，却是热点与焦点问题。这十四个问题生发于中国自己的土壤，它关涉中国性别文化传统，又是中国在受西学影响的时代发展中衍生的问题。对于这些问题域中的一些问题的研究，很多学者已取得卓有成效的研究成果，但还需要在不断拓展的新的理论视域下进一步发掘与阐释。

本书在体例上分为上编、中编、下编，上编为中国女性文学批评民族主体性理论建构的构想；中编为中国传统性别理论的梳理与阐释；下编为中国现代女性主义文学批评实践的研究与总结。

上　编

第一章

中国女性文学批评民族主体性建构的三个维度

中国女性文学批评继20世纪80年代进入活跃期，至今已在中国文学批评界形成声势。这期间，西方女性主义批评被积极引入，成为可以攻玉的他山之石。然而，如何在这个过程中坚持中国女性文学批评的民族特色，已成为难以回避的重要问题。我们认为，根据中国性别文化与女性文学创作的历史与现实，要解决这一问题，需要把握中国女性文学批评主体性理论建构的三个维度，即性别伦理学维度、性别哲学维度及性别美学维度。这三个维度的每一维度都可以独立成书，本书只从主体性理论建构角度，在与西方女性主义理论与文学批评的比照中，分别予以概述。

第一节 性别伦理学——伦理维度的女性文学批评建构

建构中国女性文学批评民族主体性理论体系，首先考虑性别伦理的维度，原因就在于伦理建构在中国文化与政治制度构型中具有决定性的作用，由此而形成的性别伦理对于中国女性历史与现实生存具有决定性的意义，它是中国性别文化与西方性别文化形成差别的根据，也是中国女性文学书写的精神意蕴来源。

一　中国性别伦理特质

中国性别伦理在其文化生成、理论旨要以及现实作用上都有别于西方，这主要表现为以下三点。

第一，中国性别伦理是中国传统的以维护宗法等级秩序为目的的人伦本体性[①]文化体系的有机构成。

中国传统文化是强调宗法等级秩序的文化，宗法制是中国古代重要的政治制度，这种宗法制以血缘关系为基础，核心是嫡长子继承制。以维护宗法等级制度为目的，中国形成人伦本体性文化体系，即中国文化秩序建立在人伦关系秩序的基础上，而不是像西方建立在政治秩序的基础上。人伦关系秩序即将人按照一定的规则人为地划分为尊卑贵贱等级，每一个关系体中的人都具有或尊或卑的等级身份并需要按等级秩序来生存，不可僭越。中国人伦本体性文化体系发端于儒家，最早记载这种人伦秩序的是《孟子·滕文公上》，此文曰：上古时候，人们"逸居而无教，则近于禽兽"，圣人"使契为司徒，教以人伦"，人伦即父子有亲，君臣有义，夫妇有别，长幼有序，朋友有信。此后儒家在这一人伦序位文化的构想下，不断进行旨在维护这一文化构想的宗法伦理制度与伦理规约的建设，其中伦理规约最为精要的就是"三纲五常"。"君为臣纲，父为子纲，夫为妻纲"[②]的"三纲"之说，对为君、为父、为夫的权力极力推崇，而对人臣、人子、人妻则做了相当多的伦理规定，而仁、义、礼、智、信的"五常"，则是用以调整和规范君臣、父子、兄弟、夫妇、朋友等人伦关系的行为准则。"三纲五常"也是中国宗法伦理制度建构的理论纲要。对于中国人伦本体性文化体系的形成，道家也做了贡献。道家的自然观并不是非人伦的自然观，而是人伦之序的自然投射与演映，或者说，是对于观察与体验的

[①] 高楠在《中国古代艺术的文化学阐释》一书中将中国文化特质概括为"人伦本体性"："在对中国古代文化特质的研究中，国内外关于中国古代文化的既有成果起了'结晶'的作用。这一特质很自然地从文化混沌体中分离出来，我将之概括为'人伦本体性'。确认中国古代文化建构的一切问题都由此提出也都就此解决。"（辽宁人民出版社，1998，前言，第4页）。

[②] 董仲舒：《春秋繁露》。

自然之序的人伦比照与人伦解释，具有超越现实人伦又向理想人伦回归的人伦本体性。对此，高楠说：

> 儒道的文化差异并不是文化特质的差异，人伦本体性是二者的共同定性。它们的差异在于，儒家是以人言人，以现实人伦关系的人去求证人的现实伦理关系，并以此作为人的现实伦理规约；道家则是以自然言人，以外射于自然的理想人伦关系来求证现实人伦的理想关系，并将此作为应有的人生境界。而两者坚持的，则共为人伦本体性。①

所以，当西方的希腊城邦政体确立爱琴文明为民主政治而进行政治体制与法律法规的政治文化建构时，炎黄子孙正在为以维护宗法等级秩序为目的的人伦本体性文化体系进行着伦理道德文化的建构。

之所以有这样的区别，从原始文明的生成角度说，是因为中国原始的生态环境和由此生成的原始经济结构及生产方式与西方文明的发源地希腊不同。雅斯贝尔斯曾提出过一个被普遍认同的文明发展的"轴心期"理论。该理论指出，公元前800～前200年，中国、印度和西方的哲学家们几乎同时发现或意识到"整体的存在，自身和自身的限度"②，也就是说，人类的三种代表性文化——中国文化、印度文化及西方文化——都是在那个"轴心期"进入了各自的社会整体发展阶段及人的自身发展阶段。正是在这一"轴心期"，人类的三种代表性文明，以其不同的生态及生态史根据，确定了各自不同的文化整体性与人的自身规定性。希腊大多数地区位于沿海地带，岛屿星罗棋布，土地贫瘠，在文明发展的"轴心期"，不宜农耕的土地与开放的地理环境，促进了航海、手工业生产、商品交换等希腊贸易和商业的发展，产生了货币经济，货币经济导致阶级的分化，而阶级的产生则瓦解了在自然经济基础上产生的氏族制度，促使了国家的诞生，这正如恩格斯在《家庭、私有制和国家的起源》中指出的：当人们最初发明钱币的时候，他们没有想到他们是在制造着一种新的社会权力。公

---

① 高楠：《中国古代艺术的文化学阐释》，辽宁人民出版社，1998，第20页。
② 卡尔·雅斯贝尔斯：《历史的起源与目标》，华夏出版社，1959，第8～9页。

元前8世纪至公元前6世纪,作为国家形态的希腊城邦制的形成与繁荣,就是这种新的社会权力的体现。城邦制使空间管理或地域管理成为主导性管理形态。相对于中国的宗法制,希腊城邦政体体现了民主意识,城邦是"独立主权国家",制定了法律,设立了议事会、执行官、法庭,还建立了公民大会政治制度,公民大会是城邦的最高权力机构,是公民参与城邦自治的组织形式,公民大会定期举行,有权裁断与解决城邦的一切重大问题。公民大会体现了"主权在民"的城邦政治特色,城邦的公民具有选举权与被选举权,对此有学者描述:希腊人"创造了一种新的社会结构,称作城镇(polis);由此产生了包括社会治理和法律、军事组织的一个词,称作'政治'(politics)"[1],西方地缘性的政治社会成功地取代了血缘性的氏族社会。与古希腊由建立在血缘关系基础上的氏族社会向建立在地域关系基础上的更大规模的城邦制国家社会转型的时期相对应,在文明发展的"轴心期",中国古代并没有发生这样的变革性转换。中国在夏、商、周三代的渐进更替中,奠定了另外一条强化血缘关系的路径。张光直在谈到这一阶段的社会发展时强调指出:"……在中国古代,文明和国家起源转变的阶段,血缘关系不但未被地缘关系所取代,反而是加强了,即亲缘与政治的关系更加紧密地结合起来。"[2]造成血缘关系被强化的原因自然是生态性的,中国的原始生态环境,沿黄河流域铺开,土地肥沃,水源充足,植被茂盛,是典型的原始农耕生态环境。因而中国没有像西方那样把氏族生存的根基从土地中拔出,而是走上了一条安土重迁之路,这是一条靠血缘关系予以维系的社会发展之路。在这样的生态环境中,"男耕女织"成为基本的经济结构模式,确保这种农耕经济的基本生产单位与生产方式——家庭及构成家庭的宗法血缘关系因此被确定下来,并以其生存的基本定性而成为社会交往、人际往来的主导关系。中国先民的这种生存模式,在漫长的封建社会中,因其最初的农耕文化属性一直未变,因此也稳定地得以延续,即是说,不管社会发生怎样的改朝换代和变革,中国经济结构模式始终以家庭、家族为本位。以家庭、家族为本位的经济生产的基本的

---

[1] 〔荷兰〕彼得·李伯庚:《欧洲文化史》第一部,上海社会科学院出版社,2004,第26页。

[2] 张光直:《中国青铜时代·二集》,生活·读书·新知三联书店,1990,第118页。

管理方式是以血缘关系为基础的男性家长制管理，嫡长制由此确立，嫡长制在财产及权力继承方面确立了一条血缘关系的中轴，保证着氏族及家族亦即族群的血缘承继与内部结构秩序的稳定，也保证着以农业为主的中国经济的发展。家庭公社的经济结构与管理方式肯定着长辈为上晚辈为下、父为上子为下、夫为上妻为下、家族利益为上个人利益为下的自然伦理意识与伦理关系，中国传统的以维护宗法等级秩序为目的的人伦本体性文化体系即在这样的基础上生成。因中国基本经济结构模式持续了几千年，体现人伦本体性文化特征的相应的伦理意识及与其相配套的伦理规约也就一直延续有效。

中国性别伦理是中国以维护宗法等级秩序为目的的人伦本体性文化体系的有机构成。男尊女卑的差序、性别文化特质的设定，是宗法等级秩序的重要部分，目的在于维护以男性为主体的血缘承继和以男性为体现的嫡长制制度。虽然"男耕女织"的农业生存模式给予女性一定的文化角色与文化身份，但在宗法等级森严的人伦秩序中，这种角色与身份被贴上了低于男性的"卑下"的文化标签。中国女性作为性别整体，人伦性地被置于男性性别整体之下。与中国女性历史"卑下"式生存源于人伦伦理秩序与规定不同，西方女性"他者"历史生存则源于政治压迫。希腊城邦的民主政治以公民大会加以体现，然而，这一貌似公正的政治体制其实并不公正。希腊岛屿文化造成了崇尚男性力量与智慧的文化价值取向，航海、运输、伐木、修渠、手工业生产、异地商品交换以及频繁的战争，都是男性同性之间的较量，在这一体现社会文化的较量中，女性没有地位，她们只有社会文化的编外身份，这种情况在后来逐渐确定的城邦政治民主制中，就成为城邦民主的原型，即摒除女性的独立的男性民主，民主是男性专有的概念，也是男性专有的权力。当时的法律规定，女性（包括贵族女性与贫民女性）与奴隶不属于公民。不属于公民，自然没有选举权与被选举权，也就没有了政治话语权。希腊文明直接用政治与法律手段剥夺了女性的政治参与权，让女性在政治生活中集体失语，并由此沦为次于掌握政治话语权的"第一性"的男性的"第二性"。

因此，虽然中西女性在男权社会中都处于"第二性"位次，但导致各自状况的文化"元凶"则是不同的，导致中国女性"第二性"位次的文化

"元凶"是维护宗法等级森严秩序的人伦伦理文化；导致西方女性"第二性"位次的文化"元凶"则是维护男权政治的政治文化。

第二，中国性别伦理具有与中国政治体制的一体性关系。

不同于西方伦理与政治的二元分立甚至对立，中国古代伦理与政治是充分一体化的。自夏朝开始，这种一体化关系就随着祖先崇拜与周乃天立的伦理政治的一体化关系而得以确立。祖先崇拜最原始的属性就是血缘伦理，同时它也成为祈求祖先权力庇佑的政治寄托。此后，殷纣王因失德而丧国，周文王因有德而得天下，这成为伦理政治一体化的历史经典。中国伦理政治一体化，通过古代家体与政体的关系充分体现出来。以家为本、家国一体是中国传统文化建构的特色，"中国封建社会是建立在以宗法血缘为纽带的家庭关系的基础之上的。君臣关系、国家关系只是父子关系、家庭关系在政治上的伸延与扩大"[①]。"国"是"家"的同构放大，"帝"是"父"的社会权力化。"家国同构"将建立在家族宗法血缘关系基础上的伦理意识与伦理文化带入国家意识形态建构中，形成中国伦理与政治的一体性关系，对此有学者说：

> 中国古代社会是建立在宗法血缘等级制度基础上的，几千年来虽然历经动乱，国家政权形式多有变迁，但家族始终是中国社会的基石。"家国同构"即家庭—家族与国家在组织结构方面的共同性，是中国古代社会最鲜明的结构特征。这种社会的背景使伦理学和政治学更紧密地结合在一起，甚至在一定意义上说，两者之间可以画等号。[②]

西方伦理的建构则缺少如中国这般与政治的天然联系。自古希腊城邦制形成时起，伦理与政治就彼此独立，伦理是人的修养标准，政治则是管理人的标准。这种情况至中世纪，伦理修养标准指向彼岸的至善，归于上帝的完满，它安置着归入彼岸的灵魂；政治是此岸的，它指向此岸生存的合理性与合法性，并把这种合理性与合法性强化为政体、政纲、政法与政务。二者的此岸与彼岸的对立，通常体现为尖锐的政教对立。随着教会势

[①] 郑春苗：《中西文化比较研究》，北京语言学院出版社，1994，第45页。
[②] 周中之主编《伦理学》，人民出版社，2004，第14页。

力的强大，社会伦理进一步宗教化，《圣经》中的"摩西十诫"是社会世俗伦理的重要来源。基督教文化进一步随着上帝的神圣化而成为"彼岸"文化，在上帝是至善、人性是至恶的伦理取向中，"摩西十诫"成为"此岸世界"的人抵达"彼岸世界"必须恪守的道德规范，伦理道德是通达"上帝"这一终极意义的桥梁。宗教伦理在上帝的名义下不仅可以与政治分庭抗礼，而且可以对后者进行制裁，甚至取而代之。须予以注意的是，在西方政治与伦理的分立关系中，被男权政治放逐的女性，却可在宗教伦理中找到些许寄托，女性惨遭放逐的愤恨与无奈，在拯救于来世的福音中可获得某种安宁，圣母玛利亚作为女性的偶像，成为她们永久的宗教抚慰。

中国"家国一体"政治取向下的伦理与政治的一体性建构，使中国性别伦理具有与中国政治体制的一体性关系。"男尊女卑"与"尊君卑臣"具有同样的政治意义。中国封建社会政治推崇"礼治德化"，其"礼"的基本宗旨就是承认以宗法血缘关系为基础形成的社会各个阶层的亲疏、尊卑、贵贱、长幼，肯定这种亲疏、尊卑、贵贱、长幼的合理性——"礼者，所以定亲疏，决嫌疑，别同异，明是非"①，给予这种亲疏、尊卑、贵贱、长幼伦理宗旨的规范约定——"上下有义，贵贱有分，长幼有等，贫富有度，凡此八者，礼之经也"②，制定维护亲疏、尊卑、贵贱、长幼规约的行为准则——"父慈、子孝、兄良、弟弟（悌）、夫义、妇听、长惠、幼顺、君仁、臣忠"③等。在这里，"夫义"与"君仁"并论，"妇听"与"臣忠"同义，君尊臣卑与夫尊妻卑等值，都是封建统治阶级施行"礼治德化"的政治手段。"礼治"不仅规定着不同阶层、不同层面、不同性别的人所处的社会位置，还宣称这种位置的天经地义，"天尊地卑，君臣定矣，卑高已陈，贵贱位矣。……在天成象，在地为形，如此，则礼者天地之别也"④；并且，你居于什么位次就必须守这一位次的礼仪即伦理规则，不可贱用贵礼，卑用君礼，同样的，也不可妻用夫礼。尊卑差序等级分明

---

① 《礼记·曲礼上》。
② 《管子·五辅》。
③ 《礼运》。
④ 《礼记·乐记》。

是中国性别伦理的价值取向与本质属性。值得强调的是，中国传统文化将这种尊卑位次之"礼"与国家社稷之大业联系在一起："礼义廉耻，国之四维，四维不张，国乃灭亡"①，于是，构成尊卑之礼重要维度的男尊女卑之礼及由此建立的伦理规则也就具有经国家、定社稷、序人民的重要政治意义了。

中国性别伦理与中国政治体制一体性关系有两个最为显著的，也是独具民族伦理特色的表现，一是贞节伦理，二是孝伦理。贞节伦理使事关女性在两性关系规范的操守问题成为极为严肃的政治问题。西方文化也强调女子的贞节，他们制定了很多法规限制女子通奸，以维持财产继承的纯洁性，但从未像中国这样将女子的贞节与国家政体、政律、政治事务密切关联，并且两千年来坚守不殆。早在秦始皇时代就有令人筑怀青台，刻石表彰"贞妇"的举措；汉代官府则大张旗鼓地提倡贞节，奖励贞妇；宋代是儒学重现辉煌的时代，儒家女性伦理得以发扬光大，贞节观更被变本加厉地强调，宋儒程颐提出的"饿死事极小，失节事极大"②，得到朱熹等儒学大师一再的推崇与强调，成为国家政治生活的重要表征；明清时代，正是西方婚姻与家庭资本主义化时代，欧洲许多国家建立了一定程度上体现"男女平等"的契约婚制，"由爱情而结合的婚姻被宣布为人的权利，并且不仅是 droit de I' homme，而且在例外的情况下也是 droit de Ia femme（妇女的权利）"。③ 而在中国，对贞节的崇拜则达到登峰造极的程度，"明朝建立伊始，贞操观念空前严苛起来，贞节也高度宗教化了。这主要表现在表贞与惩淫两方面。由此便产生了许多节烈妇女，更吸引了无数贞节教信徒。贞节已变得神气弥漫，仙雾缭绕，森严可畏了"④。明代官府大张旗鼓地鼓励女子殉夫守节，大兴土木为义妇烈女修建节孝祠，烈妇、节妇也大量涌现。在江西临川，元代时只有一座节孝祠，到明代陡然增加到六十二个；安徽休宁在明代是个只有六万人口的小县城，可烈女、节妇却多达四百九十八人。据《古今图书集成·闺媛编》不完全统计，在明代有迹可

---

① 《新五代史》卷五十四："杂传"第四十二。
② 《二程遗书》卷二十二下。
③ 《马克思恩格斯选集》第4卷，人民出版社，1972，第77页。
④ 王文斌：《疯狂的教化》，辽宁人民出版社，1993，第44页。

传、有名可考的节烈妇人约五万八千人。类似"女人最污是失身"的"闺训""女诫"类道德教条在当时的社会上更是广为流行。清代贞节崇拜甚于明代，旌表节妇、烈女已成为清廷礼部的日常公事，贞节牌坊更是林立于城野。专对女性的贞节伦理被标到如此高的政治位置，有力地证明了在伦理政治一体化的中国古代，处于男尊地位的男性权力群体对于处于女卑地位的女性构成群体的权力性（财产性）的警觉与防范。至于孝伦理，这既是家的至高伦理，也是国的至高伦理，即"百善孝为先"。在家，孝以伦理规范而被持之；在国，孝则以政治标准而被持之。孝的要务确定着九族之序，而在孝之尊的制高点上，则依序并列着父母、祖父母、曾父母、曾祖父母，"母"在这里被推举到至尊之位。这一推举的政治意义在于，男尊女卑的横向共时性序位，在纵向历时性的伦理关系中获得齐家治国平天下的根本性的政治地位。对此，后面有专章论及，此处不赘述。

第三，中国性别伦理有完备的文化典籍表述。

西方很少有国家像中国这样用完备的文化典籍来表述性别伦理，中国有大量的文化典籍阐释男女互为互构的伦理关系、男尊女卑的社会伦理位次，以及对处于卑下位次的女性行为进行规约。这些文化典籍包括对中国文化构型具有奠基作用的儒家礼典——《周礼》《仪礼》《礼记》（以上三个总称"三礼"），《论语》，《孟子》，《荀子》，《春秋繁露》，也包括道家的《道德经》《庄子》《太平经》，还包括专门为女人所作的典籍如《女诫》（班昭）、《列女传》（刘向）、《家范》（司马光）、《女戒》（张载）、《家礼》（朱熹）、《白虎通》（班固）、《世范》（袁采）、《闺范》（吕坤）、《闺训千字文》（作者不详）、《温氏母训》（温璜）等。

这些典籍以维护宗法等级秩序为目的，全方位地阐发了中国性别伦理之要。比如对男女两性伦理序位的规定：

> 妇人，从人者也：幼从父兄，嫁从夫，夫死从子。
> 男帅女，女从男，夫妇之义由此始也。
>
> ——《礼记·郊特牲》

> 阳贵而阴贱，天之制也。
> 丈夫虽贱，皆为阳，妇人虽贵，皆为阴。

君为臣纲，父为子纲，夫为妻纲。

——董仲舒《春秋繁露》

末学者，古人有之，而非所以先也。君先而臣从，父先而子从，兄先而弟从，长先而少从，男先而女从，夫先而妇从。夫尊卑先后，天地之行也，故圣人取象焉。

——《庄子》

地之承天，犹妻之事夫，臣之事君也。其位卑，卑者亲亲事。

——班固《白虎通》

对男女两性社会角色分配的规定：

家人，女正位乎内，男正位乎外。男女正，天地之大义也。

——《易传》

男不言内，女不言外。非祭非丧，不相授器。其相授，则女受以篚。其无篚，则皆坐奠之而后取之。

——《礼记·内则》

女子十年不出，姆教婉娩听从，执麻枲，治丝茧，织纴组紃，学女事以共衣服。

——《续资治通鉴》

寝门之内，妇人治其业焉。

——《国语·鲁语下》

家道主于内，故女正乎内，则一家正矣。

——欧阳修《易童子问》

对女性居于卑下地位的伦理行为的规定：

九嫔掌妇学之法，以教九御妇德、妇言、妇容、妇功，各帅其属而以时御叙于王所。

——《周礼》

妇有七去：不顺父母，去；无子，去；淫，去；妒，去；有恶疾，去；多言，去；盗窃，去。

——《大戴礼记·本命》

> 惟若贤明廉正以方。动作有节，言成文章。咸晓事理，知世纪纲。循法兴居，终身无殃。
>
> ——刘向《列女传》
>
> 妇事夫，有四礼焉。鸡初鸣，咸盥漱，栉纵笄总而朝，君臣之道也。恻隐之恩，父子之道也。会计有无，兄弟之道也。闺阃之内，衽席之上，朋友之道也。
>
> ——班固《白虎通》

对男女婚姻地位的伦理规约：

> 夫有再娶之义，妇无二适之文，故曰夫者天也；天固不可逃，夫固不可违也。行违神祇，天则罚之；礼义有愆，夫则薄之……故事夫如事天，与孝子事父，忠臣事君同也。
>
> ——班昭《女诫》
>
> 妇之从夫，终身不改；臣之事君，有死无贰，……正女不从二夫，忠臣不事二君。
>
> ——《资治通鉴》

这些文化典籍构成中国性别伦理的精粹，在千百年的文化传承中铸就了中国不同于西方的性别伦理的特质，也促成了中国女性不同于西方女性的伦理性生存，它们以其正统意识形态话语的权威性，甚至是历史生成的"合理性"，造就了中国女性群体"不合理"的历史生存。如"女正位乎内，男正位乎外"的伦理角色规定，表面上看是社会分工，各有所举，各行其道，其实不然。在原始社会，男外女内社会分工的最初形成，是有其合于男女生理性别差异的合理性的，但在后来的文化发展中，当男权文化成为强势文化，男主外的社会优势不断被强调，女主内的社会价值便不断被淡化，女主内日渐成为个人私事。女主内社会价值的丧失导致她们必须依靠男因主外而获得的社会经济回报而生活，虽然还是分工不同，但其平衡已被打破，女性沦为依靠男性而生存的群体。这本是不合理的，但中国的文化典籍给予了这种不合理现象以伦理上的肯定，女性就只能授命于这样的肯定。

二 对传统性别伦理的伦理学思考

中国传统性别伦理与西方传统性别伦理的重要差异,决定了当下中国的性别伦理学研究,须立足于这种差异性,去强化与深化中国性别伦理建构的民族特点,进而建构有中国民族特色的性别伦理学,而不是简单地照搬与取鉴西方。

中国女性历史生存是伦理性生存,当然,由于中国性别伦理与中国政治体制具有一体性关系,中国女性的伦理性生存也就是她们的政治性生存。中国女性的这种"卑下"的政治性生存是靠性别伦理秩序的制定与性别伦理的具体规约来支撑和实现的。这一点与西方女性的历史生存不同。西方女性沦为"他者"的历史生存主要源于政治的排斥,希腊城邦制的"公民大会"没有给西方女性留有席位,那里的公民也好,选举也好,法律也好,军事也好,一律是摒除女性的男性代名词。女性失去了民主参政、议政的权力,也就失去了社会的主体地位。希腊的政治体制在西方后来的政治、文化发展中影响很大,甚至成为西方现代政体建构的取样,于是对女性的政治歧视也随着这样的"取样"而延续下来。不过值得提及的是,在漫长的历史长河中,西方女性对这种政治的排斥经历了一个由强制性排斥到自觉接受的过程。希腊、罗马法典对女性"第二性"式的法律规定,乃至后来统治欧洲十多个世纪的基督教文化对女性"第二性"式的文化设定,在男权文化的推行与贯彻中,慢慢成为一种文化惯习,成为约定俗成的文化伦理模式,为社会文明所肯定,也为女性自身所肯定,这正如波伏娃所说:"立法者、教士、哲学家、作家和科学家,都很想证明女人的从属地位是天经地义的。男人创造的宗教反映了这种支配愿望"[1],而女人也"热衷于扮演他者角色"。[2] 所以,我们曾指出中西女性的历史生存虽然都是"第二性"的历史生存,但所走的道路不同:中国女性的"第二性"生存走的是伦理—性政治的历史生成之路;西方女性的"第二性"生

---

[1] 〔法〕西蒙娜·德·波伏娃:《第二性》,陶铁柱译,中国书籍出版社,1998,第18页。
[2] 〔法〕西蒙娜·德·波伏娃:《第二性》,陶铁柱译,中国书籍出版社,1998,第17页。

存走的是性政治—伦理的历史生成之路。①

伦理主导的"卑下"生存与政治主导的"第二性"生存呈现着中国女性与西方女性别样的历史生存形态与生存体验。

以政治（包括宗教政治）的排他性将女性置于"第二性"性别位次为特征的西方传统女性文化，其文化效应体现于现代西方女性，表现着政治的显在性、性别压迫的明晰性以及女性"第二性"性别位次体验的切身性的特点。正是这样的特点，使在法国资产阶级革命和西方启蒙运动的感召与推动下觉悟的西方女性，首先觉悟的就是政治处境，她们清晰地意识到了西方父权制政治权力对女性群体的排斥，政治地位的丧失导致女性在经济、文化、教育、家庭、性别关系等诸多方面处于"第二性"位次。"我们的军队、工业、技术、高等教育、科学、政治机构、财政，一句话，这个社会所有通向权力（包括警察这一强制性的权力）的途径，全部掌握在男人手里。明白这一点非常重要，因为政治的本质就是权力"②，凯特·米利特敏锐地指出了政治权力对于性别位次的意义，她由此提出"性政治"这一能概括西方女性处于"第二性"位次实质缘由的概念。西方女性置于政治之外的伦理传统，使她们一经有了合理性的政治参照，就会以他者身份，对女性在政治上的缺位与放逐形成自觉，并进而进行否定与抗争，20 世纪中期以后，这种群体的否定与抗争，形成了规模浩大的西方女权主义运动。

而以伦理秩序的规定位于"第二性"的中国女性历史生存形态与生存体验又是另外一种情形。首先，中国女性对于自身在人伦关系中获取的序位位次的接受具有自然承领的特点，中国的性别伦理规定生发于人伦关系，又归依于人伦关系。在人伦关系的序位结构中，作为文化个体的人失落了主体位置成为人伦关系序位结构中的构成部分，人伦关系成为文化主体，人沉沦于人伦关系中并根据既定的人伦关系序位获得人的自身规定，这样的只见关系序位而不见个体意识的文化结构，使中国女性很难确立明晰的个体自我意识，她们在序位关系中生存并认同着自己的序位生存，认

---

① 王纯菲：《伦理—性政治与性政治—伦理——中西方女性历史生存的文化学分析》，《辽宁大学学报》2009 年第 6 期。
② 〔美〕凯特·米利特：《性的政治》，社会科学文献出版社，1999，第 38～39 页。

为这样的生存就是天经地义的生存；其次，与西方女性相比，中国女性对于维护人伦序位关系的伦理规约的不合理性缺失自觉意识，这与伦理压迫具有潜在性以及伦理的精神濡染性相关。伦理的"伦"有"条理""顺序"之义；"理"的最初之义是治玉、雕琢，后引申有条理、精微、道德等含义。伦理二字合起来使用，最早见于《礼记·乐记》："乐者，通伦理者也。"这里虽然讲的是音乐之道，但伦理二字合用却为后人所沿用。伦理与道德这两个词虽然可以相互置换，但也有些微差别。道德常与个体联系，指个体道德；伦理常用于对国家社会道德规范的指认。所以中国古代儒家伦理学说体系就由两部分构成，即社会伦理与个体道德。在个体道德这里，除有一定的道德规范，还特别强调道德自律。如孔子提出"内省"的自我道德修养方法："内省不疚，夫何忧何惧？"[①]"见贤而思齐焉，见贤而内自省也。"[②] 社会伦理与个体道德这两部分是相辅相成的，个体道德的确立与评判依据于社会伦理，社会伦理又由社会个体成员的道德取向加以体现。因而伦理既有精神属性又有现实实践属性，精神属性体现为它内化为人的道德意识，形成人的道德感；现实实践属性体现为它制约人的现实行为，形成人行为判断的依据。伦理的精神属性与现实实践属性作用于个体的人是互为作用的，当人的行为体现或违反了社会伦理秩序与道德规范，就会在精神层面上呈现道德实现的自豪感或道德自遣的内疚感，反过来又会影响他现实的行为抉择与生存体验。面对中国伦理的两性构成关系，中国女性进行着情理相融的接受，这也是她们的当下接受；而面对尊卑序位的不合情理的方面，中国女性的构入其中的身份，则阻止着她们的对象性自觉。深受伦理浸染的中国女性，在伦理的精神属性与现实实践属性的共同作用下，已在不自觉地将社会性别伦理秩序转化为个体的道德自律，她们置身于这样的性别伦理秩序之中，在这样的性别伦理秩序中生存着并体验着生存，浑然不觉这种伦理秩序下的"第二性"生存有怎样的性别不公，并且，一旦违反这样的伦理秩序，她们在领受社会道德谴责的同时，更会受到来自自身道德"自省"的谴责。因此，伦理的精神浸染特征

---

① 《论语·颜渊》。
② 《论语·里仁》。

使中国女性很难像西方女性那样自觉其"第二性"的位次,更难发生来自女性主体自觉的女权主义政治运动,波伏娃式的面对整个西方历史文明发出的"第二性"的质疑与呐喊,凯特·米利特式的大胆的"性政治"的宣战也只能产生于西方的文化土壤中。

三 性别伦理学之于女性文学批评

前面论及的中国性别伦理学的三个要点,既是与西方传统性别伦理学差异明显的三个要点,也是中国女性文学批评延续至今的三个要点,它的人伦本体性、伦理政治一体性以及传统伦理表述的经典性,均为历史与当下所共守共享,尽管当下女性文学批评受西方女权主义影响多了一些政治权力色彩,但传统的延续力量,仍是中国女性文学批评建构中的活跃力量,它规定着中国女性文学批评建构的伦理维度。

中国性别伦理经由体验而伦理感情化,形成文学文本的伦理取向,体现为性别伦理的文学之维。从《诗经》的"桃之夭夭,灼灼其华。之子于归,宜其室家。桃之夭夭,有蕡其实。之子于归,宜其家室。桃之夭夭,其叶蓁蓁。之子于归,宜其家人"[①] 到当下的"身体写作",中国女性文学无不存在来自中国性别伦理体验的生存倾诉,我们在《火凤冰栖——中国文学女性主义伦理批评》[②] 一书中,考察了从先秦至当下的中国文学,对此也曾做过描述与揭示。就创作与批评的实践来看,伦理之维的女性文学与对之进行观照的女性文学批评,呈现双向展开的情形,一个方向,是对女性传统伦理意识顺应的形象描写与批评,如古代文学中各种各样的烈女传、贤妻良母故事、坚贞守节的女性形象以及对其肯定的文学批评,现代文学中潜在的传统伦理意识作用下的女性形象与文学批评价值标准取向,如对贤惠持家女性的形象书写与批评赞赏,对秀外慧中女性的形象塑造与批评推崇等;另一个方向,是对传统伦理意识反叛的形象书写与批评阐释,如古代文学中对女性伦理宿命反抗与呐喊的诗作与批评,五四时期反

[①] 《诗经·周南·桃夭》。
[②] 王纯菲等:《火凤冰栖——中国文学女性主义伦理批评》,辽宁人民出版社,2006。

封建的女性书写以及当代的身体写作等，这一方向的文学批评在批评标准上对传统性别伦理意识予以否定。两个方向即使在五四之后乃至当下也呈现着共时性展开的情形，如对身体写作的肯定与否定的批评，只是随着时代的发展，前一方向逐渐式微，但式微不等于消失，这说明性别伦理之维的女性文学写作与批评的复杂性，也说明中国传统性别伦理对女性文学写作与批评影响的深远性。

从女性文学批评坚持民族主体性视角提出建构中国性别伦理学，就是通过对中国性别伦理的研究达到对中国女性文学伦理书写的观照与审视，从伦理之维发掘中国女性文学独具的美学意蕴。这一维度的研究包括两个方面：一个方面是中国性别伦理的理论与现实形态研究；另一个方面是中国性别伦理的文学形态研究。前者研究中国性别伦理特质、性别伦理在古代作为国家形态所具有的文化效应、性别伦理作为一种内化的规范的实践功能、性别伦理之于女性生存的情感作用、性别伦理的时代性演变与承继性等；后者进行基于此维度的文学创作主体、文学文本形态与文学文本接受研究。其中文学文本伦理呈现形态研究可进行中国女性文学伦理诉求的元话题及其演变，文本中人伦关系设置与关系行为展现的性别伦理根据，性别伦理情感的构成性、激发性与流变性，通过性别伦理体验转化为景物形态、事物形态、史例形态的规律性，文学文本的伦理超越等方面的探索。前一方面研究成果构成中国女性文学批评的批评依据，后一方面则是中国女性文学批评应予以重视的批评指向。

第二节　性别哲学——哲学维度的女性文学批评建构

2010年由全国"妇女/性别学科发展网络"主办，东北师范大学女性研究中心和哲学系承办召开的第四届"性别哲学的对话"学术研讨会，论证了"性别哲学的合法性"问题，给予"性别"作为哲学思考的一个维度在学科层面上的肯定，我们在这里提出"中国性别哲学"的概念，就是基于这样的学术研究前提。

从哲学维度研究性别问题，着眼点在于研究男女两性身份历史生成与现实存在的相互关系问题。"女性"乃至"女性文学",之所以成为一个问题域,成为一个肯定的命题,就在于它们是这种关系的呈现。从生态学意义上说,男女两性作为人类的共同存在,应该是在差异中互补、相依相融、互为表里的和谐存在,用海德格尔的话说,应该是一种"诗意"的存在。然而,历史没有提供这种"诗意",相反的,以男性为主导的历史文化越来越表现出"自恋"倾向,"女性"在这种"自恋"中出离了本应和谐相处的两性共同体,成为被"第一性"男性设定的"第二性"。随着20世纪的到来,西方女性意识到了这种文化"阴谋",她们"揭竿而起",为自己的性别"起义","女性"作为一个政治命题、一个文化命题,在与"男性"政治及"男性"文化的抵抗过程中获得了意识形态的意义。在历史上将女性铸造为"第二性"的以男权为中心的文化构型中,哲学的世界观与认识论起了至关重要的作用。正是哲学世界观与认识论的差异,形成了中西方关于两性相互关系的不同认知,这一认知的实践效应便是中西女性在由两性相互关系构成的历史与现实生活活动中存在着不同的生存情形。

一 中国性别哲学特质

对于中国性别哲学的认知,也需在与西方性别哲学的比照中加以厘清。

西方哲学常采用"二元论"认识方式认识世界,即将世界看成精神与物质两个本源,并认为这两个本源各自独立,性质不同,互不联系。"二元论"是将整体加以割裂、分立的思维方法。用这种思维方法去认识世界,便将人从世界中分离出来,将人作为主体,将世界作为客体加以认识,或者,在作为主体的人之外去寻找世界的精神本源。用此去认识事物包括主体的人自己,也习惯于将此割裂为"二元"去加以认知,在这样的世界认知中,世界成为精神与物质、本质与现象、灵与肉(灵魂与身体)、理性与感性等一系列两两对立、相互排斥的概念与范畴,由此构成西方二元对立的哲学认知系统,20世纪西方哲学家对此多有反思。认识论除了二元论地解析世界外,又在二元中分出主元与次元、本体与分体,把以物质实在为主体或主体者称为唯物论,把以精神实在为主体或主体者称为唯心论。在西方哲学史中，崇尚精神或理性的唯心主义远比唯物主义阵容强大。早在古希腊的哲学中就有崇尚精神与灵魂、贬低现象与身体的倾向，一些哲学家认为，精神、灵魂通达善，现象、身体因与尘世欲望相连而充满罪恶；中世纪是神学统治的时代，具有终极精神意义象征的上帝成为唯一的衡量世界万物的尺度，在这一衡量尺度下，尘世的与物质、现象、身体、感性相关的一切都处于被压制的状态；文艺复兴之后，上帝失语，理性上升为主体，但与感性相关的一元仍被压抑，直到尼采开始为与感性相关的一元讴歌，此一元才逐渐为20世纪哲学家们所重视，它在西方哲学中的地位才得以逐渐提升。

波伏娃所称的西方女性的"他者"地位的形成，与西方二元对立且不对等的哲学思维传统有着密切的关系，在这样的思维定式下，西方认知系统中理性与感性、精神与肉体截然两分的分类原则，使男性获得被崇尚的理性身份，女性则随着感性身份的被定义而被哲学地贬抑甚至放逐，因此成为男性主体的"他者"。亚里士多德就以这样的思维给"女人"下了"判决书"，他在《政治学》中明确指出女人因天然地缺失理性而只配受男性的统治，在这一点上女人与奴隶甚至与动物无别：

> 身体的从属于灵魂（人心）和灵魂的情欲部分的受治于理性及其理智部分，总是合乎自然而有益的；要是两者平行，或者倒转了相互的关系，就常常是有害的。灵魂和身体间的关系也适用于人兽之间的关系。驯养动物比野生动物的性情更为善良，而一切动物都因受到人的管理而得以保全，并更为驯良。又，男女间的关系也自然地存在高低的分别，也就是统治与被统治的关系。这种原则在一切人类之间是普遍适用的。这里我们就可以结论说，人类的分别若符合于身体和灵魂，或人和兽的分别，——例如在专用体力的职务而且只在体力方面显示优胜的人们，就显然有这种分别——那么，凡是这种只有体力的卑下的这一级就自然地应该成为奴隶，而且按照上述原则，能够被统治于一位主人，对于他实际上较为合宜而有益。①

---

① 〔希〕亚里士多德：《政治学》，吴寿彭译，商务印书馆，1997，第14~15页。

后来成为西方主导文化的希伯来文化,虽然与希腊文化有本质上的不同,但在对女性地位的宗教哲学认识上却惊人的相似。在希伯来宗教哲学中,世界起源于上帝,上帝先创造了男人亚当,接着才用亚当身上的一条肋骨做成女人夏娃,这传达了男性是世界的主体、女性是男性附庸的对于两性关系的认知。如果说这一情节的设置还暗含着男人与女人有着难以分离的联系的话,那么,《圣经》中夏娃诱惑亚当的情节则诠释了亚里士多德的女人等同感性情欲的观点,并强调了男性的理性与女性的感性之间的对立。后来西方最有影响的神学哲学家托马斯·阿奎那明确指出男性是同理性和精神相联系的,女性是同身体和物质相联系的,更完全是亚里士多德论女人的翻版。文艺复兴以后的近现代时期,西方哲学家们在对上帝的否定中关注生活于尘世的人的主体性,人高昂起头颅成为西方哲学中的主人,但这"人"的概念中却并没有女人,女人感性论、女人情欲论的论调仍在哲学家们的著作中作为高傲的、理性的男人们的对立面而呈现,类似叔本华的"女人的理性薄弱",女性的美"只存在男人的性欲冲动之中"[①] 的论调仍时有所见。对此,波伏娃在她的《第二性》中尖锐地指出:

> 女性要素既包括在善与恶、吉与凶、左与右、上帝与魔鬼这些鲜明对比的概念里,也包括在阴与阳、优拉纳斯与宙斯、日与月和昼与夜这些成双成对的概念中。他性(Otherness)是人类思维的基本范畴。……列维-斯特劳斯……得出这样的结论:"从自然形态到文化形态的转变,以人类把生物学关系当做一系列参照物来观察的能力为标志;二元性、交替性、对立性和对称性,不论是以明确的还是以含糊的形式,与其说构成了需要加以解释的现象,不如说构成了社会现实的根本而直接的既定论据。"……如果我们按照黑格尔的看法,在意识本身当中发现了对其他所有意识的敌意,那么事情就会变得一目了然。主体只能在对立中确立——他把自己树为主要者,以此同他者、次要者、客体(object)相对立。……没有一个主体会自觉自愿

[①] 〔德〕叔本华:《叔本华的智慧》,刘烨编译,中国电影出版社,2005,第176、178页。

变成客体和次要者。并不是他者在将本身界定为他者的过程中确立了此者,而是此者在把本身界定为此者的过程中树立了他者。①

"此者在把本身界定为此者的过程中树立了他者",波伏娃向整个西方二元对立思维给予女人"他者"地位的设定做了宣战。西方奠基于理性与感性二元界分的思维方式为西方性别哲学提供了合理性,在理性—男性、感性—女性的思维中,理性—男性的崇尚借助历史的力量,不仅将感性—女性逐出政治生活,而且将其逐出了世界——因为在主导性的西方哲学史中,世界总是理性的世界。

中国哲学在世界观与认识论上都与西方不同,中国世界观与认识论强调有机整体性的世界理解与把握,对世界的生成认知坚持一元论,认为"万物得一而生"②,"道无双,故曰一"③,"一也者,万物之本也,无敌之道也"④,"道生一,一生二,二生三,三生万物"⑤。在坚持世界生成的一元论基础上,中国古人"推天道以明人事"⑥,提出"天人合一"的哲学观点。道家主张道法自然,"人法地,地法天,天法道,道法自然""万物与我为一",儒家亦主张"天人之际,合而为一"⑦。"天人合一"的世界观,集中体现了中国哲学认识论的浑融思维。基于浑融思维的认识论,在看待人与人、人与物的关系时,强调相互之间的关系;在看待精神与物质的关系时,强调两者的统一性与一致性。此外,中国传统哲学的阴阳五行思维,把世界万物归为金、木、水、火、土五类,又贯以阴阳,阴阳是万事万物互联互构、流变生成的基本属性,它们本于自然,来于天地,无可独立,无可单行。阴阳对应于男女,阴阳相作而成,对应于男女交互而生。

中国哲学的有机整体性思维与阴阳五行思维,规定了中国性别哲学男

---

① 〔法〕西蒙娜·德·波伏娃:《第二性》,陶铁柱译,中国书籍出版社,1998,第12、13页。
② 《老子·三十九章》。
③ 《韩非子·扬权》。
④ 《淮南子·诠言训》。
⑤ 《老子·四十二章》。
⑥ 《周易·乾卦》。
⑦ 《春秋繁露·深察名号》。

女两性的一体性取向及交互而动而生的取向。在男女关系构成性的认识上，与西方在分立中强调两者差异不同，中国是在整体观照中强调两者关系。首先，肯定了男女之间的关系是一种天人相合的关系，即是一种互为一体的自然关系。"阴阳者，天地之道也"①；"天统阴阳，当见传，不得中断天地之统也，传之当象天地，一阴一阳，故天使其有一男一女，色相好，然后能生也"②；"无极而太极。太极动而生阳，动极而静，静而生阴，静极复动。……乾道成男，坤道成女。二气交感，化生万物。万物生生，而变化无穷焉"③。这些都是在说男女作为阴阳万物的重要体现者，是与天地一体的，具有自然生成的一体性；其次，肯定了男女作为统一关系体的共同作用。"有天地然后有万物，有万物然后有男女，有男女然后有夫妇，有夫妇然后有父子，有父子然后有君臣，有君臣然后有上下，有上下然后礼义有所措。"④《周易》的这段话说明天地万物，男女夫妇，父子君臣，礼义规约，都是前感后应，是一个相互联系的整体，而在这个整体中，男女关系起着重要作用，男女交感是世间万物之始；最后，肯定了处于统一体中的男女之间关系的相依相生性。"万物负阴而抱阳"⑤，"阴阳理而后和，君君、臣臣、父父、子子、兄兄、弟弟、夫夫、妇妇，万物各得其理而后和"⑥男女夫妻之间的融合互生，是万物获得秩序、社会得以发展的必要条件，这些都强调了男女两性的相互依存关系，男人与女人正是在这种相互依存的关系中获得性别定性。

然而，中国哲学不同于西方哲学思想面对世界何是、世界何为进行探索的自成一体，而是注重对人伦关系的思考与研究，因此它同时又是伦理哲学或哲学伦理学。哲学与伦理学的这种密不可分的关系，使得实践特征突出的伦理学思想同时就是哲学思想。伦理学的男尊女卑序位观念也就成为哲学观念。所以，尽管中国哲学在其有机整体性的思维框架下，强调了男女之间关系的相依相生、不可或缺，但并没有赋予这个相依相生关系体

---

① 《素问·阴阳应象大论》。
② 《太平经》。
③ 周敦颐：《太极图说》。
④ 《周易》。
⑤ 《老子·四十二章》。
⑥ 周敦颐《通书》。

中的性别双方以平等的地位,如前所述,中国森严的等级伦理秩序,给予性别双方尊卑的等级定位——男尊女卑,致使和谐的关系体发生了严重的倾斜,即向有利于男性性别的一方发展,两性等级差异在历史中酝酿并作用于女性生存的实践,中国女性在"男尊女卑"的哲学伦理秩序中被整体地置于"卑下"的处境。于是,中西文化在性别关系认识上出现了结论的吻合:男性是高贵的"第一性",女性是卑微的"第二性"。中西女性在特质完全不同的文化路径中走向了相同的"第二性"结局。

在此还需要提及中国的"孝"范畴在两性关系中的意义。中国哲学在与伦理学的融合中,理所当然地把构成伦理学重点问题的"孝"意识提升为人伦等级序位的基本范畴。中国哲学从天人合一角度、阴阳相合角度、血缘亲情角度、人性天然角度、天理性命角度,对"孝"范畴进行思考与阐释,把伦理学基于"孝"的家国关系规定进行综合的哲学阐释。"孝"是中国有机整体性哲学观的产物,是中国性别文化独有的文化元素。就两性关系而言,"孝"在中国"男尊女卑"文化设定必然带来的两性文化冲突中,起着弥合两性的尊卑序位、缓解性别冲突的作用。中国伦理哲学给予孝道相当高的位置,不仅视其为立身之本,更视其为治世之本,"孝,德之本也","夫孝,始于事亲,中于事君,终于立身"[①],"孝,天之经也,地之义也,民之利也"[②]。"孝"可以广于礼乐,可以移于忠君、顺长、治官,又可用于诤臣、诤友、诤事,因此无所不通。但从根本上说,"孝"在于事亲,即体爱、崇敬生养自己的父母。在尽孝的活动中,父母是被"孝"的共同承受者,身为女性的母亲与身为男性的父亲同样拥有被子嗣所"孝"的权利,父母在"孝"中被一体化。从两性关系看,孝道赋予了母亲在男性子嗣面前拥有权威的合法性,女性在处于母亲角色时便具有了超越两性尊卑序位关系的可能性。所以,在中国女性被规定的女儿、妻子、母亲三种身份中,前两种在男尊女卑性别伦理的压迫下,处于卑从的地位,待到做了母亲便会冲破这重压迫,在男性子嗣面前获得超越男尊女卑文化设定的"解放"。当然,这种"反卑为尊"式的解放不是女性获得

---

① 《孝经·开宗明义章第一》。
② 《孝经·三才章第七》。

性别主体性权力的解放,而是父权制文化设定的结果,目的是保证父权制的文化秩序,所以,很多女性在母亲的位置上,甚至比父亲更严厉地教导子嗣遵循维护男性权力的社会规范,包括对女性制定的严格规范,在中国依照灭绝人性的贞洁观制裁失贞女子最严厉的执行者恰恰是经由"母亲"位置而位居家族高位的女性自己。但从两性关系看,"孝"起到了弥合两性关系冲突的作用,使在男尊女卑的伦理秩序压迫下的女性有了喘息与宣泄的机会,这也是西方能在19世纪末20世纪初发生女权主义运动而中国则不能的原因之一。

中国哲学的上述四个方面,即世界的有机整体性把握,阴阳互动互构的生成性把握,与伦理学相融合的人伦序位把握,以及"孝"范畴的综合阐释,综合一体地规定着中国独有的性别哲学。在这一哲学意识中,男女互构而与天地齐,男女互动而与天地参,男女相合而与天地一。同时,男女又并非彼此平等,而是比于天地,天上而地下、天尊而地卑,这就有了千古如斯的合一天地的男尊女卑。

二 性别哲学的文学表征及文学批评启示

中国女性文学书写与文学批评基于中国性别哲学而展开,并以书写与批评的方式呈现着这样的性别哲学意识,这也成为与西方女性文学创作与批评的不同。

二元对立哲学思维对西方女性文学创作与批评有着深远的影响,这种影响包括男性作家的女性书写,也包括女性自己的书写及其文学批评。从文学表现来看,20世纪兴起的西方女权主义文学批评者们发现了西方文学传统对于女性的书写存在一个隐秘的二元对立的范式,即将女性塑造成两种对立的形象,一种是天真、美丽、纯洁、可爱、无私的"天使";一种是复杂、淫荡、刁钻、自私的"妖妇",对此无论是西方学者还是中国学者都多有阐释。两种对立形象的塑造反映了西方父权社会源于二元不对等思维方式对女性的认知,"天使"形象是男性对于女性审美期许的文学投射,"妖妇"形象则是女性等同于感性—欲望动物的西方哲学认知的文学演绎。美国女权主义批评家肖瓦尔特称这种现象为"文学实践的厌女症"

和"对妇女的文学虐待或文本骚扰"。吉尔伯特和古芭在其合著的《阁楼上的疯女人：妇女作家和十九世纪文学想象》一书中指出，这两种女性形象都是对女性的歪曲与压抑；伍尔夫则在《一间自己的屋子》一书中大声疾呼要杀死房间里的"安琪儿"（天使）。

从女性自己的文学书写来看，二元对立的西方哲学思维也在发挥着潜在的作用，只不过她们用隐蔽的方式传达着自己性别一方的意愿。以《简·爱》为例，一种被普遍认同的读解是，夏洛蒂·勃朗特在这部类似自传体小说中讲述了女人只要自尊自爱自强自立，就会获得"灰姑娘"式的幸福的故事，然而，仔细阅读文本，就会发现夏洛蒂实现"灰姑娘"的梦想采用的是在二元对立思维构架上的男性价值标准的女性置换，是对玛丽·艾尔曼在《思考妇女》中提出的"性别类比的思维习惯"的逆转式运用。小说在描写女主人公简·爱与男主人公罗切斯特相遇时，按照西方男女相爱结婚的价值标准，女性处于劣势。女主人公简·爱矮小不美，除了有一颗不为西方男性看重的自尊心外身无分文；而身为特恩费德庄园主的男主人公罗切斯特，拥有财富和强健的体魄，身边不乏富家美女追随，即使是这样，罗切斯特还是摒弃富家美女爱上了贫穷不美的简·爱。如果小说让简·爱不顾一切地接受罗切斯特带有"恩赐"意味的爱（这是一般小说选择的结尾），这就是个"灰姑娘"的故事，对于爱情婚姻中的男女双方，"灰姑娘"的故事更证明着男性主人公的睿智与高尚。然而，《简·爱》不是在演绎"灰姑娘"的故事，它是在向整个男权社会给予女性的不公宣战，在向男性只认女性美貌有财富更好的价值取向宣战。夏洛蒂用以宣战而取胜的武器是以其人之道还治其人之身，即将让所有男性自认为优势的东西都赋予女性，并让男性丧失优势处于劣势，处于被"恩赐"的地位。所以我们看到了小说结尾处男女主人公拥有谈婚论嫁条件的逆转：男主人公罗切斯特因庄园被烧毁变得一无所有，身体因失去一只胳膊、一只眼睛而不再潇洒强壮；女主人公简·爱却不再是原来贫穷不美的简·爱，她获得了远方亲戚的一大笔遗产，虽然还是原来的容貌，但比起残废的罗切斯特就是身体健全的美女了，而且此时还有一位英俊、坚毅的男性追求者（简·爱的堂兄圣约翰·李维斯）。罗切斯特最初的优势简·爱都具备了，她有资本居高临下地面对罗切斯特了，于是她回来以"救世主"的身份做了罗切斯特的"拯救者"。夏洛蒂以男性价值标准为参照,在二元对立的思维框架下,完成了男女角色在社会地位、家庭财产、身体容貌上的互换,在这一互换的实现中赢得了整个女性群体对于整个男性群体的胜利。

从文学批评来看,由于二元对立哲学思维在西方文化根深蒂固的作用,西方女性主义文学批评诞生伊始,就以西方男女二元对立的文化传统为批判目标,但女性主义批评者们用以批判的武器自觉与不自觉地同样带有"二元对立"的思维特点,波伏娃"第二性"的命题、凯特·米利特"性政治"① 的判定、女性主义批评家们对男性作家笔下女性形象二元对立范式的揭示、肖瓦尔特倡导发掘女性"自己的文学"等都具有这样的特征。当然,西方女权主义批评家们也同时做了消解"二元对立"思维的努力,如伍尔夫提出了"双性同体"写作理论、埃莱娜·西苏提倡以身体写作来颠覆男女二元对立文化传统等,20世纪以来西方女权主义文学批评有意消解男女性别的对立,其理论呈现出由"性别强调"到"性别包容"的批评态势,而这也恰恰说明西方性别哲学对文学批评的影响。

在中国传统文学与女性自己的文学书写中,就难觅二元对立哲学思维的文学产物,有学者试图对应性地将西方文学"天使"与"妖妇"二元对立范式书写运用于对中国文学的分析,虽然也能举出个案来加以印证,但却不符合中国文学的整体精神。在"天人合一"的哲学认知下,中国文学审美取向不强调对立而强调"中和",先秦时期形成的"乐而不淫,哀而不伤"② 的"中和"审美观对中国古代文学艺术产生了相当广泛的影响,已积淀为中国文人深层的审美心理结构,在对于女性形象的描写中,这一审美观也发挥着极大的作用,"文学实践的厌女症"的现象在中国文学中很难发生。如对于女性"色"的描写,一方面遵循儒家伦理道德规约,对违反家庭伦理的"女色"以批判性地文学展示;另一方面却在诗性精神领

---

① 凯特·米利特在《性政治》一书中提出"性是人的一种具有政治内涵的状况"。她认为,在父权制政治下,男女两性的关系已演变为支配与被支配的政治关系,这是一种不平行的关系,游离于压迫与被压迫、控制与被控制两极之间,既有对抗也有妥协,并且覆盖了社会生活的各个领域。

② 《论语·八佾》。

域给"女色"留了一片自由舒展的天地，这便是中国独具特色的"青楼文学"。唐诗中有大量创作灵感源于青楼女子的作品，李白的"对舞青楼妓，双鬟白玉童"、杜牧的"十年一觉扬州梦，赢得青楼薄幸名"等诗句更见出"女色"与文人雅士诗性的精神同构。所以中国文学对于"女色"没有像西方那样将之驱除于理性的精神领域并予以蔑视，而是作为文人墨客的另类精神慰藉与情感补给为文学所拥抱。中国文人善于在儒雅与情俗之间进行"异质统一"的调适，这形成中国文坛"女贞"形象与"女色"形象共时性地活跃甚至交映生辉的奇观。

中国女性自己的文学书写也少有西方女作家明晰地向男权本位文化挑战的意识，中国古代女作家的书写指向更多的是向内，以抒发自己内心的悲苦愁怨为主，乔以钢将此概括为五种情形："一入深宫里，年年不见春"的宫人怨、"莫作商人妇，金钗当卜钱"的商妇怨、"从此不归成万古，空留贱妾怨黄昏"的征妇怨、"良人何处事功名，十载相思不相见"的离妇怨、"偶然成一醉，此外更何知"的青楼怨，这些悲苦愁怨虽暗含着对造成自己愁怨的男性一方（或丈夫或情人）的指责，但指责中不含有对峙，不含有较量，相反是向着欲"和"的方向发力，"怨"的是夫妻或情人间不能琴瑟相合，长相厮守，是一种"对立统一"的文学表现。"浏览古代女性的作品，很容易发现这样一些跨时代的共同主题：闺中相思、弃妇忧愁、感物伤怀等等。她们的视点往往如此接近，心境又常是那么相通。朝代的更迭、世事的变迁在多数女子的创作中留下的只是淡淡的痕迹，以致我们可以纵跨千年，将这些作品的内容大体上概括为'身边文学'。"①"身边文学"，这是对中国传统女作家文学书写的形象概括。至于在五四运动中崛起的新女性文学书写，由于中国从来没有发生西方式的以鲜明的性别对峙为特征的女权主义运动，中国的女性解放是为反封建的民族解放所促成，其呼唤解放的引领者又多为男性先觉，女性主体意识自觉缺失，其女性书写便不可能像西方女性那样有强烈的、抗拒性的性别指涉。

中国女性文学批评崛起于中国现代性的发生，理论资源更多地取自西方，建立于二元对立思维基础上的西方女性主义理论随之也被运用于中国

---

① 乔以钢：《中国女性与文学——乔以钢自选集》，南开大学出版社，2004，第8页。

女性文学（包括写女性与女性自己写两种文本）的批评实践，对西方女性主义理论与概念的比附与套用成为中国女性主义文学批评的常见套路，反而遮蔽了中国女性文学书写源于民族文化的生存呐喊与文学诉求，中国"一元论"的哲学文化与男尊女卑的伦理文化共同铸就的中国性别文化，形成了中国女性"第二性"生存与文学诉求的更复杂、更隐约、更沉痛的情形。21世纪以来，中国女性主义文学批评与西方女性主义文学批评同步，已意识到"二元对立"思维的弊端，尤其是对中国女性文学批评的弊端，其理论主张已由强调女性立场的"女性主义"视域转入开放的、平和的"性别"视域，"性别"视域使中国女性文学批评摒弃了来自西方的性别激见，批评更向合乎中国女性文学实践特色、合乎中国历史与现实的性别文化实际的方向发展。

　　从女性文学批评坚持民族主体性视角提出建构中国性别哲学，旨在在中国性别哲学的视域下达到对女性文学书写的观照与审视，其研究也包括基础理论与文学形态两个方面，前一方面主要研究中国性别哲学特质、中国哲学性别维度思维与西方哲学性别维度思维的差异、"天人合一"认知框架下的男性与女性的主体间性、中国两性关系的哲学认知对于女性现实生存的文化效应等；后一方面研究中国性别哲学旨要及其思维方式对于创作主体、文学文本形态与文学文本接受的作用，可进行创作主体的性别哲学思维之于文学创作的作用、性别哲学视域下的男性书写中的女性形象、女性书写中对性别关系的认知与呈现、"哀而不伤，乐而不淫"的女性书写的情感形态等方面的探索。同样，前一方面研究成果构成中国女性文学批评的批评依据，后一方面则是中国女性文学批评应予以重视的批评指向。

第三节　性别美学——审美维度的女性文学批评建构

　　美学是对人的审美活动的研究，人的审美活动是以意象世界为对象的人生体验活动，文学作为以虚构的意象世界表现人生体验的人类精神活动形式，是美学研究的重要领域。文学领域的性别美学，是从性别视角研究文学的审美活动,它包括女性视角的文学审美活动,也包括两性相互关系视角的文学审美活动,这是一个比较大的题域。此处作为中国女性文学批评的一个维度提出,主要在于说明中国女性文学在审美层面上也与西方女性文学有着种种不同,中国女性文学批评民族主体性的建构,应注意这一维度上的中国女性文学的特殊性,此方面的研究有相当多的有待开掘的课题。本节只探究中国女性文学(专指"女性"写的文学)的文本审美呈现形态及文学艺术表现,在此题域下考察中国女性文学与西方女性文学的差异,进而明晰中国女性文学的审美特质,以进行有针对性的批评。

一 中国审美传统及文学表现

中国女性文学的审美呈现形态与西方女性文学相比有自己的特色,这一特色根源于中国不同于西方的审美传统,在古代女性文学中,审美传统呈现着中国迥异于西方的女性文学风采,在现代女性文学中,审美传统仍发挥着潜在的作用。中西不同的审美传统,最为主要的区别在于,西方的审美传统是建立在认识论基础上的强调叙事的传统,中国的审美传统则是建立在体验论基础上的强调抒情的传统。

西方审美传统建立在认识论的基础上,认识论是将世界分为主体与客体,申明外在于人的客观世界是可以认识的,认识即是主体的人对客体世界的反映。人对客体世界的认知与把握有理性与感性两种方式,理性的认知是哲学认知,感性的认知则是艺术认知也即审美认知。西方这一认识论观点肇始于古希腊,较早的是赫拉克利特,他肯定了认识的对象是自然界,同时又区分了感觉和思想这两种认识形式,此后这一认识论观点成为西方审美认知的理论基点,从柏拉图、亚里士多德至康德、黑格尔都从认识论出发论及审美认知问题,形成西方主客二分的审美认知模式。对文学的认识即在这一审美认知模式下进行,文学的摹仿说、再现说、反映论、镜子说、真实论、典型论、现实主义等都是这一审美认知模式下的产物。这一审美认知模式下的文学,强调文学"摹仿""再现""反映"现实的功能,认为这是文学的根本功能,也是其存在的价值,在肯定这一文学价值的前提下,对于如何实现这一价值的探讨才有了真实论、典型说、现实主义等关于文学创作原则的理论。马克思、恩格斯关于文艺的意识形态属性、典型环境下的典型人物、细节真实等相关论证,既是西方传统主客二分的审美认知模式的产物,又把在这一模式下的文学认知推向一个新的高度。直至19世纪末20世纪初西方现代主义哲学与文学问世,西方传统主客二分的审美认知模式才遭到质疑,文学的再现说、真实论、典型论、现实主义等才不再作为文学创作的圭臬为文学家运用于创作实践,也不再成为文学批评家进行文学批评所独尊的理论依据,文学表现论、体验说、意识流等注重创作者主观情感表现的审美认知逐渐受到重视。

与西方传统主客二分审美认知模式下的文学认知相应,西方的文学创作实践得以大力发展的是以再现客观世界为旨要的文学叙事,并形成西方独具的文学叙事传统。与中国一样,西方最早诞生的文学样式也是诗歌,与中国不同的是,它得以发展并对后世产生巨大影响的是叙事诗。荷马两大史诗《伊利亚特》与《奥德赛》已具有完备的叙事,有波澜起伏的情节、个性独具的人物形象、错综复杂的人物关系,也有相匹配的景物描写、细节展现、人物对话等。与史诗并称为古希腊三大文学样态的另两种是神话与戏剧,以体系性为特征的希腊神话,内容广阔浩繁,支脉派系庞杂,题材虽为神的故事,但却以现实的人生为摹本,是神与人同形同性的产物,也具有完备的叙事。希腊悲喜剧起源于现实生活庆祭酒神狄俄尼索斯的活动,将史诗与神话的情节叙事发展为更具张力的戏剧冲突,人物性格更为鲜明,人物关系碰撞更为激烈,细节构思更为巧妙。此后西方文学便沿着古希腊文学奠定的叙事风格发展,在叙事诗方面有《罗兰之歌》《熙德之歌》《尼伯龙根之歌》《伊戈尔远征记》《骑士传奇》,代表叙事诗最高成就的但丁的《神曲》以及弥尔顿的《失乐园》等;在戏剧方面最为突出的成就是莎士比亚的戏剧和17世纪以莫里哀、高乃依、莱辛等为代表创作的古典戏剧。歌德则将史诗与戏剧创造性地结合,创作了辉煌的史诗戏剧《浮士德》。与此同时,叙事文学最典型的表现样态——小说产生。中世纪在法国兴旺发展的城市文学已具小说特征;16世纪文艺复兴时期薄伽丘、塞万提斯等将小说作为叙事文体奠定下来;18世纪以笛福、菲尔丁为代表创作的现实主义长篇小说和以卢梭为代表创作的法国哲理小说将小说创作推向新的阶段,客观地、如实地反映生活的现实主义创作原则被运用于小说创作实践；19世纪现实主义小说创作再创辉煌，涌现了一大批如巴尔扎克、司汤达、福楼拜、狄更斯等批判现实主义的优秀作家，重在描写客观世界的叙事文学创作达到顶峰。西方叙事文学在其发展的过程中，形成了一系列适应文学叙事的艺术表达方法，如情节的曲折性与完整性、人物形象的典型性、细节的真实性、语言的描述性等。这些都构成文学叙事的美学特征。

中国的审美传统建立在体验论的基础上，中国传统思维方式的突出特点是有机整体性或经验整体性，它以体验为根基，它的特征性境界是物中有我、我中有物、物我莫分、天人合一，这一思维方式运用于文学，形成主客一体的审美体验模式。中国古人的艺术世界是由体验建立的世界，体验的世界也有物性对象。但此物性对象不同于西方认知世界的物性对象。西方认知世界的物性对象，是外在于认知主体的客观对象，体验世界的物性对象是体验着的或经由体验的物性对象，感性判断已汇入其中，情感感受也已汇入其中，是已然感性接受的物性对象，也是已然感性评价的物性对象，因而，这一物性对象就不再是西方认知世界的那种客观对象，而是主体性或主观性融入其中的物性对象，是为创作主体情感濡染的物性对象，中国古代文学最为突出的特征便是它的情感体验性，"尽管古希腊美学也并不否认艺术对人的情感的影响和作用，但从整体上看，它更为强调的毕竟是艺术对现实的再现的认识作用。而中国美学所强调的则首先是艺术的情感方面，它总是从情感的表现和感染作用去说明艺术的起源和本质。这种不同，也分明地表现在东西方艺术的发展上"。[①]

中国古代文学的情感体验性体现于文学表现便是对抒情的强调，这也是中国主客一体的审美体验模式的文学体现。就文学样态而言，中国古代文学元代以前最为发达的是抒情文体，《诗经》与《楚辞》、先秦散文、两汉辞赋、散文与乐府诗、魏晋诗歌与散文、唐诗宋词等构成中国古代抒情文体一脉的发展历程。中国叙事文体的一脉可追溯至上古神话，之后较有成就的有先秦叙事散文、司马迁的《史记》、唐传奇、元杂剧、明清小说，但中国的叙事文学创作不同于西方的叙事文学创作，它不以再现客观世界

[①] 李泽厚、刘纲纪主编《中国美学史》第一卷，中国社会科学出版社，1984，第152页。

为叙事取向,而是以表情达意为写作宗旨,即使是叙事文体已经成熟的明清小说表情达意的倾向也十分明确,就人物塑造而言,中国明清小说的人物塑造不专以刻画人物性格为旨要,它注重展现人与人的情感关系,作者长于对这类情感关系进行丰富复杂的情感体验,进而描画人物,此外,语言的抒情性也是中国叙事文学与西方叙事文学的重要区别。因而,中国古代文学以抒情见长。现代以降,中国文学创作受西方影响,开始依据西方叙事文学的创作理念与创作方法进行创作,但中国抒情传统在文本创作中自觉与不自觉地运用仍程度不同地构成着中国文学的特色。中国文学的情感体验性,形成中国文学独到的美学范畴与创作方法,如"诗言志""虚静""物化""得意忘言""性情""形神""神思""比兴""象""象外之象""旨味""味外之味""虚实""言意""意境""兴寄""风骨""童心""性灵""格调""托物言志""随物赋形""立象尽意""意在笔先""借景抒情""情景交融""取譬连类""结言端直"等,这些生发于中国抒情文学的美学范畴与创作方法不同于西方"典型说""真实论"等叙事文学的美学范畴与创作方法,构成中国文学的文学精神与审美旨趣。

二 审美维度的女性文学创作与批评

中西传统审美认知模式以及由此产生的文学表现侧重点的不同,体现于女性文学创作与批评,便表现为中西不同的女性文学创作与批评情形。

20世纪西方女性主义文学批评者在抨击与解构男性中心文学的同时,开始寻找女性"自己的文学"传统,爱伦·莫尔斯的《文学妇女》、肖瓦尔特的《她们自己的文学——从勃朗特到莱辛的英国妇女小说家》、桑德拉·吉尔伯特和苏珊·古芭合著的《阁楼上的疯女人:妇女作家与十九世纪文学想象》等都做了这方面的努力,她们的用意在于发掘被菲勒斯文化斩断和埋没的妇女写作,从社会—历史文化视角去审视女作家反抗父权压迫的文学诉求,试图寻找女作家独有的写作特征,但在审视与发掘中,她们发现女作家之所以能获得成功一个重要的原因是善于从男性文学成就中汲取营养,无论是勃朗特姐妹还是简·奥斯汀,她们的创作都是西方叙事文学传统中的创作,都遵循着西方叙事文学的美学原则与创作方式。当然,作为女作家,在进行这样的创作时,有着不同于男性的基于女性生存体验的理解与处理方式,正是对女性生存体验的理解与处理方式才构成女性文学独特的风采。肖瓦尔特曾就此提出女性亚文化的观点,认为女性写作是出于一种共同的心理和生理体验:青春期、行经、性心理萌动、怀孕、分娩和更年期闭经等女性特有的生理过程体验及作为女儿、妻子和母亲的社会角色的独特心理体验等。这种不同于男性的共同体验使她们紧紧地结合在一起,形成一种非自觉的文化上的联系。[①] 此处肖瓦尔特提出的"体验"不同于前面提到的中国文学的艺术体验,前者是女作家自身的生存体验,后者是创作主体与创作对象浑然一体的艺术体验。西方女作家带着女性独有的生存体验进行文学叙事,其典型形象的塑造、生活情境的选取、人物关系的设置等便都有了女作家作品的特色,也正是在这个意义上,桑德拉·吉尔伯特与苏珊·古芭指出《简·爱》中描写的阁楼上的疯女人伯莎·梅森就是叛逆的作家本身。

对于中国女性"自己的文学"传统,很多女性文学批评者从不同的角度多有探讨,取得了一定的成果,但尚没有形成像西方女性主义文学批评者那样旗帜鲜明地去寻找并力图谱写一个属于女性自己的文学传统的自觉,也没有形成目标一致的群体性努力。其实,中国女性文学创作也拥有"自己的文学"传统,在古代文学的历史长河中,我们拥有相当数量成就卓越的女作家:东汉著名的才女——文学家蔡琰,西汉女辞赋家班婕妤,东晋著名女诗人谢道韫、苏蕙,西晋女文学家和诗人左芬,南朝女诗人鲍令晖、严蕊,唐代女诗人薛涛、李冶、鱼玄机,南宋杰出的女文学家李清照,南宋女词人朱淑真,明末清初女诗人柳如是,近代诗人秋瑾等,以及一大批现当代的女作家,她们的文学成就堪与男性作家媲美。

从审美批评层面寻找中国女性"自己的文学"传统,首先,要在中国文学精神与审美旨趣的视域之下加以观照,这是中国女性"自己的文学"与西方女性"自己的文学"的重要区分。也就是说,中国文学基于主客一

---

① 张岩冰:《女权主义文论》,山东教育出版社,1998,第74页。

体审美体验的抒情性特征，同时也是中国女性"自己的文学"特征，蔡琰激昂酸楚的《悲愤诗》、谢道韫神情散朗的《泰山吟》、班婕妤幽怨凄楚的《怨歌行》、左芬文辞妍丽的《杂感诗》、鲍令晖崭绝清巧的《拟古》诗、薛涛清词丽句的《十离诗》、李清照婉约清美的《漱玉词》、朱淑真情致缠绵的《断肠集》、秋瑾豪放悲怆的《感怀》《感时》，无不是以抒情见长，也无不运用着中国的美学范畴与创作方法。即使是现当代女性文学，其抒情的文学因子及与之相应的审美技法仍然是女性文学一抹亮丽的底色，冰心的作品，无论是散文、诗歌还是小说，其间都洋溢着浓浓的情意，这份情意成为冰心作品的标志；当代女作家迟子建的小说笼罩着一种将悲凉的现实体验与温情的审美理想交融在一起的情愫，这种情愫能将阅读者融化于小说之中，它生发于迟子建对人生深刻而独特的情感感受。其次，要寻找属于中国女性作家自己的诗性风格，这是中国女性"自己的文学"与中国男性作家文学的区别。虽然中国女性作家文学与男性作家文学有着共同的抒情性特征，但所抒之情及其诗性表现却不相同。中国古人素来有阴柔之美的美学主张，"阴阳殊性，男女异行。阳以刚为德，阴以柔为用"①。在中国的伦理秩序中，阴柔位于阳刚之下，是一种价值判断；在审美领域中，阴柔则是与阳刚对应的另一种审美表征，文学的超越性属性，使它散发着与阳刚之美互为衬托的光辉。在审美域，"阴柔"不等同于伦理意义上的弱，它以"柔"为美，以"弱"为美，还可以以外柔内刚为美，它是一种审美风格，这种阴柔之美应是中国女性"自己的文学"传统之一。对此，乔以钢在发掘中国古代女性作家作品的感伤传统时有过精彩的表述："妇女感伤文学所具有的一以贯之，从内容到表现形式方面相当充分的柔性品格就分外引人注目。尽管它本身存在明显的局限和弱点，但将其置于整个中国文学发展史中，仍不失为对深深打着言志、载道烙印的正统文学的一种特殊的调剂和补充。"② 中国女性"自己的文学"传统尚需要中国女性文学批评者多视角地去探求。

无论是西方还是中国，从审美维度发掘女性"自己的文学"传统都尚

---

① 《女诫》。
② 乔以钢：《中国女性与文学——乔以钢自选集》，南开大学出版社，2004，第59页。

显不足。20世纪西方女性主义文学批评者们，是在女权主义政治要求中获得了女性文学批评的立足点，并确立了女性政治权力的女性文学批评立场，西方女性主义批评也可以被称为女性主义政治文学批评，这一批评的突出特点就是将女性主义的政治标准，作为文学批评的基本标准。中国女性主义文学批评借力于西方女性主义批评，又受以中国政治为导向的现代文学批评模式的影响，其批评展开也偏向于政治意识形态取向，更多的是带着对男权社会强烈的批判意识，从政治、性别压迫的维度去寻找被男性作家作品光辉或为男权社会意识形态有意遮蔽的女性作品，发掘其中的女性作家主体意识诉求，其结果便是漠视了女性作家蕴涵于其作品中的审美艺术表现。当然，任何文学的审美艺术表现，都不单单是艺术形式问题，文学活动与文学表达实际上是一种生存活动与生存表达，对女性作家的生存体验与生存压抑以及由此而产生的道德价值判断的文学表述，应该给予审美意义上的肯定，正如康德所认为的，审美活动作为一种情感行为是包含有道德因素的；但文学活动不是政治活动，它有自己的疆域及疆域的种种规定，它要合于马克思所说的"美的规律"，合于康德所说的"审美自律"，从这个意义上说，进一步从审美维度发掘女性"自己的文学"传统，也是女性文学批评的题中之义。

建构中国性别美学，一个重要的方面就是对坚持审美维度的中国女性作家作品的深入研究，它包括女性作家孕育于文学中的审美情感、审美意识、审美判断、审美评价、审美旨趣、审美想象等主体因素，也包括文学形象、文学风格、文学技巧、文学语言等形式因素。

第二章

中国当代性别诗学建构的问题域

近年来,"性别诗学"成为女性文学研究的关键词,由乔以钢、林丹娅主编及众多活跃于女性文学研究前沿阵地的学者参编的中国第一部《女性文学教程》的结语,提出"迈向性别诗学"的女性文学研究前景[①]。性别诗学的提出,表明女性文学研究摒弃了西方女性主义文学批评最初形成并传入中国的反"男性"的立场与性别对立的倾向,由侧重反性别压迫的政治讨伐转向注重两性相互关系及性别差异的社会文化研究,这是一个可喜的转向,它可使女性文学研究进入客观的、平和的、两性对话的研究境界。但"性别诗学"并不否定女性的主体性批评身份,作为女性文学批评的延展,它仍坚持批评的女性视角,否则它就会因失去其根本而不复存在。所以,"性别诗学"既要坚持以争取男女平等为旨要的对以男性为中心价值取向文学活动的社会历史学批评,又要坚持对女性文学进行承认性别差异、以客观考察两性社会文化关系为新的批评任务的社会文化学批评与审美批评。于是,就有了在"性别诗学"视角下对女性文学活动"重读"或"新解"的必要。

为此,我们以问题的方式提出建构中国当代性别诗学的问题,即我们认为,建构中国当代性别诗学,应该进行如下问题研究。在这些问题域中,有些问题,学者们已做了相当深入的研究,有些问题,还需要进一步发掘,从学术研究的体系性与整体性考虑,我们在此一一列出。此外,这些问题是时代性的重要问题,第一章提出的中国女性文学批评民族主体性

---

① 乔以钢、林丹娅主编《女性文学教程》,河北教育出版社,2007,第359页。

的三个维度，与下文提出的问题具有一致性，也是下文所有问题域研究应把握的维度。

中国当代性别诗学建构的问题域提出，来自四个方面，即源于中国古代性别文学创作与文学批评梳理的问题域、源于五四新文化运动引发的现代女性文学批评展开的问题域、源于 20 世纪 50～70 年代政治性女性文学写作与文学批评实践的问题域，以及源于改革开放新时期以来的多元化女性文学写作与文学批评现实情形的问题域。对此，即作一框架式概述。

第一节　中国古代性别诗学建构的问题域

对中国古代性别文学创作与文学批评的梳理，构成中国当代性别诗学建构的问题域，一是在于古代性别诗学与当代性别诗学具有渊源关系，前者构入后者；二是在于任何梳理都是梳理者的当下梳理，当下提供梳理的立足点及视域，也提供当下理论资源，梳理本身就具有当下意义。

以当下的西学参照及诗学建构的多元情况而言，中国古代性别诗学的梳理，集中于如下问题域。

一　中国古代文学及文学批评的性别取向——有机整体性的相互依存的性别关系

中国古代文学起于有文学史经典记载的《诗经》，止于清末小说与诗歌，但凡涉及男女两性的爱情、乡情、友情、同窗、同游、家庭、娱乐、生死、离别等人生的方方面面，都是男性纠缠着女性，女性依存着男性，因此才演绎出那么多令人扼腕、催人泪下、令人梦魂缠绕的诗情与故事，也才有那么多句句叹、页页泪的评读文字。"在天愿做比翼鸟，在地愿为连理枝"（白居易《长恨歌》）、"妆罢低头问夫婿，画眉深浅入时无"（朱庆馀《近侍上张水部》）、"何当共剪西窗烛，却话巴山夜雨时"（李商隐《夜雨寄北》），这类唐诗中的名句，其之所以有"名"，在于它们表述了男女相互之间的情感体验。宋词更是以男女相依为主题极尽两性交往的缠绵悱恻，至于明清小说，如《红楼梦》、"三言二拍"、《聊斋志异》等，更是写尽男欢女爱，悲愁难舍。这种相互依存的性别关系，在"天人合一""阴阳和合"的中国古代哲学中，在"百善孝为先"的伦理纲常中有其根基，在伦理政治的家园共同体中更有其保障。这种文学批评的性别取向，在西方女性文学批评二元论的比照下，更拥有针对性研究的学术价值。

二 中国古代文学及文学批评的性别序位——现代性别诗学的批判立场

中国古代社会是男权社会，这一点与西方并无二致。男尊女卑，则是古代男权地位的伦理表述。尊卑序位的伦理确认虽然不像西方放逐女性的政治对待，但也是沉重的性别压迫与自由剥夺，这一点直到中国在西方坚船利炮的侵略下转入现代社会，才被中国的启蒙先驱们意识到，并由此唤起具有巨大批判力的实践性批判。然而男尊女卑的伦理延续性一直在文学与文学批评中不同程度地存留至今。因此在当代性别诗学建构中，坚持这一批判立场，仍有重要的当下意义。对古代文学及文学批评的这种批判性梳理，其困难正在于批判需穿破上面所说的温情脉脉的性别互存关系，在于揭示女性被压迫的身份事实。以往此方面的批评成就多表现于对描述显在的性别不平等的作品中，而对展现两性相依，男性对女性的思念、爱恋、追随、倾诉类作品坚持性别立场的揭示与批评不足。实际上，古代文学的任何文学展现都发生于男尊女卑的历史语境中，都是男尊女卑的文学表征，从这一角度说，中国古代文学经典如唐诗、宋词、明清小说，都有待于进行批判性重读，并在批判性重读中建构性别诗学的批评尺度。

三 中国孝文化的女性承领——男权社会压迫性的女权回馈

中国源远流长的孝文化，凭借天经地义的人伦合理性，成为百善之首。孝对于晚辈来看，虽然也有性别尊卑序列，但总体来说，使长辈女性在一定程度上获有对下辈男性的支配权。曾祖母、祖母、母构成的与血缘关联的家庭母系权力，在同辈男性缺席时，就会形成更大的家族掌控权。中国古代不乏借助这样的家族女权而齐家、治国、平天下者。这是一个普遍的女权现象，虽然通过垂帘听政甚至直接君临天下的方式而治国平天下的女性在历史上为数并不多，但有多少个家庭与家族，就有多少个长辈女性有可能获得齐家之权，而晚辈女性也可以由媳而婆，充满获得权位的可能。这是中国女性由卑而尊的宿命路径。这种情况在文学中不断得以体现，不同程度地展示着女性的尊严、情智以及权谋，体现着女性位卑与拥"权"身份的两重性。不过，这条由卑而尊的女权宿命，却在男权压迫下铺就，所以这种序位转换的宿命首先便是被压迫与被侮辱的宿命，压迫性是转换性的条件，也是转换性过程本身。家斗、族斗、宫斗，不同文化层位的女性，要实现尊卑序位转换，要实现女权宿命，都必须有在压迫与屈辱中斗而胜之的智慧与手段。这种情况在历代文学作品中都有展示，这是性别诗学须予以梳理的重要内容。此外，对此进行梳理有一个问题须予以强调，即在孝文化中获得的女性序位转换及家庭家族性女权，乃是回馈性的，即对男权社会的回馈，其转换及权力实质，正在于维持既有社会制度及伦理关系的稳定性与合理性，权重倾国的武则天临终回归大唐国号，入李家宗序，当是这种回馈性女权的象征。

此外，对中国古代性别诗学的梳理，还须从理论上求解文学作品中女性生存的层位差异与类型差异问题，如妻、妾、婢、后、妃、嫔、艺、妓、贞、烈、贤等，在多种多样的女性生存中，挖掘中国性别文化的深层伦理密码，如女性生存的差异性根据、女性权力角色的政治伦理功能、女性情感及女性形象的诗学特征等。这些问题的求解有深刻的诗学建构意义。

第二节　五四时期现代性别诗学建构的问题域

发生于20世纪初期及中期的五四新文化运动及其展开，在中国性别诗学中占有重要的历史与理论建构地位。这是因为这段时间中国性别伦理取向及性别文化发生了具有历史转折意义的变化，与之相应的性别文学及文学批评也随之别开生面。这段性别诗学的历史性展开,有些现象已形成学术界的普遍关注和理论聚焦,但也有些有重要建构意义的问题尚待进一步思考。就问题域而言,可做如下概述。

一 现代性别诗学的启蒙特征——女性解放意识的唤醒

女性解放意识的唤醒,是伴随20世纪初民族救亡意识不断强化而发生的,它构入为民族救亡而发生的对传统批判的第一浪潮。当时的改良者及启蒙先驱都提出了传统文化压抑女性、吞噬女性的问题,放脚、禁虐、接受教育,均为当时瞩目之举。接下来女性启蒙集中于三点,一是婚姻自由,二是走出家庭,三是批判压迫妇女的封建礼教。当时的一批追求革命、富于民族意识的青年女性冲决父母及封建束缚,成为启蒙运动的活跃力量,在文学领域表现得尤为突出。不过,在启蒙中发挥主要作用的是男性,从事这方面文学书写且有成就者男性也颇多。这些男性启蒙者由于受过一定的现代教育,因此能投入唤醒女性解放的潮流中,但在其深层的思想意识中仍或多或少地留有中国传统文化的影响,这些必留痕于当时性别诗学的建构。总之,当时的女性解放意识,立足于女性生存的现实当下,取利于民族救亡、批判传统的大局,取向于西方的现代性启蒙精神,对它的缘起、特征以及意义的研究,虽有相当多的成果,但仍有从性别诗学角度进一步予以阐释的必要性。

二 现代性别诗学的女性形象——屈辱命运的陈诉,走出家庭的活跃,无所着落的迷惘

这一时期的女性书写,体现出对于女性现实生存境况的强烈的批判精神。陈诉女性屈辱命运的作品与形象,古代文学也有较多展示,但那更多的是一种男性的同情书写或女性基于切身经历的呻吟。而这一时期的书写,取力于启蒙与批判传统的语境,批判的控诉与女性意识的唤醒成为命运陈诉的主调,解放行为的过程性书写成为那一时期的性别叙事特征,很多故事线索由此而生,这一时期的文学形象,女性由被同情的屈辱身份,

转而成为控诉与抗争的主角,对于这一时期女性形象的反传统史学意义与社会文化学意义,很多批评已经给予阐释。但也应该看到,这一时期的女性文学形象,因其批判尺度及价值标准取借西方,缺乏基于民族文化的理性根基,呈现取借西方的无根状态;书写者由于对于女性解放问题理性思考的行为直观性与女性身份理解的非理性化及情绪化,使其形象的情绪色彩突出;当时女性解放对于男权行为的对比性的现实取向,使得解放的女性面临男性模仿的困境以及被男权同化的困境,女性的归属问题的迷惘体现于女性形象的迷惘等问题,也构成着当时女性形象书写的重要特点。由此面临一个重要的诗学问题,即影响着这一时期的性别文学书写与批评的五四精神与五四传统,对中国性别意识的影响该如何评价,五四传统批判精神在现代性别书写与批评中的历史作用该如何审视。对这些问题的求解,是中国当代性别诗学的任务。

三 现代性别诗学的女性书写——见于城市文学形象的女性性别意识

女性书写在 20 世纪 20~30 年代,逐渐形成势头,也逐渐引起男性批评关注,女性书写与男性批评形成一定的对抗与交融。这一时期女性书写的特点是体验性,自我经历常常构成书写的题材来源。城市女性生活书写及城市女性形象成为女性书写中富于现代性别意识的题材领域,或者说,五四精神唤醒的现代性别意识在女性书写的城市女性生活与女性形象中,获得生动体现,现代女性的欲望、审美、喜好、追求、爱情态度、家庭对待、伦理意识、人生取向,均凝聚其中;女性书写意识深处的传统性别意识与西方启蒙意识的矛盾与纠葛体现于女性形象的由农村而城市或农村与城市生活意识相互碰撞的生活之中,这些成为还需要进一步深入开掘的中国性别诗学建构中女性意识状况的富矿。

四 现代性别诗学的贯穿性矛盾——传统伦理意识与西方启蒙意识的纠葛

中国与西方在精神方面的对决、对抗及融合，是中国现代性启蒙以后一直延续的基本思想问题与学术问题，这个问题在中国性别诗学建构中至关重要。我们可以肯定地说，没有西方启蒙精神的导入，就没有中国现代性别诗学的开启与展开。西方的自由、平等、博爱以及科学与民主，都以其巨大的力量对中国性别传统形成摧枯拉朽般的冲击。女性身份、女性自由、女性社会生活、女性价值取向，这类关涉性别诗学建构的重要理性问题，都是借助西方而提出而求解，并造成中国现代性别诗学的取向。不过，中国传统伦理意识对于由传统进入现代的人的如影随形，传统伦理的延续性所造成的根基性规定，使得现代性别诗学的建构过程，同时又是传统延续的过程。这段历史，是传统在被西方启蒙精神的批判中得以延续的传统，又是西方启蒙精神在传统延续中得以接受的历史。中西方巨大的传统差异与现实差异，以极其复杂的方式在性别诗学中体现出来，对这种复杂性的历史研究，已成为性别诗学建构无法绕开的难题。

第三节 20世纪50~70年代性别诗学建构的问题域

从政治属性的规定性角度说，20世纪50~70年代的性别诗学，其实是40年代解放区文学与批评的延续。解放区文学，奠定了文学的政治属性，强化了文学的政治规定性，无论是齿轮与螺丝钉之说，还是为政治服务之说，都成为那一时期性别诗学必须坚持的方向。这种取向在50年代之后得到体制性强化。这里有三个问题需要进一步从性别诗学角度加以思考。

一　性别诗学的历史性命题——诗学与政治的关系

说这个命题是历史性的，原因在于在中国传统中就没有独立于政治伦理或伦理政治的诗学，兴观群怨也好，文以载道也好，宗经崇圣也好，文学与人伦政治的一体性关系是一直强而有力地得以延续的关系，这也是解放区文学之后20世纪50～70年代文学与政治的关系得以延续的历史根据。所不同的是在这一阶段的诗学建构中，政治被从传统政治伦理的体系关系中抽取出来，成为与伦理相对立的关系，即是说，这一阶段政治的一大任务就是批判、取消生活中传统的伦理合理性，代表性说法就是移风易俗，破四旧立四新。通过破传统伦理，政治合理性成为唯一的生活合理性，也成为唯一的诗学合理性，诗学自身的种种观点与命题，唯有在政治合理性中才被肯定与确认。这种情况当然也在性别诗学中普遍有力地体现着，成为30余年中文学的性别书写与批评无可怀疑的规定。这一阶段一批按此规定书写的女性文学作品及批评应运而生，成为至今仍构入性别话语的重要景观。值得深思的是，这一阶段性别诗学的政治化，与西方女权主义的性别政治形成了某种对应，政治性别诗学主张的文学功能与成果，正应西方性别诗学之所求，即女性的政治地位的获得。这一阶段女性文学的女性英雄形象，如铁姑娘形象、劳动模范形象、当家做主的女领导形象、红卫兵形象等，作为政治符号，确实发挥了为女性求得某种政治解放的作用，"时代不同了，男女都一样"的提法，在当时的女性文学中被近乎神谕地坚持。因此这一时期的女性文学书写、形象及批评，成为西方女权主义性别诗学予以推崇的样板，这一方面有待进一步在与西方女权主义的比照中深入研究。

二　性别诗学的经典解读——政治化的女性形象群

20世纪50～70年代，在严格的政治规定下，创造出了一批表现女性革命身份或政治身份的文学作品及作品中的文学形象，她们在革命的历史合理性与民族振兴的政治信仰中成为文学经典，如李双双形象（《李双双》)、江姐形象(《红岩》)、娟子形象(《苦菜花》)、春兰形象(《红旗谱》)等。当下,文学为政治服务的提法已不再坚持,但为政治服务而书写的女性文学形象,它们所展示的女性的政治品格、革命品格,她们的勇敢、智慧、无私、坚忍、奉献、牺牲等,其实都是通过政治生活又超越政治生活的人性表现。这是在革命极致及政治极致中见出的足以体现女性崇高特征的性别诗学品格。新时期以来的文学批评,对这些形象多采用社会历史批评方法,在对这一时期的政治极致的否定中观照、评价这些形象,从形象本身出发、多元化地给予阐释还有待进一步展开,因而,从性别诗学角度重读与重新批评经典的政治化的女性形象群,是性别诗学建构充满当下活力的课题。

三 性别诗学的性别回顾——女性书写在政治抽象中的性别缺失

30余年的政治强化与政治抽象,使女性与政治相关的潜能得以发挥,因此体现出男女同等的性别根据,这是一种政治发力的性别同化,男性所历史设定的男权社会的非合理性,被女性所激发的政治潜能所证实,这是有世界性性别政治与伦理学意义的证实,有待性别诗学从文学角度进行研讨与阐发。但不容置疑的是,在这个性别同化的历史进程中,性别的不容否定的差异性却被政治性地否定了。消弭了性别差异性的女性,在男权社会只能是男权的同化,因此也是女性的消弭。回顾20世纪50~70年代的政治生活与文学创作,女性性别的政治强化与政治压抑,是一个意义深刻的问题。因为政治本身无论对于男性还是女性,都是一种性别剥夺,政治之外的性别特质与特征,如女性元素或女性品格,或者在政治中整合为政治特征,或者在政治抽象中被滤除或放逐,这样一个有深刻的性别理论含量的问题,被纳入性别诗学的高度加以研究颇有意义,这涉及女性的性别自然、性别历史与性别理想等问题。在这类问题上,西方论说基于西方传统与西方语境,中国的传统及其发生语境与之完全不同,因此西学对于中国的性别诗学只有参照意义、启发意义及可以汲取的理论资源意义。中国性别诗学此方面的研究,需从这一历史时期的文学经典出发,回归当时的社会历史语境,在政治权力、国家意识形态效应、伦理意识作用、女性性别需求等方面的综合研究中展开与求解。

第四节　新时期以来性别诗学建构的问题域

20世纪70年代末，中国进入改革开放的新时期，时至今日，改革开放在全球化语境下正在纵深发展，这是一个正在展开的历史过程，一个历史转型的过程。历史的延续性规定着此前的性别诗学，包括历史梳理的五四精神及后来政治规定的性别诗学，必然在这一历史过程中得以整合性与转化性延续；同时，历史的非线性发展或跳跃性发展，使这一时期的性别诗学建构又面对重要的当下时代问题。提出并求解这些问题，是新时期以来中国性别诗学建构既具有历史意义又具有当下意义的任务。

一　性别诗学的社会转型性关注——女性的时代生存状况

20世纪80年代以来，中国进入大规模全方位的社会转型期，社会转型在性别观念转变与性别开放的实践性行为等方面带来巨大震动与特征性变更，体现在女性生存状况上，则是女性家庭角色、社会角色、文化角色、审美角色的重大变化。女性不仅从社会文化的总体上走出了男尊女卑的宿命，从而改变了传统的伦理序位，而且在有机整体性的性别传统中获得了在平等对应前提下生存的自由。然而，这一性别自由是相对的，女性自由的现实性与女性自由的权利获得，还不是一回事。女性自由的权力根据在于如何在男女有机关联且又对等的情况下，全社会对于女性身份的合于现实的文化自觉与伦理自觉，而显然，由于中国传统文化与伦理意识精神濡染的潜在作用，女性身份的合于现实的文化自觉与伦理自觉要想成为全社会男女的共同意识还尚待时日，这是一个理性觉悟的问题。而在当下，这方面的性别理性尚待建构，这就有了女性生存的当下可能性与现实性难以协调的矛盾。这种状况体现于女性文学书写与批评，就形成争议颇多的女性书写与批评话题,如对于身体写作批评话题的热议。对于将这类话题提升为性别诗学的理论高度,并予以理论求解与阐释,是性别诗学建构面临的重点与难点问题。

二 性别诗学的民族主体性——西论中化的理论运作

经过一个多世纪的性别诗学建构,中国性别诗学的主体性已历史性地进入自觉与自信阶段,尽管对这种主体性还多有争议,但前提性确认已总体性地取得共识,即中国的性别诗学,从中国性别伦理传统、中国女性历史与现实生存、中国女性社会发展取向,均明显不同于西方性别传统与女性生存状况。因此,确定并回归中国性别社会文化状况,是性别诗学建构自觉的历史前提与时代前提。在这一前提下,西方女性文学与性别诗学的视域与立场,便成为中国性别诗学建构的参照,并被参照性重读;西方既有的性别诗学命题及其阐释,也被以中国性别诗学为历史主体的重读、梳理与转化性接受,这样一个动态展开的理论运作过程本身,就是当下中国性别诗学建构的关注点。

三 性别诗学建构的历史维度——传统的批判性的当下延续性

中国有源远流长的性别伦理传统,这一传统经过现代启蒙精神与五四精神的批判,经过西方性别诗学的参照性对比,已进入对传统反思期、历史反馈性的批判期,以及以性别诗学的当下建构为理论平台的当下整合期。传统的民族根性不断地得以自觉地揭示,传统延续问题也成为共识性问题,当下在传统延续问题上的难点在于,传统的历史梳理与当下的时代过滤问题,即传统以怎样的方式进行当下建构的延续,传统的哪些东西可以过滤出来,被当下建构所汲取——显然,传统中极为重要并极有历史延续性的性别序位问题,亦即男尊女卑问题,已在一个多世纪的性别诗学建构中失去了合理性,那么,可予转换的传统精华,有哪些可予转换性汲取,这是至今尚言说不清的理论问题。

四 性别诗学的现实敞开——大众文化的象征性权力

大众文化进入 20 世纪 90 年代之后，借助市场经济而在中国活跃起来，大众文化相对于此前的社会文化包括精英文化，具有颠覆性力量，大众文化所带来的女性生存的变化与女性文学书写、传播、接受的变化不容置疑；它的伦理批判力量与整合重构的力量同样不容置疑。文学商品化包括女性写作的商品化，带来一系列文学领域、批评领域的振荡与混乱，这里有社会转型的必然，有道德重构的必然，也有历史发展的必然，但这里也不乏热闹的过眼云烟及浮躁的甚嚣尘上。如何从性别诗学角度面对这种时代迷阵并进行理性梳理，这是学术界已然着手解决的问题，但尚待深入。同时，还有一个习惯性倾向值得警觉，这就是在大众文化的思考与研究中，不是借用西方，而是套用西方，中国正在经历的大众文化不是西方的大众文化，因此西方关于大众文化的判断与阐释，不该取代中国大众文化的判断与阐释。性别诗学的建构如果不能在大众文化的当下语境中理性地把握中国的大众文化，则难免重蹈追随西方的覆辙。

中 编

第三章

儒家：社会人伦秩序交互中的性别文化

对儒家性别文化的思考，早已不再是一个新课题。自五四至今，以现代女性主义的立场批判地反观两千年来的儒家性别文化所得出的那些耳熟能详的结论，不仅在知识阶层而且在整个社会都达成了相当程度的共识。然而，共识并不必定等于全部真实，甚至当我们反观中国传统社会的真实生存时，我们会直觉地感受到部分共识与常识间的距离。舶自西方的现代女性主义主要是以西方传统的性别文化为批判指涉的，它确实涉及许多中西性别文化的共性特征，如男性中心主义的社会—文化结构、女性的被定义被言说、对男性特权的法律保护、模式化的性别分工、针对女性的规训（特别是服从于贞洁方面的要求）等，这些特征确实也属于儒家性别文化，中国人对这些内容的反复论述、反复批判也已汗牛充栋。但是，这些并没有涉及儒家性别文化迥别于西方的个性特征，也没有涉及这些个性特征借以产生的社会文化土壤及它们带给中国女性的独特的生存境遇。我们不能将儒家性别文化的特殊性湮没在现代女性主义的共性视界里，从而遮蔽了我们自己的问题。

第一节 男尊女卑：儒家性别文化的价值形态

探讨儒家性别文化，我们仍可以从最经典的两个公式——"男尊女卑"与"男女有别"谈起。五四以来，它们一直是被转换到现代女性主义的批判性话语体系中来认识的。"男尊女卑"是价值层面的论断，似乎相当于西方"男性优秀、女性低劣"的性别歧视。"男女有别"是更具体的现实规训，既包含"男主外，女主内"的内外之别，相当于西方女性主义所说的性别分工和性别角色认定，也包含"男女授受不亲"的隔离之别，大约相当于西方女性主义概括的"女性活动领域"。这一转换虽有合理性，但未能穷尽"尊卑有别"在中国传统文化语境中的含义。

"男尊女卑"与西方的男性优越论确有可通约性：它们都是掌握了文化言说权力的男性单方面的宣言，宣布男性为主导的性别、女性为从属的性别。优越与"尊"，低劣与"卑"，在一定程度上是同位的，它们殊途同归地表示女性处于被动的位置："男人之气表现于统治，女人之气表现于服从"（亚里士多德），"阴卑不能自专，就阳而成之"（《白虎通·嫁娶篇》）。然而，二者也是有差异的：男性优越论的"男优女劣"，显示的是二元对立格局组中的绝对性；儒家性别文化的"男尊女卑"，显示的则是自然—伦差序格局网中的相对性。

现代女性主义热衷于探讨男性中心主义对男人优越、女人低劣的本体论定位，这其实是一个西方式的问题。西方文化从源头上就怀着一种强烈的本体论冲动，泰勒斯的"万物是水"被追溯为西方哲学的第一个命题，就是因为它"追问什么是宇宙最根本的建筑材料。实体（构成基础的东西）代表的是变化中的不变元素和多样中的统一性"[①]。寻找多样背后的统一、变迁之外的永恒，一切现象的、现世的有限事物之上的无限，从此成了西方传统文化的课题。这就导出了两个趋向。一是，直接地形成了构成论的宇宙观。几乎每个思想流派都会将世界一分为二：一方是永恒的、绝对的，如毕达哥拉斯的"数"、柏拉图的"理式"、斯多亚派的"逻各斯"；一方是变化的、相对的，是现象。而此二者之间显然是不对等的，在多数情况下前者处于价值秩序上的更高位次。基督教传入西方世界后，又形成了价值上更加不对等的神/人、灵/肉对立，形成了"神义论"。即使在认识论转向之后，这种不对等性也由于"实在"更多地由理性来认知、"现象"更多地由感性来接受而被置换成了理性与感性的不对等，虽

[①] 希尔贝克·伊耶：《西方哲学史——从古希腊到二十世纪》，童世俊、郁俊华、刘进译，上海译文出版社，2012，第6页。

然关于哪种认识在先、哪种认识在后，存在着唯理论/先验论与经验论的区别，但是总体来说，理性在价值上是优于感性的。二是，间接地带来了认知事物上寻求变化背后的恒定、杂多之中的统一，即寻求事物本质特征的思维倾向。西方理论无论研究何种事物，都要先在概念上进行界定，定义这一事物的类本质。

这也就是西方性别文化总是要定义男人/女人本质特征的文化思维根源。一方面，西方文化本身就倾向于通过本质的探寻来将特定事物固化，使事物"各从其类"。另一方面，也只有在对两性的特征做出本质上的玄设，并将男性与实在的、超越的、高级的、肯定的一元相联系，将女性与现象的、现世的、低级的、否定的一元相联系，才能给"性别政治"提供一个性别哲学上的合理化基础。因此，西方思想史上的许多流派都在从不同的角度来论证男性的"优越"和女性的"低劣"。在希腊—罗马时代毕达哥拉斯的数论中，"1"是神、善、创造、秩序的本源，也是男性的本源，"2"是人、恶、破坏、混乱的本源，也是女性的本源。亚里士多德运用他的"四因说"，认为在生育中男性提供了更高级的"形式因"（生命原则、灵魂），女性只提供了较低级的"质料因"（肉身载体）。基督教用蛇（从符号心理学讲是欲望的象征）引诱女人、女人引诱男人偷尝禁果的神话，赋予女人以堕落的本性和双重的原罪：作为人类，她在神面前有罪，作为女人，她在男人面前有罪。男人与神的关系更密切，"男人是神的荣耀"，他同理性和精神相联系；女人则与尘世关系更密切，她只是"男人的荣耀"，她同性和物质相联系。到了理性的时代，"男人是理性的动物、女人是感性的动物"又成了经典公式。总之，"性的政治获得认同，是通过使男女两性在气质、角色和地位诸方面'社会化'，以适应基本的男权惯例。就地位而言，对男性天生优势这一偏见的普遍认同保障了男性的优势地位和女性的低下地位"[①]。男优女劣，从意识形态上保障了父权制秩序的统治。

儒家性别文化的"男尊女卑"，与其说是个本质论判定，倒不如说是个关系论命题。儒家典籍实际上很少像西方那样从特质的层面界定男性或

[①] 米利特：《性的政治》，钟良明译，社会科学文献出版社，1999，第40页。

女性,即使《论语》中那句被现代女性主义者反复引用的"惟女子与小人为难养也,近之则不孙,远之则怨"①,也不像理论总结而更像特定情境下的感触。这也是由中国文化的思维模式和宇宙论基础所构型的。

　　需要说明的是,儒家文化也是具备体系性的宇宙论基础的,这要从三代建立起来的、很大一部分由《易》传承下来的、成为宗法秩序之合理化依据的宇宙秩序说起。这是一个逐级生化、生气灌注的差序宇宙系统,"是故《易》有太极,是生两仪,两仪生四象,四象生八卦,八卦定吉凶,吉凶生大业"②。由于有着共同的生化之源,宇宙(太一/太极/道、阴阳)、自然(天地)、社会(群臣、主仆)、家族(父子、兄弟、夫妇)、个体(心物、性情)被视为同源同构的。儒家维系三代礼法,因此从原则上说,它也应该继承这个宇宙秩序。事实上也确实如此,虽然诞生于先秦的儒家在一开始时对这个宇宙秩序存而不论,但汉儒很快就将这一秩序借用了回来;《周易》《礼记》等表述这一秩序的经典也确实被奉为"六经"的一部分。

　　这一秩序也导出了两个倾向。一是生化论的宇宙观——道家生化论宇宙观留待下面的章节详述,此处关注的是由《易》及三代礼制奠基的儒家生化论宇宙观,其基本特征是用一个跨范畴、跨领域的象征符号系统,来表述这个"宇宙—自然—社会—家族—个体"逐级生成、同源同构的生化共同体,并以较高级的秩序作为较低层级秩序的依据。夏商周三代的宗法制以此为依据,三代之人相信"上下四方——六合——之内都有神秘的力量,这些神秘力量也像人间一样,有一个整饬的结构"③,他们以此建构了繁复的象征礼仪,"就在这重重叠叠充满了象征的仪式中,象征的意义就凸显出来,它在人们心理上暗示了秩序的存在,也渲染着秩序的神圣"④。先秦儒家致力于将礼教的合理化依据由神秘秩序移交给人性,因而暂持"六合之外,存而不论"的态度,但汉儒很快又将那个宇宙体系"借"了回来,这一模式沿袭到了宋明理学,又突出了"心/物"的认识论维度和

---

① 《论语》。
② 《周易》。
③ 葛兆光:《中国思想史》,复旦大学出版社,1998,第60页。
④ 葛兆光:《中国思想史》,复旦大学出版社,1998,第60页。

"性/情"的个体心灵维度。二是带来了生化性的思维模式。由于作为本源的"道""太一",并不像理式那样是独立于现世的实在,而是呈现于生成万物的途径和法则中,寓于万物、随物而迁;宇宙共同体中的诸要素,如二仪(阴阳)、四象、五行(五气、五正)、八卦等也都不是变动不居的,而是处于不断的交互、融合、转化、生成之中。因此中国文化并不太关注赋予特定事物以某种变动不居的本质,并以此本质将事物固化,而是更关注事物在不同语境、不同关系中的生成。如儒家最重要的概念之一"仁",《论语》中也并没有像《理想国》论"正义"那样的定义探讨,而是在不同的语境中赋予其不同的含义。事实上,古典哲学、伦理学、美学的许多概念都是生成性的、开放性的,包括"尊"与"卑"。

因此,"尊"与"卑"并不是男人/女人的固定本质,而是两性间的相对关系,是在差序格局的人伦关系网中生成的。就男/女这个尊卑差序组而言,男尊女卑是不可更改的。"天尊地卑,乾坤定矣。卑高以陈,贵贱位矣。动静有常,刚柔断矣。方以类聚,物以群分,吉凶生矣。在天成象,在地成形,变化见矣。是故刚柔相摩,八卦相荡。鼓之以雷霆,润之以风雨;日月运行,一寒一暑。乾道成男,坤道成女。乾知大始,坤作成物。"[①]"男尊女卑",被认为是由阳尊阴卑、天尊地卑的宇宙自然秩序决定的。乾/阳之德为天德、君德,宜"自强不息",威严、刚健、有创造力和统治力;坤/阴之德为地德、臣德,宜"厚德载物",谦卑、顺从、成人之美、功成不居。所以男为主,女为从,男效天德去开创,女效地德去顺承,才是天理自然。但是,在与宇宙差序格局中其他的尊卑次序组——比如君臣、主仆、长幼——的交互中,"男尊女卑"就是相对的了。第一种情况是,男性之间也有"尊重之尊"与"尊重之卑",如君与臣、父与子;女性之间也有"卑中之尊"与"卑中之卑",如妻与妾、主与婢、母与女、婆与媳。第二种情况是,有时男反为卑、女反为尊。如后妃之于臣子、主妇之于家仆、母亲之于儿子。如希腊人那样给女人贴上"妇女物种"的标签,或者如中世纪神学家阿奎那认为的那样"女性自然要从属于男性,其地位比奴隶还要低,因为女性的从属地位是自然的,奴隶的从属地位是不

---

① 《易经·系辞上》。

自然的",这些在儒家性别文化中都是不可想象的。男人的"尊"与女人的"卑",都不是优、劣这样的固有属性,而是在现实的社会关系、家族关系中生成的。儒家的性别政治,着力点不在本体论—价值论认定,而在更具现实性和此岸指向性的人伦关系约定。

第二节　男女有别:儒家性别文化的实践形态

　　"男尊女卑"的价值秩序,落实到人伦实践中便是"男女有别"。男女有别在日常语汇中经常被狭义化为性别隔离,其实"别"在古汉语中的含义要丰富得多,"别"顾名思义就是"差别",指的是由礼制上的差别所象征的尊卑次序的差别,对应着不同的服饰、器用、行止、伦理规范、权利义务等,以及由差别所决定的二者之间应保持的界限。《礼记·大传》说:"上治祖祢,尊尊也。下治子孙,亲亲也。旁及昆弟,合族以食,序以昭穆,别之以礼义,人道竭矣。"[1] 这里的"别之以礼义",可适用于一切尊卑差序关系,子对父孝而父对子慈,兄对弟友而弟对兄恭,君使臣以礼而臣事君以忠,"亲亲也,尊尊也,长长也,男女有别"[2]。各个角色都有各自的伦理尺度,各正其位。男女之别,也意味着与"男尊女卑"的位次相适应的性别角色、性别分工、伦理义务和两性间的关系。

　　由"男尊女卑"所确立的男女之别,与西方现代女性主义所批判的、建构在男性优越论基础上的性别政治有殊途同归之处。首先是都确立了模式化的性别分工。当然,这种分工在生产环境和劳动条件恶劣的上古时代有基于男女生理差异的合理性,但是,在父系统治秩序被建立起来后,这样的分工被固化了:一切具有超越性、创造性的活动都是男人的任务,如物质生产、政治活动、商业贸易、文化创造;一切循环性、重复性的活动都是女人的任务,如操持家务、抚育后代。进而只承认前者创造价值,只给前者以经济上和社会地位上的回报,女性被迫依赖于男性的供养和保

---

[1]　《十三经注疏》,中华书局影印本,第1506页。
[2]　《十三经注疏》,中华书局影印本,第1506页。

护。这一境遇，在儒家性别文化和西方性别文化中是一般无二的。《诗经·小雅·斯干》中记载了商周贵族家庭子女的诞生礼："乃生男子，载寝之床，载衣之裳，载弄之璋。其泣喤喤，朱芾斯皇，室家君王。乃生女子，载寝之地，载衣之裼，载弄之瓦。无非无仪，唯酒食是议，无父母诒罹。"将男孩放在床上、女孩放在地上，是象征男子与天同德、居尊居上，女子与地同德、处卑处下。让男孩玩玉器，是"君子比德于玉"，提醒他修习君子之德，将来从政做官、振兴家业；让女孩玩纺锤，是提醒她学会操持家务"主中馈"，将来理好家政。其次是规定了两性不同的角色伦理。"夫义、妇听"，丈夫的角色伦理是担当义务，妻子的角色伦理是服从。女性"未嫁从父，既嫁从夫，夫死从子"，因此是附属的性别，她的价值不能靠自身直接实现，而只能靠"相夫教子"间接实现。这与西方的男性优越论所导出的男性是统治的性别、女性是服从的性别大同小异。最后是对两性关系的限制，中西传统都十分重视女性的贞洁。只是儒家的贞洁观更严格一些。一是不仅要求对在场的丈夫守贞洁，而且发展至宋以后，对不在场（休妻、失踪或死亡）的丈夫也应守贞洁："妇之从夫，终身不改；臣之事君，有死无贰，……正女不从二夫，忠臣不事二君。"① 女性的贞洁是与男性的忠君具有同样的伦理高度的。二是不仅在性的层面要严守贞操（这是最基本的要求），还要扩展到"男女授受不亲"的性别隔离。"男女当远，嫌疑早避，不亲授受，不相游戏。食不共案，眠不共榻，衣不共架，梳不共匣。"② 成年女子即使只是与男子共同说笑游玩，或被男子触到衣物、身体，也有失"贞洁"。但总体而言，贞洁在中国与西方，体现为量的差异而非质的差别。

但是，儒家的男女之别也有一些西方传统中未出现的内容。如果说"男尊女卑"是价值层面的判断，要从文化思维模式中寻找根源，那么男女有别则是社会层面的规范，就需从社会形态中寻找根源了。

中国传统社会形态最突出的特征，如韦伯所说，是一个"家族结构式的国家"，中间组织十分发达。孙中山曾论说，中间组织的不发达是西方

---

① 《资治通鉴·卷二百九十一》。
② 《女教篇》。

社会的特征，"由个人放大便是国家，在个人与国家之间，再没有很坚固很普遍的中间社会"①。柏拉图《理想国》在探讨正义的过程中，由个人的正义（智慧、勇气、节制）推及城邦的正义（哲学家的统治、武士的管理、劳动者的生产），可见个人与国家/社群是西方文化中的两个本位。亚里士多德将社会性定位为人的本质属性，而实现社会化亦即人的潜能现实化的过程要经历三个递进：家庭、村落和城邦。家庭只与人的基本需要相联系（也正是因为这样，他才把局限于家庭的女人和奴隶置于男性自由民之下），城邦才与逻各斯、理性、灵魂原则相关联。这种等级论由后世继承，成为西方传统社会的文化共识。究其根源，西方传统社会是以狩猎、海上活动、商业贸易和军事征掳为主要内容的社会，需要大范围的群体合作，参与到群体合作中的人以个体为单位、由契约联结起来，每个个体都有约定的权利与义务，这就形成了个体与社会群体（社团、城邦、国家）两个本位，而家族的作用和凝聚力就被削弱了。恩格斯在《家庭、私有制和国家的起源》中，将家庭的历史演进概括为四种形态：血缘婚家族、普那路亚家族、母系大家族和个体家庭。母系大家族结束之后便直接进入个体家庭阶段，因此西方家庭的重心关系是横向的、通过婚姻形成的夫妻关系。而作为农业社会的传统中国，由于农业生产主要以家族为单位进行，因而形成了家族本位的社会形态。"国民与国家结构的关系，先有家族，再推到宗族，再然后才是国族，这种组织一级一级的放大，有条不紊，大小结构的关系当中是很实在的"②。"中国的社会单元是家庭而不是个人……中国的家庭是自成一体的小天地……家庭才是当地政治生活中负责任的成份……是一个微型的邦国。"③ 家族是以血缘亲情而不是由契约联结起来的，个体的权利和义务都较为模糊，削弱了个体本位；而由于家族的"自成一体"，社群本位在一定程度上也受到了削弱。中国家族的核心关系是纵向的、由血缘形成的亲子关系，而非由契约缔结的婚姻关系。血缘关系为重而契约关系为轻，是中国的家国文化的显著特征之一。

---

① 孙中山：《孙中山全集》第9卷，中华书局，1986，第28页。
② 孙中山：《孙中山全集》第9卷，中华书局，1986，第28页。
③ 〔美〕费正清：《美国和中国》，世界知识出版社，1999，第22~28页。

第三章 儒家：社会人伦秩序交互中的性别文化

一 以空间为核心的性别隔离

中国传统社会形态给儒家的"男女有别"带来的特殊性，一是在性别分工上，西方的着眼点在领域的划分上，儒家的着眼点在空间的分割上。由于以社会群体/城邦/国家为本位进行思考，西方文化最先考虑的是哪些社会领域该属于男性/女性。希腊理性主义传统认为男性是优越的性别，因而需要理性、灵魂原则、智慧、勇气、力量、美德的领域（如政治、军事、贸易、文化等）应该属于男性；女性从根本上缺乏从事这些领域活动的能力和品质，她们在满足基本需要的领域（如家务、生育等）就完成了潜能的现实化。信仰主义的希伯来传统则由于认定女性在本质上更倾向于尘世、肉体、物质和堕落，因而将宗教事务定位为男性的领域，宗教职务仅限于男性担任。而由于增加了家族这个本位，儒家性别文化最先考虑的是哪个空间应该属于男性/女性。所谓"男主外，女主内""男正位乎外，女正位乎内"①强调的是空间性，男性在家庭以外的事务上拥有主导权，"女不言外"，女性不能轻易干涉；女性在家庭以内的事务上拥有主导权，"男不言内"，男性也不宜过分插手。当然，由于诸如政治、军事、商业、文化、物质生产等超越性、创造性活动大多在家庭之外进行，而家务、生育等内在性、循环性活动基本是在家庭之内进行，因此，领域划分和空间划分是可通约的，其给男女两性带来的现实分工状况也基本一致。但是，切入点的不同还是带来了细微的差别。

第一，中国的女性相比于西方女性更容易实现"领域僭越"。因为中国女性只是在空间上被要求"正位乎内"，她们从事政治、文化等领域活动的能力和素质，并没有像西方女性那样遭到否定。中国女性的价值位次是"卑从"，而不是低劣，儒家典籍并没有强调女性作为整体如何缺乏理性能力，如何软弱鄙陋。如果具备一定的条件、允许女性在家庭空间之内从事家务以外领域的活动，那虽然仍会遭到"僭越"的质疑，但至少不会被认为荒谬与不称职。"垂帘听政"这个典型的文化现象便是一个隐喻式

---

① 《周易·家人》

的存在。实际上，由于女性之卑是差序格局中的相对性，因此她可以游刃有余地借用"卑中之尊"的角色（如后/妃、主、母）来僭取权力。文化领域的创造由于可以在家庭空间之内进行，更是为许多中国女性所涉足。西方人认定女性缺少哲学思考能力、缺少文学创造能力，步入现代以前，女性思想家、文学家寥若晨星——仅有古希腊的学者希帕提亚、诗人萨福，中世纪基督教思想家圣希尔德嘉等寥寥可数的几位。即使到了18世纪，偏见也仍相当严重，以致勃朗特姐妹不得不使用男名出版作品，以免作品被先入为主地否定。但是，中国文学史上涌现出的女性学者、文学家虽然仍较男性少，但比起西方古典时代和中世纪就相当多了：汉代有儒学家班昭、诗人蔡琰、才女卓文君，晋代有女名士谢道韫、苏蕙，近古更有薛涛、鱼玄机、李清照、叶氏母女等一系列女诗人、女词人，形成了一个绵延不绝的才女传统。

第二，中国的女性比西方女性更难实现"空间僭越"。由于重视两性的空间隔离，中国女性被严格圈禁在家里，不像西方女性那样可以自由地出入公共场合、参与社交活动。当然，西方女性如果过分热衷社交、不理家事，也会受到谴责，但这属于软性的道德约束，而对于中国女性来说却是很严格的礼教规范。首先是不得随意外出。《礼记·内则》中规定女子无故不得走出中门（庭院中的第二道门），《女论语·立身章第一》也主张："内外各处，男女异群，莫窥外壁，莫出外庭，出必掩面，窥必藏形。"其次是严格禁止女性与非亲族男性交往，即使是与亲族中男性的交往也要受到"授受不亲"的限制。这种隔离还同女性贞洁观相结合，成为维护女性贞洁的要求，从而将女性更牢固地束缚在如同囚徒的生存状态中。

二 以夫族为本位的人伦义务

在性别角色伦理方面，西方强调的"男性是统治的性别、女性是服从的性别"这一观念较抽象，具体化于现实的家庭层面，主要就是妻子服从于丈夫，为丈夫奉献、牺牲自我，成为"家庭天使"；而儒家性别文化的男女尊卑之别，虽然也有"妻从夫"这一方面，但更重要的是跟从、服从、服务于夫族，做夫族的附属。实际上，由于受家族本位主义社会—文化形态的约束，丈夫作为个体对妻子拥有的权力很有限；"妇"即媳妇这个称谓，并不专指丈夫的妻子，也可指公婆的儿媳，还可指通过婚姻进入某一家庭的女性（即"某家的媳妇"）。家族可以不问丈夫本人的要求将一个媳妇娶进来，也可以不顾丈夫本人的意愿将一个媳妇逐出去，更可以越过丈夫来决定媳妇在夫家的地位、声望、生活方式和生活质量。对于妻子来说，做夫族的"贤妇"可能是比做丈夫的"贤妻"更关键、更紧要的事情。《大戴礼记·本命》所规定的"七出"为：不孝（指不孝敬公婆）、无子（没有儿子，不能传宗接代）、多淫、嫉妒、恶疾（此为不洁，不能主持祭祀祖宗的仪式）、多口舌（破坏家族成员关系）、盗窃（私取夫族财物）。除多淫、嫉妒两条涉及与丈夫的关系外，其余几条都指向女性在夫族中的失位。即使是多淫、嫉妒这两条也兼及夫族的利益，因为多淫不仅是对丈夫的背叛，也会破坏夫族血统的纯洁；嫉妒不仅限制了丈夫在性关系上的"权利"，也可能影响夫族人丁的兴旺。因此，中国女性做"贤妇"要比西方女性做"家庭天使"面临复杂得多的局面。她要敬事公婆，赢得公婆的肯定，如班昭在《女诫》中反复告诫："物有以恩之离者，亦有以义自破者。夫虽云爱，舅姑云非，此所谓以义自破者也。"她也要协调好叔妹（小叔小姑）、娣娌间的关系，《女诫》对此同样反复强调："妇人之得意于夫主，由舅姑之爱己也；舅姑之爱己，由叔妹之誉己也。"她还要抚养教育好子女，做晚辈的表率……她被编织在了一个复杂的人伦关系网络中。

三 夫妻情爱的限制

在对男女关系的限制方面，西方只是禁止或限制女性与除丈夫之外的其他男性发生关系，儒家性别文化则实际上也限制夫妻之间的亲密情感；男女有别，实际上也包括"夫妻有别"。这是儒家性别文化区别于西方的最为独特之处，也是因为没有直接的、明确的论述而最容易被遮蔽之处，所以是相当值得深入探究的。

西方的家庭以契约联结的婚姻关系为核心，是鼓励并强调夫妻间的爱情的。古代希腊社会由于认定女性"低劣",而更倾向于传颂男性间的同性恋情（如阿波罗为阿都尼斯之死悲哀、阿喀琉斯为帕特洛克罗斯之死愤怒等）,但夫妻之爱也是合理的。在基督教文化中,夫妻间的爱情更是被圣化了。其实早在基督教诞生前的《旧约》时代,丈夫应爱妻子就以律法的形式被规定下来。"神说,那人独居不好,我要为他造一个配偶帮助他……因此,人要离开父母与妻子连合,二人成为一体。"① "新娶妻之人,不可从军出征,也不可托他办理什么公事,可以在家清闲一年,使他所娶的妻快活。"② 到了《新约》时代,丈夫对妻子的爱则被提升至神圣的宗教义务,与基督对教会的爱同构:"你们作妻子的,当顺服自己的丈夫,如同顺服主。……你们作丈夫的,要爱你们的妻子,正如基督爱教会,为教会舍己。用水藉（借）着道把教会洗净,成为圣洁,可以献给自己,作个荣耀的教会,毫无玷污、皱纹等类的病,乃是圣洁没有瑕疵的。丈夫也当照样爱妻子,如同爱自己的身子,爱妻子便是爱自己了。从来没有人恨恶自己的身子,总是保养顾惜,正像基督待教会一样,因我们是他身上的肢体。"③ 虽然妻子对丈夫是仰视性的"顺服",丈夫对妻子是俯视性的"爱",但这种爱如同爱自己的身体甚至爱到如基督般"舍己",不可谓不深刻、不真挚。对于西方家庭来说,横向的夫妻爱情的建立意味着纵向的亲子关系的削弱,但这是必然的也是被认可的,无论是《旧约》还是《新约》,都反复提到"离开父母与妻子连合""合为一体"。在家庭领域,契约关系比血缘关系具有优先性。

然而在儒家性别文化中,夫妻间的爱情并不具有重要地位。在儒家文化诞生的基础——家族本位的社会形态中,居于核心地位的是血缘亲子关系。婚姻与其说是为了作为个体的男人而设,不如说是为了家族利益而设。《礼记·婚义》中是这样定位婚姻之人伦使命的:"婚礼者,将合两姓之好,上以事宗庙,而下以继后世也。"给家族中的适婚男子娶妻,是为了团结和联合两个家族,并得一个女人来为夫家祭祀祖先、孝敬老人、绵延子嗣。在婚姻中丈夫并没有"离开父母",没有削弱旧有的亲子关系,

---

① 《圣经·旧约·创世纪 2: 19～23》。
② 《圣经·旧约·申命记 24: 5》。
③ 《圣经·新约·以弗所书 5: 22～29》。

离开父母的只是"从夫"的妻子——也正因为如此,她无论在娘家还是在夫家的族谱中都是无名者,因为对于前者来说,她是个迟早要脱离家族的"外姓人";而对于后者来说,她又是个居于附属地位的"外来者"。但是,夫妻既已结合,就可能产生亲密的情感联系,这就可能在客观上削弱家族原有的纵向亲子关系。这种削弱可能是情感上的,妻子把丈夫对父母的感情"抢占"了一部分,也可能是地位上的,妻子借由丈夫的支持而在夫家拥有一定的话语权,还可能是利益上的,妻子使外戚僭取了夫族的某种利益。一般情况下这是夫族不愿看到的结果。因此,儒家性别文化从根本上是恐惧夫妻爱情的,或者至少这种爱情不能强烈到等同于甚至超过了血缘亲情的程度,它在男性的生命中只能居于从属地位而不能占据核心地位。

儒家性别文化主要是从两方面来限制夫妻爱情的。第一是从正面将夫妻的合理关系定义为"夫义,妇听"的人伦义务范畴,所谓"义",就是伦理上、道德上的不相亏负,与"要爱你们的妻子"不同,它几乎不涉及情感范畴。即使较为民间化的"恩爱"一词,也是"恩"(伦理责任)在先而"爱"(情感联结)在后。礼教限制夫妻的关系发展得过于亲密。《周易·蒙卦第四》中六三爻辞说:"勿用取女,见金夫,不有躬,无攸利。"女子见到美貌的未婚夫而动心示爱,顾不上保持礼教规定的恭敬,这样的女子是不该娶的,将不利于夫家。《家人卦·第三十七》又说:"妇子嘻嘻,终吝。"象辞解释说:"妇子嘻嘻,失家节也。"这里是说随便与妻子、孩子嬉笑取闹,有违家中礼节。班昭《女诫·敬慎第三》也告诫女子谨守夫妻关系的界限:"房室周旋,遂生媟黩。媟黩既生,语言过矣。"夫妻之间过于亲密,就会产生随随便便的态度。理想的夫妻关系是"居家相待,敬重如宾",端庄严肃、不苟言笑。名士张敞只因给妻子画眉便招致名教之士的非议,可见即使夫妻之间,"男女有别"也被规定得很严格。在这种观念的影响下,旧时一些地区甚至对夫妻也要进行空间上的隔离,男子在白天无事不允许入闺房,只能在就寝时与妻子共处,如果在白天陪伴妻子则会受到讥嘲。在这种俨如君臣、敬如宾客的不自然的相处模式中,夫妻感情很容易被打磨殆尽。即使在当下,这种观念仍有影响,一些相对保守的文化群体仍会认为爱情只是恋人之间的事,已婚夫妇的爱情表达却是"不正经"。

第二是从反面树立大量"红颜祸水"的典型，以此来告诫男子不要被女人迷惑、在爱情中迷失。善于媚惑的女性被塑造为家国利益的损害者，对她们必须严加防范。这种"红颜祸水"的第一批典型是妹喜、妲己等，此时父权制统治刚确立不久，最无法忍受的就是女性僭取父系传承的家国权力。武王伐纣时用来引导舆论的《汤誓》所提出的依据，并非像后人重构历史时想象的那样集中于谴责纣王的穷奢极欲、残民以逞，而是反复强调妲己的"牝鸡司晨"，通过纣王参与、把持朝政、压制大臣，以及纣王偏听"妇人之言"而拒绝贤臣之谏。之后又有褒姒、花蕊夫人、冯小怜、杨贵妃……这些女人都因受到了太多的宠爱而成了家国丧乱的"主谋"。希腊传说中斯巴达王墨涅拉俄斯因他的王后——"最美的女人"海伦被特洛伊王子帕里斯诱拐，而联合希腊各邦发动了特洛伊战争，征战十年、死伤无数后，希腊将士们见到海伦却感叹为这个女人打十年的仗是值得的——在儒家性别文化传统中绝对不可能有这样的叙述方式。且不说海伦是一个抛夫弃女、背叛邦国的典型"红颜祸水"，人人诛之而后快，墨涅拉俄斯为了妻子而把希腊联邦拖入战争也该备受谴责。出于对"红颜祸水"的提防，夫族甚至可能以不守礼节、不安本分等理由强迫丈夫休弃那些过于多情深情、与丈夫感情过于深厚的女子。这样的例子不胜枚举，文学作品中有《孔雀东南飞》里的刘兰芝，现实生活中则有陆游之妻唐琬和《浮生六记》的作者沈三白之妻芸娘。

但是，男人的情爱需求也需要得到满足，因为儒家文化是节欲的文化，而不是基督教文化那样的禁欲文化。基督教文化在构成论宇宙观的思维基础上，设定了神/天国/灵魂与人/尘世/肉体的不对等，前者成为后者的尺度，后者与前者不可逾越的差距便成了后者的原罪。以彼岸天国来否弃此岸尘世，人就应当禁欲，否定和贬逐自己的现世肉体。但是，儒家文化是建立在现世基础上的，它的目标是家国秩序的和谐，它的途径也必然是中庸与调和。它要把个体的欲望限制在群体（家国秩序）允许的范围内，使"君君、臣臣、父父、子子、夫夫、妇妇"，各在其位、各守其分，秩序不乱。但另一方面，它也要把群体的约束限制在个体可接受的范围内，因为这种文化并没有一个彼岸的上帝在关注沉沦中的个体，也没有一

第三章　儒家：社会人伦秩序交互中的性别文化

个超越性的天国作为个体的寄托，个体除了在现世是无法在别处获得满足的。如果个体受到过度的压抑，反而可能导致"穷则思变"而造成秩序的混乱和崩解。这样的文化基因就决定了它不能禁欲，只能节欲。所以，儒家礼教在限制夫妻情爱关系的同时，也要保证有一个途径能使男性的情爱需求得以满足。除了在儒道互补的文化结构中，以道家文化的自然观衍生出对"真性情""任情越礼"的推崇，来对抗人伦本位的"男女有别"之外，最常见的途径就是在夫妻关系之外寻求情爱满足了，如纳妾、蓄养家姬、结交妓女——这些情爱关系是可以由男子自由选择的，并且一般以满足其个体需要为目的。

因此，在男性婚外（指与妻子之外）情爱关系的问题上，儒家文化要比基督教文化"宽容"得多。在基督教文化中，虽然女性失贞比男性不忠受到的谴责要严厉得多，但至少两性的婚内忠诚在原则上是对等的义务。而儒家礼教不但肯定纳妾，不反对蓄养家姬，甚至对结交妓女也不置可否。中国历史上的爱情佳话，发生在夫妻之间如张敞为妇画眉、荀奉倩"出中庭自取冷"为病妻退烧、赵明诚与李清照的志同道合、沈三白与芸娘的风雅爱情等，虽然存在但只占少数，大部分却是发生在男子与妾、婢、妓女之间。王献之与桃叶，白居易与樊素、小蛮，苏轼与朝云，李之问与聂胜琼，周邦彦与李师师，姜夔与合肥姐妹，钱谦益与柳如是，冒辟疆与董小宛……这些佳话中的男子都已有妻室。最常见的情况是，男性与妻子谨守着儒家礼教的"相敬如宾"，重家族义务而轻情感联系；与姬妾却是两情相悦、诗酒唱和。但是，由于姬妾通常出身低微，在夫族中的地位更加低下，她僭取夫族权益的可能性要比明媒正娶的妻子小得多。因此，让她们与男子心心相印、情深意长，对于夫族要稳妥得多。另外，这样的情爱关系也可以利用正妻来限制，这将在本章第三节中重点讨论。

在"阳尊阴卑、天尊地卑"的宇宙—自然—社会差序格局中的"男尊女卑"，以及由此带来的"男主外，女主内""男不言内，女不言外"的空间上的性别隔离，男子娶妻以事宗庙继后世、女子嫁夫后服从并服务于夫族的性别角色伦理，和对夫妻义务关系的强化、情爱关系的淡化——这些是儒家性别文化最重要的特征，它们来自儒家经典对两性关系的直接陈

065

述。这是文本内的定性,我们之后将展开的"文本外"研究是以此为基础的。

第三节　内置与同化:儒家性别文化的交互之维

如前所述,儒家的"男尊女卑"并不是一个独立的尊卑差序组,它还要与君臣、主仆、父子(母子)、长幼等其他尊卑差序组产生交互。当女为君(实际上通常是后、妃)、为主时,她就居于尊位,臣、仆无论为男为女都处于卑位,此时忠的伦理作为交互之维发挥作用;当女为长、为母时,她也居于尊位,晚辈无论为男为女都处于卑位,此时孝的伦理作为交互之维发挥作用。这些内容在儒家经典中并不是作为性别文化而加以论述和规定的,但它仍是儒家性别文化的重要内容,交互出现于其他人伦文化的范畴之中。

在将"男人是优越的/统治的性别,女人是低劣的/服从的性别"形而上学化的西方性别文化语境下,王后、母亲是不可能获得如中国的家国秩序中一样的权力和威严的。父权制统治一建立,男性便开始从女性手中争夺子女,他们以女性没有真正的生育能力、只是后代产生的载体和"质料因"的种子/田地隐喻,否定了女性对子女的权利。雅典国王阿伽门农被王后克吕泰涅斯特拉杀死,儿子俄瑞斯忒斯弑母为父报仇,成了一个典型的案例。俄瑞斯忒斯被裁定为无罪,因为孩子应该属于父亲,"孩子呼之为母的那个女人,并非其亲人,她不过是新播的种子的看护者。亲人是配种的他。男女实同陌路,他代管一料种子而已"[①]。即使圣母(耶稣的凡人母亲)也不过是给予圣灵一个肉身的"田地",她在耶稣面前并不拥有特殊的地位。"……他们就告诉他说:'看哪,你母亲和你兄弟在外边找你。'耶稣回答说:'谁是我的母亲?谁是我的兄弟?'就四面观看那周围坐着的人,说:'看哪,我的母亲,我的兄弟。凡遵行神旨意的人,就是我的兄

---

① 于文静编译《古希腊悲剧》,北京辉煌前程图书发行有限公司,2004,第106页。

弟姐妹和母亲。'"① 只有父神的旨意才是核心，母亲则与其他信众无甚区别，她也一样要称耶稣为"主"，并谦卑地信靠他。这样的观念在儒家文化语境中则可能是"大逆不道"了。在儒家的家族伦理中，父母作为孝的对象一向是并提的，虽然总是父在先、母在后，且礼制上对男性长辈尽孝礼数的规定总是要比同级别的女性长辈高一些，但毕竟母/女性长辈也分享了父/男性长辈在家族中的地位。推而广之，就是主母在家族中身为女德之范与皇后的"母仪天下"。中国女性借由差序秩序网在家国中获得的尊荣，是对她们牺牲、奉献的极大肯定和褒奖。

但是，我们并不能由此简单地得出结论，认为在儒家性别文化中，中国女性的地位一定高于传统的西方女性。这种交互之维带给中国性别文化的影响是复杂的。从微观角度讲，确实不可否认，中国女性作为个体可以获得更高的地位、更多的尊重。但从宏观角度讲，这不但没有颠覆甚至都没有削弱男尊女卑的秩序和男权的统治，相反，由于女性被内置并同化于男权统治内部，参与了这种统治，反而使之加强了，实现了性别统治上的单向度格局。

一 女性"反卑为尊"的权力边界

首先，虽然作为女主人、女长辈的女性能够"反卑为尊"地统治作为臣仆或晚辈的男性，但是她们的权力并不是无限的，因为儒家性别伦理为她们设置了一个"女不言外"的权力边界。也就是说，除非大胆突破性别角色的伦理限定，否则她们就只能"主内"，即只在处于卑位的男性之婚恋问题、家事问题上拥有发言权。事实上，由于长期"主内"带来的外务意识、外务能力的退化，很多女性即使有条件突破这个限制，也不想或不能突破。然而男性是"主外"的，除非也突破性别角色的模式化设定，否则那些"内事"同样不会成为他生命的重心。也就是说，男性的重心事务与女性尊长的合理权力通常是没有交集的。女性"反尊"后对"反卑"男性所拥有的统治权也因此常常成为本质上无效的统治。

---

① 《圣经·新约·马可福音 3：31》。

《红楼梦》对传统大家族的反映是较为全面的，在书中，贾母是荣、宁二府中辈分最高的"老祖宗"，晚辈、仆从对她无不言听计从，即使对在外权力最高、官职最显的贾政，她也可以将他训斥得狗血喷头、诚惶诚恐的。但是，她教训贾政多是因袒护宝玉等家中小事，却并没有什么心思去过问贾政在官场上的外事，甚至对家族中晚辈的婚姻问题，如果涉及政治联姻，她也无法充分做主。如她并不希望迎春嫁入孙家，却因这是贾政的主张而只能任由迎春出嫁，在只知斗鸡走马、奸淫婢妾的恶少孙绍祖手中受尽欺辱。王熙凤、探春都是精明强干的女性，她们主持家政表现出的能力和魄力，赢得了仆人们的敬畏。但她们的权力也仅限于这个家族的内事，王熙凤对大局考虑不多，根本没有意识到贾府衰败的危机；探春虽然预见到了危机，但以她的身份和位置，也无法拿出有效的办法来干预和扭转，只能从节省开支、利用大观园内部资源兴利等细节处着手，杯水车薪，难以起到实质性作用。总之，这个大家族内虽然有若干女性掌握内权，却没有一个掌握"外权"，没有一个能在权力领域真正实现与男性的对话。

　　女性在家外事务上话语权的缺失，使她们虽然可以内置到父权制统治中来，却无法参与制定这个统治的规则，无法在社会建制上、法律法规上、伦理规范上和文化观念上发出女性自己的声音。她们只能是"代父行权"，虽身为女性，却以男性的伦理道德规范来实施他们的统治。如果她们自身具备完善的妇德，以"修齐治平"的圣贤之道来教育后代、以温良恭俭的道德风范来影响家人，她们就会获得尊重。类似孟子母亲、岳飞母亲、杨府佘太君这样的女性，在深明大义的同时安守相夫教子的女性职责，才是女性"反卑为尊"的理想范本。当然，也有一小部分女性确实突破了"女不言外"的权力边界，涉足男性世界的权力角逐中来，在外部事务上统治了"臣"或"子"。但是，由于这是极少见的个例，这些女性的统治只能是个体行为，并不能使儒家性别文化的大框架有所改观。在吕雉掌权、窦太后摄政、武则天称帝、孝庄摄政等女性统治的时代，男尊女卑的价值秩序也并没有从根本上被改写。

　　那么，成为"卑中之尊"的女性最普遍的统治对象是谁呢？是那些处于"卑中之卑"角色上的女性。既然女子主内，那么家内事务就是女性生命中的重心事务，因此女性对女性的统治和管理，并不像女性对男性那样只主导了他的事务中通常并非最重要的一部分；这种统治和管理才是实实在在的。实际上，中国古典的历史传说和文学文本中最为普遍的"滥施母权"的案例，并不是女性对男性在官场仕途、商业活动、文化创造等"外事"上的干涉，而是对男性的婚恋问题——他们与女性的情感关系问题的干涉。在这个领域，且不说母亲可以阻止女儿与准女婿结合，可以决定儿媳的去留，即使是对丈夫与姬妾的关系也可以加以干涉；虽然过多的干涉会背上"妒妇"的骂名，但如果丈夫对姬妾过度宠爱、用情太深以致使姬妾的地位升到了正妻之上，那么妻子还是可以打出礼教的旗号向姬妾发难的，这时往往即使是丈夫也不得不服从、让步。因此，女性对男性的权力（母对子、岳母对女婿）基本上可以转化成女性对与那些男性发生婚姻或情感联系的女性的权力（婆婆对儿媳、母对女），这才是女性权力最常见的形态。

二 女性内部的权力关系与父权秩序的强化

从微观视角切入，一个中国传统女性作为个体，她拥有的权力通常是随着她角色的历时性推移而增加的：以遵守男尊女卑与男女有别的性别秩序、做夫族的贤妇为前提，她逐渐成为"卑中之尊"，内置于父权制统治秩序之中，这满足了她一定的心理需求。但是，中国的父权制秩序不同于西方的微妙之处也在于此：它以这种满足来促成女性内部的自我治理，让女性向女性执行男性的权力意志、让女性对女性实施男性的统治原则，反而消解了男权统治的"对立面"，使父权制秩序得到了强化。我们可以从女性角色的历时性变迁中，来探析女性内部的权力关系运作，以及这样的运作对父权制秩序的意义。

（一）妻与妾：以人伦义务制约情爱关系

女性进入夫族后，首先出现的是由"父母之命，媒妁之言"聘娶的妻与通常是由丈夫自主选择的妾（有时还包括家姬、婢女）的关系。前文已述，娶妻更多的是家族性的行为，夫妻之间未必有情爱基础，而相敬如宾的夫妻伦理约束又在很大程度上限制了夫妻情爱在长期相处中的发展；纳妾则更多的是男人的个体行为，男人与姬妾间通常有情爱基础。所以，家族本位的社会为了保证个人服从于、归属于家族，保证男女关系不至于削弱亲子关系，保证外来的女子不致僭取夫族的利益，就必须保证这些与男人有情爱基础的姬妾处于边缘位置。因此，嫡庶有别成了儒家人伦秩序中的常态。

一方面，是建构一个理想的妻妾、嫡庶关系秩序。妻居于尊位，她的美德是"不妒"；妾处于卑位，她从进入这个家族就应该明白，正室无论在表面上是否接纳她，她本质上都是一个"入侵者"，她应该诚惶诚恐地尊重、顺服于正室，以求淡化她本能的排斥。理想的妻妾关系佳话是如李之问与妻子、与名妓聂胜琼这样的关系：妻在得知李之问、聂胜琼的情感纠缠并得到聂所作《鹧鸪天》后，"喜其词理句清健，遂出妆奁资囊，后往京师取归"，而聂胜琼嫁入李家后，"既弃冠栉，捐其妆饰，奉承他公之室以主母礼，大和悦焉"。而妾所出的子一方面要尊妻为母亲，另一方面却与妻所出的子女在继承权上不能平等。在国家宗族权力层面上，占据主流地位的是"嫡长子继承制"；在家族财产层面上，对嫡出的子女也有一定偏重，甚至庶出的女子在婚姻上也可能遭遇歧视。嫡庶之别得到礼法上的保障，男人不可因一己的情爱偏向而"纵妾虐妻""废嫡立庶"，否则不仅礼法不容，连他的妻子都可以起而反抗。

另一方面，如果不争不妒的理想妻妾秩序被打破了，那么妻与妾受到的责难和惩罚是不对等的。妻对妾的排挤和欺压是"以尊治卑"，为"顺"，只要不严重到泯灭人性、凌驾夫权甚至影响夫族传宗接代的程度，就不会受到过于严厉的指责。大量古典文本对此体现出的倾向都是教育和感化：如南朝虞通之的《妒记》虽开宗明义点出是受帝命而作警示悍妇的，实际上在行文中却对妒妇们颇多宽容，以诙谐的喜剧笔法来写妒妇，有时甚至对妒妇的性情和机趣颇多欣赏（如南郡主对李氏女说"我见犹怜，何况老奴"，谢太傅刘夫人说"若使周姥撰诗，当无此语"）；李渔的世情小说里"妒总管"费隐公向男人们广授"弭酸止醋之方"，率领众"信徒"向邻家妒妇淳于氏"兴师问罪"，其铺设计谋使妒妇悔改的过程也颇具戏谑色彩。而此时妾应当采取的态度却是谦卑隐忍、甘受凌虐，如

《聊斋志异》中的邵氏女,虽受大妇的百般虐待却未生憎恨之心,反而在大妇遭受天谴病倒后,运用自己的医术给大妇治病,终于让大妇心生感激,换来妻妾和睦的结局。但是反过来,如果妾妒性大发则是以卑凌尊,为"逆",会受到十分严厉的谴责。这在古代文本中同样有所反映。《醒世姻缘传》里晁源的妾珍哥排挤嫡妻计氏,逼得计氏自缢,珍哥来世遭到了极重的果报,被计氏转世的童寄姐逼死。《金瓶梅》中大兴醋海的潘金莲、李瓶儿、庞春梅等诸妾大多结局凄惨。《聊斋志异》中的《恒娘》讲述洪大业宠爱妾宝带,妻子朱氏嫉妒,其结果也只是洪大业"虽不敢公然宿妾所"却更爱妾,致夫妻反目;而后来朱氏在狐女恒娘的指导下施展媚术夺回夫心后,宝带的怨恨却给自己带来更严重的后果,洪大业对她"渐施鞭楚"。

总之,妻妾虽然各自负有一定的伦理义务,但这种义务是不对等的。妻对妾拥有的权力是在很大程度上被认可的,甚至妻对妾的威压也是在一定范围内被默许的。因为这虽然有时会限制男人情爱上的"自由",但是从整体上说却有利于人伦秩序的稳定:对于女性而言,这能使备受压抑的妻子得到一点最基本的尊重和重视;对于男性秩序而言,这能利用女性之间的权力制衡,有效地把情爱关系置于人伦义务关系的统辖之下,使个体意愿服从于家族利益。

(二) 母与女:父权制伦理的同性间传达

女性在成为母亲后,又拥有了一种新的权力。其中对儿子的权力,在很多情况下由于"女主内"的限制而并非全面的,这将留待后面的"婆与媳"进行分析;对于女儿的权力却在一个阶段内是全面的,即女儿未出嫁的阶段。儒家文化圈中母亲对女儿拥有权力,比起西方文化单独强调"父权",实际上更有利于父权对年青一代女性的约束。因为当女性被内置于父权制统治秩序中并已接受这一规则后,她们向年青一代女性传达的,也多是男性中心主义的妇德规训。这既可能是因为她们对此已真心认同,也可能是因为她们为了女儿辈婚姻稳定、名节不损而不得不向她们传授此道。贤女班昭作《女诫》来教导女儿们如何与夫家上下相处,告诫女儿们"卑弱第一",并明确提出妇德、妇言、妇容、妇功四德。母仪天下的后妃们则尽力以妇道训导天下女性，如唐代李世民的皇后长孙氏撰写了长达36卷的《女训》，唐代女学士宋若莘则撰写了《女论语》。而且与父亲相比，母亲对女儿的教导具有空间上的优势：她主内的角色使她能够更深入女儿的生活领域，对女儿进行更细致、更全面的"行监坐守"。

在西方的文学文本和历史传说中，反映未婚女性受到父亲或其他男性长辈压制的较多。在古希腊神话及传说中，有阿伽门农为了联军出征而将女儿伊菲革涅亚推上祭坛，宙斯默许冥王哈得斯抢劫其女儿珀耳塞福涅。在中世纪哲学家阿尔伯特与其学生爱洛伊丝的爱情传奇中，竭力反对并阴谋残害阿尔伯特的是爱洛伊丝的兄长。到了近现代又有朱莉的父亲出于门第偏见而拆散女儿与平民知识分子圣普乐（《新爱洛伊丝》），有海蒂的父亲破坏女儿与唐璜的恋情并致使她抑郁而死（《唐璜》），有欧也妮的父亲使家庭陷入窒息般的氛围（《欧也妮·葛朗台》）……在这些文本中，母亲或者是缺席的，或者成为女儿的同盟和护佑者：如得墨忒耳以大地枯萎来胁迫冥王，同意每年让珀耳塞福涅有半年返回阳间；克吕泰涅斯特拉杀死阿伽门农为女儿报仇；虔诚温顺的葛朗台夫人与欧也妮相依相伴、彼此支撑。母亲干涉女儿的自由与自主选择的例子极少见。而在中国古典文本中，虽然父亲仍是女儿最主要的管理者和监视者，但严厉的母亲也很常见。《西厢记》中的老夫人以"非礼勿视，非礼勿听"来教育莺莺，更以"不招布衣女婿"为由逼张生考取功名，否则便不会将女儿嫁给他。类似的准岳母对准女婿提出功名上的要求、才子必得中举后才能与意中人喜结良缘，几乎成了一个模式化的情节套路，在才子佳人小说、戏剧中被来回重复。

不过，由于母亲与女儿间深厚的情感联系，母对女进行严格的礼教约束者多，滥施母权压迫女儿者却极少见。母亲对女儿的管理并非女性间统治的主要维度。母权滥用，大多数是越过儿子、加于儿媳头上。

（三）婆与媳：纵向亲子关系主导地位的维系

儿子长大，恋爱或成婚后，就出现了婆婆与儿媳的关系。这是古代家族中最难把握的女性间的关系之一，其难度仅次于妻妾关系。我们的研究可取其广义，既包括已婚儿媳与婆婆的关系，也涵盖未婚的恋人与男方母亲的关系。

成为婆婆，是家族给予女性的又一项新权力，女性在父权制统治秩序中的内置也达到了顶峰。与前面论述的妻、妾关系一样，婆、媳的伦理义务也是不对等的；而且，妻妾关系之间毕竟还有着一个"夫权"，妻可能出于"夫为妻纲"的伦理约束、怕背上"妒妇"的骂名而有所忌惮，而儿子却由于孝道的制约，对母亲向媳妇"滥施母/婆权"约束力有限。理想的婆媳关系是儿媳的绝对服从和自我牺牲；男性的孝是指向自己的父母，女性的孝则是指向丈夫的父母，因此女性的孝更带有义务约束的意味，当事人也更加小心翼翼。《礼记·内则》对服侍公婆有更加详细的规定："妇事舅姑，如事父母"，要"下声怡气，问衣燠寒，疾痛苛痒而敬抑搔之；出入则或先或后而敬扶持之。进盥，少者奉槃，长者奉水，请沃盥；盥卒，授巾。问所欲而敬进之，柔色以温之"。且仪态举止要如同臣下侍奉君王、奴仆侍奉主人一样恭敬："在父母舅姑之所，有命之，应唯敬对。进退周旋慎齐，升降出入揖遊，不敢哕噫、嚏咳、欠伸、跛倚、睇视，不敢唾洟。"婆婆能够善待儿媳固然好，即使不能，儿媳也应曲从尽孝。《孔雀东南飞》中的刘兰芝受婆婆驱使"鸡鸣入机织，昼夜不得息""三日断五匹，大人故嫌迟"，疲役不堪，却仍对婆婆以礼侍奉；《琵琶记》中的赵五娘受公婆误解而不申辩，仍是自食糟糠为公婆省下救命粮；《聊斋志异·珊瑚》中的珊瑚受凶悍婆婆的虐待却仍极尽孝敬，遭休弃后婆家另娶一泼悍媳妇，婆婆受到百般欺辱后才恍悟珊瑚的好处，而珊瑚不计前嫌又回到家中继续尽孝……这样的儿媳被当作妇德的典范来加以赞赏。

婆婆对儿媳拥有权力，实际上也是有利于强化父权制秩序的。如前所述，中国家族本位的父权制秩序是以纵向的亲子关系为核心的，横向的婚姻关系虽然也必须存在，但毕竟媳妇来自其他家族，可能会带来不稳定因素。因此必须要保证亲子关系重于夫妻关系，以礼教来淡化夫妻情爱。婆婆与儿媳虽然都是外来者，但相对儿媳而言，婆婆已经充分内置于这个家族的秩序当中，她获得了地位上的满足，因此也更倾向于维护既有的权力关系格局。她已成为家族中较稳定的因素。因此，由婆婆来制约进入家族时间相对较短、资历相对较浅、对既定秩序和人际格局更有可能缺少适应的儿媳，成为父权统治的一个颇为有效的性别政治策略。

儒家性别文化之下老年妇女的心态，也使婆婆特别适合承担这项性别政治任务。父系家族限制和约束的，主要是年轻夫妻间可能出现的过度亲密的情感。而由于中国传统婚姻的缔结，重人伦义务而轻情爱满足，也确实使夫妻情爱关系趋于淡漠。在这种情况下，亲子关系的被强化，就自然而然地使女性将情感投注在了儿女（特别是儿子）身上。精神分析学论述的子女对同性双亲的嫉妒——男性的恋母/弑父情结和女性的恋父/弑母情结——其实更适用于以婚姻关系为家庭核心关系的西方人，在儒家性别文化统摄下的中国人身上则不是很强烈。因为在中国旧式家族里，无论对于男性还是女性，配偶在情感上的重要性都经常不及子女；即使确实很重要，也可能碍于礼教的约束而羞于表达和表现，不会给子女带来太强烈的无意识刺激。中国古典文本中并无类似俄狄浦斯传说或厄勒克忒拉传说这样的母题。普遍存在的是另一种情结，我们可以称之为"恋子情结"，它伴随的是对儿媳有意识或无意识的排挤和嫉妒。因此，我们看到大量古典文本都重复着同一个母题：母亲破坏儿子与儿媳的幸福，似乎年轻夫妇或恋人情爱越亲密、关系越富于诗性浪漫色彩，越容易遭遇阻碍、离间甚至拆散。

在中国古典文本中，通常婆婆对儿媳的嫉妒既非完全无意识的，连对自己都羞于承认、害怕面对；也非完全有意识的，以麦克白夫人一样的清醒来直视自己的恶，承认自己就是在作恶而且要做到底。她们是半意识半自欺的：她们知道并承认自己不喜欢儿媳，又以礼教将这种排挤合理化。这又可分为两种情况。一种情况是，儿媳本是符合儒家妇德规范的贤妇，婆婆却仍吹毛求疵，所提供的理由怪异不近人情。焦母与刘兰芝、蔡母与赵五娘就属于这种情况。刘兰芝"十三能织素，十四学裁衣，十五弹箜篌，十六颂诗书"，德言容工俱全，勤勉、贞洁、孝敬，焦母仍主观地评价"此妇无礼节，举动自专由"；赵五娘在饥荒中为省下粮食给公婆而宁肯自食糟糠，蔡母却怀疑她把食物独吞。虽然以尊治卑为"顺"，但是这样的恶母还是受到了一定程度的谴责。另一种情况是，儿媳或儿子的恋人不完全符合儒家贤妇的标准，而是属于道家文化衍生的"性灵佳人"一类，有才情、重性情、追求爱情，传统性别文化对她们的伦理定位本应是中性的，她们不是规矩的贤妇但也不是恶妇。但是，她们更容易成为夫族打压的对象：对于人伦本位的礼教，她们越礼任情、重视个体生命体验的人生态度，具有一定的叛逆色彩；对于婆婆，她们过于热烈浪漫的爱情又容易触动婆婆潜意识的"恋子情结"反弹。因此，对此类女性的打压，往往成了礼教规范与心理驱力"共谋"的任务。《红楼梦》中王夫人与大观园诸女子的关系就属于这种情况。王夫人对黛玉没有好感，她不仅为宝玉选择了宝钗这个门当户对、温柔敦厚、符合儒家淑女标准的妻子，而且将可能与宝玉有情感纠缠的性情型女子几乎扫除殆尽：金钏儿受责投井、晴雯抱屈夭亡、芳官出家……《浮生六记》中才子沈三白之妻芸娘与公婆的关系也是如此，这个灵心慧性、富于逸趣的女子不过由于纯真、适性而犯了一些无心之过，就为公婆所忌，致使沈三白长期带着妻子别居另处、颠沛流离。王夫人、沈母这样的女性并非严格意义上的"恶母"，但在客观上却造成了年青一代女性的悲剧，这才是更能体现性别政治之悲剧性的。

第四章

道家：超越之维中的性别文化

儒家文化以人伦为本位，关注现世的人伦秩序和谐，但缺少超越性的维度——这时，道家跻身于中国文化的主流，形成儒道互补的文化格局，就非常必要了。所谓超越之维，是一个使人精神性地跨越现世的、现实的界限，进入某种如冯友兰所谓的"宇宙境界"的文化维度，它至少有以下几个特征。首先，它许诺一种不受现世条件限制的获得救赎或解脱的自由。如基督教中圣灵的降临、天国的到来，都是彼岸的力量"突入"现世，它是神圣的恩典而不取决于人之"义"与善（因为在基督教的观念中，现世是"没有一个义人"的）；道家的逍遥游，是做到"无待"即不需要依凭现实的条件，打破一切时空限制、物我分别、是非纠纷与"道"为一。其次，由于它是精神性的、体验性的，所以尽管它在理论上往往倾向于个体界限的消泯——如基督教的"爱人如己"以及天国境界中人类借着圣爱与基督合为一体，道家追求"苟吾无身，吾有何患"[①] 和"至人无己、神人无功、圣人无名"[②]——但是精神体验必然以个体的人为单元，因此它往往是为个体提供拯救、使个体获得自由。最后，由于这种超越现实的自由精神创造与审美思维具有相通性，因此一个文化的超越之维往往对该文化系统中审美文化这个子系统具有很强的塑造作用。如果说在西方传统中，发挥超越之维作用的是基督教文化（基督教文化具有双重性，它一方面形成"教权"来与政权一起统治现世，另一方面又确实为西方人提供

[①] 《道德经》。

[②] 《道德经》。

精神上的超越)。那么在中国，发挥这个作用的就是道家文化了。儒家人伦主义中个体本位的缺失，使中国文化特别需要一个能向个体承诺绝对自由的精神体系，道家的"逍遥游""与道为一"即应运而生。

那么，对于在人伦本位的性别秩序中备受压抑的女性，道家文化提供了什么？它又给中国女性的生存状态带来了怎样的影响？这是本章将要探讨的问题。

第一节　玄牝化生：道家性别文化的经典形态

在道家经典中，我们找不到如儒家经典那样的对于男女的直接论述，但这并不等于道家没有它自身的性别文化。道家性别文化的经典形态潜藏于其哲学观念中，虽然未经阐发，但是当道家文化于魏晋时代开始了诗性衍生时，其潜在的性别文化观念就发挥出了不可低估的作用，形成了绵延甚为久远的"佳人文化"。这是因为道家和儒家的宇宙观都是经由《易》传承的生化宇宙观，都认同宇宙、自然、社会、家族与人类个体的同源同构性。道家没有论述过性别问题却论述过"阴阳"问题，这也就是间接的、可以由后学来阐释的性别文化观念了。

道家与儒家的宇宙观，第一个区别在于本位的差异。儒家更侧重宇宙与家国的同源同构，从作为儒家思想之基础和出发点的三代礼制所依凭的象征符号体系，到汉儒确立的"道之大，原出于天，天不变，道亦不变"，都是玄设一个宇宙天地秩序来佐证家国秩序的合理性；道家则更侧重宇宙与个体的同源同构，它认为人的自然本性与道相通，要"见素抱朴""少私寡欲"，通过对后天知识的摒弃和人为欲求的消泯而"复归于婴儿"，这样就能重新与道为一。第二个区别在于阴阳观的差异。虽然《易》奠定的生化宇宙观中，"阴阳和合"无论对儒还是道来说都是理想境界，但它们还是各有侧重的。一是儒家之"阴阳和合"着眼于人伦秩序方面，即中庸、节制、适度。从微观的角度看，是实现个体欲望与人伦共同体（家、国）秩序要求的调和，即《论语》所谓"从心所欲，不逾矩"；从宏观角度看，是实现共同体成员间利益的协调，父慈、子孝、兄友、弟恭、夫

077

义、妇听、君礼、臣忠，各自履行各自的角色义务，也就都享受到了各自的角色权利。而道家的"和合"着眼于宇宙生化法则和个体心灵境界层面。《道德经》中的道即具有中和性："道冲，而用之又弗盈。渊兮似万物之宗。挫其锐，解其纷，和其光，同其尘，湛兮似或存。"① 这里"冲"即是中，因为对宇宙生化共同体中的各要素（阴阳、五气等）都无偏私，所以能使它们和谐共在、互动互融以实现生成转化，因此能够"用之又弗盈"而成为"万物之宗"。人的心灵如果能达于道的和合状态，也就能随物赋形、无可无不可，达到"知天乐者，其生也天行，其死也物化，静而与阴同德，动而与阳同波。……无天怨，无人非，无物累，无鬼责"②。"不知说生，不知恶死，其出不诉，其入不距。"③ 实现无待于外物的绝对的精神自由。二是——也就是与我们将要谈到的性别文化密切相关的——儒道"阴阳和合"的基点与主导也不一样。儒家以阳为基点和主导，道家以阴为基点和主导。

实际上，阳为动、为健，阴为静、为顺，这样的易学观念无论儒家还是道家都没有否定。二者的差异并不在于对阴阳的界定，而在于其文化意识、价值指向及实践范式的差异带来的对阴或阳的崇抑。人类之男女同构于天地之阴阳，因此，对阴阳的崇抑本身就包含着潜在的性别文化观念。儒家尊阳而道家崇阴，主要基于以下因素。

一 文化意识差异：父系宗法建构与母性崇拜遗留

前文已述，儒家文化是以三代的宗法秩序为基础和雏形的，而三代的宗法秩序已是较成熟的父权制秩序。子嗣为父系家族所有，其前提和结果都是充分认可男性在生育中的作用。体现儒家观念的《易传》将乾阳在生化中的作用概括为"生物"，坤阴则是"成物"，所谓"乾知大始，坤作成物"，这其实与古希腊将女性视为产生后代的"质料因"（构成肉体）而男性是"形式因"（构成灵魂、逻各斯）基本一致，只是前者的表达是

---

① 《道德经》。
② 《庄子·天道》。
③ 《庄子·大宗师》。

象化的。"夫乾，其静与专，其动也直，是以大生焉；夫坤，其静与翕，其动也辟，是以广生焉。"① 乾/阳、坤/阴在生化过程中分别发挥着赋予生机与形成稳态的作用，这是很典型的父系宗法制意识，它突出的是"阳"/男性在生命创化中的作用。

但是，中国文化对母系时代的观念的保留，要比西方长久得多。一方面，在中国神话里，创世母神一直占据着崇高的地位，即使父权意识产生并占据主流之后，父神/男性祖先也只是被赋予了管理、拯救或使氏族兴旺的功业，但也并没有取代母神的创世者位置。如女娲创世造人的神话，一直没有淡出中国文化的视野。《说文解字》说："娲，古之神圣女，化万物者也。"《风俗通》说："俗说天地开辟，未有人民，女娲抟黄土作人，剧务力不暇供，乃引绳于泥中，举以为人。"汉代《淮南子》中的女娲补天救世更能显出对母神力量的崇拜："往古之时，四极废，九州裂，天不兼覆，地不周载，火爁炎而不灭，水浩洋而不息。猛兽食颛民，鸷鸟攫老弱。于是女娲炼五色石以补苍天，断鳌足以立四极，积芦灰以止淫水。苍天补，四极正，淫水涸，冀州平，狡虫死，颛民生。"② 即使属于阳性的太阳，也被认为是母神所生："东海之外，甘泉之间，有羲和国。有女子名羲和，为帝俊之妻，是生十日，常浴日于甘泉。"③ 这种对女性生殖力量的持久崇拜与中国文化较高的连续性有关，中国文化中遗存着很多原始的思维与观念："在中国人的话语系统和内心世界里，总是把母亲（而不是父亲）作为最神圣最崇高的人格'象征'……在很大意义上可以说，'母性崇拜'是历史地积淀在中华民族文化意识极深处的'原始情结'，是炎黄子孙同自己的本土文化之间割舍不断的'脐带'……它本质上是一种文化本体意义上的崇敬感和归属感。"④

道家思想显然受到了这种母系社会遗留的文化意识的构型。《道德经》中生成万物、居于万物又显于万物的道通常被比喻为母体（而非父亲），称为"玄牝"，这就是借女性的生殖力来比喻道的生化性："谷神不死，是

---

① 《周易·易传》。
② 《淮南子·览冥训》。
③ 《山海经·大荒南经》。
④ 仪平策：《中国美学文化阐释》，首都师范大学出版社，2003，第162页。

为玄牝。玄牝之门，是谓天地之根。绵绵若存，用之不勤。""有物混成，先天地生。寂兮寥兮，独立不改。周行而不殆，可以为天下母。吾不知其名，字之曰道，强为之名曰大。"而得道之人便如婴儿在母腹中一样与道为一："众人熙熙，如享太牢，如春登台，我独泊兮，其未兆，如婴儿之未孩。……我独异于人，而贵食母。"因此，道家宇宙观是一种阴阳和合而以"阴"为基点的生化宇宙观。

二　价值取向差异：内圣外王与致虚守静

儒家认为一种完美的人伦秩序需要君子通过修身、齐家、治国、平天下来建构，这是一个"自强不息"的过程。首先是内在人格力量的充实，使由高贵德行和人格精神力量生发的"浩然之气"达于充沛状态："充实之谓美，充实而有光辉之谓大，大而化之之谓圣，圣而不可知之之谓神。"[1] 然后是积极入世，得君行道，移风易俗，甚至不惜"舍生而取义""杀身以成仁"。自内的体仁、修义与向外的立功、立言，都是乾阳的属性，儒家追求"内圣外王"也很自然地将乾阳置于尊位。

道家的价值取向则不重人为而重自然，在道家看来，道/自然由于未经知识、礼教的浸染，不做声色、功名的追求，是处于虚静状态的。"三十辐共一毂，当其无，有车之用。埏埴以为器，当其无，有器之用。凿户牖以为室，当其无，有室之用。故有之以为器，无之以为用。"[2] 因为虚空，所以能不加排斥地容纳万物，以成其大。"致虚极，守静笃，万物并作，吾以观其复。夫物芸芸，各归其根。归根曰静，是谓复命。复命曰常，知常曰明。不知常，妄作凶。知常容，容乃公，公乃王，王乃天，天乃道，道乃久，没身不殆。"[3] 因为寂静，所以能不带前见地静观万物，把握万物生化之道并顺应之。"天下莫柔弱于水，而攻坚强者莫之能胜，其无以易之。弱之胜强，柔之胜刚，天下莫知，莫能行。"[4] 因为守柔，所以

---

[1] 《孟子》。
[2] 《道德经》。
[3] 《道德经》。
[4] 《道德经》。

能够随物赋形,在生化与流变中毫无滞碍。得道之人便是能"致虚守静"的人。就内在人格而言,他们不追求充实,而追求"虚极""坐忘",不但不认为知识、德行的修养有价值,而且要"绝学无忧""绝圣弃智",回归自然素朴。就外在行为而言,他们不倡导积极作为而倡导"无为":"道常无为,而无不为。侯王若能守之,万物将自化。化而欲作,将镇之以无名之朴。"① 所谓"无为",是摒弃种种"人为"的目标和限定,使万物顺应自然。虚、静、柔、无为,这些被道家提倡的范畴都是"阴"的属性,所以道家哲学从根本上是崇阴而抑阳的。

三 实践形态差异:敬奉尊者与甘处卑下

儒家维护三代以来的礼法秩序,尊者(君、父)与卑者(臣、子、民)虽然各有各的角色义务,如父慈子孝,如君使臣以礼、臣事君以忠,但更被强调的始终是卑者对于尊者应尽的义务。君无道、父不慈,身为臣、子的只能"谏",比较严重的情况是"死谏",但绝不可越位来干涉或替代君、父的作为;臣不忠、子不孝,则是大逆不道、人人可得而诛之。此外,"君子"/士人也应学而优则仕,积极入世,让自己升登到一个相对的尊位以便能够"在其位,谋其政"——当然,成功之后要"归美于尊者"。这使受儒家思想浸染的中国士人长期以来一直重视学以致用、经国济世、立身扬名,形成了独具中国色彩的重事功、求仕进的士人传统。

相比之下,道家给予了卑位者——更确切地说是甘于、善于处卑位者——更多的赞赏。首先,卑己处下、与世不争、与物无伤,被认为是天地自然之德:"天长地久。天地所以能长且久者,以其不自生,故能长生。是以圣人后其身而身先,外其身而身存。"②"上善若水。水利万物而不争,处众人之所恶,故几于道。……夫唯不争,故无尤。"③ 推及人事,则即使在礼法秩序中处于尊位的圣人、侯王、君子,也不应一味地威严、高贵,而应善于守柔,效法"道"之生化泽被万物而不做万物之主宰,"虚"己"后"

---

① 《道德经》。
② 《道德经·七章》。
③ 《道德经·八章》。

己:"万物恃之而生而不辞,功成不有,衣养万物而不为主,常无欲。万物归焉而不为主,可名于大。以其终不自为大,故能成其大。"① 从宏观角度说,这样的理念必然导致提倡一个不开启人们的思考、不唤起民众的欲望、防备纷争的社会;从微观角度说,则必然倾向于与"阴"同德的个体精神境界,提倡"雌伏":"知其雄,守其雌,为天下溪。为天下溪,常德不离,复归于婴儿。"② 道家的观念造就了中国士人的另一个传统:避免闻达、不谋名利、遁世隐逸的传统,这个传统几乎和儒家的入世传统一样影响深远。总之,道家并没有改变阳尊阴卑的象化认知,也没有改阳为动、为实、为刚而阴为静、为虚、为柔的易学观念,它与儒家的区别在于赋予虚、静、柔以价值上的更高位次与实践上的更优先选择,它不称羡"尊"而赞赏"卑"。

我们可以假设,由于将万物的生化归结于一个母性的本源,并认为这个本源具有"万物作焉而不辞,生而不有,为而不恃,功成而弗居"的母性化特质,同时提倡守柔、虚静等阴性质素,道家思想中潜在蕴涵着认同和欣赏女性乃至"崇女抑男"的倾向。如果在先秦道家经典里,"玄牝""天下母""万物之母""守雌"等将道比喻成女性或将得道之人的特质类比于女性,还只是一种进行跨范畴、跨领域概括的"象"化归结,即以一个"女性"为象来概括宇宙自然的化生过程、人类社会的理想形态和得道之人的心灵境界,那么在后来道家文化的衍生形态中,则明显出现对女性或女性化特质的推崇。实际上,在《庄子》中这样的性别观念就已经萌芽了:"藐姑射之山,有神人居焉,肌肤若冰雪,绰约若处子。不食五谷,吸风饮露。乘云气,御飞龙,而游乎四海之外。"③ 正如《庄子》寓言中的得道高人多是男性一样,这个与道同游、无待逍遥的神人形象仍然是男性,但是"肌肤若冰雪,绰约若处子"却是典型的女性化特质,似乎获得某种女性化特质也是进入道境、心斋坐忘的表征之一。这引出了绵延中国古典文艺史和审美文化史的"佳人文化",也为中国传统女性提供了除去相夫教子做夫族"贤妇"之外的另一个成为理想女性的出路。这是一个文化上的超越之维,女性在这个超越之维中获得了——至少在表面上获得

---

① 《道德经·三十四章》。
② 《道德经·二十八章》。
③ 《庄子·逍遥游》。

了——更多的欣赏与尊重，她们在"道"的超越层面上得以与男性平等，甚至正如崇阴抑扬的道家哲学所隐含的那样，她们的地位高于男性——"姑射仙人"们必须被仰视。这将对她们的生存处境和心灵状态产生什么影响？她们能由此获得多少属于女性自身的自由？这是后文将要探讨的问题。

第二节 性灵佳人：道家性别文化的衍生形态

先秦道家文化在后世衍生出了许多新的形态，其性别文化也随之衍生发展。这里首先需要做出一个界定，即本章将哪些文化形态定位为道家文化的衍生。狭义地讲，魏晋玄学或许与先秦道家的承续性更显著些。但后继出现的以李白为代表的盛唐诗学精神、以苏轼为典范的宋人"中隐"思想，乃至元代的市民主义，明清的童心说、趣论、性灵论、主情论等重"性情"的思想流派，是否属于道家的谱系就有争议了。本章将从中国传统文化结构着眼，采取一个较为宽泛的界定。中国传统文化模式概括起来就是"儒道互补"：儒家关注社会、家族，道家关注宇宙自然与个体精神世界；儒家主张人文教化和人伦秩序，道家主张顺应宇宙之自然与人性之本真。二者的"互补"，根本上在于它们分别关注了不同的本位、不同的维度，而这些本位（宇宙、社会、家庭与个体）、这些维度（现世实践的维度与精神超越的维度）在一个完整的文化结构中都是要被关注的。因此，我们只有以儒家文化为参照，才能把握道家文化最核心的内容：探索被儒家人伦本位所忽略的宇宙自然之维，倡导被儒家人伦主义所压抑的人性本真与个体精神自由。它最大的精髓是"自然"——这包括外在的自然（自然界）、内在的自然（本然人性）与在世方式的自然（顺应自然之"道"），而不是先秦道家的"清静""无为"。"清静""无为"应该是道家的非特质性范畴，它出于老庄对"自然"的理解——自然（外在的自然界、内在的人性以及作为宇宙与人之同构基础的"道"）是清静无为的。因此，当后世对"自然"产生不同的理解——比如魏晋士人认为人文艺术不但不是对自然的背离，而且是自然之道的显现；近古士人认为人性的本真包括"百姓日用"的基本欲望甚至包括"愚不孝之近趣"的种种原欲——的时候,就不再持守"清静""无为"了。但是,他们仍然排斥礼教的压抑、功名的诱惑而肯定个体天性的自由,或试图超脱现世寻求某种诗性化、审美化的宇宙境界,因此从广义上说,它们仍然可以划归入道家的谱系。尽管从严格意义上说,我们不能称之为"道家思想",但可以说它是由道家衍生的文化形态。

　　道家文化衍生出的"性灵佳人"这一源远流长的性别审美范式,确立于魏晋。当然,这并不是说魏晋之前就没有"佳人"形象出现。为了追溯"佳人"最初的雏形,我们需要先明确的是何为佳人。佳人是男性社会中"被看"的女性,她之所以为"佳人",即是因为她是最理想的被看者,她可以综合地满足男性多层次的审美需求。这包括外貌的美带来的感观愉悦,性情的真挚带来的爱情满足,以及某种诗意的心灵素质或内在修养带来的诗性精神的沟通。而在重视形神表里同构关系的中国传统诗学框架内,这些层次应该不是彼此独立的,而是联系在一起的,佳人的外在美,往往是其内在性情与诗意的感性显现和象征。因此,后文在论及佳人之形貌时,也意味着内在地涉及了由形貌所表征的诗性精神,这里将不再赘述。

　　从这个界定出发,"佳人"的最早雏形也可以追溯到先秦。只是,此时具有典型意义的佳人形象还很少,《诗经》中的女性形象虽然极其丰富,但大体上还是形貌审视与性情观照相分离的。前者如《卫风·硕人》:"手如柔荑,肤如凝脂,领如蝤蛴,齿如瓠犀,螓首蛾眉。巧笑倩兮,美目盼兮。"[1] 其中连用的"柔荑""凝脂""螓""蛾"等一串物象,是对女性的一连串物化比喻,不涉及性情、精神的层面。后者如《王风·桃夭》之"桃之夭夭,灼灼其华,之子于归,宜其室家"[2],《郑风·野有蔓草》之"野有蔓草,零露团兮;有美一人,清扬婉兮;邂逅相遇,适所愿兮"[3],又侧重爱情的愉悦,对女性的外貌则是略形取神地以物象比喻来处理。比较成型的"佳人"出现在《楚辞》中。楚地"巫祝文化"虽然具有原始

---

[1] 袁行霈主编《中国文学史》第一卷,高等教育出版社,1999,第73页。
[2] 袁行霈主编《中国文学史》第一卷,高等教育出版社,1999,第71页。
[3] 袁行霈主编《中国文学史》第一卷,高等教育出版社,1999,第74页。

宗教的意味，但到了《楚辞》的时代，人文内涵已被附加于宗教符号中，形成独特的隐喻体系。在仪式中，巫师以其德行与修养吸引"神女"附身，使男性之文化人格与女性之美好形象取得了虚拟的同位性。但实际上，男性巫祝是文化权力的现实掌握者，想象中的女神则很合理地被男巫"代言"了。《楚辞》中的佳女，也被涂染上了士人的文化理想。《离骚》中"宓妃佚女，以辟贤臣"的手法是最典型的，以美妙的女性形体、善感的女性心灵来寄寓某种诗性文化理念的"佳人"模式，至此初步形成。

但是，此时"佳人文化"还未形成规模，因为它还没有与一种在中国传统文化构成中占据中心位置、影响深远的文化结合。那么，为什么当"佳人"与道家文化结合，其经典范式才得以确立呢？这是因为中国诗性—审美文化本来就与广义的道家文化（包括后来道家化了的佛教文化，可称为"庄禅精神"）渊源甚深，甚至大部分模式、范畴和要素来自道家谱系的衍生。道家哲学思维本身就具有诗性化的特征："天地与人并生而万物与我为一"的"逍遥"境界本身切合于艺术思维的时空超越性，"心斋"的理想正与艺术的超功利特质相通，"得鱼忘筌，得意忘言"的语言观又呼应着艺术表达的蕴藉特征……只是，先秦道家思想还称不上是"诗性文化"，它强调的是"无待"，即不借助于任何有形的、可感的物质手段。因此它甚是反对"伪"（即人为）艺术，认为"五色令人目盲，五音令人耳聋"，甚至认为对自然进行审美观照也是较低的境界，得道者应该"无江海而闲"。因此，先秦的"佳人文化"，除了《庄子》中关于"姑射仙人"的描绘算是一个勉强的"前奏"外（这个"姑射仙人"只是具有女性化特质却并非女性），多与道家并无关涉。

"佳人文化"经典范式的确立与中国诗性文化之经典范式的形成必然是同步的，都在魏晋。道家文化自汉初黄老之学起开始打破先秦道家"尚无"传统，提出"以无应有、以虚受实"，对"无待"强调得少了，开始更注重体道的现世媒介。魏晋玄学所衍生的诗学也将言、象提到了更高的地位上，"故言者，所以明象，得象而忘言；象者，所以存意，得意而忘象"[1]。既然表意是应该凭借物化的语言手段的，艺术—审美实践也就同样不必排斥现

---

[1] 张少康：《中国文学理论批评发展史》，北京大学出版社，1995，第144页。

实的、物质的手段，自然风物（山水与鸟兽）、人文事物（诗文与琴书）等先秦道家所不屑之物全成了魏晋士人任性逍遥之寄托。实际上，由于中国文化异质同源、异质同构的"天人合一"宇宙观的作用，先秦道家既已包含宇宙之道、自然之道（未经人化的自然界）、人心之道（本真人性）相通为一的观念。魏晋士人进一步形成了"山水体道""林泉高致"的诗性逻辑：当他们"疏瀹五藏，澡雪精神"①，以超越的心境对自然物象进行审美观照和艺术呈现时，既蕴于自然界又蕴于人心的"道"便充当了主客体实现互构的共通性基础。这是一个"自然人性—道—自然物象"的互构模式，冯友兰所谓构成真风流的四要素"玄心""洞见""妙赏""深情"，其实质便是完成这一互构过程所必备的条件："深情"是内在于主体的自然性情，"妙赏"是了悟客体之"自然"的能力，"玄心""洞见"则是认为宇宙之自然（"道"）、使主体与客体由道而连接的能力。

在这样一个诗性精神觉醒、高扬和确立的时代，女性也成了一种特殊的对象物。这些佳人既有当时的贵族妇女，如谢道韫、张彤云、卫夫人、管夫人等，也有妓女、家姬甚至婢女，如名妓苏小小、家姬鹦凤、才婢谢姿芳……她们活跃于名士群体中间，被他们所欣赏以至恋慕；她们实际上发挥了类似于"镜像"的作用，名士们把自身诗性理想和文化人格的影子投射在她们身上，进而通过她们反观自身，并体悟使她们和自身产生共通感的玄学之"道"。"佳人"与山水鸟兽等一样，成为诗性文化中重要的"存意之象"——玄学理想和玄学人格在诗性审美视域中的对象化呈现。

概括起来，佳人主要有三个方面的特质：一是相貌，这"相貌"须是她们——或者更确切地说，应该是士人们——的本真性情、诗性理想以及寻求的宇宙自然之"道"的物化显现；二是才华或思想，她们要有观道的"洞见"或艺术的"妙赏"，使她们在诗性精神上达到"道"的层次；三是性情，她们要有自由、天真甚至勇于逾礼的个性，有真挚深切的情感，以便与士人在爱情中完成精神的互动互融。

从外在的、体貌的层面看，魏晋美学"山水以形媚道""道之显者谓

---

① 张少康：《中国文学理论批评发展史》，北京大学出版社，1995，第197页。

之文"的理念同样适用于"佳人"审美。当时理想的女性美是一种"状若飞仙"的飘逸美,"佳人"应如《庄子·逍遥游》中"肌肤若冰雪,绰约若处子"的"姑射仙人",细骨轻躯、肤如冰雪、衣袂飘举、风神超逸。轻盈,恰如"道"之自然及得道者心灵之超然物外、不受羁縻;莹洁,恰如道之清净及玄学人格之不慕名利、高风亮节;飞仙一样的飘逸情致,又起兴着士人的"逍遥游"理想。甚至在衣饰、女工等方面,她们也追求"名士风流"的展现。魏晋女装崇尚飘逸,"款式多为上俭下丰,衣身部分紧身合体,袖口肥大,裙多为折裥裙,裙长曳地,下摆宽松,从而达到俊俏潇洒的效果"①。《女红余志》则载:"陈后主为张贵妃丽华造桂宫于光照殿,后作圆门如月,障以水晶。……丽华被素袿裳,梳凌云髻,插白通草苏朵子,鞋玉华飞头履,时独步于中,谓之月宫。"②又载:"桓豁女,字女幼,制绿锦衣带,作竹叶样,远视之无二,故无瑕诗云:'带叶新裁竹,簪花巧制兰'。"

月之超拔、竹之风骨、兰之清韵,这些都是魏晋诗性理想的重要意象,在这里被女红所运用。这本质上也是一种"以形媚道",是对魏晋玄学人格理想的感性显现。

在才华与思想方面,更是出现了一大批作为"名士风流"之女性翻版的佳人。其中一个群体是具有较高文化修养的世家贵妇,她们自觉地按照玄学文化的标准来塑造自己,使自己成为被名士阶层所认可和称道的"女名士"。实际上这在魏晋社会已形成了一股风气,当时着力于增强自身的文化艺术水准的不只有谢道韫、卫夫人、郗夫人这样的才女,贵族妇女普遍看重才情的养成;她们还大胆地实践"越名教而任自然"的玄学人生方式,上层妇女不拘礼教地驾车出游、抛头露面甚至设帐与男人清谈,在魏晋社会蔚然成风。另一个群体是男性着意培养出来的才女,包括妓女和具有较高文化素养的士阶层所蓄养的妾、婢、家伎等。他们已不满足于简单的声色需要;在声色之外,他们要把这些下层女子变成他们诗性生存范式的一部分。因此,这类女子中具有"佳人"之品貌、才艺与修养者很多。

---

① 唐明:《香国记》,人民日报出版社,2007,第101页。
② 吴龙辉主编《花底拾遗——女性生活艺术经典》,中国社会科学出版社,1993,第16~17页。

其中最典型的当属名妓苏小小,她才华横溢而天性放旷,独乘油壁车遍游西泠山水,后因相思而卒,遗言说:"我生于西泠,死于西泠,埋骨于西泠,庶不负苏小小山水之痛也。"竟留恋山水而不回乡安葬①,这份洒脱直与名士刘伶的"醉死便埋"异曲同工。家伎、婢女虽然就总体上来说文化素质更低,但其中竟也不乏品貌不俗的"佳人"。仅富豪石崇家就有数位:鹓凤"妙别玉声""尤工文辞书画",绿珠善舞,连厕中婢女也具有不凡的见识。"王大将军往(注:指有婢女侍奉的厕所),脱故衣,着新衣,神色傲然。群婢相谓曰:'此客必能作贼'。"后来的事实果然证明,婢女们的见识是正确的。另外还有王献之的爱妾桃叶,王献之授之以书艺,使"其娟秀小体魏碑甚工";作《团扇郎歌》的才婢谢姿芳,"善弹箜篌能为《明妃出塞》之歌"的艺伎徐月华②……由此可见当时婢妾妓女群体文化素养和艺术修养的提高。她们已成为魏晋名士按照"佳人"的诗性文化尺度塑造出来的"以形媚道"的艺术品和活符号。

　　性情在魏晋还没有成为"性灵佳人"的主流特质。虽然魏晋士人打破了先秦道家对"清静"的推崇和对强烈情感的回避,认为"深情"也是人性本真的一部分,指出"太上忘情,最下不及情;情之所钟,正在我辈",但他们的"情"对象非常宽泛,包括亲子情、兄弟情、朋友情甚至对美貌风雅的男性的畸恋,对佳人的情感只是其中的一部分。而且在这个阶段的爱情佳话中,女性还是高度对象化的,文本叙述的视角在于名士们对佳人的欣赏和钟情,而不在于佳人自身对男子的钟情。如荀奉倩钟爱妻子,"出中庭自取冷"为妻子退烧,妻子病死后自己也伤心而亡;张敞敢于逾礼,在闺中与妻子画眉相戏……在这些爱情佳话中,女方的情感是被动的。但是,性情型的佳人毕竟已经出现了个别案例,如不顾身份悬殊与王珉相恋的才婢谢姿芳,得王献之书艺真传又与之爱得生死缠绵的桃叶等。魏晋志人、志怪小说中也有这样的女子,如《搜神记》中为寒士韩重"气结而死"的秦国公主紫玉、《华山畿》传说中跃入情人棺木而亡的华山女子等,但此时还未形成潮流,这类佳人后来在近古的叙事文学中才形成一

---

① 唐明:《香国记》,人民日报出版社,2007,第137页。
② 唐明:《香国记》,人民日报出版社,2007,第141页。

个规模庞大的群体。

"佳人"作为中国诗性文化精神的"存意之象"被创造出来，便作为一个范式在唐、宋、元、明、清一直延续着，随着历代诗性文化特征的演变而生发出不同的内涵。唐代是继魏晋之后又一个儒家话语权力旁落、个体自由精神张扬的时代，不同的是，唐代士人并不寻求以高超的智慧来解除尘世的羁绊，而是更执着于现实，要求在现实中实现个体生命价值的最大化。因此，对于唐代的佳人群体来说，智慧与才情并不是最重要的，鲜明的个性和敢爱敢恨的性情才是核心特征。唐传奇中的女性很多是蔑视正统的礼教观念，大胆地追求个性自由和爱情自由的：崔莺莺"私订终身"（元稹《莺莺传》），长安妓女李娃与鸨母决裂而帮助所爱之人重新走上仕途（白行简《李娃传》），倩娘魂魄离体追随情人（陈玄祐《离魂记》）。更具挑战性的是对一些所嫁非人的姬妾之"私情"的肯定性宣讲，如步非烟厌恶将军武公业"粗悍"，与邻家书生相恋，被鞭打垂死时仍说"生得相亲，死亦何恨"（《飞烟小传》）；杨素侍妾红拂私奔于当时还是平民的李靖，提起权势熏天的主人时竟认为"彼尸居余气，不足畏也"（《虬髯客传》）。这对自然、自由之爱情是一种前所未有的肯定。

宋代的诗性精神出现了儒化倾向，士人普遍倡导"中隐""隐于朝"的态度。走仕途承担社会家国的责任，但不热衷于功名；遵守基本的礼法规范，但又保持心灵的自由。出处自如，优游自得。这种淑世精神也在他们的笔下"对象化"为佳人的形象，同时兼有儒家淑女的温柔含蓄与道家名士的秀慧超逸，并以一种安时处顺、乐天知命的处世态度将二者整合起来。由于这样的理想人格具有鲜明的精英化指向，在相对通俗的叙事文学中是很少见的，我们可以从抒情文学中寻找典范，其中最典型的莫过于苏轼词中塑造的朝云、柔奴。在苏轼的"移情"观照中，朝云冰清玉洁、高情逸趣："玉骨那愁瘴雾，冰肌自有仙风；海仙时遣探芳丛，倒挂绿毛小凤。素面常嫌粉涴，洗妆不褪唇红；高情已逐晓云空，不与梨花同梦。"这成了苏轼人格理想的载体。柔奴则有着清新超逸的艺术造诣，与她无往而不可、无往而不适的乐天性情互为表里："常羡人间琢玉郎，天教分付点酥娘；自作新歌传皓齿，风起，雪飞炎海变清凉。万里归来年愈少，微笑，笑时犹带岭梅香；试问岭南应不好，却道，此心安处是吾乡。"这又是苏轼本人创作风范和艺术追求的投影。

　　元、明、清三代是诗性文化进一步走向现世乃至世俗的阶段。城市经济充分发展带来了市民阶层的形成，中国文化整体上产生了世俗化趋向；元代文人与市民阶层的整合又加速了这一过程。此三代的诗性文化继承了鄙弃礼教规范、任情无所顾忌的个体生命意识，但不同于魏晋名士的超越现世也不同于唐代狂士的追求生命价值，他们的诗性理想具有世俗化、市民化的倾向，将士人的文化底蕴、生命意识与市民的世俗欲望、情调趣味融合在一起。相应的，元、明、清的佳人群体，普遍是有情有欲的。在表达自然之爱时，她们有的矜持，如崔莺莺（王实甫《西厢记》）；有的泼辣，如李千金（马致远《墙头马上》）；有的娇痴，如杜丽娘（汤显祖《牡丹亭》）；有的刚烈，如王娇娘（孟称舜《娇红记》）……但她们都是执着于真爱的性情中人。从文化基因上讲，她们仍然属于与正统儒学对立的庄禅一脉，她们更多地属于道家自然观念中个体心灵之"自然"这个角度（此即"本心""童心""性灵""情"），且这种"自然"被阐释为有情有欲的，而非清静无为的。

　　另外，与明清知识界出现的对前代思想进行总结、概括和提炼的倾向相应，明清的诗性文化也呈现出较强的综合倾向，许多士人对道家、佛禅、易家乃至儒家的文化理想、审美趣味和生存范式进行了综合，并由发自自然本心的"性灵""性情"统摄。因此，明清"性灵佳人"的文化内涵也体现了这种丰厚的综合倾向，半意象化的人物大量出现，有的人物甚至具有相当明显的文化符号意义。如山黛（《平山冷燕》）、江蕊珠（《定情人》），不爱脂粉、不慕浮华，然而才学出众、胆识过人，"泼墨成涛，挥毫落锦"，在书斋过着学究式的生活，必待儒生中举、奉旨成婚，集中体现了"富贵风流"的儒生理想；婴宁（《聊斋志异·婴宁》）幽居空谷，爱花爱笑、无拘无束、一团天真，乃取《庄子·大宗师》中"其为物，无不将也，无不迎也，无不毁也，无不成也，其名为撄宁。撄宁也者，撄而后宁也"之义，是一个具有明显文化符号意义的"道家女儿"；陶黄英（《聊斋志异·黄英》）宣称"自食其力不为贫，贩花为业不为俗"，精于种菊、卖菊并发家致富，"聊为我家彭泽解嘲"，体现着士人调整清高观念、向市民意识靠拢的倾向。《红楼梦》"大观园女儿国"更是对诸种诗性文化理想的总结和综合：这里有"英豪阔大宽宏量，从未将儿女私情略萦心上""是真名士自风流"的史湘云，充满了魏晋风骨；有能够"兴利除宿弊"的探春，颇具纵横家的才识气度；有具禅宗意蕴的妙玉及有儒家气质的宝钗……而集灵秀风姿、本真性情与风流才气于一身的"性灵"体现者林黛玉，不仅成为叙述者理想中的"女儿国"翘楚，也成了明清"性灵佳人"的最高典范。

第三节　崇妾抑妻、崇女抑母：道家性别文化的悖反形态

那么，我们是否可以这样认为，由道家性别文化衍生的"佳人文化"为女性提供了一条追求个性独立与精神自由的可靠的、具有一定普遍性的出路，提供了在成为夫族"财产"之外的另一种选择？从上两节的论述来看，似乎确实如此。但是，道家性别文化也是具有两面性的，它在衍生出一个"性灵佳人"谱系的同时，建构了它的对立面——"俗妇"谱系。"俗妇"又可以分为两种：一种从儒家性别伦理的尺度来衡量其实可以算作"贤妇"，她们是"内置"于父系统治之中的，致力于协助或代替男性尊长维护礼教，主持家政、相夫教子，其代价是本真性灵的泯灭和个性自我的丧失；另一种连"贤妇"也算不上，她们是"泼妇""悍妇""妒妇""恶妇""贪妇"，或泼辣悍妒、心胸狭隘，或满眼利益、满心计较，或汲汲名利但求夫荣子贵，或抱持偏见唯恐败坏家声……她们在文本中的角色，往往成为"性灵佳人"的阻碍者或迫害者，破坏"性灵佳人"与风流才子的结合。在"女清男浊"的道家性别文化观念的框架内，她们是"清中之浊"，比起持诗性超脱精神的男性，更远离与道相通的本真，受礼教传统、功名利禄、日常俗务的浸染也更深。"俗妇"谱系的形成，使道家性别文化生成了一个"男反为清，女反为浊"的悖反形态。

如果佳人与"俗妇"的划分只是将女性分成了两部分，即一部分女性本质上是佳人，另一部分本质上是俗妇，那也是为女性提供了某种可靠的选择权。从各个具体文本的形态看，佳人与俗妇的划分确实只是把女性按照清与浊的标尺两极分化了，但如果跨出单个文本去探究女性的文化处

境，问题就更加复杂了：佳人与俗妇都具有较强的角色化与身份化的特征，即在文本设置的不同角色、不同身份的女性中，有某种角色、某种身份的女性总倾向于成为"佳人"，而另一些角色、身份的女性又总倾向于成为与"佳人"对立的"俗妇"。在大多数文本中，如果出现了妻妾关系，则多是妾为佳人而妻为俗妇；如果出现了母女/婆媳关系，则多是女/媳为佳人而母/婆为俗妇。这与西方性别文化将审美/超越型女性（所谓"永恒女性"）做特质性的定位是有区别的。

一　佳人与俗妇的角色化、身份化

当然，就单一文本而言，由于其中的妻妾、母女、婆媳身份是固定的，佳人、俗妇也似乎各自依据其人格与性情而固定在各自的位置上，这给人以特质性定位的错觉。但是，在文本之外、在现实的文化环境中，女性的身份、角色却是流动的：妾并不一定终生为妾，女、媳更是很少永远不上升到母、婆的位置。然而，佳人与俗妇既然具有角色化与身份化的倾向，一个女性随着年龄的增长、身份角色的变迁，也就会由倾向于成为佳人的群体迈入倾向于成为俗妇的群体。对一个具体的女人而言，从佳人变为俗妇并不是必然的命运，事实上也确实有很多性灵佳人在为人妻、为人母乃至做了婆婆之后仍是佳人，她们的美貌、性情和诗意的心灵品质、高超的人格境界并没有因身份的改变而打了折扣；但是，这是一种个体性的选择。女性从佳人变成俗妇，是中国道家文化以及由之衍生出的性别审美文化的群体性判断，是一种虽然秘而未宣，却渗透在文学创作中、社会意识里的文化基因。它会影响男性社会对女性的模式化认知和判断。

（一）倾向之一：崇妾抑妻

比起明媒正娶的妻子，妾婢、姬人、妓女等处于婚恋边缘或外围的女性更容易被塑造为性灵佳人。这与儒家性别文化的"妻尊妾卑"形成鲜明反差：正如在男女两性的差序关系组中，处于卑位的女性为"清"而处于尊位的男性为"浊"，在妻/妾的差序关系组中，也同样是卑者为清而尊者为浊。这种观念在士人中得到了较多的认可。

一方面，士人群体认为妻子更重要的是贤良淑德、善于持家，符合儒家的"贤妇"标准；妾、婢、姬、妓更重要的是灵心慧性、才气横溢，并且与自己情真意切。卫泳《悦容编·博古》中说："白首相看不下堂者，必不识一丁，博古者未必占便宜。然女校书最堪供役。"[①] 认为妻子应该无才，才可安于家室；而文化修养较高的女子的最佳位置是"供役"，即充当婢妾。李渔的《闲情偶记》更是直言不讳地提出要着力把姬妾（而不是妻子）培养成风流才女："娶妻如买田庄，非五谷不植，非桑麻不树，稍涉游观之物，即拔而去之，以其为衣食所出，地力有限，不能旁及其他也。买姬妾如治园圃，结子之花亦种，不结子之花亦种；成阴之树亦栽，不成阴之树亦栽。以其原为娱情而设，所重在耳目，则口腹有时而轻，不能顾名兼顾实也。尤展成云：叶天寥以德才色为妇人三不朽。笠翁以德属妻，以才色属妾，更为平论，且可息入宫之妒矣。"表面上看，这是不偏不倚的价值评定，但是在文本的语境中，言说者显然是更认同审美文化衍生的"性灵佳人"之标准的。嫡妻被给予了德行上的肯定，但这对于偏爱并欣赏"性灵佳人"的士人来说，与其说是真正的赞许，不如说是委婉的贬抑：他们以一个在他们眼里次一等的价值尺度来"肯定"那些女性，实际上是把她们固定在次一等的评价上，让她们为了更好地服务于夫族的利益而放弃诗性追求、放弃真爱的权利、放弃个性的自由和精神的超越，甘愿成为为夫族"事宗庙""继后世""主中馈"的工具。这就为妻子成为俗妇提供了基础。实际上，由于超越性的诗性审美文化尺度被认为"不适用"于妻子，因此中国性别文化并不能在价值尺度上保证"贤妇"不同时成为"俗妇"，也不能保证做不成贤妇的女性不堕为"恶妇"。

另一方面，士人群体也更热衷于传颂才子与姬妾、妓女、伶人等边缘女性的风流韵事。在这些佳话中，妻子往往是缺席的、隐没的，消失在叙事之外：王献之与桃叶、白居易与小蛮、樊素，苏轼与朝云，姜夔与合肥姐妹，冒辟疆与董小宛，吴梅村与卞玉京，钱谦益与柳如是……当这些才子与性灵佳人们诗酒唱和、实现着诗性心灵的融合时，他们的妻子却在文本视野之外，这实际上包含着一种潜叙述：他们的妻子与他们难以实现精神

---

① 吴龙辉：《花底拾遗——女性生活艺术经典》，中国社会科学出版社，1993，第93页。

上的契合，在他们眼里，妻子只是很平常的"主中馈"的女人。如果妻子跳出来干涉才子佳人的爱情，那就不是贤良的凡妇，而是迫害才情女子的妒妇甚至是凌驾夫权的恶妇了：如王珉与谢姿芳的传说中，才婢谢姿芳因与王珉相恋而被主母"鞭之过苦"，作《团扇郎歌》（当然这个传说中的"俗妇"不是王珉妻子而是其嫂，因此，此处不涉及嫉妒，而是涉及维护门风和礼教）；又如在冯通与冯小青的传说中，冯小青为冯妻所妒，最终被赶出家门、居于西湖别馆，一对恋人因一水之隔而不得相会，致使冯小青思念而死，冯妻也成了士人千古唾骂的对象。对这样的妻子，儒、道性别文化教育贬斥是一致的：一个从人伦的角度来谴责，一个从人文的角度来鄙弃。

（二）倾向之二：崇女抑母

在文学文本中，比"崇妾抑妻"更普遍、更多出现的一个倾向是"崇女抑母"。这里的母/女包含婆/媳，因为儿媳或儿子的恋人与婆婆或准婆婆的关系通常牵连于儿子与其母亲的关系，因此母/女关系一样可以被划入亲子关系的范畴来研究。在这样的关系中，女（年青一代女性）更倾向于成为"性灵佳人"，而母（老一辈女性）更倾向于被塑造成"俗妇"。我们可以注意到，与男女、妻妾差序组的"崇男抑女""崇妾抑妻"一样，在母/女关系组中，道家性别文化的取向也是与儒家相反的：处于尊位的母反为浊，而处于卑位的女反为清。

这种角色化倾向表征在文学文本中，"性灵佳人"几乎都是未婚少女形象。当然，在规模较小的文本中，出于叙述恋爱情节的需要，作为女主人公的"性灵佳人"必须被设置成少女，如《西厢记》《牡丹亭》及众多才子佳人小说；如果女主人公已婚，则爱情中最易成为文学素材的"相识—钟情—追求"阶段便无法成立了，而描写婚外恋情又是传统伦理所无法接受的（除了观念较为开放的唐代，出现了《虬髯客传》中的红拂夜奔、《飞烟小传》中的步非烟与隔壁书生相恋等，但前提也是这些女主人公都是妾）。因此，我们似乎可以假设，将"性灵佳人"普遍设置为少女是一种叙事学需要，是为了突出主人公，而不一定是出于某种性别文化判断。但是，有两种文本更能说明问题。一种是规模更小的散文化文本，它没有涉及恋爱，只书写关于才情女子的片段，表达诗意的欣赏，但这些欣赏仍以少女（或根本不可能婚嫁的仙女）居多。这种形象在《聊斋志异》中非常多见，如《狐谐》中爽快机敏的狐女、《仙人岛》中灵心慧性的仙姑等，都是少女的形象。另一种是较具规模的文本，这些文本中人物较多，少女、少妇、中老年女性在叙事中都占据了重要位置，但"性灵佳人"仍然只留给少女角色。如《镜花缘》中虚构武则天开女科录用由百花仙女转世的百位才女，其中文有才情卓著的唐小山、妙解音律的井尧春、精通多邦语言的枝兰音，武有打虎女杰骆红蕖、神枪手魏紫樱、剑侠颜紫绡等，而她们大多是年轻未嫁的处子。《儿女英雄传》则不仅将自由不羁、爽朗天真、挣脱名教束缚而沉醉于"英雄至性"与"儿女情长"的十三妹设置成少女角色，而且让她在"整顿金笼关玉凤"的婚后失去从前的真性情，竟然对安骥吟出"对美人，美人可做夫人"，成为一个助夫兴家的贤妇——同时也是一个冀望夫荣妻贵的"俗妇"。这更直接地反映了士人认为未婚少女和已婚妇人应有不同的评价尺度，前者才应该追求成为"性灵佳人"的观念。最极端的是《红楼梦》：在作者的叙述中，少女们——无论贵族小姐还是年轻婢女——都是充满诗情画意的，她们有的富于玄心、洞见（如妙玉），有的满怀妙赏、深情（如黛玉），有的"是真名士自风流"颇具魏晋风骨（如史湘云），有的"兴利除宿弊"颇具纵横家的气质（如探春），即使宝钗、袭人这样的谨遵礼教的淑女，也不失女孩子天生的可人。其余如晴雯、芳官、司棋、鸳鸯等一批敢爱敢恨的性情女子，也是各有可取之处，作为陪衬与大观园小姐们共同构成了"性灵佳人"的群像。然而中年妇女们却无一例外的都是"俗妇"。其中有的是贤良的俗妇，如薛姨妈、王夫人、邢夫人，她们有疼爱子女的一面，但是缺少才情、谈吐贫乏，精神世界也十分狭隘。如王夫人在对宝玉的教育上满脑子礼教规范、男女大防，对黛玉、晴雯、芳官等一直提防甚至不惜迫害；邢夫人愚昧鲁钝、怯懦屈从，丧失了个性意识，只知一味讨好丈夫。也有的是"恶妇"，如阴险恶毒、心胸狭窄的赵姨娘，以及一大批或趋炎附势、或精于算计、或泼悍粗鲁、或媚上欺下的中年仆妇。不仅如此，作者还借贾宝玉之口直接表达了女性会随着年龄的增长、角色的转变而失去自然性灵、变得庸俗的观念："女孩儿未出嫁，是颗无价之宝珠；出了嫁，不知怎么就变出许多的不好的毛病来，虽是颗珠子，却没有光彩宝色，是颗死珠了；

再老了,更变的不是珠子,竟是鱼眼睛了。分明一个人,怎么变出三样来?"并且将女儿嫁为人妻视作性灵丧失的标志性转折,在迎春出嫁前变得"痴痴呆呆","又听得说陪四个丫头过去,更又跌足自叹道:'从今后这世上又少了五个清洁人了'"。

在另外一些文本中,母辈成为少女诗意情感追求的阻碍者,在情节的推动中建构出"女=性灵佳人;母=俗妇"的对立模式——无论这个母辈女性是女方母亲(岳母/准岳母)还是男方母亲(婆婆/准婆婆),或其他代行母权的中老年女人。《李娃传》中贪财诡诈的老鸨,《西厢记》中道貌岸然的老夫人,《墙头马上》《倩女离魂》中按照礼教要求对女儿严加约束的李千金母、张倩女母,《红楼梦》中对黛玉十分提防排斥并迫害晴雯、芳官、金钏儿的王夫人等,都是比较典型的例子。也有的母辈女性并非严格意义上的"俗妇",只是不能理解年轻女性的诗意心境。如《聊斋志异》的《婴宁》中王子服的母亲,也喜欢婴宁天真烂漫、无拘无束,只是出于世俗常情对她进行劝诫,却不料导致婴宁"虽故逗,亦终不笑"。在对照中,女辈/少女与母辈/中老年妇女在性情、人格与心灵境界上的差距更似乎成了不可逾越的鸿沟。

"性灵佳人"的角色化、身份化,固然有一定的现实基础,因为确实有一部分女性因为经历的增长(由少女到妻、母、婆婆)或家庭地位的变化(由婢到妾、由妾到妻),而逐渐减损甚至失去从前的纯真性情,甚至连才气也被磨钝,思想也越来越倾向于整肃门风、夫荣子贵等务实的内容。但是,有两个问题仍是值得探讨的。

第一,就道家性别文化本身而言,为什么要将这一现象固化成一种模式化的角色/身份特质认定?文化史上大量的事实是不符合这样的特质认定的,很多真正的"性灵佳人"的气质、性情和才气、智慧并未因身份的改变而打了折扣。魏晋的谢道韫("王夫人")、张彤云("顾家妇")、卫夫人、郗夫人、管道升等女名士,关于她们的佳话大多发生于她们成婚之后;李清照、朱淑真、沈宜修(叶氏母女中的母亲)等现实中的才女,通常是在经历了人生、婚姻中的种种幸与不幸,才迎来了文学上的成熟;如在《浮生六记》这样纪实性的作品中,也不乏芸娘这类妻子身份的性灵佳人。道家性别文化做出这样的认定,除了依据发生在一部分女性身上的事实，还应该与某种文化心理定式与价值判断有关。但其动因应该不只是男性对于处女的偏好，否则，将性灵佳人的角色派给未婚少女固然可以理解，派给妓女、优伶又当作何解呢？这个动因需要从道家文化的特质中去寻找。

第二，也是更关键的，如果跨出道家性别文化的视界，从性别审美本身的角度来看，对少妇乃至成熟女性的贬抑也并不是一个必然的文化现象。审美判断总是建立在特定的审美尺度基础上的，妻、母作为一个整体，平均而言，比妾、少女更缺少诗性审美价值，这种认定在于使用了特定的审美文化尺度，即道家自然观衍生的以自然、纯真、任情为主导的"性灵佳人"尺度。从纵向上看，现代文化中已经开始出现认为成熟女性作为整体更加优雅、智慧、富于内涵这样的性别审美观念（这与道家性别文化的女儿更有诗意正好相反）。即使从横向上看，引入西方性别审美文化作为参照，情形也不尽相同（这一点将在下一小节中详细讨论）。是什么样的尺度带来这样的差异？这也同样需要探讨中国文化特别是与诗性—审美之维密切相关的道家文化，包括其理论形态与实践形态。

二 崇尚自然排斥社会化与"性灵佳人"的年轻化

首先，为什么道家衍生的审美文化更欣赏年轻的女性，而且最好是未婚少女？这与道家文化崇尚"自然"是分不开的。在《庄子》中萌芽、至魏晋定型的人物品藻审美中，无论对于男女，受到欣赏和推重的都是素朴、天真、率性、至情的"婴儿"式的人格，也就是说，社会化程度比较低的人格。这也是道家审美文化崇女抑男认为女清男浊的原因，较少参与社会政治经济活动的女性，社会化程度也是普遍比男性低的。但是，并非所有女性在超越或脱离社会—家族事务和日常生活的程度上都是一致的，因此，社会化程度更低的少女当然成了审美文化的首选。

我们可以在与西方文化的参照中进一步了解这个问题。首先，尽管有的学者会将西方文化的"两希传统"与中国文化的"儒道相济"进行同构性的解读，但其实二者的作用机制是完全不同的。这不同的根本，还不止在于前者是相互斗争、此消彼长的"更替式"发展而后者是齐头并进、和谐共在的"互补式"发展——实际上，更替中也有互补，如希腊哲学发展到斯多亚派和新柏拉图主义时已经出现了信仰主义的萌芽，而天主教神学是建构在希腊哲学的概念和思辨方式基础上的；互补中也有更替，如汉代的"独尊儒术"、魏晋的"贱治平而贵逍遥"，反映的都是儒家与道家相互替代成为主流——更在于功能构成的差异。西方文化无论希腊传统还是希伯来传统，都同时拥有各自的现世之维与超越之维：希腊传统更关注什么是个人的"好""善"与社会的"正义"，但也关注理式、逻各斯，而且前者通常来自后者，是对后者的"忆起"（柏拉图的理式论）或者"分有"（新柏拉图主义的实体论）；希伯来传统更专注于上帝、来世、天国，但是也注重现世的人生，人在现世以爱与宽恕培育对"神爱"的信心，是通往天国的阶梯。在很大程度上也正是因为它们有各自的现世观照和各自的超越之维，它们才能实现"更替"，不在一方占主导而另一方趋于消沉的时候出现严重的"功能真空"——那是一个文明社会所不能允许的。而儒道互补则是一个"蔽于人而不知天"，关注现世、人伦而缺少诗性的超越之维；另一个"蔽于天而不知人"，追求自然超脱而排斥人文、反对人的社会化。因此无论儒家还是道家，都不可能在一个太长的历史时期取得绝对的压倒性地位，因为这样会造成文化结构上的"功能真空"。

由于诗性—审美文化具有超越性，只有具备超越之维的文化，才能衍生出它的诗性审美尺度——包括人物审美尺度。两希传统是有各自的人物审美尺度的。对于希腊传统来说，是以完美的形象和高贵的仪态来展示宇宙的和谐的，这样的人是阿波罗或阿弗洛狄忒在人间的翻版，是"美的理式"在现象世界的投射形式，因此也是值得欣赏乃至膜拜的崇高的形式。对于希伯来传统来说，则是洋溢在人身上的彼岸神性的光辉，人的形体与内在的神性形成了表与里、感性显现与理性内核的结构关系，她那超越尘世、光辉圣洁的美质仿佛是她"圣女"人格的外化和象征，类似于阿尔贝对莫艾乐的描述："她在灿烂光波的摇篮里，快活的目光环视四周事物……在她转变的容貌中，乌黑的大眼睛发亮，光芒投射无穷远……她已不再是人类的女儿，而是优越的生命，是与上帝直接沟通的先知处女。"[①]但是，在儒道互补的文化结构中，最重要的诗性审美尺度却大部分来自道

---

① 格雷斯·阿尔贝：《上帝的美女》，《交流》1995年第60期。

家的衍生。儒家也有它的"充实之谓美",但是儒家人物品藻尺度赋予人的更多的是仁、义、礼等人伦范畴、现世范畴的善,而不是诗性精神层面的、超现世层面的美。女性人物品藻中也是如此。具有温良、勤勉、孝敬、贞洁等女性美德的,可以是贤妇但不一定是佳人;佳人最核心的特质还是清逸的相貌("以形媚道")、纯真的性情、过人的才气,儒家美德只是一种补充。如著名的佳人才女冯小青,她固然作为贞妇、节妇被传颂,但仍是以她的才貌和性情而居于佳人之列的。

其次,与之相应,中西传统文化对于社会化(现世性)与超越性的关系的认识也是截然不同的。对于两希传统来说,超越性不是人一来到世上就已完成的形态(如道家主张的那样),而是一种有待现实化的潜能,社会化不但并不与之抵触,有时还是将这种潜能现实化的必由之路。因此,两希传统都不可能排斥人的社会化过程。对于理性主义传统来说,人的社会化过程即是理性获得的过程,虽然柏拉图称之为忆起理式世界的内容,亚里士多德称之为人的理性的现实化,斯多亚派称之为参与逻各斯,但其共同点是:人必须经由社会化才能与终极实在连接。对于柏拉图来说,哲人(能忆起理式的人)的统治是城邦正义的一部分;对于亚里士多德来说,"人们为了实现他们最好的潜力,必须经历三个递进的社会化阶段:必须先经家庭,后到村落,最后到城邦,人才成为一个全面发展的人"[1]。"从基本需要(家庭)到复杂需要(城邦)得到满足的过程,也是人性的不断实现过程。"[2] 对于斯多亚派来说,集体责任已经不再局限于城邦,它"提倡一种世界主义的团结和人性。所有的人们被认为都参与了一种宇宙—逻辑的和道德的整体,他们对此具有一种宗教的信仰。……斯多亚派在个人和宇宙间建立起和谐"[3]。这已经近似于后来的基督教理念了。而对于信仰主义传统来说,上帝是居于彼岸的不可知者,现世与天国的鸿沟只有借着基督的恩典才可交通,因此人要先在现世追随基督的榜样。在现世

---

[1] 希尔贝克·伊耶:《西方哲学史——从古希腊到二十世纪》,童世俊、郁振华、刘进译,上海译文出版社,2012,第105~106页。
[2] 希尔贝克·伊耶:《西方哲学史——从古希腊到二十世纪》,童世俊、郁振华、刘进译,上海译文出版社,2012,第106页。
[3] 希尔贝克·伊耶:《西方哲学史——从古希腊到二十世纪》,童世俊、郁振华、刘进译,上海译文出版社,2012,第135页。

施爱、宽恕，这是"入世"的而不是"出世"的行为。近代的各种思潮不再具有如理式/逻各斯论和基督教那样明显的彼岸指向，但仍构型于理性、信仰两个模式——这两个模式直到20世纪的人本主义和科学主义思潮出现，才被打破。有的将对实体的探索转向对人类理性的尊崇，如古典哲学和启蒙主义；也有的将对上帝的信仰、对神圣的崇拜转向对人性某一方面的准宗教式的推崇，如文艺复兴的人欲、浪漫主义的天才与激情、批判现实主义的人性与道德之"善"等。既然继承了两个传统模式，它也就继承了经由社会化（或现世性）走向超越性的基本思路。古典哲学似乎很"形而上"，然而康德的"实践理性"与黑格尔的以"否定之否定"作为走向绝对精神的阶梯，实际上都展示着从现世性走向超越性的过程；文艺复兴、启蒙运动和浪漫主义都热衷于对社会问题的探讨和变革，即使向自然寻求孤独的卢梭，提倡的也是"爱的教育"而不是绝圣弃智。总之，西方文化传统中很少有道家那样通过排斥或拒绝社会化、"不婴世务"来实现精神超越和诗性生存的。

　　然而，道家的理路是相反的，它认为超越性的精神自由本是人生而具有的，不需要通过社会化寻回（如柏拉图的"忆起"和基督教的"回归上帝"所主张的那样），相反却要防备它因社会化而丧失。道家文化批判的对立面——"伪"，从字面上看即是"人为"：凡是人为的事物，知识、人文也好，道德、人伦也好，功利、人欲也好，都是反自然的、与道背离的。当然，从理论形态上讲，道家自然观也不应因此得出人会随着社会化程度的加深而丧失自然本真的结论，因为道家向往的真正的逍遥游是"无待"的，体道之人唯有不受时空、环境乃至世俗角色、身份的限制，视一切境况为"一"，在一切境况下做到"心斋坐忘"，才是真正的"逍遥"。但是，从衍生形态上看，道家自然观确实导向了对现世义务的排斥：承担现世义务可能会使精神脱离道境。"无待"是最高的理想形态，在实践中很难达到，绝大多数人要回归本真、体验物我一体的诗性境界还是需要特定的条件支撑的。这就造成了道家诗性精神的下行：从"无待"到"有待"。从思想史的谱系上看，这个下行的过程——从先秦道家到魏晋玄学，再到两宋的道家儒化，最后是衍生的元代的市民主义、明清的性情论——是很迅速也很顺利的，这与道家经典本身的局限性有关。"复归于婴儿"

"无身""逍遥""坐忘"等道境十分难以达到,然而《道德经》对其途径并无直接阐释;《庄子》则通篇对其状态有十分精彩的描绘(如"天地与我并生而万物与我为一""大浸,稽天而不溺,大旱,金石流、土山焦而不热。是尘垢秕糠将犹陶铸尧、舜也。"),却几乎暗示其过程非常简单,是自然而然的。在目的上崇尚"自然"固然是道家的价值旨归,而在途径上也任其自然,就使这一文化思想的实践在一定程度上丧失了反思之维,使其尺度和标准的下行也成了一件过于"自然"的事。这一下行实际上从《庄子》就开始了,一是庄子在提出"达生"的同时又倡导在乱世中自我保全的"贵生",体道到底需要现世肉体生命作为基础;二是他鄙弃出仕,这在庄子认为惠施惧其争夺相位是"以腐鼠吓鹓鶵"等寓言里多有表示,几乎成为全书每篇都要出现的主题之一,从而奠定了中国士人的"出世"传统。到了魏晋,逍遥的媒介更多了。庄子认为高士应该"无江海而闲,不导引而寿",然而魏晋士人流连山水、视自然景物为道之显现并借以"观道",烧彤炼汞、以求得道成仙享有永寿。先秦道家所否定的人文艺术("五色令人目盲,五音令人耳聋")也为魏晋士人所推崇,人文艺术成为"言可明象,象可尽意"中的言、象层面,虽然终要得象而忘言、得意而忘象,但是也不能否认"意以象尽,象以言著",不可否认人文艺术是士人借以让心灵达于道境的媒介。而对仕途与世务的厌恶更是被魏晋士人发展到了极致。他们有的以拒不出仕来保持人格的高洁纯粹与个性的自由任诞,如嵇康;有的虽然身居高位却仍"不婴世务",在其位而不谋其政,沉醉于玄思、清谈,关注于自我保全,以至于出现位居三公的王衍不关心国家安危只谋求营造三窟、被俘后仍推说自己"少不豫事"的荒诞事件。有学者这样概括这一代士人:"用老庄思想来点缀充满强烈私欲的生活,把利欲熏心和不婴世务结合起来,口谈玄虚而入世甚深,得到人生最好的享受而又享有名士的声誉。潇洒而又庸俗,出世而又入世。"[1] 这种说法不无道理,魏晋士人的"任性逍遥"确实建立在相当的现世基础上,包括物质基础(保全生命、经济无忧)和自由基础(无论是否出仕都不理俗务),这就带来了精神的诗性自由与现世的人伦义务之间的矛盾。从魏晋士人的

---

[1] 罗宗强:《玄学与魏晋士人心态》,南开大学出版社,2003,第222页。

表现看,他们没有处理好这一矛盾,虽然魏晋玄学仍可以很"无待"地宣称"可以御一体,可以牧万民,可以处富贵,可以居贫贱"(《晋书·潘尼传引》),然而他们的实际行为并不是身在仕途而仍能保持心境的清净,而是在职而不尽责,只享受职位带来的利益而放弃职位要求的义务,特别是牵涉个人安危时只求自全。西晋乱亡、东晋偏安、五胡乱华、神州陆沉,在这种形势下的仕人群体却普遍寄情于山水、琴书、清谈、悟道而对时局漠不关心,可见由道家衍生的这种诗性文化对现世义务的排斥已经达到何种程度。至宋代,道家儒化的"中隐"使这种排斥略为缓和,但并没有从根本上消除。近古社会的市民化使自然观念继续下行,至元代和晚明,自然已经不再被理解为纯粹清净的,而是充满原欲的,不管是高雅的喜好还是低俗的欲望,只要是发自本性的,能够任其自然而不顾众口诽谤,也不失为一种显现"性灵"和本真的方式。这就更使很大一部分士人的性灵和本真与他们的人伦义务、现世责任发生了冲突。纵酒、豪奢等"愚不肖之近趣"的方式,只不过是最极端的表现形式。儒道互补一直不是两个功能完整的文化的相互借鉴和充分融会,不可能像西方"两希传统"那样把社会化包容在超越性之中;而是两个功能不完整的文化不得不寻求的整合与平衡,一个关注社会化一个主张超越性,士人仍是越"出世"、越少履行现世人伦义务,在人物品藻上就越具有诗性美。

因此,中西文化对女性的诗性观照呈现出了特质化与角色化身份化的差异。对于西方女性来说,无论是作为宇宙和谐的形式呈现,还是作为神性光辉的现世载体,都源于她的某种特质,与她的社会化、与她的角色义务的履行不但不矛盾,而且相辅相成。西方性别文化也有对处女的偏好,但不涉及"社会化"这个层面,因此对已经婚育的女性并没有如中国性别审美那样有明显的"悬置"。这包括两方面:一是将许多已经婚育的女性设定为充满诗性美质的"永恒女性"形象;二是很多文本叙述并不是如大部分中国叙事文学那样,在"永恒女性"成婚前终止的,而是叙述了很多她们婚后甚至中年、晚年的内容,而在后期叙述中她们同样具有"永恒女性"的诗性美质。爱与美的女神阿弗洛狄忒有丈夫、有儿子,她在造型艺术中的表现也有许多是与儿子丘比特在一起的形象;其在人间的翻版海伦也是两次结婚并育有女儿(而她在《浮士德》中又与浮士德结合生下儿子欧福里翁)。在中世纪骑士文学中,英俊勇武的骑士为他的女主人所倾倒,奉她为女神,怀着一种准宗教的热情为她历尽艰险求取荣誉,而这些女主人既有贵族夫人又有小姐,实际上以夫人居多。《叶甫盖尼·奥涅金》中集俄罗斯浪漫主义之精华的达吉雅娜,婚后虽然退去了长期乡居带来的质朴,却平添了高贵、忧郁的气质而显得更动人;启蒙主义者卢梭的《新爱洛伊丝》中的朱丽在嫁给沃尔玛后,居住在风景如画的日内瓦湖畔,过着"自然的女儿""真理的女儿"般洋溢着人文精神的生活;《飘》中不但有斯佳丽的母亲艾伦这个南方淑女的典范,玫兰妮也从一个笨拙的少女逐渐成长为焕发出圣母般的纯净高贵的光辉的女性;还有《斯巴达克斯》中生活在堕落的罗马贵族中却不随波逐流的苏拉夫人范莱丽雅,《红与黑》中纯洁的德瑞娜,《安娜·卡列尼娜》中追求真爱的安娜,黑塞的《德米安》中热情洋溢、高雅诚挚的伊娃夫人……总之,在西方文本中,虽然出于情节设置的需要,未婚女性成为女主人公的情况会更多,但是诗性美质也并不是未婚少女的"特权"。

而对于中国女性来说,诗性之美则在很大程度上并不是一个恒定的特质,而是成了一个只在特定阶段里、特定角色中才具备的暂时的特征,因为它一般是只有在社会化程度较低及承担较少现世义务的条件下才具备的特征。当然,这个标准对于男女两性是通用的,男人的现世义务是"主外",因此,男人普遍的"出世"方式是拒绝或淡化仕途——他越是拒绝、淡化,越容易被品评为展示诗性精神之美的逸士高人。传统文化是以男性为中心的,因此诸多文本对男性的"出世"论及较多,而较少论及女性的"出世"。一个比较笼统的观念是,女性处于男性社会的政治、经济、文化秩序之外,本来就比男性更为"出世",这是道家性别文化崇女抑男、女清男浊的观念基础,此处不再详述。但是,不能否认的是,女性也有她们的现世义务,而这种义务对于不同角色、不同身份的女性是不一样的。一方面,从自然的人生历程来看,无论男女、无论中西也无论古今,人随着年龄增长而由天真走向成熟、由质朴走向复杂、由任性不羁走向沉稳克制是一个普遍的趋势,年长者比年轻者承担更多的世俗事务也是普遍的,人格还未成熟也未承担起家庭责任的闺中少女当然比已经婚嫁的女性更容易保持道家审美文化和人物品藻所欣赏的自然天真和婴儿化人格。另一方面，从中国特殊的社会文化环境看，由于中国的女性是被"内置"在父权制统治秩序之中的，她会逐渐分享到家族权力，并且施之于比她位卑的人（由于女性"主内"而男性"主外"，她的权力实际上通常是对比她位卑的女性更有约束力）。做了妻子，她就要"相夫"，从传统伦理和家族利益出发侍奉和规谏丈夫，并管理好丈夫的姬妾；做了母亲，她就要"教子"，不仅要抚育他们成人，还要培养他们成才，以光宗耀祖、振兴家声；做了婆婆，她的家族权力就达到了顶峰，她要树立起家庭女主人的权威，约束好儿媳辈。家族事务、日常琐事的操劳可能使她们没有充足的精力来发展自己生活诗性的、超功利的一面，人伦义务和角色面具更可能使她们不愿意做一个任情纯真、超逸脱俗的"性灵佳人"，那会被正统的家族伦理视为"不守本分"。因此，对女性来说，她的年纪越轻、承担的家族责任越少，就越容易"出世"，越倾向于以超越的、诗性的范式生存。既然道家性别文化所衍生的诗性范式和人物品藻标准与现世人伦义务间存在着排斥，较少承担"主内"义务的年轻少女更易成为"性灵佳人"也就是必然的文化现象了。这种审美倾向积淀而成为民族审美心理模式，以致直到今天，中国人整体上仍比西方人更倾向于欣赏年轻的女性。

三 儒道互补框架中的双重标准与性灵佳人的边缘化

为什么中国性别文化更倾向于让姬妾成为"性灵佳人"，而让妻子成为世俗化的"俗妇"？这一点还与男性社会对女性的双重需求有关系。从儒家的家族伦理出发，他们需要女性恪守妇德、相夫教子，为夫族利益服务，如果是女性尊长，还要"内置"于统治秩序中约束晚辈女性及仆妇，使父权制统治实现"单向度"；从道家的诗性追求出发，他们又需要女性气质脱俗、纯情至性、聪慧有才，满足他们从感官到情感到人文理想等不同层次的个人需求。于是，这两个标准被分派给了不同角色、不同身份的女性。

西方传统社会同样需要女性既满足男性的现实需要，又契合他的精神、审美需求；既做牺牲自我、服从丈夫的"家庭天使"，又具有赏心悦目的容貌、优雅动人的气质、纯洁高贵的品性、独有见地的智慧、诗情画意的生活。但是一方面，如前一节所述，西方文化超越之维对人的社会化过程的包容使这两个需求能很容易地整合于同一个女性身上。另一方面，西方的核心家庭以夫妻关系为最基本的关系，夫妻间的爱情是家庭伦理很重要的一部分，妻子对丈夫的服从奉献与丈夫对妻子的爱悦欣赏本就是应该同时存在的。在西方家庭伦理的理想形态中，妻子应既以服从和勤劳提供家庭事务上的服务，又以美貌和气质提供感官上的愉悦，还应以深情维系着与丈夫的情感纽带，同时要以某种心灵素质和诗性情怀来投射特定的文化理念或精神信仰。

但是，在中国传统的家国结构中，丈夫在妻子身上同时满足现实需要、情感需要与诗性文化需要，既不具备普遍的可能性也没有绝对的必要性。不具备普遍的可能性，是因为，首先中国传统文化最重要的诗性超越之维——道家文化及其衍生的审美文化，天然地排斥人的社会化及现世角色义务的承担，关于这一点前文已有充分阐述。其次，中国的父系大家庭以亲子关系为最基本的关系，婚姻的缔结是从"事宗庙""继后世"的夫族利益出发的，夫妻关系的理想状态被定位为"恩爱"，带有较强的人伦义务色彩而较少个人情感色彩。第三章在探讨儒家性别文化时曾提到，夫妻间的爱情在这种秩序中实际上是被排斥的，妻子的"贞洁"包括严守礼教规定的夫妻间的距离；而成为主母、婆婆后的权力又使很多女性安于其角色义务，将更多的精力放在服务夫族利益（孝敬公婆、抚育子女）上，而不是经营夫妻爱情上。因此，李渔概括的"以德属妻，以才色属妾"是有一定现实基础的，身为妻子，最本分的选择就是遵守儒家妇德；嫁为人妻之后仍从"才""色"方面塑造自己，则是不守本分的。而儒家妇德是现世—人伦本位的，不像西方基督教伦理那样本身就拥有超越—诗性审美的维度，所以从本质上说，男性社会是"期待"妻子成为"俗妇"的。没有绝对的必要性，是因为中国男性不必像西方男性那样奉行严格的一夫一妻制，他虽要在家族意志下娶妻，却可以由自己的意愿出发纳妾；人口买卖和娼妓业不但在法律上是许可的，而且在道德上也被认为是合理的，这使男人拥有更多的选择，他既可以和才貌双全的妓女、伶人交游唱和，也可以蓄养灵心慧性的家姬婢女，这些都是名士风流的一部分。

所以，中国士人中虽有服膺"存天理，灭人欲"之理学，对女性只重德行、不近倡优，即使对妾婢也端严守礼的；也有信奉庄禅思想，超越现世人伦尺度而只欣赏女性诗意的心灵素质的,即使与妻子也更看重情感的交流和心灵的契合。但是最典型、最普遍的还是生存状态上的"儒道互补",让不同的女性来满足他们不同层面的需求。对于男性社会最有利的,就是将处于边缘的姬妾倡优培养成能够理解和激发他们的诗性审美诉求、能够伴同他们体验个体精神超越的"性灵佳人",而让妻子履行夫族中的世俗义务。这样的"分工"从理论上可达到如此效果:妻子因被认为"不必"追求与丈夫间的精神情感共鸣而更专注于、局限于世俗层面的事务,姬妾倡优则因不必履行世俗义务而获得了更多的"超越"地释放性情、发展才华的自由——并非真正意义上的人格自由,实际上她们反而因此沦为玩物。

第五章

儒道互补性别文化格局中的女性处境

综上所述,儒家与道家性别文化分别为女性提供了一条在男性中心社会中生存与获得满足和发展的路线:或者是儒家的"贤妇"之路,内置于父系家族秩序中,通过长期践行人伦规范、协调家族关系和角逐内务权力,分享到夫族权力;或者是道家的"佳人"之路,认可男性士人的诗性文化理想,通过气质心性的养成、才情意趣的修习和本真性情的坚守,得到男性的欣赏。但是,同样如前所述,这两条路对女性的社会文化处境的影响都是双重的。

第一节 "消解对立面"的单向度性别统治

从表面上看,儒家性别文化没有像西方性别文化那样直接从本体论、特质论层面上将女性贬逐为他者,肯定女性可为"卑中之尊",通过社会尊卑秩序的交互之维使女性获得了涉足父系家族权力中心的机会,提高了女性的社会(至少是家族)地位。但是,这种提高只是对作为个体的女性而言的。这并不能说明中国传统社会没有像西方传统社会那样的明晰的性别统治,相反,我们可以借用马尔库塞发现现代资本主义将工人纳入有产者队伍时使用的"单向度"概念,来概括这个更微妙的统治:将被统治阶层中的一部分个体纳入统治阶层中,将带来被统治阶层内部的"自治",从而消解了对立面、实现了统治的单向度性。儒家性别文化也正是这样,它通过主仆、妻妾、母子、母女、婆媳等交互之维将女性内置于父权制统

107

治秩序中，其核心规划是让那些被父权制秩序内置和同化程度更高、因此对这一秩序相对更安全的女性（妻、母、婆）去治理那些被这一秩序内置和同化程度较低、更容易"任情越礼"成为叛逆因素的女性（姬妾、女、媳）。这样，已被同化的"卑中之尊"当然成为男性的助力，挥起礼教之鞭来代替他们管理那些"卑中之卑"；然而"卑中之卑"对父权制秩序的抗拒性也削弱了。因为虽然作为整体，姬妾、女儿、儿媳等在这一社会文化秩序崩解之前将永远处于"卑中之卑"的位置，受到男性与已然内置的女性尊长的双重管制，但作为身在其中的每一个个体，她们都得到了这一秩序带给她们的"权力期许"：姬、婢可能升为妾，妾可能扶正，女儿总有一天会成为母亲，多年媳妇终会熬成婆……她们要以分自守，耐心遵从人伦规范，以便获取成为"卑中之尊"的资格。这样，女性也就被男权秩序完全地同化了，借用马尔库塞的概念，我们可以说，中国的男权统治成功地消解了它的对立面，实现了单向度的、不遭阻力不遇反抗的性别统治。

西方的父权制统治将女性定位为"他者"和对立面，极力从本质层面上贬低女性（低劣、堕落等），使她们融入中心秩序显得极为困难。这造成了两性间的长期对抗，男性一方面以"优越的性别"自居，另一方面积淀了对女性的恐惧，这种恐惧甚至是神秘的或集体无意识性质的。古典时代，有阴暗可怖的命运三女神、复仇三女神，她们代表着地下的、黑暗中的神秘破坏力；有打开灾祸之盒的潘多拉，她把一切苦难带到人间；有歌声动人的海妖塞壬，她们能引诱路过的水手跳进大海；有骁勇善战的亚马孙女战士，她们只将男性当作繁衍后代的工具囚禁，并且只将女婴留下抚养。中世纪的女巫传说一直不断，女性被认为拥有邪恶的超自然力，以致中世纪后期出现了大规模的猎巫运动，其中女性受害者远多于男性。直到近现代，文学文本中令人畏怖的恶之花形象还是相当丰富的，如麦克白夫人（莎士比亚《麦克白》）、卡门（梅里美《卡门》）、莎乐美（王尔德《莎乐美》）等。男人在她们面前或经不住诱惑自投罗网，或因她们的力量而胆战心惊，她们被当作可怕的对手。中国文化没有这种对女性的集体恐惧，即使为害家国的红颜祸水，如妹喜、妲己、冯小怜等，她们也并非以独立的女性力量来"作恶"，而是假手一个宠爱她们的男人。她们的形象与其说是可怕的，不如说是可憎的。至于武则天、孝庄这类掌权或摄政的女性，她们也不是作为男性社会的对立力量，而是作为同化力量出现的。中国男权统治无须怀着对女性的恐惧，因为她们作为对立面已经被充分地消解和同化了，为了兑取男权社会给她们的"权力期许"而心甘情愿地遵从这一秩序。这就形成了比起西方将女性整体边缘化的强势性别压制更有弹性、更安全的性别文化格局，以及两千年来高稳态的性别统治。

第二节 "虚拟化"的诗性文化超越

道家性别文化所衍生出的"佳人"，至少从理论上讲，确实为女性提供了一条追求人格独立和个体精神自由的路径。特别是其"崇女抑男"的倾向，比起西方传统上认为女性美是比男性美低一级的"次等的美"，也确实给了女性更多的肯定。但是，由于道家对人的社会化过程的排斥，以及不依凭现世条件、社会条件而"无待逍遥"在道家的理论体系内实际上是一个缺少实践标准和实践引导的理想状态，女性的超越之美在很大程度上被"虚拟化"了：既然这种美建立在脱离现世社会事务和人伦角色的基础之上，建立在拒绝"社会感"的基础之上，那么，也就很难期待具备这种美质的"佳人"们以此争取具有现实意义的自由和具有可实践性的独立。在多数情况下，她们所获得的仅是一些在精神层面进行想象、在言语—艺术层面进行超越以及在日常生活细节层面进行加工的自由和权利而已，甚至即使这一点自由和权利也并非完全地、可靠地属于她们：在有的情况下，男性社会的要求会迫使她们放弃这样的自由；在另外一些情况下，这些"自由"并非出于她们自己的选择，只是出于男性赏玩女性的单方面需要而已。

前一种情况，直接导致"性灵佳人"的年轻化现象。男性社会对未婚少女与已嫁妇人采取截然不同的评价尺度，只看重前者的诗性品质，这导致女性的人生历程"应该"被分为两部分：少女时代可以自由地培育心灵的诗意，实现生活艺术化和精神超脱；一旦成婚，就应以妻子、媳妇、母亲的角色义务为重，诗意情感追求只是余事了。因此，女性的"清净"，虽然在理论形态上被界定为女性的普遍特质，但在实践形态中，却悖论式地成了她们生命中一个阶段的暂时特征。这不是对女性的礼赞，而是对女性的贬逐：既然女性的诗性品质被视为一个随着时间的历时性推移而逐渐减损乃至丧失的东西，那么，这实际上是说女性是一个倾向于不断丧失本真、埋没性灵即倾向于不断世俗化、平庸化的群体，因而从诗性审美文化的尺度看，也是一个悲剧性的群体。然而，即使在得出这样的结论之后，这一文化也极少思考如何对作为个体的女性进行"打捞拯救"（像基督教文化对一些被视为现世沉沦/"堕落"的群体所做的那样），对她们曾经相对自由却又被禁锢于礼教偏见和世俗事务中的个体心灵境遇不置一词，甚至简单地讥之为"俗妇"。可见，道家性别文化提供的"佳人"范式并不是完全出于对女性的欣赏以及对女性生存状态和心灵处境的关注，而更多地是出于为男性自身的文化理想、诗性想象寻找投射对象的需要，正因为如此，女性能否真正借此获得可靠的自由与超越并不重要，只要有不同年龄段、不同角色的女性分别满足他们不同层面的需求就够了。

后一种情况，则更多地与与"性灵佳人"的边缘化相关。虽然就文本建构的理想境界而言，男性由衷地欣赏甚至崇拜佳人，期望在理解与敬慕中赋予她们平等的地位与有尊严的人格，但是，这并不是男性与现实形态的"佳人"之关系的主流。"性灵佳人"的现实身份多是妾、婢、娼、优等，她们未必都是主动成为"佳人"的，而是按照士人的要求规训、培养出来的。士人并不讳言这种规训，如《悦容编》中以下的这段文字，充满了以男性为中心的"审看"意味："女人识字，便有一种儒风。故阅书画，是闺中学识。如大士像是女中佛，何仙姑像是女中仙，木兰、红拂是女中之侠。以至举案、提瓮、截发、丸熊诸美女遗照，皆女中之模范，闺阁宜悬。且使女郎持戒珠，执麈尾，作礼其下，或相与参禅唱偈，说仙谈侠，真可改观鄙意，涤除尘俗。"[①] 这里谈到"使女郎"如何去做，与其说是在促成女性知识的学习和精神境界的陶冶，不如说是在教导她做一种诗意的文化表演，以供男人观赏。另一些文本更为直接。如李渔的《闲情偶记·声容部》，从如何"选姿"、如何"修容"、如何"治服"、如何"习技"

[①] 吴龙辉主编《花底拾遗——女性生活艺术经典》，中国社会科学出版社，1993，第93页。

等方面详尽地讨论了从挑选到装扮到培训妾侍、婢女、家姬的经验;又如徐震的《美人谱》则罗列佳人的容貌、气质、才艺、女红、居处、服饰、用品、情态等,也是教士人如何玩赏女子的一本指导书。因其具有玩赏性,道家衍生的诗性文化理想对女性也就并非像对于男性文化人那样,是以严肃的价值追求和生命理想之形态出现;它们只是形式化为一种日常生活情致,以供男子观赏并获得怡悦。黎遂球的《花底拾遗》详尽地描绘了一幅幅充满闺秀情致的画面,体现了士人们理想中"佳人"应当具备的素质:她要有儒流之风雅,如"修竹里别建文房""摹兰竹影学画",有释家之慧悟,如"闭丁香庵双跏习内观""观落红,有悟皈命空王",有道家之清脱,如"湖山背浴起,落红粘玉""滴叶上天泉煮茗",然而最关键的、居于这一切之核心的还是诸如"闲以绿丝碎桃自况""凭栏细数落花、乱风时一声娇怨""闻席上有词人,自摘新红饷叮"等"性灵"[1]。这体现了在"性灵"的统摄下将诸种不同的诗性文化理想融合在日常形态中的倾向。这样,女性被物化了,她们成为一系列诗化符号,就如同谢安所凭借的山水、嵇康所凭借的音乐、陶潜所凭借的菊花一样,是文化人之诗性生存的不可缺少的工具、手段和凭借。

第三节 双重标准之下的"儒道两难"

在很多情况下,男性社会对女性的双重需求所带来的双重标准,对于男性来说是"儒道互补",对于女性来说却成了"儒道两难"。因为在父系统治秩序中,女性的需求也是双重的:一方面,她们期待"内置"于这一秩序中,摆脱"卑中之卑"的身份以及这种身份带来的操劳、压抑甚至屈辱;另一方面,她们渴望获得个性的自由、生活的乐趣和情感的满足,渴望被男性欣赏和爱悦——尽管在传统社会,绝大多数的女性不敢在这一方面抱太多奢望,但这种渴望总会存在。然而,她们不能像男性那样,寻找

---

[1] 吴龙辉主编《花底拾遗——女性生活艺术经典》,中国社会科学出版社,1993,第62~65页。

两种"客体"来兑现两种不同的需求。她们如果追求"鱼与熊掌兼得"的双重满足，就只能要求自己二者兼顾——如李之问的爱人聂胜琼、沈三白的妻子芸娘、冒辟疆的妾董小宛以及传说中的冯小青，都既是才情卓著、富有艺术情趣和生活品位的佳人，又具备某种贤妇的品质，如聂胜琼对主母的感戴和恭敬、芸娘对沈三白的照顾和体贴、董小宛为冒家做出的巨大牺牲、冯小青的刚烈忠贞等。但毕竟，贤妇的标准要求女性将礼教约束内化为行为准则，"性灵佳人"的标准却要求女性保持天真、远离社会化，这两个标准的矛盾性，使兼顾成为很困难的事情。在很多情况下，她们都在这双重的标准下处于两难的境地：按照儒家性别文化的标准投身于家族事务中，获得人伦层面的认可和家族地位，则不但可能失去了诗性的愉悦和精神的超越，还可能错失与伴侣的情感共鸣，甚至导致伴侣将情感转向其他女性；按照道家性别文化的标准追求内外一致的诗性美，获得男性的欣赏，则又可能阻碍她更好地走向夫族的"中心"，导致更加边缘化。

"儒道两难"的另一层面的问题是，有时她们连在这两难中进行选择的权利都有限。当然，男性也面临着一定程度上的"儒道两难"，也面临着"出处选择"，但比起女性来，他们对于在多大程度上介入世务拥有更多的自控权。例如同样对于道家文化理想，其实男性也有随着社会化程度及年龄增长而加深的问题，古典文本中的"崇子抑父"倾向也存在，但是，仍有大量父辈或中老年男性角色是具有名士才情、品格的，这比母辈"性灵佳人"的群体要庞大得多。可见，比起女性，拥有更多选择自由的男性无论是"入世"的修齐治平还是"出世"的高情逸志，都被看成更多属于个人的相对稳定的特质而更少是会随着身份角色变化而变化的暂时特征（后者并不是完全不存在的，这与儒道文化的功能构成有关，上一章有过论述，只是相对女性而言，后者所占的比例更小）。而女性由于选择的自由极小，她们应成为被赞为"贤妇"的夫族稳定财产还是成为被誉为"佳人"的男性玩物，都经常不是出于自己的主观意愿。她们不仅是被统治者和被规训者，而且经常无法选择以哪种标准被规训、以哪种方式被统治。

下 编

第六章

现代性发生与中国女性文学批评的滥觞

中国女性文学批评滥觞于中国现代性的发生。20世纪初,中国经历了由封建社会向现代社会转型的历史变革,伴随着封建社会政治体制与经济体制的瓦解,在封建伦理的束缚中历史地冰栖着的中国女性也获得了解冻的契机,走上了解放之途。女性解放的时代呼唤,促使以表现女性意识觉醒为特征的中国现代女性文学登上文学舞台,一批具有现代意识的女作家如冰心、庐隐、陈衡哲、苏雪林(绿漪)、谢冰莹、凌淑华、冯沅君、石评梅、袁昌英、丁玲、白薇带来中国历史上第一次女性文学创作的繁盛。现代意义的女性文学批评也由此应运而生,开启了中国女性文学批评现代性演进的历史篇章。本章重在探讨五四至20世纪30年代中期(抗日战争爆发前)这一阶段的女性文学批评的展开及其历史特征。

第一节 女性文学批评滥觞的历史语境与文学场域

一 现代性发生:女性文学批评滥觞的历史语境

20世纪初,当鸦片战争的炮声解体了中国自给自足的封建经济体制,动摇了统治中国几千年的封建政体,中国拉开了近现代史的序幕,开启了现代性进程。

中国现代性的发生源于西方现代经济与现代意识的浸入,但最根本的原因还在于中国社会发展的自体需求,因此,它既有与西方现代性的一致性,也有中国现代性发生的特殊性。对何谓现代性尽管众说纷纭,但有几点认定依据是学界共识:一是它与前现代社会的断裂性;二是它对前现代社会的批判性、颠覆性;三是现代社会政治体制、法律制度、意识形态等迥然于前现代社会的建构性。中国现代性也表现出这样的特点,但与西方相比,其指向却有所不同。就断裂性而言,西方的现代性发生表现为与中世纪教会权威、神学意识形态的断裂;中国的现代性发生则表现为与封建专制统治、封建文化的断裂。就批判性、颠覆性而言,西方现代性批判指向于压抑人性的宗教意识与宗教思想,颠覆的是政教合一的封建专制社会;中国现代性批判指向于封建传统思想与文化,颠覆的是皇权至上的封建专制统治。就现代社会的建构性而言,中国在辛亥革命、资产阶级民主革命之后,引进了马克思主义,现代社会的建构由此走上了与西方现代社会不同的道路。此外,源于西方列强侵入的中国现代性的发生,起步就与民族救亡、民族意识的觉醒紧密相关,重塑民族主体性是中国现代性发生之初以及相当长一段时间里中国现代性进程的主旋律。

中国现代性发生伊始,作为社会解放衡量尺度的妇女解放问题就被醒目地提出,妇女解放的进程与现代性发生的进程并进,成为这一进程的重要表征。

中国现代性意义上的妇女解放运动,始于19世纪末的戊戌维新。早期维新派面对西方列强疯狂瓜分中国,民族危在旦夕,提出兴新学、兴民权的救国主张,妇女问题是其主张的重要组成部分。他们提出"欲强国必由女学"[①],把女子接受教育与中华振兴联系起来;维新变法时期,"兴女学"更成为变法图强的一个重要举措。梁启超拟定的中国历史上第一个女学堂章程——《女学堂试办略章》,与其他人创办的中国历史上第一所国人自办的女子学校,成为中国近代女子教育的发端;辛亥革命时期,以孙中山为代表的资产阶级革命先驱,将女性解放问题视为资产阶级民主革命的任务之一。他们效仿西学,将西方资产阶级平等、自由、天赋人权的启蒙思想移植于中国,提出男女平权,除继续倡导兴办女学外,还呼吁男女拥有

---

① 梁启超:《变法通义》,华夏出版社,2002,第96页。

同等的政治权力。在此新思想的感召下，面对民族危机，一些妇女投身于革命洪流之中，涌现出秋瑾、张竹君、陈撷芬、林宗素、吕碧城等欲与男子一样担起拯救民族之重任的女革命者；五四前后开展的新文化运动，弘扬民主与科学、自由与解放的现代精神，全面清算封建意识形态，女性解放问题受到全方位关注。妇女的教育问题、社交问题、经济独立问题、财产权问题、恋爱自由与婚姻自主问题、贞操观问题等，都成为当时时代的热点问题，中国一些思想先智如陈独秀、李大钊、鲁迅、胡适、蔡元培、陶行知、李汉俊、陈望道、王警涛、向警予纷纷就这些问题发表见解，就这些问题的争论此起彼伏。政府行为也与时俱进，领导国民革命运动的中国共产党和国民党都在自己的全国代表大会上提出妇女解放问题，并颁发相应的法律法规。那是一个思想空前解放的时代，时代的洪流将女性解放之浪推至高峰。

现代性发生，是中国女性解放的时代契机，借助这一契机展开的女性解放活动构入中国现代性进程之中，彰显着中国现代性发生的特征：女性的解放，是中国女性作为封建制度与封建文化最深重的受害者的解放，它的锋芒直指使女性沦为"卑下"地位的封建传统意识形态与封建专制统治，表现着对前现代社会的批判性与颠覆性；它张扬男女平等的新思想、新道德、新风尚，以崭新的文化新质取代旧文化、旧思想、旧道德，体现着与传统的断裂；它主张与实施大学开女禁、公开男女社交、向妇女开放职业、恋爱自由与婚姻自主等，是一种现代的女性文化与风尚的建构性努力；更为主要的是，作为中华民族不可或缺的重要成员，中国女性的解放体现着重塑民族主体性的中国现代性发生的时代特征，它的更为直接的意义在于——妇女解放是民族救亡图存的重要举措。面对要改变国穷的现实，中国需要女性走出家门；面对外族侵略，中国也需要女性与男士同仇敌忾。中国女性解放是民族救亡与振兴所需，在民族意识觉醒的时代大潮中，中国女性性别意识被得到强调与重视。

正是伴随着现代性发生而涌起的女性解放的历史洪流，一些颇有先进思想且爱好文学的知识女性才开始用文学表达她们与传统决裂、接受新思想的愿望，才产生了具有现代意义的女性文学，也才有对之进行观照的现代女性文学批评的出场。

二 "女性文学"崛起：女性文学批评滥觞的文学场域

冰心、庐隐、陈衡哲、苏雪林（绿漪）、谢冰莹、凌叔华、冯沅君、石评梅、袁昌英、丁玲、白薇等一大批这一时期涌现的女作家的创作成果，形成中国历史上第一次"女性文学"创作的繁盛。

"女性文学"这一概念的提出具有划时代的符号意义，它赋予现代女作家文学创作以新质，具有与传统的"妇女文学"相区别的旨归性。刘思谦在接受美籍学者白露对"女性"一词出现的历史性辨析之后指出："'女性'这个词与'他、她、牠'这些人称代词出现于五四新文化运动，是现代白话文学的主题之一，是一个超越了亲属人伦范畴超越于传统父权制意识形态对女人社会角色定位的一个革命性反叛性符号"，她同时指出："我国女性文学与女性这个词同时出现于五四新文化运动中"，"五四以前的妇女古典诗词，包括以秋瑾为代表的辛亥革命前后表现了鲜明的妇女解放要求的作品，应历史地看作是我国女性文学的萌芽或前驱"[1]。乔以钢、林丹娅主编的《女性文学教程》一书也肯定了中国女性文学"以五四新文化运动为开端"[2]。这些论证从女性文学发生的历史时间域上肯定了女性文学的现代性意义。

中国女性文学是中国现代性发生的产物，它诞生于中国现代性发生的历史时段，也必然体现着中国现代性发生的历史特点。作为女性解放的文学表征，女性文学的现代性集中体现为对女性意识觉醒的表现。女性意识觉醒是针对传统封建统治思想束缚的觉醒，是在接受新思想、新文化、新道德中的觉醒，因此，它具有对传统的批判性和与传统的决裂性，也具有对新事物、新思想的接受性，可以说，表现女性意识觉醒是崛起之时的女性文学的现代性内涵。

刘思谦在《女性·妇女·女性主义·女性文学批评》一文中曾谈过女性文学的现代性内涵问题，她说："女性文学的现代性内涵应如何概括？

---

[1] 刘思谦：《女性·妇女·女性主义·女性文学批评》，《南方文坛》1998年第2期。
[2] 乔以钢、林丹娅：《女性文学教程》，河北教育出版社，2007，第12页。

西方女性主义批评及我国八十年代中期开始讨论这一概念时，一般认为应该是体现了女性意识的作品，伊丽莎白·詹威认为要看她对自己所写的生活内容的体验、理解是否是女性的。"① 如此说，是否表现女性意识可以看作衡量是否为"女性文学"的重要尺度。然而，"女性意识"是个开放的历史性的概念，从总体上来说，女性意识是拒绝男权社会将女性视为男性"卑从""第二性"的传统观念，将女性视为世界主体并承认与重视女性独特的生命体验的意识，但在不同的历史阶段，因国家意识形态变化、社会进步程度、女性解放步伐、世界文化互动等政治因素、经济因素、文化因素的影响，对女性意识涉及的女性主体地位、女性性别属性、女性与男性的关系等根本问题的认识也有所不同，这些不同必然体现于女性文学创作中，80年代我国女性主义文学体现的女性意识，显然不同于现代历史时段尚未形成"主义"的女性文学体现的女性意识。五四新文化运动涌现的女性文学表现的女性意识是刚刚对几千年封建统治思想有所觉悟的女性意识，是刚刚接受了新思想理念的女性意识，尚未深入以鲜明的性别立场全方位展开女性主体意识自觉追求的层面，因此，五四至20世纪30年代中期的女性文学的现代性内涵主要体现为对女性意识觉醒的表现。

五四至20世纪30年代中期女性文学体现的"女性意识觉醒"主要有如下几个方面。

反传统的批判意识觉醒。这是五四时期女性文学的重要特征，也是现代阶段女性文学一以贯之的主旨追求。中国第一代女作家陈衡哲、冰心、凌叔华、庐隐、冯沅君、石评梅等，之后的丁玲、白薇、萧红、苏青、张爱玲等，其作品都表现了对传统的质疑与抗拒。女作家对传统的批判，首先指向的是使中国妇女处为"卑下"地位的封建礼教，她们用文学形象控诉"三纲五常""三从四德""男尊女卑"、婚姻包办等封建伦理给予中国妇女的戕害，并以崭新的叛逆文学女性表现着与传统决裂的决绝态度，用与政治热情及履践政治行为相比更有成效的文学热情与文学实践，投身于颠覆封建传统思想与文化的现代性文化建构中，成为"弑父"时代向传统宣战的男性同盟。1919年《新诗年选》中一首署名黄琬的新诗《自觉的

---

① 刘思谦：《女性·妇女·女性主义·女性文学批评》，《南方文坛》1998年第2期。

女子》写的"我没见过他，怎么能爱他？我没有爱他，又怎么能嫁他？"①是一代觉醒女性与传统决裂的心声的告白。

女性主体身份意识觉醒。中国现代性发生之于女性，一个重要功绩在于发出将女性从"从父""从夫""从子"的从属地位提升到具有与男性同等意义的"人"的地位的时代呼唤。作为最先接受启蒙思想的激进者，这一时期的女作家是争取女性主体身份权利的身体力行者，她们大声疾呼：我"不仅作（做）个女人，还要作（做）人"（庐隐语），并自觉地将"要作（做）人"的意识倾注于作品中。冰心的《秋风秋雨愁煞人》中的云英、庐隐《海滨故人》中的露莎、凌淑华的《再见》中的筱秋、丁玲的《莎菲女士的日记》中的莎菲、白薇的《打出幽灵塔》中的萧森等，都是与传统意义上的"女人"相悖的渴望实现自己价值的女性形象。尽管从社会政治视角看，中国现代性发生时，女性解放的主体身份意识并不自觉，"中国妇女解放从一开始就不是一种自发的以性别觉醒为前提的运动"②，但在文学领域，在那一时期的女性作品中，女性"要作（做）人"的主体身份意识觉醒表露得还是相当强烈的，它与时代呼唤相契合，构成中国文学现代性建构的一道亮丽的风景线。

社会公共生活参与意识。千百年来中国女性被"囚禁"于家庭之中，能否走出家庭，介入社会公共生活，是世界性的女性解放的标志，"妇女解放的第一个先决条件就是一切女性重新回到公共的事业中去"③，大声疾呼妇女从家庭走向社会，也是中国妇女解放的重要内容。中国真正实现妇女大规模进入社会领域是在新中国成立之后，但当时的女作家们却是从家庭走向社会的当之无愧的先行履践者。她们本身就是投身社会公共生活的实践者，她们在作品中也积极塑造投身社会公共生活实践者的形象。陈衡哲、冰心、冯沅君、冯铿、白薇、苏雪林、凌叔华、丁玲等都是五四前后中国革命运动的积极参与者，抗战爆发后，其中一些人成为真正的无产阶

---

① 黄琬：《自觉的女人》，转引自冯光廉、刘增人主编《中国新文学发展史》，人民文学出版社，1991，第120页。
② 孟悦、戴锦华：《浮出历史地表——现代妇女文学研究》，中国人民大学出版社，2004，第24页。
③ 恩格斯：《家庭、私有制和国家的起源》，载《马克思恩格斯选集》第四卷，人民文学出版社，1972，第72页。

级革命者,她们笔下表现欲冲出闺门进入社会或自觉成为革命弄潮儿的女性形象比比皆是。

女性经验叙事的角色意识觉醒。女性文学之所以被称为女性文学,在于它具有不同于男性文学或无性文学的文学特质,即在创作上表现出明显的女性性别特征和写作姿态。写作,是人类本真经验的表达,通过女性视角、女性独特的情感体验、女性对现实和理想的体认方式、女性的叙事特色等来表达女性的本真经验,是女性主体意识觉醒的文本体现。中国历史上也有很多女性作家创作出具有女性特色的卓越作品,但大多是个体的吟唱,虽表现了女性写作特点,但女性经验叙事的角色意识并不自觉。五四新文化运动之后的女性写作,作为抗拒历史对女性声音遮蔽的现代性行为,女性经验叙事的角色意识成为女作家群体性的自觉意识。我是女人,我要写作,我要发出女人的声音,是很多女作家写作的初衷及激情所在。

五四至20世纪30年代中期历史阶段的女性文学虽然不像80年代女性主义文学那样旗帜鲜明地打出"自己的文学"(肖瓦尔特语)的旗号,也没有形成宣扬"女性主义"性别意识与性别立场的文学自觉,甚至她们在文学中张扬的女性意识在女性解放与女性文学发展中已作为战果成为已然意识,但作为现代性发生的历史产物,"中国现代女作家作为一个性别群体的文化代言人,恰因一场文化断裂而获得了语言、听众和讲坛,这已经足以构成我们历史上最为意味深长的一桩事件"[①]。浮出地表的女性文学是中国现代性发生阶段的历史印证,永远存有历史的光辉。

第二节 疆域的开拓:女性文学批评的现代文论建树

随着现代意义的女性文学崛起,现代意义的女性文学批评作为对女性文学创作的观照、阐释、评价也应运而生,成为一种较为可观的文学批评现象。其时的女性文学批评,体现出较开阔的批评视域,它涉及史论、作

---

① 孟悦、戴锦华:《浮出历史地表——现代妇女文学研究》,中国人民大学出版社,2004,第1页。

家论、作品论等，在这些方面都有所建树。

一 史论

史论是发掘与梳理被历史遮蔽的中国古代妇女文学作家与文学创作，将历史上妇女作家的创作行为与作品作为独立的批评现象加以研究，对其应有的历史价值"正名"。这方面代表性的成果主要有：谢无量的《中国妇女文学史》（1916年）、梁乙真的《清代妇女文学史》（1927年）与《中国妇女文学史纲》（1932年）、谭正璧的《中国女性文学史》（1930年）、辉群的《女性与文学》（1928年）、陶秋英的《中国妇女与文学》（1933年）。

谢无量的《中国妇女文学史》，堪称中国妇女文学史的开山之作，全书共三编四十章，从上古神话至明代文学，对中国妇女创作做了历时性的发掘与梳理，既有编年史的纵向描述，又有以重要女作家为专节的横向评介，是一部比较全面、完整的妇女文学史。被设为专节评介的女作家有唐山夫人、班倢伃（即班婕妤）、后汉马皇后、后汉邓皇后、班昭、徐淑、蔡琰、左九嫔（左芬）、苏蕙、武则天、薛涛、李易安、朱淑真、朱妙端、陆卿子与徐小淑、文氏、沈宛、方维仪等。作者对这些女作家多以展示作品为主，评介为辅，对整部文学史的梳理也是重在发掘，评介点到为止，所以，整部妇女文学史的意义，展示大于研究。尽管如此，这部中国妇女文学史作为首创仍是史无前例的。作者的写作立场显出反封建、反儒家思想的时代特色，这是一部以倡导男女平权的历史进步观为指导思想的文学史，著作在"绪言"中开宗明义地表述了作者的写作立场："天地之间一阴一阳。生人之道一男一女。上世男女同等，中世贵男贱女，近世又倡男女平权。世上之男女同等者，自然之法也。中世贵男贱女者，势力之所致也。近世复倡男女平权者，公理之日明也。……则凡百事之才能，女子何遽不若男子。即以文学而论，女子固亦可与男子争胜。然自来文章之盛，女子终不逮于男子者，莫不由境遇之差，有以致之。考诸吾国之历史，惟周代略有女学，则女子文学，较优于余代，此后女学衰废。惟荐绅有力者，或偶教其子女，使有文学之才，要之超奇不群者，盖矣仅矣。今世女学稍稍为教育界所注意,使益进其劝厉之方,加以岁月,自不难与欧美相媲。男女终可渐几于同等,非特文学一事而已。"①

1927年出版的梁乙真《清代妇女文学史》,是因"谢书叙述尽至明末而止,清以下无有也",带有补遗的意味,但"吾书虽似赓续谢书而作,然编辑之体例,不与谢书尽同也"②。全书分五编二十三章,详细地记叙了清代妇女的文学创作,前四编根据清代妇女文学由蝉蜕、极盛至衰落的历史过程设置编与章,记叙清代妇女创作的文体比较规范的诗文状况;第五编设"闺阁诗拾""妇女题壁诗""清代之倡妓文学与其他"三章,记叙清代妇女的杂记。较之谢书,该书除增加了"杂记"内容外,还在每编每章前对其承担的历史阶段的妇女创作做概述,文字虽然不多,却是对妇女文学创作的总体把握。

1932年出版的梁乙真《中国妇女文学史纲》共七章四十四节,上起周代,下迄清末,以详其史实、辨其源流为特征,将中国历代女作家及其作品加以系统的整理,其特点有以下四点。第一,史论结合。注重对文学发生的时代背景进行交代,将历史背景交代与作家评述相结合。第二,注重影响研究。在叙述妇女文学源流时,着意发掘男性文学家对妇女文学创作的影响与暗示。第三,平民意识。该书侧重对平民及无名妇女作家的创作评介,对于贵族及宫廷文学则多从简介绍。第四,注重女作家之间的相互联系。在体例编排上将那些有母女关系、姑媳关系、同门关系以及诗派相近的妇女作家放在一起介绍,力求在比较中辨其异同。总之,这是一部力求建构完整的妇女文学史体系且具有突破意识的著作。

1930年出版的谭正璧《中国女性文学史》共分七章,记叙了由汉晋至清朝的妇女文学创作。该书作者认为,"谢梁二氏,其见解均未能超脱旧有樊篱,主辞赋,述诗词,不以小说戏剧弹词为文学,故其所述,殊多偏窄"③,故该书除辞赋、诗词外,还将妇女创作的小说、戏剧弹词作为正宗文学加以记叙。该书的特点在于:首先,以时代文学为设章依据。除第一

---

① 谢无量:《中国妇女文学史》,中华书局,1916,第1~2页。
② 梁乙真:《清代妇女文学史》,中华书局,1927,第3页。
③ 谭正璧:《中国女性文学史》,上海光明书局,1930,第1页"初稿自序"。

章"叙论"外,依次为"汉晋诗赋""六朝乐府""隋唐五代诗人""两宋词人""明清曲家""通俗小说与弹词",章节的编排靠近正统的文学史,赋予了女性文学史的正统性与规范性;其次,评述与知识介绍部分得到加强。谢无量的文学史以介绍女作家作品为主,梁乙真"评"的内容加大,但仍很有限,谭正璧更加大了"评"的力度,专设"叙论"进行总评,做到了评述结合,同时增加了对文体知识的介绍,在每章的第一节专门介绍与本章节相关的文体知识,如"乐府的来源""律诗的来源""词的来源""曲的来源""通俗文学的来源"等;最后,以现代视角肯定女性创作。该书第一次用具有现代意蕴的"女性"称谓取代"妇女"称谓,表明了作者写作此书的现代视域与现代立场,使著作具有了现代意义,这也是我国第一部白话女性文学史。

此外,还有辉群的《女性与文学》[①]和陶秋英的《中国妇女与文学》[②],这两部著作都从历史的角度论述了中国传统文化与妇女文学创作的相关问题,并介绍了历代的代表性女作家及其作品。

上述几部文学史递进发展,虽然有的后者为突出自己的著作价值对前者多有微词,但却形成了互补,实现了中国重要的妇女文学史研究的突破。现代阶段史论研究的功绩在于,打破了中国古代文学史对女性作家与作品漠视的情形,结束了中国女性作家与创作"无史"的文学史现象,"使中国妇女文学的深厚传统第一次浮出地表,集中展示了中国,也是东方女性非凡的艺术创造力"[③],但正如女性文学研究专家王春荣评价的那样:"此时的妇女文学史的叙事视角仍旧属于'外视角',即仍旧是以男性文学史家的'他者'眼光去撰写妇女文学史,叙史者这一主体与研究对象主体不存在同一性,与后起的女性文学史家的'内视角'显然存在着性别立场和审美批评上的差异。"[④]

---

① 辉群:《女性与文学》,启智书局,1928。
② 陶秋英:《中国妇女与文学》,北新书局,1933。
③ 王春荣:《中国妇女文学研究的历史与现状》,《沈阳大学学报》2005年第1期。
④ 王春荣:《同一个声音,不同的话语形态——"中国妇女文学史"源流考察》,《文艺争鸣》2008年第11期。

二 作家论

作家论主要是针对冰心、庐隐、陈衡哲、苏雪林（绿漪）、谢冰莹、凌叔华、冯沅君、石评梅、袁昌英、丁玲、白薇等这些在五四大潮中崛起的女作家进行批评，将女作家置于创作主体的位置，对其创作动机、写作背景、个性特征、审美取向、思想倾向等给予审视与评价。

这方面有影响的代表性著作有四部：黄英（钱杏邨）编《现代中国女作家》、草野著《现代中国女作家》、贺玉波著《中国现代女作家》、黄人影编《当代中国女作家论》。

黄英编《现代中国女作家》评介了冰心、庐隐、陈衡哲、袁昌英、冯沅君、凌叔华、绿漪、白薇和丁玲九位五四时期的女作家，着眼于对作家创作特色的分析。该书对女作家创作分析的主要特征如下。首先，善于总结概括每位女作家的创作特点。如对冰心，指出冰心的创作表现了那个时代的青年的一般烦恼，但善于在母亲的爱、伟大的海、童年的回忆这三点体现"爱的哲学"的描写中化解这些烦恼；对庐隐，认为她的社会经验比较充实，描写的人物比较复杂，有人道主义倾向，是一个资产阶级的个人主义的作家；对陈衡哲，认为她的作品表现了关于人生的问题，跳出了旧时代的"多愁多病"的女性形态描写，在文学的社会使命认识上，比其他女作家深刻得多；对袁昌英，指出她的创作是"眼泪与微笑杂然毕露"[①]，既描写人类的苦难又不悲哀；对冯沅君，认为她最擅长的是描写女性的恋爱心理；对凌叔华，指出"她的特色是在描写资产阶级的太太们的生活和各种有趣味的心理"上；对绿漪，认为她的成就表现在散文上，其他文字不免有失败之作，但散文担当得起"细腻、温柔、幽丽、秀韵"[②]；对白薇，指出她特别擅长的是描写男女的爱；对丁玲，指出她的创作表现的是"一个新的女性的姿态"，"这种姿态里已经没有丝毫的封建意识存在"[③]。其次，善于在对比中把脉女作家的创作，以突出女作家的创作个性。如将

[①] 黄英：《现代中国女作家》，北新书局，1931，第105页。
[②] 黄英：《现代中国女作家》，北新书局，1931，第154页。
[③] 黄英：《现代中国女作家》，北新书局，1931，第186页。

庐隐与冰心进行对比："譬如对人生问题罢，她俩是同样的没有深切的了解，而始终陷于不可解决的状态之中。在这一点上，谢冰心却不完全把人生看得无意义，她把它看得非常的庄严，非常的神秘，非常的伟大，而用一种诗的生活的理想调和了它。黄庐隐却不同，她对于人生问题的得不着确切的解答感到了悲哀，她于是把人生看得一文不值，觉得不过尔尔，而以'游戏人间'的态度处理着一切的问题。"① 在介绍袁昌英时，则将她与陈衡哲做了比较。上述评价，虽然由于时代的局限，难以说完全准确精辟，但对女作家的热情关注及表现出的较为客观的立场，在当时是难能可贵的。

草野的《现代中国女作家》评介了谢冰心、黄庐隐、绿漪、冯沅君、丁玲、黄白薇六位女作家，本书对六位女作家及其作品进行介绍与批评，特点是侧重从作者的生存状态、人格倾向等方面对女作家进行批评，评介结合，以评为纲，以介为主，用介证评，观点比较犀利鲜明，如认为冰心"始终没有走出象牙塔来"、黄庐隐是"感伤派"女作家、冯沅君"是一个时代的反抗者"等。草野对女作家存有些许偏见，批评多于赞赏，对他认为"象牙塔"里的女人冰心、黄庐隐类女作家评价不高，对他认为最具反抗意识的冯沅君评价也一般，如他对冯沅君的评价："沅君的作品我拜读完了。我是这样以为的，与其说她的创作成功了，毋宁说尚待成功吧。与其说是短篇小说，毋宁说是一贯的恋爱记录吧。不济是不济到底了，浅薄是浅薄成飞片了。然而在延延一息的中国文坛，能有这样的女作家，我们还敢苛求吗？"② 此段话作为男作家的优越感溢于言表，对此我们在后面还将予以分析。

贺玉波的《中国现代女作家》评述了冰心、庐隐、叔华、丁玲、绿漪、沅君、沉樱、学昭、白薇和衡哲10位女作家的生平与作品。每位作家的评述采用基本相同的结构方式，即先概括介绍女作家的生平与主要创作成就，然后进入作品分析，再从某个角度对作家进行结论式总评，如对冰心"总评——Rudyard Kiplin的小说结构论"、对庐隐"作品的总评——对

---

① 黄英：《现代中国女作家》，北新书局，1931，第46~47页。
② 草野：《现代中国女作家》，北平人文书店，1932，第76页。

于现在社会组织的盲目——书信体裁的研究"① 等。贺玉波虽然总体上也认为女作家的创作成就不是很突出，但对于女作家的态度较之草野要公平、友善，他在该书的"序"中说："我们不容易找出几部比较伟大而美好的作品来，但是在这仅有的少数女作家与作品的时代，一种公平的批评工作是不可少的"，"在这本书里面找不出存心捧腿和毁骂的地方，完全以作品的思想与技巧为批评根据"②。

以上三部著作，总体上说均以介绍为主，评论主要集中于女作家的人生观、创作观与艺术特色，观点笼统而深度欠缺，但在当时能以女作家为研究对象著书立说实属不易，因而影响也比较大，客观上起到了引导读者关注女作家并从女性视角去解读女作家作品的作用。

黄人影编《当代中国女作家论》是一部论文集，集束了21篇对丁玲、白薇、冰莹、沅君、绿漪、冰心、庐隐、陈衡哲、凌叔华九位女作家评介的论文。其中属于作家论的主要有：毅真的《几位当代中国女小说家》，方英的《丁玲论》《白薇论》《绿漪论》，贺玉波的《庐隐女士及其作品》等。对女作家创作主体批评的论文最著名的是茅盾的《庐隐论》《冰心论》《女作家丁玲》，此外，还有张若谷在《真善美》杂志女作家专号③上发表的文章《中国现代的女作家》以及蒋光慈、张天翼对冰心的评价等。这些论文从不同的角度对女作家进行了批评，与上述三部著作相比，视野更为开阔，理论更有深度，评价更为深刻，角度也更为多样。

三　作品论

作品论是指着重观照女作家的作品，发掘女作家作品的思想内涵与艺术倾向的相关论述。其实，作家论必然论及作品，作品论也必然涉及作家，两者难以截然分开，但因立论的侧重点不同，相应的论述便构成各自的体系。作家论的着眼点在于作家，评介作家的生平、人生观与创

---

① 贺玉波:《中国现代女作家》，上海复兴书局，1936，第1页。
② 贺玉波:《中国现代女作家》，上海复兴书局，1936，序，第5页。
③ 《真美善》杂志，1927年11月1日创刊于上海，为纪念创刊一周年，张若谷主编女作家专号。

作观、主要创作风格等，是对作家本人及其所有作品的总体观照，批评从作家出发，在确立了相应的观点后，用作品来证明观点；作品论着眼于作品，批评其作品中呈现的思想倾向与艺术特色，可以是对作品总体倾向与风格的批评，也可以是对同一类作品的批评，还可以是对一部作品的批评，批评从作品出发，由作品涉及作家——寻其作品如此表现的来自作家本人的根源。

现代时期女作家作品论的建树主要表现为两个方面，一是通过对女作家作品的选编，全面展示女作家的创作风貌。这方面主要有1932年乐华编辑部编的《当代小说读本》，该书在选择鲁迅、郭沫若、郁达夫、沈从文等一些男性著名作家外，也选择了冰心、庐隐、汪静之、陈衡哲、凌叔华、冯沅君、丁玲、谢冰莹等女作家的小说。俊生编的《现代女作家诗歌选》《现代女作家散文选》《现代女作家日记选》《现代女作家小品选》《现代女作家书信选》，选编了冰心、丁玲、陈衡哲、陈学昭、黄庐隐、绿漪、警予、凤子、王梅梅、陆晶清、赵苏琴、彭雪琴、刘绍先、袁琦、惠柳芳、石英、张荫霞、罗洪等女作家作品，集束式、全方位地展示了女作家的创作成就。

二是对女作家作品进行批评。这方面成就也表现于上述几部作家论的代表作中，如黄人影编的《当代中国女作家论》中同时载有荔荔的《读了"从军日记"后的闲话》，衣萍的《论冰莹和她的"从军日记"》，李白英的《借着春潮给"从军日记"著者》，见深的《读冰莹女士从军日记》，钱杏邨的《关于沅君创作的考察》《关于陈衡哲创作的考察》，《关于凌淑华创作的考察》，佩蕙的《评冰心女士底三篇小说》，直民的《读冰心底作品志感》，剑三的《论冰心的超人与疯人日记》，赤子的《读冰心女士作品底感想》，成仿吾的《评冰心女士的"超人"》，梁实秋的《冰心的"繁星"》与《"繁星"与"春水"》，君薇的《庐隐的归雁》等。此外，还有一些发表在杂志、报纸等刊物及为女作家书籍作"序"上的对于女作家作品的散论，如胡适对陈衡哲《小雨点》的评价、林语堂对谢冰莹《从军日记》的评价、徐志摩对凌叔华《花之寺》的评价、陈西滢对白薇的诗《琳丽》的评价等。这些评论在当时的历史语境下，从不同角度对女作家作品进行解读，阐释女作家作品的精神意蕴与艺术特色，是张扬女作家作品的重要推手,中国现代女作家作品因批评家们的解读与阐释在当时生辉,也在后世流芳。

第三节　时代的共名:女性文学批评现代阶段的特征

中国文学与文学批评始终与中国的政治时局、社会变革相关联,政治时局、社会变革决定着文学与文学批评的表现与发展,文学与文学批评也成为政治时局和社会变革的晴雨表。在中国女性文学批评现代性崛起时期,也表现出这样的特点;同时,中国女性文学批评属于文论范畴,现代文论的建设——基本理论的发展、理论范式的提出、理论话语的变化等,都会影响女性文学批评,女性文学批评折射着中国现代文论建构的成就与曲折。因此,五四至20世纪30年代中期的女性文学批评,一是受制于文坛大环境,文坛主流意识形态指引与规约着女性文学批评,或者说,女性文学批评在现代阶段尚未"自立",它只是文学批评的女性文学阐释,只是一个文学批评的现象;二是作为文学批评的一个现象,与整个文学批评一样,受制于时代政治大环境,文学批评的实践始终与政治主导倾向保持一致,女性文学批评自然不能脱离时代政治的影响,甚或在某种程度上说,它也是时代政治的女性文学阐释。可以说,女性文学批评在理论资源、批评指向、批评视角、批评模式等方面都带有时代的特征,呈现出与时代"共名"的批评现象。

一　批评指向:彰显以妇女解放为核心的现代性别意识

五四以后,女性作为"人"与男性平权的现代性别意识得以张扬,并在现代性发生的语境中获得存在的合法性,作为一种具有先导意义的社会政治话语,它必然为具有先导思想的女性文学批评者带入女性文学批评的场域之中,成为女性文学批评的思想资源,规定着女性文学批评的批评指向。"在文学批评中,批评对象的进入视野,便预先发生了一个重要的条件交换,即批评对象须预先交付它的可批评或值得批评,批评主体则向着对象交付对象可批评或值得批评的基于理解的发现。显然,理解的对象未必成为批评的对象,但批评的对象必是理解的对象,就理解的对象而言,它构成世界,就批评对象而言,它是所理解的世界的重要性的跃出。文学批评对象的可批评或值得批评,是因为它相对于批评主体体现出某种重要性,亦即批评价值。"[1] 在现代历史阶段女性文学批评发生的第一时期,彰显以"妇女解放"为核心的"现代"性别意识,是与时俱进的时代话语,它因其重要的历史与政治价值而获得了文学批评的价值,进而跃入女性文学批评视域,成为女性文学批评的重要尺度。

在当时很多的女性文学批评著作与文章中,都能见出这一尺度发挥的作用。如毅真在《几位当代中国女作家》中,以冰心、绿漪、凌叔华、沅君和丁玲五位女作家为代表,将女作家们分成"闺秀派""新闺秀派""新女性派"三派,划分的依据即是她们能否冲破旧道德、展扬新性别意识的程度。冰心、绿漪因"是在礼教的范围内写爱"——"当时男子虽已开始与旧礼教开火,女子则尚有相当的畏惧"(指冰心),"她只敢在礼教的范围之内,竭力发挥她的天才"(指绿漪),被指认为"闺秀派"代表;凌叔华因"不像闺秀派的作家之受礼教的牵制,但她们究竟有些顾忌而不敢过形浪漫"被归为"新闺秀派"作家;沅君、丁玲因表现了受西方新思想影响的"自由恋爱"思潮被视作"新女性派"作家的表率[2]。方英在《丁玲论》中也以同样的尺度为衡量标准,在与其他女作家的比较中,给予了丁玲肯定的评价:"从十年前震慑了文坛的,出现于谢冰心笔下的封建资产阶级的女性(我想说是资产阶级与封建社会的混血儿比较正确些)看来,丁玲所表现的'Modern Girl'的女性姿态,正给予了她们以一种强烈的对照,表现着一种广大的时代的距离;反映着中国的近十年来的社会,是怎样闪电般的在变革,以及这些变革了的社会形态又是怎样的转变了近代女性的意识形态,造成了她们生活上的一种绝大的旋风","丁玲的创作,是很有力的(地)描写了这样的为不合理的现实的社会生活所损害的女主人公们的心理上的矛盾与冲突,以及她们怎样的突破了绝灭的理

---

[1] 高楠:《西论中化与中国文论主体性》,文化艺术出版社,2011,第 28 页。
[2] 毅真:《几位当代中国女作家》,载黄人影编《当代中国女作家论》,上海光华书局,1933,第 4~13 页。

想,走上了新的生活的大道的全部过程,这是她的创作中女主人公们的思想的发展的一般的形式……"①

对同一作家,批评者的褒贬也以是否表现"女性解放"为衡量尺度,如对庐隐,茅盾在1934年发表的《庐隐论》中给予了肯定,肯定的依据在于:"庐隐,她是被'五四'的怒潮从封建的氛围中掀起的,觉醒了的一个女性,……我们现在读庐隐的全部著作,就仿佛再呼吸着'五四'时期的空气,我们看见一些'追求人生意义'的热情的然而空想的青年们在书中苦闷地徘徊,我们又看见一些负荷着几千年传统思想束缚的青年们在书中叫着'自我发展',可是他们的脆弱的心灵却动辄多所顾忌"②;而贺玉波在《庐隐女士及其作品》中则对庐隐的创作给予了严厉的批评,批评依据在于她的作品表现了与"女性解放"相背离的保守与陈腐的思想:"作者的思想终竟有些顽固保守的地方。好像有点提倡恋爱须处女的信条的神气。以致所描写的松文成了个懦弱的旧式闺秀,先既不能免去报恩的误念,后又没有勇气来爱她所爱的少年,只是一味伤感悲悼于处女的丧失!而彬彩也是个崇拜处女的少年,竟至弃了松文而和另一女子结婚。这些都是作者思想的陈腐,足以损害作品的价值的。"③

彰显以"妇女解放"为核心的"现代"性别意识,是现代性发生时期中西女性文学批评共同的批评指向,然而由于中西女性文学批评崛起的历史缘由与时代语境不同,中西文学批评的这一批评指向的内涵也有所不同。在西方,女性文学批评崛起于女性要求政治解放历史诉求的初步实现,20世纪60年代西方第二次女权运动是引发女性文学批评的现实语境,以女性自身为批评主体的女性文学批评,"首先发现了文学创作和文学批评中根深蒂固的男权中心主义的存在,如在作为主流文学的男性文学作品中大量的性别歧视存在;就是女性作家的作品,多数也受到男性中心话语的控制,从而对之加以批判"④,女性文学批评中的"现代"性别意识体现

---

① 方英:《丁玲论》,载黄人影编《当代中国女作家论》,上海光华书局,1933,第38、46页。
② 《茅盾全集·第二十卷》,人民文学出版社,1990,第109页。
③ 贺玉波:《庐隐女士及其作品》,载黄人影编《当代中国女作家论》,上海光华书局,1933,第230~231页。
④ 朱立元、张德兴等:《现代美学通史·二十世纪美学》(下),上海文艺出版社,1999,第480页。

为与男性对立的女性性别权利的张扬，这是争取女性文学话语权的女权主义文学批评；中国女性文学批评崛起于现代社会取代封建社会的社会转型的历史语境中，在反帝反封建的时代话语中，女性解放问题由男性先驱所倡导，应运而生的女性文学批评以男性为批评主体，其倡导的"现代"性别意识，是男性先驱号召的女性冲破礼教束缚，走出家门，接受教育，自由恋爱……凡是表现了如此"现代"性别意识的女性文学，即会得到女性文学批评的首肯，因此，中国女性文学批评不可能出现像西方那样的以颠覆男权话语中心为宗旨的"女权主义"批评，中国女性文学批评，批评存在，"女权"与"主义"则无。中国女性文学批评在崛起之时，就带有鲜明的中国特色。

二　批评视角：以社会—历史视角为主导，兼之审美视角与性别视角

五四前后，西方思想涌进，中国文学批评界深受西方文化与文学理论思潮的影响，西方的社会进化论、社会历史批评等文化思潮、现实主义、浪漫主义、象征主义、唯美主义批评等外国文艺思潮都对中国文学批评界产生了重要影响，在女性文学批评的场域中，这种影响也发挥着效应，女性文学批评者将西论中化于女性文学批评实践，在反封建及民族救亡的时代语境下，形成女性文学批评以社会—历史视角为主导性视角、审美视角与性别视角与之并存的批评特色。

1. 社会—历史批评视角

社会—历史批评视角，是指批评者从社会历史角度对女作家作品进行的分析与评价，它重在考察文学与社会、文学与政治的关系，以能否反映社会生活和时代的本质为价值尺度衡量女作家作品，此种视角聚焦于作品内容呈现的女作家的思想倾向，在批评实践中，注重对女作家作品社会历史内容的阐释，重视对文学作品做出价值判断。在现代性崛起的激越时代，文学作品的社会意义与时代价值是批评者们首先关注的，对于女性文学批评也是如此，因此，社会—历史批评视角是女性文学批评的主导性视角，它主要表现为批评者对当时女作家作品思想倾向的关注与批评。

第六章　现代性发生与中国女性文学批评的滥觞

从社会—历史批评视角评价女作家作品，首先重视的就是女作家作品的社会意义与社会效果，并由此对女作家作品进行价值衡定，这几乎是当时所有女性文学批评者的思维定式及批评路径。三部30年代出版的女性文学批评专著均是如此。草野在《现代中国女作家》中评价六位女作家，对丁玲、沅君、白薇的评价远高于冰心、庐隐、绿漪，之所以做此认定，是因为他认为丁玲、沅君、白薇三人的作品介入了社会——如他评价沅君的作品，"无论在质上说，量上说，都不算多，不过在这不多的数目中，我们已可看出她对于时代反抗的激烈与勇敢"①；而冰心、庐隐、绿漪或"始终没有走出象牙塔"②（冰心），或"作者压根儿就未曾认识社会，而且未曾想到社会"③（庐隐），或"缺乏社会的见解经验，不能站在大众地位说话"④（绿漪）。贺玉波在《中国现代女作家》中对丁玲的评价也远高于冰心、庐隐，也是因为冰心"不求彻底探究人生的真谛和分析现社会的组织，仍旧只想以逸然的态度来写她的家世以及个人的感怀"，"一望而知是一个没有出过学校门的聪明女子的作品"⑤，庐隐"描写的对象大都是小资产阶级的半新半旧的闺秀"，"希望她把描写的对象转移到那些大多数被压迫束缚的劳动妇人身上去，并且对于现社会组织应先有一番研究和分析"⑥，而丁玲则"所取的题材大多是现社会的事实，又能抓住这事实中的问题很巧妙地表现出来"⑦；黄英在《现代中国女作家》中对冰心的评价高于草野与贺玉波的评价，认为冰心"是新文艺运动中的一位最初的、最有力的、最典型的女性的诗人"，其依据在于冰心作品表现出了诗人"横溢的天才"，更在于"她在她所有的作品之中，普遍的表现了那个时代的青年的一般烦闷"⑧尽管对于冰心的创作，三位批评家结论不同，但褒贬的依据则是同一的，都是从作品社会意义与社会效果对其考察，只是仁者见

---

① 草野：《现代中国女作家》，北平人文书店，1932，第85页。
② 草野：《现代中国女作家》，北平人文书店，1932，第1页。
③ 草野：《现代中国女作家》，北平人文书店，1932，第56页。
④ 草野：《现代中国女作家》，北平人文书店，1932，第78页。
⑤ 贺玉波：《中国现代女作家》，现代书局，1932，第23页。
⑥ 贺玉波：《中国现代女作家》，现代书局，1932，第48页。
⑦ 贺玉波：《中国现代女作家》，现代书局，1932，第114页。
⑧ 黄英：《现代中国女作家》，北新书局，1931，第2页。

仁智者见智而已。

　　从社会—历史批评视角评价女作家作品，还见于对女作家创作思想倾向的重视，考察其作品反映的时代本质及蕴涵的积极的思想意义。如茅盾的《冰心论》，这是一篇精彩的著名评论，在这篇评论中，茅盾对冰心的创作进行了全面的观照，将其创作分为三部曲，第一部曲以冰心自称为"问题小说"的《斯人独憔悴》《去国》《庄鸿的姊妹》为代表，茅盾对此时期的小说给予一定的肯定，肯定的依据在于尽管冰心不喜欢"极端派"思想，但此时期她的创作是"从现实出发"，是"'五四'时期的热蓬蓬的社会运动激发了冰心女士第一次创作活动"；第二部曲以《往事集》《超人》《悟》为代表，茅盾认为此时冰心的创作从"问题"面前逃走了，躲进了母亲的怀抱，并走上了神秘主义的道路，茅盾批判地说："她所谓'爱的哲学'的立脚点不是科学的，——生物学的，而是玄学的，神秘主义的。在《超人》中间，她还有点唯心论的调子"；第三部曲以《分》为代表，茅盾惊喜地看到冰心的创作又回到现实的趋向，他赞赏这部小说："这不是'童话'，也不是'神话'，这是严肃的人生观察"，"我们为冰心贺！"[①] 从茅盾对冰心创作的评价中，可以见出他对冰心创作思想倾向的重视，这是批评家褒贬作品的尺度。黄英评价凌叔华的创作，也采用这一尺度，虽然他认为凌叔华的创作"文字技术还没有怎样精炼（练）"，但仍然给予了她创作的肯定，这是因为"她显然的是取着进步的资产阶级知识分子的立场，以大部分力量在描写资产阶级，以及破产的资产阶级的太太小姐们的生活和心理，而表示不满，是代表进步的中国资产阶级的知识分子思想的女性的意识"[②]。方英对丁玲作品的赞赏除在于她表现了女性解放的姿态外，还在于她作品中表现出积极的时代意识与鲜明的阶级立场："在这剪影中，丁玲，她不但指示了女性姿态的生长，同时，也描写了从农村到都市的广大的地域，从反对封建社会的意识到反资本主义的意识的开展。在她创作里面，可以看到帝国主义对于中国农村的侵略，农村一般的破灭的危机，封建社会的崩溃的影响，同时，也可以看到动的力学的都

---

① 茅盾：《冰心论》，载《茅盾全集·第二十卷》，人民文学出版社，1990，第 150~167 页。
② 黄英：《现代中国女作家》，北新书局，1931，第 132 页。

市，闪烁变幻的光色，机械马达的旋风，两个对立的阶级的肉搏，地底层的巨大力量的骚动……"①

女性文学批评以社会—历史批评视角为主导性视角，是与当时中国文坛文学批评的导向相一致的。20世纪初，西方社会进化论文化思潮与现实主义文学思潮被中国学者接受，经梁启超、鲁迅、胡适等思想先智的倡导，很快被化用于中国文学研究上。现实主义坚持的社会—历史批评方法经过黄遵宪倡导的诗界革命、梁启超号召的小说启蒙，直至五四新文化运动，也逐渐作为重要的文学批评方法被应用于文学批评实践；20世纪二三十年代，以沈雁冰（茅盾）、周作人、郑振铎、郭绍虞、王统照、叶绍钧、许地山等为代表的文学研究会成立，文学研究会大力推崇丹纳的社会历史批评理论和方法，提出"文学是为表现人生而作的。文学家所欲表现的人生，决不是一人一家的人生，乃是一社会一民族的人生"的"为人生"的文学观②，"为人生"的文学观作为中国文学批评现代性建构的重要内容在文坛发挥作用，进一步促进了社会—历史批评方法在中国现代文坛批评领域的主导性地位，女性文学批评以社会—历史批评视角为主导性视角，是中国现代性崛起时期文论批评主导倾向的反映，是"为人生"等现实主义文学观的批评履践。

社会—历史批评视角作为主导性视角，是考量女性文学作品价值的首选视角，在某种程度上，在一些批评者那里，它甚至遮蔽或削弱了从其他视角对为女性文学的批评，如草野的《现代中国女作家》对冰心的评价偏低，即是着意取这一视角批评的缘故。

2. 审美艺术表现视角

审美艺术表现视角，是指批评者从审美的维度对女作家作品的艺术表现进行的分析与评价，它重在从艺术创作规律出发对女作家作品艺术构思、艺术风格、艺术手法及审美特色的批评。在以社会—历史批评视角为主导性视角的女性文学批评中，以审美批评为主的女性文学批评文章数量有限，常见的情形是在以社会—历史批评视角进行考察与批评之后，再进

---

① 方英：《丁玲论》，载黄人影编《当代中国女作家论》，上海光华书局，1933，第42页。
② 茅盾：《现代文学家的责任是什么》，《东方杂志》第17卷第1期，1921年1月10日。

行此视角的考察与批评,篇幅相对也较少。但此类批评的价值是应予以重视的,其间蕴涵着很多对女作家作品评价的真知灼见。

五四时期,对于西方19、20世纪涌现的探索艺术规律与追求艺术创新的一些文学思潮,如浪漫主义、唯美主义、象征主义、审美自由主义等,中国文坛也积极地汲取并转化为文学创作与文学批评的实践,20世纪20年代成立的创造社、新月社、语丝社、浅草社等即是在西方这些文学思潮的影响下,强调某种审美追求的社团,如创造社主张"为艺术而艺术",重视文学的美感作用,重视艺术的自我表现,新月社倾向于审美自由主义等,这样的文学思潮与文学主张也作用于女性文学批评,促使女性文学批评审美维度的实现。

从审美艺术表现视角进行的女性文学批评,重在对女作家的作品进行创作风格、审美特征的评价。如对冰心的评价,尽管从社会—历史批评视角考察冰心作品,那个时期普遍评价偏低,但从审美艺术表现视角去审视,对冰心作品表现的审美特征、创作风格还是给予肯定的,如毅真在《几位当代中国女小说家》一文中,称冰心的小说为"诗人的小说",他运用较多的文字分析了冰心小说表现的"诗人的意境""诗人的感伤"、诗人的文采的审美特点,不惜盛赞为:"冰心的小说中,处处都流露着一种浓厚的诗意,其文字之清丽,虽诗人都不及"[1];赤子在《读冰心女士作品底感想》中从审美视角归纳了冰心的创作个性,特别提出她文学创作表现出的"文字的美丽""气度的谨严"的美学特征,说到冰心的文字时,该文指出:"她的文字,的确是'中文西文化''今文古文化'的文字,另有一种丰韵与气息,永远是清丽和条畅,没有一毫的生拗牵强,却又绝对不是红楼水浒的笔法,因为她已经将中国的白话文欧化了!"[2] 冰心的这种语言风格,被批评者称为"冰心体"。在对其他女性作家的批评中,也时见从审美艺术表现视角进行的批评。如钱杏邨在《关于陈衡哲创作的考察》中,在充分介绍了陈衡哲作品中显露的积极的人生见解后,也对其作品的

---

[1] 毅真:《几位当代中国女小说家》,载黄人影编《当代中国女作家论》,上海光华书局,1933,第10页。

[2] 赤子:《读冰心女士作品底感想》,载黄人影编《当代中国女作家论》,上海光华书局,1933,第186页。

审美技巧做了评价,赞赏了陈衡哲善用象征的表现技巧创作小说:"把人生的奥意,用象征的方法,完全表现出来……她的创作不仅是'表现',而且是有'意义'的。"① 徐志摩在凌叔华的小说集《花之寺》出版后,在1928年3月10日的《新月》创刊号上发表评论文章,文中对凌叔华幽默的艺术表现风格给予了肯定:"作者是幽默的,最恬静最耐寻味的幽默,一种七玄琴的余韵,一种素兰在黄昏人静时微造的清芬。"

从审美艺术表现视角对女作家的创作批评,并不只是溢美之词,还有很多否定的批评,有的是在肯定之后又指出其不足,这些否定的批评,反映着批评者对艺术规律的认识与探索。如梁实秋对冰心诗的批评,他在1923年5月22日所写的《冰心的"繁星"》一文肯定了冰心诗的用字:"冰心的用字极其清新,使人感到美妙柔婉的情绪"②,但在其后的《"繁星"与"春水"》中,梁实秋对冰心的审美特色给予了更多的否定评价:"她的诗,在量上讲不为不多,专集行世的已有繁星与春水她所出两种,在质上讲比她自己的小说逊色多了,比起当代的诗家,也不免要退避三舍。以长于小说而短于诗的原故,大概是因为她——(一)表现力强而想象力弱;(二)散文优而韵文技术拙;(三)理智富而感情分子薄"③,因而他认为:"繁星、春水的句法近于散文的,故虽明显流畅,而实是不合诗的……繁星、春水的体裁不值得仿效而流为时尚。"④ 梁实秋称赞冰心诗的用词,却以诗应具有的创作规律为依据否定了冰心诗的句法体式,这样的批评对于当时诗坛对"冰心体"趋之若鹜的现象,是一种明智的警示,显示了文学批评应有的敏感与责任。成仿吾在《评冰心女士的"超人"》中,批评作者《超人》这篇小说描写止于"一些客观的可见的现象;主观的心的现象,少有提起",由此探讨了文艺效能、艺术观察、艺术表现之

---

① 钱杏邨:《关于陈衡哲创作的考察》,载黄人影编《当代中国女作家论》,上海光华书局,1933,第256页。
② 梁实秋:《冰心的"繁星"》,载黄人影编《当代中国女作家论》,上海光华书局,1933,第209页。
③ 梁实秋:《"繁星"与"春水"》,载黄人影编《当代中国女作家论》,上海光华书局,1933,第212~213页。
④ 梁实秋:《"繁星"与"春水"》,载黄人影编《当代中国女作家论》,上海光华书局,1933,第221页。

间的相互关联与相互作用的有关艺术规律的问题。

3. 女性性别视角

女性性别视角，是指批评者从女性性别特征出发对女作家作品进行的分析与评价，它重视女性写作不同于男性的特殊性，重视女性的生存体验，能够以女性生存体验与女性写作特征为参照对女性创作进行批评。在女性文学批评现代性崛起时期，由于民族救亡、民族觉醒是时代主题，真正从女性性别视角进行女性文学批评的文章并不多见；也由于批评者多为男性，历史积淀的性别优势使他们运笔的女性文学批评真正从女性性别视角出发的也并不多见，但女性文学批评终究绕不过"女性"，因此这些批评文章或多或少地要提及"女性"，在这些"提及"中我们能见到一些豁达而睿智的男性批评者对于女性文学批评从女性性别视角创构的贡献。

在一些女性文学批评文章中，批评者意识到了因女性生存体验与男性不同而带来的女性文学书写与男性的不同。毅真在《几位当代中国女小说家》中指出，"文学乃是研究人类的内心生活以及人与社会的关系的。男子与女子同样的在社会中生活，也同样各有其不同的内心生活。用文学的手段表现出来，一样的可以成为文学作品"，他同时认为："因为女子的内心生活和社会生活究竟和男子不同；她们所描写的对象，每为男子所难以想象到的。所以她们的作品实在可以代表另一种为男子所十分隔阂的生活。"① 正是基于这样的认识，毅真研究了冰心、绿漪、凌叔华、沅君和丁玲各自的生存境遇，对在其境遇中所进行的符合女性特征的文学书写做出了较有说服力的批评。如毅真评价凌叔华的创作，从凌叔华自身生活出发，他认为凌叔华最善于写太太这一角色，凌叔华所写的太太每一个"都是一个范型（type）太太，都是同样可爱的太太"，他认为"这种 type 的太太只有女子能写，男子既无经验，也体会不出这种心理来"，他肯定地说："女子写女子，自然较男子要胜一筹。……单是对话，我们便可以充分感到这是女子的对话，而非男子的对话。"② 这些对女子生存经验与文学

---

① 毅真：《几位当代中国女小说家》，载黄人影编《当代中国女作家论》，上海光华书局，1933，第 2~3 页。
② 毅真：《几位当代中国女小说家》，载黄人影编《当代中国女作家论》，上海光华书局，1933，第 19~20 页。

书写充分肯定的批评,在女性文学批评现代性崛起的历史时期,是非常可贵的。

对于女性写作倾向、创作风格、写作特色迥异于男性写作的特点,一些批评者也给予了注意。成仿吾在评价冰心《超人》这一小说时,虽然对该小说的总体评价不高,但却肯定了冰心作为女性的写作,他说:"她那丰富的想象力与真挚的心情,都很可爱,精细的描写,与伶俐的笔致,也都把女性的特长发挥得出。"[1] 梁实秋也提到过女性写作不同于男性的特点,尽管他是在批评冰心诗的创作时提到的,他由此论证冰心诗的创作是保持了女性创作之长,舍弃了女性创作之短,但他肯定女性创作别有洞天则是值得重视的,他说:在"那些寥若晨星的女作家的作品里,我们却可以得到一些新鲜的、与男作家的作品迥不相同的滋味。大概女作家的作品的长处是在她的情感丰茂,无论表现情感方式如何,或则轻灵,或则浓厚,而其特别富美则一。她的短处是在她的气力缺乏,或由轻灵而流于纤巧,或由浓厚而流于萎靡,不能大气流行,卓然独立。"[2] 这样的评价是否合于女性创作规律值得商榷,但最起码梁实秋能够从女性性别视角对女性文学创作进行批评,这在那个时期,也是难能可贵的。

三 批评模式:重在语境论、身世论

以社会—历史视角为主导的文学批评,注重文学与社会的关系,注重文学在反映生活时作者的思想倾向,因此在分析作品的思想倾向及其产生的原因时,形成了一定的批评模式,其中运用较为广泛且高效的批评模式主要是语境批评与身世批评。中国女性文学批评崛起之时,这样的批评模式也体现于女性文学的批评之中。

语境论模式——在中国女性文学批评崛起之时的女性文学批评中,语

---

[1] 成仿吾:《评冰心女士的"超人"》,载黄人影编《当代中国女作家论》,上海光华书局,1933,第197页。
[2] 梁实秋:《"繁星"与"春水"》,载黄人影编《当代中国女作家论》,上海光华书局,1933,第214页。

境主要指时代语境,这一模式主要表现为对女作家作品的表现内容及思想倾向进行来自时代语境原因的阐释。现代女性文学创作即滥觞于时代的变革,时代语境与女性文学创作密切关联,可以说没有时代的呼唤便没有女性文学,将女性文学置于时代语境中考察,探究女作家创作的时代依据,符合当时女性文学创作的实际,因此,这几乎是所有女性文学批评者都会采用的批评模式。

以茅盾的《庐隐论》为例,茅盾在《庐隐论》中对庐隐创作过程的追踪考察,其基本的思路便是时代语境决定论,他认为庐隐的第一个短篇小说集《海滨故人》中的十四篇小说,从思想创作倾向上可以分为两个部分,第一部分由前七篇组成,写这七篇小说时庐隐是五四初期的"学生会时代"的活动分子,"满身带着'社会活动'的热气",因此"朝着客观的写实主义走",注意题材的社会意义,"她在自身以外的广大的社会生活中找题材";此后"跟着五四运动的落潮,庐隐也改变了方向。《或人的悲哀》(短篇集《海滨故人》的第八篇)起到最近,庐隐所写的长短篇小说,在数量上十倍二十倍于她最初期诸作,然而她告诉我们的,只是一句话:感情与理智冲突下的悲观苦闷",《海滨故人》后几篇小说及后来的创作,发生了从描写火热的社会生活到叙述女性悲观苦闷的创作转变,茅盾认为,庐隐创作的这一转变是五四落潮的结果,它也有社会意义,"因为这也反映着'五四'时代觉悟的女子——从狭的笼里初出来的一部分女子的宇宙观与人生观";接着,茅盾又分析了庐隐的第二次转向,茅盾认为这一转向表现于她的第二篇小说集《曼丽》上,这部小说集中的一些作品表现了庐隐欲从悲哀颓废的情绪中挣脱出来,重新估定人生价值的倾向,如"在《时代的牺牲者》、在《一幕》、在《憔悴梨花》这几篇里,庐隐把婚姻问题和男女问题不当作单纯的恋爱问题而当作社会问题提出来。在《风欺雪虐》和《曼丽》中,庐隐给我们看'恋爱失败后转入革命的女子',以及大革命时代一个女子的幻想和失望。在《房东》里,庐隐怀疑了近代的'都市文明',感染起'怀乡病来'",庐隐的这一创作转向,表示了庐隐欲从自己的"海滨故人"的小屋子里走出来的思想倾向,而促成庐隐这一"转向"的原因,茅盾归结为"与其说是她个人生活上的变故,倒不如说是时代的暴风雨的震荡"①。由此可见，茅盾的《庐隐论》着重分析时代语境对庐隐创作的影响，他从时代语境的变化阐释庐隐创作的变化，揭示两者之间的必然联系，可以说是从社会—历史批评视角运用语境批评模式进行女性文学批评的典范。

身世论模式——分析作者的生平际遇对其创作产生的影响也是现代时期女性文学批评常用的批评模式，这种批评模式主要考察女作家的生活经历、生活境遇，乃至她们对生活的理解，用以说明她们文学创作的思想取向。现代阶段女性文学创作出现繁荣现象，这些女作家从不同的个人境遇、文化背景中走出来，在时代的召唤下驰骋于文学领域，虽然面对同样的时代风云，但个人境遇与文化积淀的差异，使她们对时代的理解也存在差异，这必然折射于其文学创作之中。因此，身世论批评模式常常用来阐释中国现代性崛起之时，女作家们处于相同的时代语境，却创作出不同的思想倾向的文学作品的问题。

以茅盾的《女作家丁玲》为例，茅盾在这篇评价丁玲创作的文章中，以介绍丁玲的身世境遇为线索，勾勒了她文学创作发展的变化。文章从丁玲是平民女学的学生写起，讲述上海平民女学的学生大部分是从传统的家庭里跑出来，到"新思想"发源地的大城市内找她们理想生活的叛逆青年女性。丁玲有两个好朋友，都有浓厚的无政府主义倾向。后来丁玲又就读于在"五卅"运动中起领导作用而且产生了不少革命人才的上海大学，但思想上仍是无政府主义。之后她的一个好朋友去世，寂寞的丁玲又换了环境。丁玲最初创作的《莎菲女士的日记》中的莎菲形象就是一个负着时代苦闷的创伤的叛逆的青年女性；此后她又有一段时间热衷于"革命加恋爱"题材的文学创作。真正使丁玲成为左翼作家的是丁玲爱人胡也频被国民党反动派杀害的事件。丁玲生活中的这一遭遇使她"再不是中国左翼作家联盟阵外的'同路人'而是阵营内战斗的一员"，她投身于革命运动，"参加了许多实际斗争"，由此写出短篇小说《水》《奔》等描写无产阶级革命运动的作品②。茅盾的上述勾勒，将丁玲的身世境遇与其文学创作联

---

① 茅盾：《庐隐论》，载《茅盾全集·第二十卷》，人民文学出版社，1990，第109～114页。
② 茅盾：《女作家丁玲》，载《茅盾全集·第十九卷》，人民文学出版社，1990，第432～437页。

系起来，寻找其文学创作来自身世境遇的原因，这种批评模式也是从社会—历史视角考察文学创作常采用的模式。

上述两种批评模式，在一些女性文学批评的文章中，常被交织着共同运用，以使批评对象置于更广阔的历史背景中，发掘文学文本产生的更为确切的现实依据。还以茅盾的女性文学批评为例，茅盾在《冰心论》中，批评冰心"把社会现象看得非常单纯。她以为人事纷纭无非是两根线交织而成；这两根线便是'爱'和'憎'。她认为'爱'或'憎'二者之间必有一者是人生的指针"，茅盾认为，冰心之所以产生这样单纯的社会观，"不是'心'，而是'境'，因为她在家庭生活小范围里看到了'爱'，而在社会生活这大范围里却看见了'憎'。于是就发生了她的社会现象的'二元论'。她这种'二元论'，初见于小说《超人》，再见于小说《悟》"。茅盾在此处说的"家庭生活小范围"即是冰心的身世境遇，"社会生活这大范围"即是冰心所处的时代语境，正是将语境批评与身世批评两种批评模式结合运用，茅盾给予冰心创作思想及作品倾向以精辟解析。

第四节 在场与缺席：女性文学批评现代阶段的功绩与局限

中国现代女性文学批评的滥觞，对于中国现代女性文学批评的兴起与发展有着举足轻重的作用，但也应看到，其时的批评实践也深深地带着时代的印记以及刚刚兴起的女性文学批评以男性批评家为主导的性别印记。从那时至今，中国女性文学批评历经时代的风云变换，其理论发展与批评实践都有了长足甚至可以说是"洗面革新"的发展。站在今天女性文学批评拥有的理论视域重新审视那个时代的女性文学批评，既可以见出因时代需求而兴起的批评存有的历史价值，也可以发现因时代局限性造成的批评的局限性，本节即从批评理论、批评主体与批评话语三个方面对那个时代的女性文学批评进行观照与反思。

一　批评理论——批评的武器与武器的批评

批评要有批评的武器，批评的武器即批评的理论依据。女性文学批评作为一种文学批评形态，也必然要依凭一定的批评理论，批评理论影响着批评的方向，规定着批评的言说。

五四新文化运动作为大规模的文化启蒙运动受西方启蒙运动的影响，西方启蒙运动倡导的人本主义是五四新文化运动重要的理论资源，女性文学批评的理论资源与其同源。西方启蒙运动弘扬"人"的精神，以普遍人权取代神权与贵族特权，视人权为人的本质要求，这种人本主义思想为五四时期的思想先驱们所接受，他们意识到民族意识觉醒的前提是人的意识的觉醒，在民族救亡的关键时刻，倡导人的解放，"人的意识的觉醒"，"五四运动的最大的成功，第一要算'个人的发现'。从前的人为君而存在，为道而存在，为父母而存在，现代的人才晓得为自我而存在了"[①]。女人也是人，在人成为目的本身的时代精神呼唤中，女人作为人的本质属性凸显出来。相对于男人，女人作为人的属性除被君权、"道"权遮蔽外，还为夫权所遮蔽，所以解放女人，更能体现"人的意识的觉醒"的程度，它是五四新文化运动是否深入的重要标志。与人本主义思想相呼应，在五四前后传入中国的西方女权主义所主张的女性婚姻自主权、教育权、人格独立等也为中国先智所倡导，成为"解放女人"实践性行为的重要参照。女性文学批评在这样的时代语境下发生，西方人本主义思想以及女权主义主张自然构成其批评理论的思想资源。

女性文学批评作为文学批评，批评的理论依据还源于当时盛行的文化与文论思潮。关于文化与文论思潮如五四至20世纪30年代活跃于文论界的社会进化论、社会历史批评、现实主义、浪漫主义、审美自由主义等对女性文学批评的影响已在上节详细论证，此处不予以赘述。

中国女性文学批评在中国现代性发生时崛起，对于女性文学批评的建

[①] 郁达夫:《中国新文学大系·散文二集·导言》，载《郁达夫文集》第六卷，花城出版社，1991，第261页。

构有着重要的历史意义。然而，由于女性文学批评崛起的原动力更多的来自时代的需要，而非自身的需求，它的批评理论资源主要从政治、文化与文论维度上发掘，尚未从性别意识维度进行理论建构，因此尚未像诞生于20世纪六七十年代的西方女权主义文学批评那样形成自己的理论。西方女权主义文学批评引发于西方女权主义运动，是女权主义运动深入文学场域的结果，因此，女性文学批评发生伊始，就带有鲜明的女性立场，并形成从性别意识维度建构的属于自己的女性主义批评的理论，如波伏娃的"女人形成论"、伍尔夫的"双性同体"思想、桑德拉·吉尔伯特和苏珊·古芭总结的男性文学中不真实的女性形象——"天使与妖妇"说等。中国女性文学批评崛起之时缺失这样的源于女性立场的理论自觉，自然也缺失性别意识维度的批评理论建构。

由于性别意识维度批评理论建构的缺失，中国女性文学批评的实践也难以发出属于女性自己的声音。如在女性文学史的研究上，中国女性文学批评对文学史的发掘重在"呈现"历史上的女性作家与作品；西方女权主义批评则重在从女性视角对文学史"重评"，其理论指向直指文学史上按男性价值观塑造的女性形象，欲给女性形象以女权主义的新阐释。呈现与重评，一是被动，一是主动，由此展开的批评目的、批评话语、批评结果都是不一样的。

中国女性文学批评崛起之时，尚难建构性别意识维度的批评理论，其原因在于：一是我们没有女权主义政治运动的历史，女性解放尚处于"被解放"的状态，女性解放更多的是出于民族与国家的需要，而非女性自身解放的自觉，政治上自觉性的缺失，也难以形成文学批评上的性别意识维度的理论自觉；二是发生于西方的女性主义文学批评是在20世纪六七十年代，而本章研究的中国女性文学批评发生于20世纪二三十年代，中国女性文学批评崛起之时缺失女性主义文学批评的世界背景，自然也难以形成性别意识维度的理论自觉。概括地说，崛起之时的中国女性文学批评还只是"对女性文学的批评"，还未形成"女性主义"的文学批评，对女性文学的批评，其批评理论、批评范式、批评话语等都可以是他者，而女性主义的文学批评，则批评理论、批评范式、批评话语要源于"主义"，即要有自己的主张。80年代西方女性主义文学批评传入中国，中国女性主义文学批评才开始建构，性别意识维度的理论自觉在建构中开始被中国学者重视与坚持。

二 批评主体——批评的角色与角色的批评

在现代阶段的女性文学批评活动中，扮演着握有批评话语权的批评主体的主要角色，从性别视角看，主要是男性批评者，这与新时期女性文学批评的第二次高潮以女性批评者为主体的情形明显不同。几部妇女文学史的作者谢无量、梁乙真、谭正璧均为男性；编著《中国现代女作家》等几部作家与作品论著作的黄英（钱杏邨）、草野、贺玉波也是男性；对女性文学批评颇有影响的茅盾、梁实秋、毅真、方英、王统照、成仿吾等都为男性。当时只有辉群、陶秋英等少数几位女性批评者在做着此项工作，且主要从事历史上女性文学的发掘与整理工作，对女性现实文学实践观照与批评的女性评论者凤毛麟角，实在难以与男性批评者的强大阵容相比。

应该说，在中国女性文学批评现代性建构初期，这些男性批评者是做了相当大的贡献的。他们作为思想解放的先驱，主张女性解放，反对性别歧视，支持女性文学创作，在批评内容、批评话语等方面建构了女性文学批评，这是应予以充分肯定的，其历史功绩将记录于中国女性文学批评现代性的历史进程中。

但综观这一时期的女性文学批评实践，以男性为批评主体的女性文学批评，存在一个难以忽视的问题，即在批评立场、批评话语、批评判断上仍明显地留有男性性别的痕迹。这主要表现为批评者由于男性性别优势意识的存在而在批评中存有性别偏见。在女性文学批评中，时常能看到作为男性批评者显示出来的性别优势。当然，作为具有现代思想的这些男性批评者也是"男尊女卑"传统文化的批判者，然而，中国传统文化在人们意识深处的留痕并不是一场思想革命就能根除的，中国传统文化的精神渗透属性即使在这些接受了先进思想的男性批评者的灵魂深处也发挥着作用。在他们的女性文学批评的话语中，自身的性别优势与女性"天生"的性别劣势，常常在貌似"不经意"中自然表露，显示着批评主体与批评对象性别意识上的优劣差异。

毅真是位比较尊重女性创作的批评者，即使如此，在他的女性文学批评的文章中，也能见出作为男性批评者的性别优势。如他在《几位中国女小说家》中,在对冰心、绿漪、凌叔华、沅君和丁玲五位女作家的创作做了一定程度的肯定后,笔锋一转写道:"上面的几位作家靠了以往的努力,挣得了现在的光荣;但是现在正在努力的有几位?女子天生有许多缺点,社会制度又不断地施以压制,所以女子无论如何的挣扎,也总是不如男子的自由。试看上面几位作家,有的是结婚以后便'封笔大吉'了,有的是无声无息地消沉下去了,继续往前努力的,不过一两位而已。"[①] 在这段对女作家负面批评的文字中,如果只是强调社会制度对女作家压抑导致女作家因自由有限而创作有限,还尚是一种较为客观的评价,但文中的"女子天生有许多缺点"的断定则见出男性性别的偏见了。男性性别的偏见还表现在梁实秋对冰心创作的批评中,他对冰心诗创作的评价不高,就审美欣赏来说,这无可厚非,每个人的审美养成不同,批评可以依据自己的审美养成来判断,甚至如前所述,他的批评对于纠正文坛的创作偏向,形成创作的多元态势还具有一定的作用,表现了批评者的敏感与责任,问题在于他在批评冰心诗创作时,"顺便"对女作家群体进行了"讨伐":"我读冰心诗,最大的失望便是她完全袭受了女流作家之短,而几无女流作家之长。古今中外的文学天才,通盘算起来,在质量两方面女作家都不能和男作家相提而并论的。"[②] 这样的言论,倘若不是批评者具有根深蒂固男性性别的优越感与对女性创作的偏见是不能"自然而然"地流露出来的。男性批评者贺玉波在《中国现代女作家》中是这样认识女作家的:"现代的中国女作家本来就不算多,总共不到三十人,而作品好的恐怕难得超过十人。有些固然把整个生命放在文学作品上,有些只是为了一时的兴趣,偶一为之而已。所以,我们不容易找出几部比较伟大而美好的作品来"[③],持此种认识的男性批评者不在少数。

草野在《现代中国女作家》中表现出的男性性别偏见尤为明显,在该书《写完女作家以后——代序》中,作者对著述初衷及所持批评标准做了

[①] 毅真:《几位当代中国女小说家》,载黄人影编《当代中国女作家论》,上海光华书局,1933,第36页。
[②] 梁实秋:《"繁星"与"春水"》,载黄人影编《当代中国女作家论》,上海光华书局,1933,第213~214页。
[③] 贺玉波:《中国现代女作家》,上海复兴书局,1936,序,第1页。

第六章　现代性发生与中国女性文学批评的滥觞

几句简要说明后，便格外提出"此外还有两件事要告诉读者"，其中第一件事就是："女作家是不能与普通作家并论的，无论看她们或批评她们的作品，须要另具一副眼光，——宽恕的眼光——我便是在这种限制之下，用了这种标准来考察她们的。"①"女作家是不能与普通作家并论的"，此句以性别定位女作家，这"普通作家"即为男作家，言外之意，女作家与男作家不在一个位次即不能"并论"，那么，女作家处于什么位次呢？作者回答只能用"宽恕的眼光"去对待，"宽恕"二字尽显男性批评者的"大度"，实则暗含着作为"女作家"你只配受到"宽恕"待遇的意思，倘若不"宽恕"只怕是连批评对象都构不成了。其实，作者在本书序提及创作初衷时已将此意流露出来："'事实'与'理想'多是别扭的。在我没有着手写这本东西以前，我理想着计划着，宛然一本名著构成了。及至动笔刚写完一个人，我就感到完全不是那么一回事，困难阻碍种种问题都山石般堆在我面前，原来我的才学浅薄，原来这题目在今日中国的文坛上，根本是否有写的价值，还成问题；可是计划已如此决定，笨伯的工作也只好这样忍耐着做下去了。"② 此段颇有嘲讽意味的话语，清晰地表明了作者对女作家作品价值的质疑与否定，"才学浅薄"是谦辞甚或是反意，"根本是否有价值"才是作者对女作家作品的评价。带着这样的性别偏见，其以"宽恕"的姿态，勉为其难地"忍耐"着对女性作家进行批评。那么，作者是怎样"宽恕"这些女作家的呢？且看其对冰心与庐隐的评价："作者对人世间的大小问题，都是知其然而不知其所以然，只知这样那样的问题，而不求这样那样问题如何解决，这是她最大的毛病，她许多作品的致命伤"③（对冰心）；"她看见的世界的一切是没有圆满的，她觉着苦就是甜，甜反而觉着无味，这种心理，我们平心静气而论，实在是矛盾的病态的；这种病态心理的产生，固然由于环境的恶劣，而作者自己有意造作，亦所难免"④（对庐隐），这两段作者以"宽恕"之怀对两位女作者的评价，直指女作家浅薄、任性、无常、矫揉造作在这些现实生活中被普遍认

---

① 草野：《现代中国女作家》，北平人文书店，1932，序，第 2 页。
② 草野：《现代中国女作家》，北平人文书店，1932，序，第 1 页。
③ 草野：《现代中国女作家》，北平人文书店，1932，第 13 页。
④ 草野：《现代中国女作家》，北平人文书店，1932，第 48 页。

为的女性弱点,在对这些女性"弱点"尖刻指责的词语中,是丝毫见不出"宽恕"意味的。

那么,什么样的女性创作草野才给予"宽恕"呢?再看草野对沅君尤其是白薇的批评:"女作家具有强烈之反抗性的,大概有两个人,一为沅君,一为白薇;不过沅君所反抗的对象是家庭,白薇所反抗的对象则是社会。换句话说沅君所反抗的不过是社会的一部,白薇呢,则是社会的全体了。她有厥强(倔强)的魂力,男性化的性格,所以我们每读她的作品时,都感到一种非女性的热力。这种热力是强烈的,爽直的,锋利的,含有不可抵抗性的;在爱情方面说,则火一般的动人;在社会方面说,则铁军般的不可侵犯。"① 由此可见,女作家只有具有男人一样的品格与精神才为草野所接受,草野作为男性批评者对自身性别特征的暗恋与对女性性别特征的蔑视由此可见。

批评主体男性性别优势的显露,暗示着批评者与批评对象的不对等,批评双方不是处在一个平等对话的平台上,批评主体常常扮演施教者的角色,受教者自然是女作家。这是中国女性文学批评现代性崛起时的特点。至20世纪80年代以来,女性文学批评主体就性别而言发生了变化,甚至发生了逆转,日益发展与强大的女性文学批评主体主要由女性担纲,在女性文学批评现场,男性批评者的身影寥寥,女性文学批评成了女性自己的战场,鏖战激烈,却是"自己的"战斗。女性文学批评真正发展,其批评主体必须是男女两性的结盟,当男性批评者与女性批评者都热衷于女性文学批评时,"性别"偏见就会削弱,批评本身就会凸显。

三 批评话语——批评在场与批评"缺席"

尽管现代性发生阶段的女性文学批评的批评主体多为男性,但他们的批评实践却获得了女性文学批评在场的重要效果。女性文学批评的在场构成中国文论现代性发生时文论建设的有机部分,也开启了中国女性文学批评现代性的进程。

---

① 草野:《现代中国女作家》,北平人文书店,1932,第114页。

第六章 现代性发生与中国女性文学批评的滥觞

女性文学批评在场体现为女性文学批评话语的活跃，在历史变革的激越时代，女性文学批评的话语也洋溢着革命的激情。这一方面表现为文学批评对当时女性文学创作的积极跟进。女作家每一部新作的出现，都会引起批评者的关注并对其给予评价，如冰心小说《去国》《超人》发表后就引起反响，评论颇多，她的《繁星》《春水》出版，更引起评论界对小诗体的关注。陈衡哲的《小雨点》、谢冰莹的《从军日记》、凌叔华的《花之寺》、白薇的《打出幽灵塔》、丁玲的《莎菲女士的日记》，这些作品的问世，也立即引起注意，多有评论文章发表。另一方面表现为批评话语的激越、昂扬、犀利、尖锐与真诚。在纯真的革命年代，文学批评呈现出它应有的真诚姿态，在当时的女性文学批评话语中，没有矫揉造作、没有阿谀奉承，也没有恶意攻击，或褒或贬，只是所持立场不同、观察视角不同、审美标准不同、情感体验不同。当时女性文学批评呈现的与女性文学创作并进的繁荣景象，显示了女性文学批评的积极在场。

然而，分析以男性为批评主体、与时代"共名"的女性文学批评话语，会发现轰轰烈烈的女性文学批评的某种缺失，即批评主体因对女性生活与情感体验的"缺席"而导致的合乎女性生活与情感体验的中肯而准确的批评的"缺席"。在诸多女性文学批评评论中，从社会—历史视角、审美视角所进行的批评颇有成效，而从女性的心理情感和生命体验出发做出的精彩批评并不多见。甚至有些批评因对女性情感与生命体验的不能理解而导致对其作品的否定，这样的情形，连茅盾这样睿智的批评家都不能避免。如茅盾对庐隐创作的批评，庐隐作为女作家对于现实生活有着基于女性特征的生命体验的理解，面对动荡的生活，她缺失男性的视野、认知和气魄，她以女性的细腻、女性的感受体悟生活，把动荡生活中女性向往光明、欲挣脱旧势力而不能的困惑、纠结、苦闷、矛盾通过她笔下的形象反反复复地讲述出来，这种反复地讲述正表现了女性情感与生命体验表述的特征，但茅盾作为男性却难以理解，并因难以理解而产生厌恶，他在《庐隐论》中写道："《树荫下》的主人公沙冷说：'我是一个最脆弱的人……我尊重情感的伟大，它是超出宇宙一切的束缚的，——然而我一面又反对感情的命令，我俯首生活于不自然的规律下，……行云，你知道我平生最大的苦闷，就是生活于这不可调解的矛盾中呵！'……这一句话，就说尽了庐隐作品中所有重要人物的性格！作为一种社会现象来看，我们并不一定要反对一位作家描写了这样的'人物'，然而庐隐给我们看的，未免太多了，多到使我们不能不厌倦。"① 茅盾的"厌倦"拉开了他与女作家生活体验的距离，这种"距离"的存在，使他很难真正走近批评对象。

  文学写作，是人类本真经验的表达，源于女性生命体验的本真经验不同于男性，男性批评者只有从自己的经验领域中抽身而出，屏蔽掉历史积淀的男性文化对女性的认知偏见，真正体悟女性作家的感受、体验、情感表达方式等，方能进行真正意义上的女性文学批评。因此，现代阶段的女性文学批评因融入时代变革而进行的踊跃的批评实践而在场，但在某种程度上又表现为针对女性生命体验的批评话语的"缺席"，这也是现代性发生之时，中国女性文学批评的一个特征。20 世纪 80 年代中国掀起的女性文学批评的热潮，由于女性批评者的增多，也由于西方各种女性主义文学批评思想的引进，其批评越来越注重女性的切身感受、生命体验，批评不仅成为对女性文学的批评，更成为基于"女性"的女性文学批评。

---

  ① 茅盾：《庐隐论》，载《茅盾全集》第二十卷，人民文学出版社，1990，第 116 页。

第七章

"十七年"与中国女性文学批评的政治化时代

　　"十七年"是一个以时间为划分标准的特定的历史概念，是指 1949 年新中国成立到 1966 年"文化大革命"开始前这段历史时期。"十七年"的女性文学批评，即对 1949~1966 年的十七年中，中国当代文学中女性文学作家的创作以及男作家笔下的女性形象进行的批评。在政治/文学一体化的时代格局中，"十七年"时期的女性文学创作延续了解放区文学的传统，主要以张扬革命精神和新的时代语境下的政治意识形态为旨归。一批经过新民主主义革命战争洗礼、与共和国一同走进新时代的女性文学作家如丁玲、杨沫、陈学昭、白朗、袁静等，以及在新中国里成长起来的女作家如茹志鹃、刘真、宗璞、草明等，为当代中国文坛奉献了诸多女性文学篇章，其中一些作品无论在当时还是在现在，都曾在文坛引起广泛关注，影响深远。政治上"左"的失误以及人们思想上某些对妇女解放的片面理解，使这一时期文学作品中具有女性特质的女性意识，以及女性作为生命个体的"人"的意识，因服膺于政治和"集体"而备受压抑，有些篇章还因触碰主流政治意识形态的底线而受到批判。

　　"十七年"时期的女性文学批评遵循"文艺为政治服务"的批评原则，发挥文学批评的社会功能和审美功能，指导与规约女性文学创作，显示出强大的批评力量。但究其实质，这一时期的女性文学批评缺失批评的主体性，在政治一体化的时代语境下，被置于政治的附属地位，批评也只能在主流政治意识形态的规定之下展开。

第一节 "十七年"女性文学批评的时代特征

一 新中国成立与妇女"跃进式"政治解放

1949年中华人民共和国成立,这是一个辞旧迎新的时代,一个亟待建构新的社会秩序的时代。伴随着无产阶级革命的胜利,被马克思主义视为无产阶级革命重要组成部分的妇女解放,也被新中国作为新秩序建设的国策方针大力倡导与积极践行,五四前后呼吁并艰难进行着的妇女解放运动,在新中国取得了"跃进式"进展,毛泽东作为领袖的号召与国家制定的一系列有关妇女解放的方针政策,使中国妇女的政治地位迅速提升到前所未有的高度。

新中国成立以后,毛泽东以领袖的身份向全国人民发出号召:"为了建设伟大的社会主义社会,发动广大的妇女群众参加生产劳动,具有极大的意义。在生产中,必须实现男女同工同酬。真正的男女平等,只有在整个社会的社会主义改造过程中才能实现。"[①]"时代不同了,男女都一样"[②],"妇女能顶半边天",这些成为妇女政治地位提升的重要标志。当领袖的话语成为人们耳熟能详的口号后,"铁姑娘队""妇女突击手""女子矿井队"等称号便在新中国各个行业中应运而生,成为"男女都一样"的社会现实最形象化的注释。"男女都一样"的书面表达就是"男女平等",包括政治地位的提升、经济地位的独立和家庭婚姻生活的平等。五四时期女性解放运动所发出的要打破"男尊女卑"封建传统和观念的呼唤,在新中国借助权威话语的力量成为现实。

从新中国成立前夕中国人民政治协商会议第一届全体会议通过的《中国人民政治协商会议共同纲领》,到新中国成立后国家颁布的《中华人民

[①] 毛泽东:《妇女走上了劳动战线》,载《毛泽东选集》第五卷,人民出版社,1977,第246~247页。

[②] 这是毛泽东在十三陵水库游泳时同青年谈话的一部分,辑录自1965年5月27日《人民日报》通讯《毛主席刘主席畅游十三陵水库》。

共和国婚姻法》《中华人民共和国选举法》《关于今后全国妇女运动任务的决议》《中华人民共和国宪法》《关于女工作人员生育假期的通知》等法律、法规，以及建立、健全各级工会中的女工部和全国妇女联合会（当时名为"民主妇女联合会"）等妇女组织，从社会生活的各个领域对妇女的参政权、婚姻自主、劳动权、休息权、生育权、生育待遇等提供保障，到政府对其的大力宣传和积极贯彻，新中国妇女的权益与政治地位最大限度地得到国家政治制度及法律、法规的合法化确认和保障。"男女都一样""男女平等"从理想的口号成为最基本的社会现实，中国妇女真正从延续千年的从属于男人的地位，跃升为独立的"人"，并以扬眉吐气的昂扬姿态走出家庭，迈向社会，彻底颠覆了传统的、单一的家庭妇女角色。

政治强有力的决断与支撑，为女性解放和妇女政治地位的提升创造了前所未有的客观现实条件。以新中国的成立为分水岭，中国妇女一夜之间经历了新、旧两个时代，妇女的社会政治地位在新时代明媚的阳光下得到"跃进式"提升。

文学是生活的反映，"十七年"时期女作家葛琴的《女司机》、江帆的《女厂长》以及男作家李准的《李双双小传》等作品，均塑造了获得解放后的妇女的风貌，她们扬眉吐气地投身于社会主义经济建设，成为新时代的"女英雄"和劳动模范的典型。《女司机》塑造的是经济建设中，工业战线的新中国女性形象。"这个剧本的主题思想，是写一批新的劳动妇女，在党的领导下，参加交通工业的奋斗过程。在这个主题思想下面，我写出了两个主要人物，也就是说，通过这两个人物，和这两个人物有关的各方面，来表现我的主题。"[①] 作家李准的小说《李双双小传》，则真实反映了经历新、旧两个时代的中国妇女，面对新的时代要求，女性当家做主的主人翁意识觉醒，顺应时代呼唤，走出家庭，投身农业建设的时代风貌。"女司机"们能够在新中国工业战线发挥"巾帼不让须眉"的作用，以及李双双在新、旧时代政治地位的改变，成为所有经历了那个特殊时代的中国女性，在政策支持下脱胎换骨，勇敢挑战旧势力、摆脱传统束缚、勇担

---

① 葛琴：《〈女司机〉后记》，载张伟、马莉、邹勤南编《葛琴研究资料》，知识产权出版社，2009，第98页。

社会责任的完美阐释。这些文学女性形象是当时妇女解放的真实写照。

不可否认,新中国妇女"跃进式"解放的意义是重大的,它使中国妇女政治、经济的社会地位迅速达到西方女权主义运动经过几十年奋斗才得以实现的目标,与世界妇女解放运动接轨。但理性地回望"十七年"妇女的政治解放,会发现其中存在的问题,很多女性主义学者已认识到问题的存在,这主要表现在两个方面。一是"男女都一样"的社会实践,同时暗含着男女另一种的不平等,即"男女都一样"的政治蓝图在颠覆对女性歧视的传统观念的同时,也在无形中抹杀了男女两性间的生理差异和心理差异。"花木兰"式的偶像效应使"铁姑娘""女汉子"成为女性的理想追求并转化为现实生活实际,其结果是妇女承担起超过身体条件的社会重任,并被赋予了既要承担家庭责任,又要承担社会责任的双重重担。二是"十七年"时期的"妇女解放"在某种意义上更具有"解放妇女"的意味。彼时的妇女解放完全是政治层面的法律、法规和政策强力推动的结果,妇女始终处于被动的地位,女性意识在"妇女解放"中所应具有的主动性并没有得到应有的发挥。在"妇女解放"的理想口号和"解放妇女"的政治现实中,女性的整体性被解构,其特有的性别意识在政治地位的提升中走向另一个极端——弱化甚至消泯,在性别话语权被剥夺、性别特征消泯的前提下,女性性别意识淹没在主流政治意识形态话语中。

新中国妇女"跃进式"解放的生活现实,必然走进以描写女性生活,展现女性风貌为主的"十七年"时期的女性文学写作中,因而,也必然走进以女性文学为研究对象的"十七年"时期的女性文学批评中。

二 文艺为政治服务——"十七年"时期的文艺方针

新中国成立后,作为社会新秩序的重要组成部分,社会主义文学新秩序也亟待建构。毛泽东于1942年《在延安文艺座谈会上的讲话》(以下简称《讲话》)中所集中体现的解放区"革命文艺"思想,随着革命政权的获得,成为新中国文艺方针制定的根据。1949年新中国第一次文代会召开,《讲话》所确立的文艺"为政治服务""为工农兵服务"的文艺方针得以强调,此后,在社会主义建设时期的一系列文学活动与文艺批判运动中这一方针又不断被强化，内涵不断被调整。在文艺为政治服务方针的规定下，文艺发挥着政治工具论的功能。

1. 文艺方针的圭臬——《讲话》及第一次文代会精神

1942年5月，中共中央在延安召开了"文艺工作座谈会"。毛泽东针对时局和国内文艺界出现的诸多问题以及党内出现的一系列矛盾，做了著名的《在延安文艺座谈会上的讲话》，主要解决文艺为什么人的问题、文艺如何去服务的问题、文艺与政治的关系问题以及文艺界的斗争方法问题。《讲话》奠定了党的文艺理论和方针政策的基础，成为"十七年"时期文艺方针的理论源头。

1949年7月2～19日，第一次中华全国文学艺术工作者代表大会在北平召开。大会全面整合了来自全国各个不同区域的文学力量，调和40年代的文艺界存在的各种矛盾，总结了五四以来中国文艺运动的经验，确定了新中国为工农兵服务、与人民大众相结合的文艺总方针。会议的目的是在继承《讲话》所确立的解放区文学传统的基础上，统一文艺界的思想认识，规划新中国成立后文学发展的未来，建立现代文学进入新中国后的文学新秩序。

第一次文代会以《讲话》和《论人民民主专政》为理论依据，反复强调毛泽东文艺思想的指导地位，并首次以"新的人民的文艺"来指称解放区文艺。郭沫若、茅盾和周扬等人在所做的报告中对"新的人民的文艺"这一概念进行了着重阐释，明确指出"新的人民的文艺"，就是在《讲话》指导下的解放区文艺，是不同于过去任何时代的崭新的文艺，是体现《讲话》精神的解放区文艺实践。郭沫若在题为《为建设新中国的人民文艺而奋斗》的总报告中说："在解放区，由于客观条件的根本不同，由于在毛泽东思想的直接教育之下，由于许多文学艺术工作者的积极的学习和工作，从一九四二年延安文艺界座谈会以来，在理论上和实践上都解决了五四以来所未能解决的问题，文学艺术开始作到真正和广大的人民群众结合，开始作到真正首先为工农兵服务，从内容到形式都起了极大的变化。"[①] 作为毛泽东文艺思想的坚决捍卫者和权威阐释者，周扬更是旗帜鲜明地以"新的人民的文

---

① 《中华全国文学艺术工作者代表大会纪念文集》，新华书店，1950，第22页。

艺"为题，对"新"进行了具体说明："新"是指"新的主题""新的人物""新的语言、形式"。周扬的阐释，不但从文学内部对主题、人物、语言和形式这几个基本文学概念进行了规定，而且阐明了解放区文学与政治、社会和文化的关系。因为"新的人民的文艺"深刻地揭示了新的社会关系、经济基础和上层建筑，从而具有区别于任何非无产阶级文艺的本质属性。周扬特别强调了《讲话》所规定的"新中国文艺的方向"，就是解放区新文学的方向。"解放区文艺工作者自觉坚决地实践了这个方向，并以自己的全部经验证明了这个方向是完全正确的，深信除此之外再没有第二个方向了，如果有，那就是错误的方向。"①

"两条路线的斗争"作为阶级观点也在第一次文代会上得到重点分析与论证。郭沫若在总报告中说："中国文艺界的主要论争是存在于这样两条路线之间：一条是代表软弱的自由资产阶级的所谓为艺术而艺术的路线，一条是代表无产阶级和其他革命人民的为人民而艺术的路线。"② 自由主义文艺第一次被界定为"反动文艺"。以第一次文代会为界，在"十七年"的当代文学史上，自由资产阶级作家及其路线的独立性被剥夺，被划归到主流文学的对立面。郭沫若还根据"三十年来的斗争结果"，对无产阶级文艺思想领导下的文学艺术最终会受到广大人民群众的欢迎和拥护进行了预测和前瞻。第一次文代会对"两条路线的斗争"所进行的论述使阶级划分成为文学批评的重要观点得到强化，成为文学批评的基本视角。

《讲话》精神是毛泽东文艺思想在新中国成立前的一次全面、系统的阐述，第一次文代会继承和发扬《讲话》精神，明确将为工农兵服务、与广大人民群众相结合作为新中国的文艺总方针，指导并规范着"十七年"时期的当代文坛。

2. 文学工具论——文学功能的确立

文学与政治同属上层建筑范畴，但在"十七年"时期，政治在上层建筑乃至现实生活中占据着主导地位，影响、支配着文学审美活动。在政治与文学的交往互动中，掌握着政治话语权的政党，通过制定、实施一定时

---

① 周扬：《新的人民的文艺》，载《周扬文集》（第一卷），人民文学出版社，1984，第513页。
② 《中华全国文学艺术工作者代表大会纪念文集》，新华书店，1950，第38页。

期内具有强制性的文艺方针、政策对文学提出具体要求,以人们接受政治思想、认同政治意识形态的方式作用于文学活动,传达着政治对文学的要求。当政治凭借其强势的支配地位过度介入、干预文学活动,违背文学自身发展规律,忽视文学的审美意识形态特征的时候,文学功能本身就完全丧失了其独立性,文学沦为单纯为政治服务的附庸和工具。

中国现代文学工具论肇始于清末民初梁启超的"新民"说,及至五四时期,中国作家在对现代性认识的新起点上,担负起了改造国民性的责任,这些都赋予文学启蒙的责任。抗战时期,文学又具有救亡图存的效用与功能。1942年《讲话》发表以后,文学工具论在解放区文学中得到新发展,呈现新的走向。《讲话》从革命事业发展角度对文学与政治的关系做出规定,确立了文学服从于政治的地位,明确了文学服务于政治的功能。作为党的最高领导人,毛泽东在《讲话》中是以政治家的身份从文学"外部因素",如文学与政治的关系、文学批评的标准、文艺界斗争的方法等方面谈论文学问题、探讨文学功能、关注文学发展的。从政治需要的角度出发,作为政党领袖的毛泽东明确指出"要使文艺很好地成为整个革命机器的一个组成部分,作为团结人民、教育人民、打击敌人、消灭敌人的有力的武器"[①]。这是对文学工具论的最明确的阐释和规定。因为"我们要战胜敌人,首先要依靠手里拿枪的军队。但是仅仅有这种军队是不够的,我们还要有文化的军队,这是团结自己、战胜敌人必不可少的一支军队"[②]。毛泽东对文化战线的重视与关注,标志着文艺工作已被政党纳入整个政治革命事业当中,成为整个政治革命事业的重要组成部分。因为"党的文艺工作,在党的整个革命工作中的位置,是确定了的,摆好了的;是服从党在一定革命时期内所规定的革命任务的"[③]。当《讲话》被抽演、概括为"文艺为工农兵服务""文艺为政治服务"的"二为"方向和"政治标准第一""艺术标准第二"后,它就成为在那个特定时代里作家、艺术家必

---

① 毛泽东:《在延安文艺座谈会上的讲话》,载《毛泽东选集》第3卷,人民出版社,1991,第848页。
② 毛泽东:《在延安文艺座谈会上的讲话》,载《毛泽东选集》第3卷,人民出版社,1991,第847页。
③ 毛泽东:《在延安文艺座谈会上的讲话》,载《毛泽东选集》第3卷,人民出版社,1991,第866页。

须要遵循的文艺政策，作家和文艺家必须在这一政策的指导和要求下开展文艺活动。在《讲话》指导下的文学创作与批评自然就成为传达政党政治意志和观念的工具。这一规定，体现了强烈的政治意蕴，是典型的文学服从、服务于政党政治的工具论。

《讲话》所确立的文学工具论思想，成为"十七年"时期文艺方针和政策的理论源头。新中国成立后，文学因政治的强势介入而遵从于"为工农兵服务""为政治服务"的要求，遵从文学批评中的"政治标准第一"原则。文学工具论思想成为新中国文艺界的准则，稍有偏差，就会受到政治的干预与纠正。1956年，是"十七年"时期文学工具论延展过程中的一个短暂而特殊的年份，"双百"方针的确立，文学与政治的紧密关系一度疏离到正常状态，文学服务于政治的工具论思想弱化，宽松的政治氛围使文艺界迎来了短暂的"春天"，呈现欣欣向荣的景象，众多女性文学作家和女性文学批评家积极挖掘文学的审美功能，取得了可喜的收获，为当代文学奉献了诸多女性文学作品和理论篇章。尽管"百花时代"短暂得一闪即逝，但在"十七年"这个政治/文学一体化时代，却显得格外耀眼，具有难得的文学史意义。1957年，较为宽松的文学环境因反右斗争的开始而进一步紧缩，文学与政治的关系又回到"文学服务于政治"的轨道。文学工具论固化、定型为绝对的、不容置疑的创作和批评模式。

3. 革命意识形态控制下的文艺批判运动

"十七年"时期，在主流的革命意识形态控制之下，政治对文学一直保持着高度的戒备与敏感，在中国文艺界频繁发生的一系列文艺批判运动中，文学依附于政治的现实不断得到巩固和强化。一些作家及其作品、文学理论研究者因对政治的"疏离"而遭到严厉批判和粗暴打压。很多文学批评并非是在文艺界内部单纯的文艺批评，而是随着批评的激化，向政治批判的极端化方向发展，由当初文艺界内部纯粹的学术批评演变为不可控的政治批判运动。

1951年6月，文艺界对萧也牧的小说《我们夫妇之间》进行批判，认为萧也牧站在"小资产阶级立场"，抱着"玩弄人民的态度"，具有"新的低级趣味"。1951年4~7月，毛泽东直接领导和发动了对电影《武训传》的批判，他亲自撰写了社论《应该重视电影〈武训传〉的讨论》，要求对知识分子进行彻底的思想改造。1954年，李希凡和蓝翎对俞平伯的《〈红楼梦〉研究》进行了尖锐的批评。同年10月，毛泽东写了《关于红楼梦问题研究的信》，直接对这场学术争论进行干预，由此发动了一场远超原来学术批评范围的政治批判运动，目标直指胡适的资产阶级思想。早在1953年，学术界开始批判胡风的文艺思想，认为他的文艺思想是反马克思主义、反社会主义现实主义的，到1955年，这场学术论争上升为两个阶级对立的政治批判，最终演变为一场全国规模的肃反运动。1965年，姚文元在批判《海瑞罢官》时，从阶级观点出发，运用阶级分析的方法，对《前线》杂志开辟的《三家村札记》专栏进行批判。1965年11月，在全国范围内进行对吴晗的历史剧《海瑞罢官》的政治批判，认为《海瑞罢官》是"反对无产阶级专政和社会主义"的"一株大毒草"。1966年2月，毛泽东亲自出面，支持对《海瑞罢官》的批判，号召全党批判资产阶级思想、资产阶级反动立场以及走资本主义道路的当权派，从而点燃了长达十年之久的"文化大革命"灾难之火。

从以上文艺批判运动可以看出，"十七年"时期，文学批评和政治批判一直扭结在一起，纠缠不清。按照《讲话》所确立的"文艺为工农兵服务""文艺为政治服务"以及"两条路线的斗争"的方针和原则被发挥、运用到极致。文艺界的内部分歧被定性为敌我矛盾和冲突，最终演变为在思想上、政治路线上的两个阶级的较量。而且，诸多文艺批判运动都偏离了真正的艺术原理，多半是无中生有、牵强附会。批判者大都站在统治阶级的立场，以政党利益代言人的身份出现，对被批判者进行肆意污蔑、打压，甚至迫害，导致了很多人生悲剧。这种批判运动恰恰体现了在当时的政治环境下，处于强势主导地位的主流意识形态造成的只有依附于政治才能得以生存的文学现实。

这一时期的女性文学批评的政治指向也在历次文艺批判中被明确规定。女性文学批评也以政治批判运动的形式而展开，文艺批判以"文艺为政治服务"和"两条路线的斗争"为准则呈现在女性文学批评中。在女性文学批评中，论辩双方自身的一些内部分歧，包括学术思想、艺术特征、创作方法等，都在论争过程中被转化为所谓的路线斗争、阶级立场等政治问题进行处理。政治的高压态势造成了论辩双方地位的不平等，坚持文学审美批评功能的一方始终处于弱势和不利的一面，而且大都失去了为自身辩护的机会和权利。

第二节　政治化批评：女性文学批评的主流形态

"十七年"时期的女性文学批评，在政治化批评标准的规约之下进行。在那个特定的时代里，所有文学批评都在统一的标准、同一把尺子的衡量之下展开，女性文学批评也是如此，因而，政治化批评是"十七年"时期女性文学批评的主流形态。

一　政治/文学一体化的女性文学创作

"十七年"时期的女性文学创作在创作主旨、人物形象塑造、文学的叙事模式上，都沿着文艺"为政治服务""为社会主义服务"的方针而展开。在政治的作用下，在某种程度上，女性文学创作成为国家政治路线和方针的文学图解。

1. 创作主旨："男女都一样"的时代精神阐释

新的时代、新的生活、新的人物为"十七年"时期的女性文学作家提供了丰富的文学素材。"男女都一样"的时代精神感染与激励着作家有关女性题材的文学创作，有相当多的描写女性的文学作品以男女平等为创作主旨，以文学的形式诠释"男女都一样"的时代政治诉求。

"十七年"时期的新时代女性，在男女平等的政治诉求之下，勇敢走出家庭，融入集体，在为国家建设做贡献中实现自身价值。这些女性具有"为人民服务"的社会担当，满怀激情地投身社会工作，参与国家的经济建设，涌现出一大批"女英雄""女模范""女干部"。与社会政治对投身国家建设的女性所持的肯定和赞许的态度同步，女性文学作品也紧扣时代主题，把握时代脉搏，毫不吝惜笔墨对这些"女英雄""女模范""女干部"进行了浓墨重彩的书写和歌颂，赞美她们为新中国建设贡献力量的精神，歌颂她们强健的体魄、坚强的革命意志和高涨的劳动热情。《火车头》（草明）、《女司机》（葛琴）、《女厂长》（江帆）、《李双双小传》（李准）、《乘风破浪》（草明）、《静静的产院》①（茹志鹃）、《土地》（陈学昭）、《小丫扛大旗》（黄宗英）、《特别的姑娘》（黄宗英）、《跨到新时代来》（丁玲）、《为了幸福的明天》（白朗）等作品为广大读者奉献了众多以新中国劳动妇女为主人公的人物形象，这些人物形象成为男女平等政治诉求下的被解放了的中国妇女在新时代里的样本和"典型"。

草明的《火车头》，描写了东北解放后铁路工厂工人在党的领导下开展工业建设的故事，反映了工人群众卓越的政治远见和无穷创造力。工会主任方晓红是草明在作品中塑造的一个工业战线上的女领导干部，她与工人一道在自己的岗位上发挥着主人翁作用，为新中国工业建设做出了贡献；葛琴的《女司机》，是写一批新中国的劳动妇女，在党的领导下，参加交通工业的奋斗过程；江帆的《女厂长》，描写了新中国在工业建设中，女性作为工厂领导者，带领工人积极开展工业建设的故事；茹志鹃的《静静的产院》，描写了经历新旧两个时代的寡妇谭婶婶，在男女平等的时代背景下，冲破封建传统观念，走向社会，成为公社产院的"产科医生"过程中思想的深刻变化；男作家李准的《李双双小传》讲述了一个农村妇女走出家庭，成为国家建设中的"女英雄"的故事，小说以1958年"大跃进"和人民公社运动为时代背景，写农村青年妇女李双双冲破丈夫孙喜旺的阻挠，走出家庭，融入社会，风风火火为集体办食堂等事迹，表现了新中国成立后，新一代中国农村妇女的成长历程。女性文学作家在以细腻传神的笔触对女性人物进行塑造时，或者赞许她们身体强壮，为国家建设建功立业；或者肯定她们革命的意志坚定，对革命无限忠诚；或者歌颂她们勇于冲破封建势力的阻挠，具有为人民服务的责任担当。这些描写，无一例外地表现了男女平等的政治诉求，阐释了"男女都一样"的时代精神。

2. 人物形象：性别意识模糊的女英雄形象

秉承《讲话》描写"新的人物"的宗旨，"十七年"时期的女性文

---

① 《静静的产院》，发表于《人民文学》1960年6月号，发表时题为《静静的产院里》，后收入中国青年出版社1962年8月出版的小说集《静静的产院》。

学，在人物塑造上为当代文学塑造了众多女英雄、女干部、女战士、女模范等形象。如《火车头》中的工会主任方晓红性格开朗活泼富有朝气，工作作风严谨踏实，积极向上；《女司机》中的三个女司机拥护党的领导，投身国家交通工业建设；《为了幸福的明天》中的邵玉梅，是一个身残志坚的兵工厂女英雄；《静静的产院》中的产科医生荷妹身体强健，适应新时代、接受新思想的能力强；《特别的姑娘》（黄宗英）中的侯隽个子不高不矮，结结实实；《李双双小传》（李准）中的李双双性格豪爽直率，工作起来风风火火，革命意志坚定；等等。这些形象各异、本质同一的新时代的女英雄形象，反映了新中国女性响应党的号召，积极投身国家经济建设，她们无一不是社会主义建设中的"巾帼不让须眉"的妇女典型代表。

然而，综观"十七年"时期的女性文学可见，在女性人物形象塑造中，性别意识在女性文学作家的创作中是模糊不清的，尤其体现在时代女英雄形象的塑造上。由于政治对文学的过度干预及人们观念上对妇女解放理解的片面性，女性文学作家在创作中忽略了女性形象的性别特征和个体差异，对性别问题和女性自身的思考几乎鲜有涉及，这就使她们/他们笔下的女性形象虽然不乏鲜活，但放眼望去，却是一个个充满健壮、强悍、干练、坚毅的男性特征的女英雄和"准男人"。这些女英雄形象阳刚有余，温婉不足，性别消泯，个性弱化，成为"男女都一样"的政治意识形态的文学图解。

3. 叙事模式：由小家走入"大家"的文本表现

就文学表现而言，"十七年"时期的女性文学，为表现新中国妇女翻身解放当家做主人的创作旨要，在女性形象塑造上，很多作家采用了由小家走入"大家"的叙事模式。

新中国的妇女解放给妇女带来的最重要变化，就是广大妇女冲破了"男主外、女主内"的封建习惯思维中所固化的日常生活模式的束缚，从小家走入"大家"，获得了独立的政治身份，具有了主人翁的责任意识。反映在女性文学作家的笔下，被作家歌颂的女性形象，尽管在身份、职业、年龄以及受教育程度等方面存在差异，但都呈现出共同的时代特征，那就是她们都冲出了家庭的小圈子，融入社会大舞台，成为社会和集体的一分子。女性文学叙事就是通过对女性"主人翁"的社会身份的确认，赋予这些形象以时代意义。

男作家李准的《李双双小传》就是这方面的代表作。这部作品的成功之处在于它叙述了新中国妇女李双双由小家走入"大家"的过程。李双双嫁给孙喜旺后,在家中没有地位,甚至没有被称呼自己名字的权利,新中国成立为李双双带来了走出"小家"、走入"大家"的机会,当她冲破来自她所生长的环境以及她丈夫孙喜旺的阻力,走出家庭,自觉地学文化,和男人一样挣工分,获得社会认可时,她在家庭中的地位发生了变化。"李双双这个崭新的农村妇女形象","有着强烈的时代性和鲜明的形象性"[1],《李双双》是采用由"小家"走入"大家"的叙事结构模式来描写妇女翻身做主人的经典范本。

韦君宜的《女人》也采用了这一叙事模式,但这部作品描写的是城市知识女性摆脱夫权束缚、争取独立自主、参与社会建设的事情。小说女主人公林云为了从"小家"走到社会和集体这个"大家"里,实现与时代要求同步的女性责任担当,坚决不做家庭中的玩偶,强烈抵制丈夫擅自把自己调到身边工作,并与丈夫发生激烈的冲突,这突出了女性从"小家"走入"大家"的艰难。林云所处的家庭环境不是具有落后思想的农民家庭,而是党的高级领导干部家里。因此,林云的反抗是女性在由"小家"到"大家"的解放过程中,革命家庭里的女性反抗夫权束缚的抗争。在新中国成立初期由"小家"走入"大家"的文学叙事中,这部作品具有不可低估的社会意义和艺术价值。

二 政治化批评的女性文学批评表现

"十七年"时期女性文学批评的发生、发展与新中国的社会生活和政治变化紧密联系。政治意识形态的强大影响力渗透到社会生活中的方方面面,这一时期的女性文学批评常以政治批判和政治论辩的形式展开。在"十七年"时期的政治化批评中,主流政治意识形态对文学作家和文学作

---

[1] 郭志刚:《读李准的小说集〈李双双小传〉》,载《文学评论丛刊》第二辑,中国社会科学出版社,1979。

品的规范与指导保持了高度的警惕与敏感，女性文学批评也呈现出鲜明的政治色彩。

这一时期女性文学批评的政治化特点，主要表现为两个方面，一是对文学创作中符合政治诉求的作品给予高度的肯定和支持。如对《李双双小传》的评价，对于这部与主流意识形态要求高度契合的作品，女性文学批评给予了充分肯定，"这篇作品的特点就在于通过李双双和喜旺这样一对青年农民夫妇相互关系的变化描写了大跃进的一角，歌颂了三面红旗。也可以说，这篇作品是在三面红旗的辉煌背景前，以个别反映整体的原则，表现了公社运动前后人与人关系的变化——自然也包括人的变化"①，对于作品中李双双这一具有传达新中国妇女当家做主信息的符号性意义的女性形象，批评界更是一片赞誉声；二是对偏离主流意识形态话语要求的文学创作，哪怕是稍有偏颇，也常常通过文艺批判的形式，通过政治化批评的强制手段，加以矫正和规范。"十七年"时期女性文学批评的政治化特色，在后一方面更能充分地得以体现。

在"十七年"时期的女性文学批评中，最能体现女性文学批评政治化特征的是关于《青春之歌》的论辩和对《红豆》的批判。

1. 关于《青春之歌》的论辩

《青春之歌》是作家杨沫于1958年发表的第一部长篇小说，也是中国当代文学史上第一部描写学生运动、表现青年知识分子成长道路的优秀长篇小说。《青春之歌》自传体色彩浓厚，女主人公林道静的故事与作者杨沫的成长经历比较接近。小说以"九一八"事变到"一二·九"运动这个动荡的时代里的北平爱国学生运动为背景，以女主人公青年学生林道静的成长、成熟为主线，重点讲述了她曲折的革命经历，再现了青年知识分子革命化的艰难历程。

1959年，围绕《青春之歌》展开了一场全国性的论争。这场论争的影响之大、范围之广成为当代女性文学批评史上的奇观。"下至中小学生，上到文艺界领导人，从青年到老年，从知识分子到工人农民；从专家学

---

① 茅盾：《一九六〇年短篇小说漫评》，载《茅盾文艺评论集》（上），文化艺术出版社，1981，第431~432页。

者，到以文艺为捷径的政坛过客，几乎成了全民族的一场讨论"。① 争论的起因，源于北京电子管厂工人郭开发表于《中国青年》1959年第2期的长篇批评文章《略谈对林道静的描写中的缺点——评杨沫的小说〈青春之歌〉》，该文章以主流意识形态话语的权威姿态对《青春之歌》展开严厉批判，指出作品三个方面的错误：一是书中充斥着小资产阶级情调，认为作者站在小资产阶级立场上，把作品当作小资产阶级知识分子的自我表现来进行创作；二是没有很好地描写工农群众，没有充分描写知识分子与工农阶级的结合；三是作品没有真正描写知识分子的思想改造过程，没有揭示人物灵魂的深刻变化，主人公林道静只是一个思想较为进步的小资产阶级知识分子，她没有发生从资产阶级到无产阶级的彻底蜕变，但作者却给她冠以共产党员的光荣称号，这严重歪曲了共产党员的光辉形象。郭文的面世，引爆了一场轰动全国的激烈辩论。有人支持郭开，对《青春之歌》持否定态度，如张虹在《中国青年》第4期发表文章，认为林道静的爱情生活很值得怀疑，小说会产生负面影响。一个署名刘茵的批评者在《文艺报》上撰文，指责作为共产党员的卢嘉川的爱情观是不道德的，对有夫之妇发生爱情，有损于人物形象的完整。但更多的读者则对郭开片面、偏激的观点进行反驳，肯定《青春之歌》的创作，《文艺报》与《中国青年》为此设专栏发表讨论文章，刊载多种批评意见。面对读者的反驳，郭开又发表了《就〈青春之歌〉谈文艺创作和批评中的几个原则问题——再评杨沫同志的小说〈青春之歌〉》一文，再次针对作品主人公的不足进行批评，指出林道静不是共产党员的典型，而是一个企图在革命运动中把自己造就成英雄的人，她身上的地主阶级烙印没有受到应有的批判。郭开还对驳斥他的撰文者进行分析，指出肯定和赞扬《青春之歌》的人绝大多数是知识分子和青年学生，而工农出身的老工人、老干部则寥寥无几，字里行间流露出自己批评的政治正统性和作为工人阶级代言人身份的优越感。郭开的辩解在读者中激起了更为激烈的论争浪潮，更多的人被卷入这场大讨论当中。

为这场辩论画上句号的是茅盾、何其芳、马铁丁等文艺界领导、资深批评家的出场。茅盾率先发声，他在《怎样评价〈青春之歌〉?》一文中，

---

① 老鬼：《母亲杨沫》，长江文艺出版社，2005。

明确肯定《青春之歌》"是一部有一定教育意义的优秀作品",认为林道静这个人物符合时代特征,是真实的,"因而,这个人物是有典型性的",对这个人物的分析不能流于简单化。他也对《青春之歌》在人物描写、结构、语言运用方面的不足进行了严厉的批评,但他认为"这些缺点并不严重到掩盖了这本书的优点"①。茅盾之后,何其芳著文《〈青春之歌〉不可否定》、马铁丁著文《论〈青春之歌〉及其论争》,对《青春之歌》给予了肯定评价。这两篇文章分别发表在《中国青年》和《文艺报》上。他们认为这部小说真实、生动地反映了抗战时期的社会面貌和时代精神,成功地塑造了卢嘉川、江华、林红等共产党员的形象,肯定了林道静作为小资产阶级知识分子改造的典型意义,他们批评郭开虽口口声声强调马列主义,但其思想方法的许多地方却是直接违反马列主义的,是"小资产阶级左派幼稚病"的表现。

在这场声势浩大的论争中,论战双方都是从文学批评的外部因素切入,依据"政治标准第一"的批评原则,运用阶级斗争的理论,从政治层面上来对小说进行解读,而文学本身的审美批评原则却几乎没有被提及。论辩双方的阶级立场一致,批评的出发点一致,论证的理论依据一致,但却得出了完全不同的结论,这恐怕是当代文学批评史上绝无仅有、值得深思的现象。

2. 关于《红豆》的批判

1956年,"双百"方针确立并得到贯彻,中国作家由此迎来了创作的春天,"十七年"文学创作出现了短暂的繁荣。这一方针在鼓舞了众多作家创作激情的同时,激活了深藏于女性作家内心深处的性别意识,女性作家渴望着"一种记录着女性欲望的女性写作或女人的表达"②,这种书写和表达是在文艺政策宽松的前提下进行的,更是久被压抑的女性书写欲望的一次喷涌。作家内心深处复苏的纯真质朴的女性意识和青春记忆催生了一批探索人情、人性和女性爱情心理的作品。

女作家宗璞的小说《红豆》就是在这一背景之下产生的代表性作品

---

① 茅盾:《怎样评价〈青春之歌〉?》,《中国青年》1959年第4期。
② 张京媛主编《当代女性主义文学批评》,北京大学出版社,1995,第279页。

之一。《红豆》从爱情本身出发,还原爱情本质,真实描写了青年知识分子江玫的爱情心理和情感生活,整部作品充满着浓郁的女性书写的特色。《红豆》在同期作品中无疑是个"另类",该作品真正写出了爱的丰富性与人性的复杂,以对人性、对爱情的充分展现反拨了"文艺为政治服务"的传统叙事模式,为当时以政治为圭臬的严肃的文坛涂上一抹暖色。宗璞的《红豆》以北平解放前夕的学生运动为背景,描写了女大学生江玫与齐虹的爱情悲剧,揭示了在爱情与政治信仰发生冲突时人生抉择的主题。宗璞以超越阶级、超越政治信仰的勇气来抒写爱情,触及了"革命"与"恋爱"之间的矛盾,客观上疏离了主流意识形态和时代主题。从艺术表现来看,作家以女性特有的敏感体验女性的内心世界,从对人性的关怀角度来表现女性的爱情体验和人生追求,把情感难以名状的复杂性写得细腻、微妙。整部作品充满浪漫的情怀、怀旧的感伤、忧郁低沉的情调。

《红豆》是"十七年"时期女性文学创作中积极响应、认真贯彻"双百"方针的一个重要文学成果。文学作品绕不开"爱情"的描写,在"十七年"时期文学作品惯常的"革命+恋爱"的叙事模式中,革命者在面临爱情与革命的选择时,总是义无反顾地选择革命,放弃爱情,并显得决绝坚定。与此不同的是,宗璞在《红豆》中描写革命与爱情的两难选择时,没有像以往作品那样简单处理,她笔下的主人公在选择革命的同时,没有对背离革命的爱情大加挞伐,反而充满留恋、怀旧的感伤情调,正是这种不合乎"常理"的书写,使她笔下的人物更富有"人"的特征,爱情抒写也因而更富有人情味儿而荡气回肠。宗璞为文坛注入了新的爱情元素与阐释模式,但这显然不合乎时代政治对文学作品的要求。因而,作品在发表后,旋即在读者当中掀起轩然大波。虽然《红豆》是在"双百"方针鼓励下的产物,但在革命政治是中心话语的年代,稍微对革命政治的偏离都会遭到政治的讨伐,《红豆》被批判是在所难免的。

1957年关于《红豆》的论争正式展开。孙秉富的《批判〈人民文学〉七月号上的几株毒草》拉开了对《红豆》批判的序幕。孙文明确指出,"小说《红豆》也是一株莠草,受了党的六年教育的女主人公江玫在回忆她过去的那个极端仇视人民革命,在解放前夕仓皇逃往美国的贵族大学生的时候，是多么惋惜，怅惘和悲痛"①。1958年7月，北京大学海燕文学社召开了题为"《红豆》问题在哪里？"的座谈会，把对《红豆》的批判推向高潮。与会者或斩钉截铁或言不由衷地一致认定《红豆》是一部宣扬小资产阶级恋爱至上、宣扬资产阶级"人情味"和爱情观、暴露作者思想改造不彻底的坏作品。

强大的批判攻势使《红豆》这朵"鲜花"迅速凋零，成为宣扬资产阶级价值观的"毒草"。令人感到遗憾的是，针对《红豆》所引起的读者关注和知识分子的共鸣现象，批评界没有对其原因进行认真分析和深入探讨，更没有真正从"百花齐放，百家争鸣"这一文艺方针出发去认识和评价作品，而是仍旧从政治的角度去解读《红豆》。"双百"方针带给作家们的"文艺的春天"仅仅持续了一年多，在1958年"反右"运动这场突如其来的"倒春寒"中，文艺界短暂的阳春就在一夜之间被迅疾送回到寒冬。《红豆》在正式发表时，文艺界的"反右运动"已经全面铺开，同期的《人民文学》上发表的小说与《红豆》一道，成为"百花时代"的绝响。可以肯定的是，宗璞的《红豆》是一部实实在在的以爱情为主题的革命小说，宗璞选择的也是"革命+恋爱"的传统模式，但她却跳出了传统窠臼，遵从人的自然情感表现，细微地刻画了女主人公在革命与爱情两难选择时的复杂纠结的心理，这不合于当时时代政治对文学的规定，但却契合人的情感真实，合于文学艺术规律。

三 政治化批评的女性文学批评特点

1. 批评范式：政治意识形态批评

"十七年"期间，文学与政治的关系，是政治意识形态统摄下的文学与政治一体化关系。在文学批评领域，政治成为压倒一切的批评标准，具有文学自身特质的审美标准服从于政治标准，这就必然要求作家与批评家在文学思想上与政治诉求保持高度统一。文学批评体现的是具有强烈革命气息的政治批评，而文学批评的审美功能则不断被挤压。"十七年"时期

---

① 孙秉富：《批判〈人民文学〉七月号上的几株毒草》，《人民文学》1957年10月号。

第七章 "十七年"与中国女性文学批评的政治化时代

的女性文学批评,也表现为这样的特点。在"文艺为政治服务"的规约下,政治意识形态批评成为女性文学批评的批评范式,这样的批评范式,强调政治在文学批评中的干预和影响作用,呈现着以政治意识形态取向规训、指导女性文学创作的批评实践。

"十七年"时期的女性文学批评呈现出这样一种较为普遍的现象,就是政治分析和阶级划分渗透在女性文学批评的各个方面,成为女性文学批评的鲜明特色。批评家多重视文学的政治性、革命性、战斗性、功利性,忽略和轻视文学的艺术性及其内在规律。女性文学批评被当作国家意识形态机器和主流政治话语推行意识形态的有效方式,在女性文学创作领域行使体现国家政治意志和理念的主流意识形态话语权力。

政治意识形态的批评范式,在女性文学批评实践中体现为:对符合主流社会政治、思想观念要求的女性文学作品,批评对其持肯定的姿态而"欢呼";而对于偏离主流社会政治、思想观念要求的女性文学创作,则给予驳斥与批判,甚至在政治需要的情况下,在主流意识形态的指导下,将被批判的文学作品贴上反政治的标签,如称之为"一股创作上的逆流"[1]"毒草"等。

如对女作家草明的作品《原动力》的批评,《原动力》以歌颂中国工人阶级(包括女工)为创作宗旨,主要表现工人阶级在中国共产党的领导下忘我劳动的精神与主人翁的担当,这是一部与主流意识形态完全一致的作品,作品发表于1949年,与新中国提倡的社会主义建设精神相吻合,它理所当然地得到了以政治意识形态为批评范式的女性文学批评的肯定。我们来看看肯定《原动力》的批评话语:"当我们看到以显示中国无产阶级建立新世界的无可比拟的强力为主题的《原动力》出现时,我们不能不发出强烈的欢呼"[2];"作为《原动力》第一个特征的是作者的丰富深刻的体验,与彻头彻尾的群众观点。作者是真实的和群众化合在一起同一呼吸,

---

[1] 李希凡:《从〈本报内部消息〉开始的一股创作上的逆流》,《中国青年报》1957年9月17日。

[2] 李云龙:《读草明的〈原动力〉》,载余仁凯编《草明研究资料》,知识产权出版社,2009,第215页。

同一脉搏;因此作品也真挚得动人,到处都洋溢着那种无产阶级的磅礴的生命力和深厚的同志爱"①;"《原动力》的作者并没有把工人群众当作被动的、消极的人物来处理,他尽力强调工人群众的积极性、自发性、主动性、创造性和正义感。"② 从这些批评文字中可以见出,给予《原动力》肯定的价值判断的依据,就在于它对新中国的歌颂,对工人积极性、创造性、正义感的赞扬,而这正是新中国国家政治意识形态所倡导的。

在政治意识形态的批评范式下,那些出离国家政治意识形态的女性文学作品,或者仅仅是批评者认为出离国家政治意识形态的女性文学作品,那些写个人私情,表现小我情调的女性文学作品,哪怕是在宏大叙事下极小部分的描写,都要受到指责、驳斥和批判,前面提到的关于《青春之歌》的争辩、关于对《红豆》的批判,都是坚持政治意识形态批评范式的批评效应。

2. 批评视角:社会—历史批评视角的延续

"社会—历史批评"作为一种批评方法、批评视角,自五四新文化运动先驱由西方引进、吸收并实现中国化,经历了20世纪30年代的左翼文艺运动及40年代的解放区文艺运动后,逐渐得到广泛认同,并逐步取代了人道主义批评和自由主义批评,成为中国现代文学中的主导性批评方法与批评视角。"十七年"时期,女性文学批评也延续了这一文学批评传统,以社会—历史批评视角为主导性批评视角,在新中国巩固政权、发展建设的时代语境中,对女性文学创作实践进行指导与规范。

"十七年"时期的女性文学批评家从社会—历史视角观照女性文学创作与实践,主要考察女性文学与"十七年"的社会政治、女性文学与时代的关系,以能否反映新中国的社会政治生活和社会主义建设时期的时代本质作为最基本的价值尺度来衡量女性文学作品。在批评过程中,重点关注女性作家的阶级立场和思想倾向,注重对女性文学作品所反映的社会时代内容进行解读和阐释,以女性文学作家在创作中对时代政治张扬还是疏离

---

① 李云龙:《读草明的〈原动力〉》,载余仁凯编《草明研究资料》,知识产权出版社,2009,第216页。
② 李云龙:《读草明的〈原动力〉》,载余仁凯编《草明研究资料》,知识产权出版社,2009,第217页。

第七章 "十七年"与中国女性文学批评的政治化时代

作为作品价值高下的基本判断。

从关于杨沫的小说《青春之歌》的论辩中,我们可以见出社会—历史批评视角的批评在当时女性文学批评中的重要程度,对《青春之歌》批驳取自该视角,对《青春之歌》肯定也取自该视角。郭开之所以否定《青春之歌》,是因为他认定作者是站在小资产阶级立场上,把作品当作小资产阶级知识分子的自我表现来进行创作的,没有充分描写知识分子与工农阶级的结合。这种以作者的阶级立场与其作品反映的内容是否符合时代要求为衡量标准的批评,同样出现在肯定《青春之歌》的批评中,在当时参与论辩的文章是这样,在其后总结中国文学创作成果给予《青春之歌》正面评价时也以此为依据,1963年,中国科学院文学研究所出版《十年来的新中国文学》,对《青春之歌》给予肯定,肯定的依据显然是取于社会—历史批评视角:"作者怀着丰富的感情,歌颂了共产党员奋不顾身、忠贞不屈的崇高品质,谴责了卑鄙无耻的革命叛徒,揭露了胡适派'读书救国'分子和醉生梦死的交际花之流的灵魂的丑恶、甘心充当富豪少奶奶的女学生心灵的空虚,同时也表现了处于中间状态的知识分子的觉醒过程。"[1]

社会—历史视角批评的主导性作用,表现为它是"十七年"时期女性文学批评首要的决定性的批评视角,所有的女性文学作品都要经由这一视角的衡量,作品的优与劣、好与坏、正确与否,都要经由这一视角的批评来检验。如萧也牧的小说《我们夫妇之间》,作者虽说是个男作家,但小说的精彩之处是对女主人公的描写,按宽泛的女性文学范畴理解,也可视作女性文学。《我们夫妇之间》是新中国成立之初的一篇关于"进城"的"问题小说",小说描写知识分子和工农干部"进城"之后在思想和婚姻生活诸方面遇到的新问题和精神困境。应该说,《我们夫妇之间》的选材是有时代性的,是当时人们面临的一个实际问题,具有现实意义。但小说遭到了署名李定中的批评家冯雪峰的批评,理由是"女主人公是一个革命的工人,而且是战斗多年的干部,是一个共产党员,是作者要肯定的人",作家却站在"小资产阶级"的立场上,以"轻浮的、不诚实的、玩弄人物

---

[1] 中国科学院文学研究所编《十年来的新中国文学》(试印本),作家出版社,1963,第39页。

的态度"去塑造女工人干部张同志这一人物形象。显然,冯雪峰是依据社会—历史批评的标准来衡量该小说的,以此衡定萧也牧站错了队伍,阶级立场出现了问题,对女主人公的塑造违背了时代政治的要求。为此,冯雪峰对作家发出了苦口婆心的劝谕和警告:"真的,你不能再向前进了,立刻回头来,站到工人阶级的立场上去,热爱劳动人民,脱胎换骨地抛弃你的玩世主义的倾向"①。

3. 批评话语:激情昂扬、铿锵有力的革命话语

"十七年",是一段激情燃烧的岁月,是一个对时代精神充满着浪漫想象和对新的社会理想不懈追求的年代。这样的时代精神也感染着女性文学作家和批评家。"十七年"时期的批评家多是从延安时期走入新中国的左翼批评家,在他们身上延续着延安时期的文学批评传统,激情昂扬的文学批评话语伴随左翼批评家一路走进了新中国。在之后愈演愈烈的文艺批判运动中,批评文风愈加尖锐、愈加针锋相对,其批评话语也更加慷慨激昂、铿锵有力。

如对草明《原动力》《火车头》《乘风破浪》三部作品的批评。

对《原动力》的批评:"让我们以更多的欢乐,更多的韧性的劳动来歌颂这个新的时代吧。草明同志,已经用她的行动,向我们证明了:如果作家真正带着为人民服务的精神,努力地去分析现实,那么一切的阻碍,例如生活的不熟悉,语言的限制,疾病或事物的阻挠,都妨碍不了他或她去创造时代的英雄人物,去捕捉现实的本质。思想和生活的一致,是创作的原动力。它将开辟出伟大的灵感的源泉,让我们去吸取生活中最美好的东西。让一切鼻子底下比针尖还小的灰尘随着时间飞逝吧,诗的生活正要求着生活的诗。"②

对《火车头》的批评:"我们强调写工人(当然不是说不写或少写农民和部队)是因为它是今天社会生活中一个新的重要主题,大量地正确地反映这个主题,将给人民文艺增添新的色彩,使雄伟的中国革命的领导阶级——工人阶级的英雄形象,我们可爱祖国必须工业化的远景,在中国革

---

① 李定中:《反对玩弄人民的态度,反对新的低级趣味》,《文艺报》1951年第3期。
② 胥树人:《社会的原动力和创作的原动力》,《东北日报》1949年12月13日。

第七章 "十七年"与中国女性文学批评的政治化时代

命文学中开始坚实地树立起来。"①

对《乘风破浪》的批评:"作为一个在鞍山工作和生活了许久的人,我怀着巨大的喜悦看了《乘风破浪》。它使我沉浸在强烈的感动和缅怀中。我在这里看到了多少朝夕相处、同甘共苦的战友和熟人啊!他们的经历、他们的心境,常常使我情不自禁地发出会心的微笑;我在这里又看到多少铭记不忘历历在目的场面和事件啊!壮丽的图景,沸腾的生活,让我重温了刚刚过去的历史。我敬佩作者那种宏伟的气魄,她把自己所表现的生活和当代认为最伟大的事件联系了起来。作者在一幅巨大的'画卷'上描绘了钢铁工业的跃进,赋予她所表现的生活以广阔而深远的意义。我也赞叹作者那精巧的匠心,她把那样纷繁复杂的钢铁联合企业中的生产劳动和思想斗争,从高级领导到普通人,编织得那么光彩悦目。可以说,这是一部歌颂工人阶级英雄业绩和高尚心灵的绚丽的画卷,表现党的社会主义建设总路线在工业战线上取得伟大胜利的第一部长篇作品。我们应该欢迎它,祝贺它。"②

再如对《青春之歌》中余永泽这个人物形象的批评:"看余永泽是好,是坏,究竟看那一条呢?'青春之歌'的描写的时代,是我国处于民族危亡极端严重的时代,日本帝国主义要亡我祖国,灭我民族,全国人民处于危急存亡,千钧一发之秋。……拥护抗日,拥护共产党,反对日本帝国主义,这是全国人民的根本利益。凡是拥护全国人民根本利益的就是好人,反对全国人民的根本利益的就是坏蛋。这个道理岂不显而易见。……余永泽是什么样的好人呢!他对抗日运动没有丝毫同情,他对日本帝国主义没有丝毫仇恨,他不爱祖国,不爱人民,他算得一个中国人吗?不,他是当时的右派,是民族败类。可是却有人把他看作是梦里的情人,温柔体贴的丈夫!岂不可奇怪!"③

这样的批评文字饱含着革命激情,充满着战斗精神,跳跃着时代的脉搏,彰显着时代的精神,是"十七年"时期政治化批评的体现。

---

① 张沛:《评草明的创作实践及其长篇小说〈火车头〉》,《东北日报》1951年4月27日。
② 陈淼:《没有辜负工人的希望——读〈乘风破浪〉》,《人民文学》1960年第3期。
③ 橘子:《这是一场两种世界观的斗争——"怎样正确认识余永泽这个人"讨论总结》,《青年报》1960年2月23日。

四　政治化批评的女性文学批评效应

文学批评对文学创作总是产生直接或间接的影响，不断引导、纠正文学创作的方向。在文学批评的指导下，文学创作也在自觉不自觉地发生变化。"十七年"时期的女性文学批评，对女性文学创作的这种影响和规范作用更加直接和明显。以政治为标准的女性文学批评，在批评中有对女性文学创作产生导向作用的批评效应，这一效应具体体现为女性文学作家对于批评的接受，并将这一接受具体实施于文学作品的修改与再创作之中。

1. 政治诉求对《青春之歌》艺术诉求的施动与影响

"十七年"时期，在关于《青春之歌》的论辩结束后，女作家杨沫对小说文本的改写，最能体现主流政治意识形态对文学艺术诉求的施动与影响。小说经历过两次大的改写，一次是1959年论辩之后，经改写的小说在1960年再版；一次是"文化大革命"结束、新时期到来的时刻，经第二次改写的小说于1978年重印。

1959年那场关于《青春之歌》的论争波及全国，虽然论争在茅盾、何其芳、马铁丁等著名批评家的支持之下，以肯定《青春之歌》的意见取胜而告终，但杨沫此后还是小心翼翼地吸收了这次讨论中的多种"中肯""可行"的意见，甚至虚心地采纳了郭开批评中的"正确"成分，对《青春之歌》进行了精心的修改。从1960年《青春之歌》再版本中可以看出，《青春之歌》做了大量的修改和增删，尽量剔除了持否定意见一方所指责的有关"小资情调""小资意识"的描写，而且按照批评家指出的不足，大篇幅增加了林道静和工农结合、领导学生运动的部分内容。杨沫将她的修改重点概括为："一、林道静的小资产阶级感情问题；二、林道静和工农结合问题；三、林道静入党后的作用问题——也就是'一二·九'学生运动展示得不够宏阔有力的问题。"① 从杨沫的修改及其说明可以看出，她

---

① 杨沫：《〈青春之歌〉再版后记》，载沈阳师范学院中文系编《中国当代文学研究资料·杨沫专集》，1979，第41页。

是非常重视对作品持否定意见一方的观点的,郭开在论战中的极"左"观点对小说的改写产生了重要影响。再版本的增删、修改都是从郭开以极"左"思想提出的意见出发,剔除、修改了林道静的小资产阶级感情,尽管这种修改使人物形象失去了丰满的个性;更加突出了党的领导、党的教育,突出了共产党在学生运动中的巨大领导作用,表明青年学生只有投身于党所领导的革命洪流中,个人的前途和命运才会有所依托,只有在党领导的革命洗礼中,青年知识分子的成长、成熟才会成为可能;在林道静的成长中,强调其接受农村生活教育的作用,突出知识分子与工农相结合的意义。

1978年,《青春之歌》进行了重印,小说也迎来了杨沫对它的第二次修改。从修改的结果看,"文化大革命"结束后相对宽松的政治环境并没有改变作家以1960年再版本为底本的立场。杨沫说:"这本书在这次再版中,除了明显的政治方面的问题,和某些有损于书中英雄人物的描写作了个别修改外,其他方面改动很小。"① 从重印本的修改看,这种"有损于书中英雄人物的描写"的修改,主要围绕女主人公林道静与余永泽、江华的关系进行。修改后的版本,在对余永泽的感情上,林道静显得更加决绝,余永泽的形象被进一步丑化,林道静的阶级立场更加鲜明,与余永泽之间的阶级界限也更加分明,林道静的革命立场在其政治觉悟提高的过程中更加坚定。在对林道静与江华的爱情描写上,"十七年"时期的初版和再版本中鲜有的富有个性的个人情感和思念,变成了更具时代特征的"革命爱情"。在林道静从对余永泽的情感决绝到在革命大潮中对江华那种含蓄、隐忍的"真正"的革命者产生爱情的情感发展轨迹中,林道静这个渴望爱情、经历爱情、具有女性特有隐秘爱情心理和追求的青年学生一步一步"成长"为革命热情激昂、个人爱情含蓄的"真正"革命者。这更加符合已经远去了的"十七年"时期的政治诉求。

再版本和重印本虽然压抑了人物的个性和情感,降低了小说的艺术品位,但却符合主流意识形态对女性文学人物塑造的要求,也是"十七年"

---

① 杨沫:《〈青春之歌〉重印后记》,载沈阳师范学院中文系编《中国当代文学研究资料·杨沫专集》,1979,第47页。

时期政治诉求对文学的期待。

拨云见日，拂去蒙在文学史上的烟尘可以看到，杨沫对于《青春之歌》的修改，是政治施动于文学、文学臣服于政治的结果，而政治作用于文学的中介即是文学批评。经由政治化的文学批评，杨沫心悦诚服地接受了思想改造，并将这种思想认识上的"提高"，实施于对作品的修改上。在论争中，杨沫尽管得到了资深批评家和广大读者的支持，但却坚持按照反对方的极"左"意见对小说进行修改，并在"文化大革命"结束之后仍按"十七年"时期的政治标准要求自己，这足可见出"十七年"时期的政治化批评对于文学创作的巨大作用。

2. 政治化批评施予其他女性文学创作的效应

在一系列的文艺论争和文艺批判运动中，政治化的文学批评效应每每会迅速发酵，对作家及其作品产生直接或间接的影响，使作家或者被动接受批评或批判，做出检讨；或者主动回归主流政治意识形态轨道，按照主流政治意识形态要求对作品进行修改或改写；或者在主流意识形态的规约之下，改变创作风格，努力向主流意识形态靠拢或贴近。作家在受到批评或批判后的态度，直接反映了这种政治化批评的效果。

1950 年，草明发表了描写新中国铁路建设的小说《火车头》，批评家对小说进行了严厉的批评。批评的理由是，小说对"党"和"领导干部"的作用表现得还不够，"看不到党在工厂中起了什么作用"，看不到"领导干部是怎样依靠工人阶级恢复生产，怎样发动工人生产，提高工人阶级觉悟，又怎样克服了旧铁路的保守思想，建立了一套管理制度"的。① 草明在《火车头》受到批评后，虚心地接受了批评，说自己认识到了小说的缺点在于"写党的领导写得不好，具体的支部领导写得不够，没有很积极地充分地表现出党的领导作用"，造成这种"严重的缺陷"的原因在于自己"小资产阶级思想的片面性，和由此而产生的某种程度的自发倾向"②。

1951 年 6 月，萧也牧的小说《我们夫妇之间》受到批评，批评者指出作者是站在"小资产阶级立场"，抱着"玩弄人民的态度"来写婚姻、写

---

① 路工：《试评小说〈火车头〉》，《文艺报》1952 年第 6 期。
② 草明：《加强学习，提高作品的战斗性——我对〈火车头〉的缺点的认识》，载余仁凯编《草明研究资料》，知识产权出版社，2009，第 161、163 页。

女性，作品表现了"新的低级趣味"。这种文学批评后来转化为政治批判。在批判过程中，萧也牧被无限上纲上线，正常的文学批评终在政治的干预之下，变成了"扣帽子""打棍子"式的政治批判。迫于压力，萧也牧不得不承认自己的作品存在错误和问题，写了《我一定要切实地改正错误》一文，做出了深刻的检讨。

茹志鹃在小说《百合花》受到"左"倾思潮冲击后，真诚地对自己在作品中所犯的"错误"做检讨和进行忏悔。她说："入城转业以后，自己的创作题材一度越写离自己越近，越写越小，身边事，儿女情，代替了革命斗争的火热生活。为什么人的问题模糊了，淡忘了。我用手里这支笔，去为自己追求资产阶级的所谓艺术上的高峰而奋斗了。从世界观到创作都出现了曲折。"[1]

《红豆》发表以后，宗璞声名鹊起。但随后对《红豆》的严厉批评，迫使她多次做出检讨和检查。虽然从未明确做出说明，但从宗璞后来创作的某些作品中，仍然能够发现对《红豆》的批判给宗璞的创作带来的重大影响：

> 五十年代末、六十年代初知识分子大批下放农村，阶级斗争的弦愈绷愈紧。在这个背景下，宗璞的创作发生了明显变化。表现出以下几个特点：
> （一）笔触开始伸向农村，她写出了《桃园女儿嫁窝谷》、《湖底山村》、《无处不在》等反映农村人民公社化运动的小说、童话和散文。（二）作品的基调变成对现实单纯、直接的歌颂，尽量避免知识分子式细腻而委婉的表现（尽管那其实也还是在歌颂）。（三）在写到知识分子的时候，不再写像《红豆》中江玫那样由幼稚到觉醒的人物，而把萧素那种一开始就革命的先进分子推到前台，也不再写知识分子的爱情，以此来切断"小资产阶级情调"流露的通道。[2]

杨沫在小说再版和重印时的改写，萧也牧以及女性文学作家草明、茹

---

[1] 茹志鹃：《毛主席给我手里这支笔》，载孙露茜、王凤伯编《茹志鹃研究专集》，浙江人民出版社，1982，第27~28页。
[2] 程蔷：《她心头火光熠熠，笔下清风习习——评宗璞的小说创作》，载人民文学出版社编《宗璞文学创作评论集》，人民文学出版社，2003，第50页。

志鹃对于"左"倾思想的批判而进行的检讨和自省，宗璞创作风格的改变，传达出的一个基本事实是："十七年"时期的政治化女性文学批评对女性文学创作的操控是深度的，它直接作用于女性文学作家的思想和灵魂。文学批评与文学创作应该是一种平等对话的关系，在平等对话中相互促进、共同提升，"十七年"时期政治化的女性文学批评凌驾于文学创作之上，对文学创作颐指气使，这是有违艺术规律的。实际上，"十七年"时期政治化的女性文学批评已超越了文学批评职能，它是代政治行使权力，它担当的是政治意识形态对文学创作实践监管与裁决的职责，这样的批评虽然产生了巨大的批评效应，但却不利于文学创作遵循文学规律的发展。这样的批评，也只能产生于"十七年"时期那样的时代。

第三节 非政治化声音：女性文学批评审美维度的持守

审美功能是文学批评的重要功能之一。"十七年"时期，主流政治话语等外部因素对文学的强势介入，致使女性文学沦为政治的附庸，女性文学批评的审美功能也被严重边缘化。但文学毕竟不同于政治，文学有别于政治的根本之处即它的审美特质，"十七年"的文学尽管为政治所操控，但它仍然以文学的审美形态来加以展示，文学批评在政治形势紧迫的情况下，专注于文学的思想倾向，忽略或有意忽视文学的审美表现，但在政治形势稍微宽松或为政治形势所允许的情况下（如"双百"方针贯彻时期），就会在文学规律的作用下关注文学的审美表现，发挥文学批评的审美功能。"十七年"时期的女性文学批评，坚持审美维度的批评现象虽不多见，但仍然存在，在政治话语是权威话语、中心话语的文坛上，持守着文学的最后阵地。

一 关于《百合花》的批评

茹志鹃是"十七年"时期文坛影响较大的女性文学作家之一，她于1958年发表的短篇小说《百合花》是她的成名作，这部作品也是"十七年"时期女性文学创作的经典之作。

《百合花》一经发表就引起文坛的轰动,这不仅在于茹志鹃顺应时代和政治要求,努力书写新人、新事、新时代,如她自己所说:"在这样一个伟大的时代里,社会风貌的新变化,新人,新事,新的思想,新的感情,新的矛盾,这一切都使我热情难抑,心潮逐浪,我努力去认识,去挖掘这个时代的主题,这个时代中人们独有的精神面貌,这个时代特有的人与人的关系"①,更在于她是以女性作家的细腻心理和情感去对个体生命进行体会和审视,是以艺术的手段处理小说。《百合花》虽写战争中后方的故事,却展示出作者刻画普通人的微妙、细致的情感世界的美学追求,作品将硝烟弥漫、出生入死的战场作为背景,通过战地包扎所发生的小插曲,赞美和歌颂人与人之间温暖纯真的感情,创造了一种圣洁纯美的意境。她摆脱了当时流行的对英雄人物进行正面描写和塑造的惯常手法,没有赋予人物以鲜明的政治身份,而是从普通人的角度来描写英雄,注重细致入微的心理刻画,朴实的心灵、纯真的情感通过"百合花"这一意象得到完美展示,与残酷的战争对人类生命的无情摧毁形成鲜明对比,在强烈的对比中突出了内在情感的无穷张力。

《百合花》富有女性特色的审美表现,使看多了两条路线斗争故事与"女英雄""铁娘子"形象的人们为之一振,也立刻引起文坛的关注,先后有20多篇评论文章见诸报端,对这部作品进行评论,作协上海分会还专门召开了一次茹志鹃作品研讨会,茅盾、侯金镜、魏金枝等著名评论家等都对茹志鹃的创作给予了积极肯定。评论家们从艺术角度对她的作品进行评价,肯定她作品风格的独辟蹊径,这是非常难得的。茅盾在《谈最近的短篇小说》一文中对《百合花》的评价堪称经典。他给予小说高度评价:

> 《百合花》可以说是在结构上最细致严密,同时也是最富于节奏感的。它的人物描写,也有特点;人物的形象是由淡而浓,好比一个人迎面而来,愈近愈看得清,最后,不但让我们看清了他的外形,也看到了他的内心。……它这风格就是:清新、俊逸。这篇作品说明,

---

① 茹志鹃:《〈百合花〉后记》,载孙露茜、王凤伯编《茹志鹃研究专集》,浙江人民出版社,1982,第32页。

表现上述那样庄严的主题，除了常见的慷慨激昂的笔调，还可以有其它的风格。①

茅盾对《百合花》独特的艺术风格给予敏锐发现与准确把握。茅盾敏锐的洞察力及其极具理论见地的作品论对当时的批评起了引导作用，之后，有关《百合花》的讨论主要围绕茹志鹃的艺术风格、表现手法等方面展开。欧阳文彬、侯金镜、细言、魏金枝等评论家都写了批评文章，这些文章对《百合花》表现的"委婉细腻柔和而抒情"的女性写作风格尤为认同。令人欣喜的是，对《百合花》的讨论，是在难得一见的客观、正确、宽松的学术讨论氛围中进行的。

在对《百合花》认可的批评中，已不仅仅局限于《百合花》和茹志鹃的创作本身，它涉及文学理论的一些基本问题，如关于文学创作风格多样化的问题，作家创作个性、审美追求与作品风格的关系问题，重大题材与一般题材如何处理的问题，如何进行人物形象塑造的问题，等等。这些问题都是有关艺术规律的问题，能就艺术问题进行探讨，在当时是难能可贵的，它发生于"十七年"这一历史阶段，具有积极的文学史意义。

二 女性文学批评的审美维度

"十七年"时期，从审美维度上对女性文学进行观照的评论文章寥若晨星，虽然屈指可数，但弥足珍贵。考察这一方面的批评文章，最突出的表现在于以下两个维度。

1. 对人性与人情的文学表现的认同

人性与人情是文学创作永恒的题域，或者说，作为"人学"的文学理应去表现人性与人情。所以在以政治为主导的"十七年"文坛上，虽然政治化批评是主流形态，但批评家也没有完全放弃对人性与人情的关注，在文坛的政治氛围稍微宽松的时候，如1956年"双百"方针提出前后，一

---

① 茅盾：《谈最近的短篇小说》，载《茅盾文艺评论集》（上），文化艺术出版社，1981，第299页。

些批评家对人情和人性给予大胆关注与提倡,在政治批判比较强势的时候,一些批评家也力所能及地在肯定主流政治倾向的前提下,对人性与人情的书写给予关注与某种程度的支持。

"十七年"时期,从理论上对人性与人情的文学书写予以肯定的文章有巴人的《论人情》、王淑明的《论人情与人性》、钱谷融的《论"文学是人学"》等。巴人批评了文坛上"政治气味太浓,人情味太少""作品不合情理,就只是唱'教条'"的现象。王淑明在《论人情与人性》中支持巴人的观点,为其做辩护,并将巴人的观点进一步发挥,写了《关于人性问题的笔记》,修正和丰富自己的一些观点。钱谷融的《论"文学是人学"》中对巴人和王淑明的观点给予热烈响应与支持,他也从"人性"的角度出发来认识文学自身所特有的规律,强调了文学的属人特征,以期维护文学最基本的创作原则,他重点强调并肯定了人道主义精神在文学创作与文学批评中的重要地位,并以此为基点阐述了他对"文学是人学"的看法及对当时一些重要的文艺问题的理解。针对文坛现状,他还将写"人"与社会主义现实主义创作方法联系起来,指出社会主义现实主义同其他创作方法的不同之处,不仅仅在于它是社会主义时代的现实主义或同社会主义思想结合的现实主义,还在于它在描写人"对待人的态度上具有新的理性和情感素质",在于"它体现了社会主义的美学理想""按照社会主义的人道主义原则来描写人、对待人"。这种理论认知虽然在"十七年"时期并不多见,而且很快文坛便不再允许这类文章发表,但它引起的文坛震动却是很大的,它表现了在政治高压年代,文学工作者对于文学审美功能的追求与向往。

"十七年"时期,也产生了一些打破人性禁区,创作充满浓郁的人情和描写复杂人性的女性文学作品。如茹志鹃的《百合花》《静静的产院》,萧也牧的《我们夫妇之间》,路翎的《洼地上的"战役"》,宗璞的《红豆》,丰村的《美丽》,阿章的《寒夜的别离》,李威伦的《幸福》,陆文夫的《小巷深处》,高缨的《达吉和她的父亲》,邓友梅的《在悬崖上》,等等。这些表现人情、人性的作品虽然不同程度地受到批评甚至批判,但却如盛开在荒野中的鲜花,丰富了"十七年"文学的题材画廊,为文坛带来了别样风景。

女性文学批评也适时对文学中的人情、人性描写给予关注与支持。这表现为两种情形：一是像《百合花》那样表现的真性情，批评给予充分的重视与肯定，这种肯定没有受到过多的干预与批判，这在当时的文坛是极其罕见的；二是在对作品的争论中，尽量对其作品中有关人性、人情的描写给予正面的阐释。如前面提到的关于萧也牧小说《我们夫妇之间》的争论，尽管政治化批评对于作品的批判占了上风，但在争辩中仍能见到对于作品有关人性、人情描写的肯定。这些文章认为《我们夫妇之间》从"人"的角度对新中国建设者和从战争的硝烟中走来的革命者的个人生活给予了足够关注，通过人物的思想变化、心理描写努力挖掘人的深层情感世界，作品充满了浓郁的人情味儿，闪耀着人性的光芒，"这篇小说中写出了两种思想态度的斗争和真挚爱情"①，"情节单纯、明显，描写细腻、委婉，……是一个比较有感染力的短篇"②。在政治高压的年代，女性文学批评还努力地去体现独立的文学批评特质，对女性文学作品中出现的"人情""人性"给予适时地肯定和评价，实为难得。也正是这种政治高压下某种程度的清醒，为当代文坛在"十七年"时期保有了一份清新和靓丽。

2. 对于具有女性特质的创作风格的肯定

"十七年"是压抑性别意识、遮蔽女性特质的年代。女作家的文学信仰自觉地与政治信仰保持一致，她们可以认为自己是战士、是革命者、是作家，而对自己是女性则刻意掩饰，在文学创作中自觉与不自觉地流露出基于女性特质的表现受到批评时，就会努力地改造自己，以克服这种"小资情调"。这种情况，连受到文学批评肯定的茹志鹃也难以避免，她的《百合花》以描写女性细致的心理变化见长，然而当她受到"左"倾思潮冲击后，便认真地检讨自己。

这种情况是可悲的，它造成"十七年"文学史女性创作的重大损失。但即便如此，在"十七年"努力模糊性别意识的创作中，我们仍然能看到体现女性特征的文学创作，仍然能看到对于这一特征进行肯定的女性文学批评。还以茹志鹃为例，因为她的创作与对她创作的批评，是这方面最有

---

① 白村：《谈"生活平淡"与追求"轰轰烈烈"的故事的创作态度》，《光明日报》1951年4月7日。
② 肖枫：《谈谈〈我们夫妇之间〉》，《光明日报》1950年7月12日。

力的说明,也是"十七年"女性文学创作最珍贵的财富。

茹志鹃充满女性气质的《百合花》得到了茅盾的盛赞,茅盾的结论是:"清新""俊逸","这篇作品说明,表现上述那样庄严的主题,除了常见的慷慨激昂的笔调,还可以有其他的风格"①,这"其他的风格"便是小说具有的女性特质,正是这女性气质才有了"清新""俊逸"的风格,对此,茅盾是带着欣喜若狂的心情来阅读与评论的。

著名的女性文学作家冰心也对茹志鹃小说的女性意味给予了肯定,她评论的是茹志鹃的另外一部小说《静静的产院》,冰心作为女性文学批评者更为旗帜鲜明地从女性视角对小说进行评论,肯定了茹志鹃小说具有的女性文学意义,她在《一定要站在前面——读茹志鹃〈静静的产院里〉》一文中(作为一个"女读者"的冰心,对这个年轻女性作家所取得的创作成果的欣喜之情溢于言表),指出茹志鹃作品中女性写作的不可替代性。她说,新中国成立后,妇女精神面貌的变化虽然在很多新闻报道和小说里可以看到,妇女劳动英雄、先进模范形象能给人以感动和教育,"但是从一个妇女来看关于妇女的心理描写,总觉得还有些地方,不够细腻,不够深刻,对于妇女还不是有很深的熟悉和了解,光明的形象总像是蒙在薄薄的一层云纱后面"。茹志鹃作品的可贵之处在于,"茹志鹃是以一个新中国的新妇女的观点,来观察、研究、分析解放前后的中国妇女的",她认为,茹志鹃"抓住了故事里强烈而鲜明的革命性和战斗性,也不放过她观察里的每一个动人的细腻和深刻的细节,而这每一个动人的细腻和深刻的细节,特别是关于妇女的",冰心以一个女读者的阅读体验,欣喜地说:"仿佛是只有女作家才能写得如此深入,如此动人!""作为一个女读者,我心里的喜欢和感激是很大的"②。冰心的这篇文章,在"十七年"的文学史上是弥足珍贵的,她为后来从女性视角进行女性文学批评奠定了基础,从这个意义上说,可以说是中国当代文学史上女性视角的女性文学批评的发轫之作。冰心的批评切近茹志鹃的创作实际,也更接近女性文学批评的本质。

---

① 茅盾:《谈最近的短篇小说》,载《茅盾文艺评论集》(上),文化艺术出版社,1981,第299页。
② 冰心:《一定要站在前面——读茹志鹃的〈静静的产院里〉》,载孙露茜、王凤伯编《茹志鹃研究专集》,浙江人民出版社,1982,第283页。

第八章

思想解放浪潮与中国女性主义文学批评的开创

　　新时期整个社会处于思想解放的浪潮中，旧有的文学观念逐渐被新的文学观念替代，对于人的思索和自我价值的思考成为社会思想的主潮，文学史的整理与重新书写成为思想解放的一个组成部分，女性作家群体与西方女性主义文学批评汇入整个社会的思想潮流之中。随着女性作家创作的深入和西方女性主义文学批评理论译介的兴盛，女性主体的自觉意识、审美意识、个体意识都在不断提升，学术论文和学术著作的增加也标志着中国的女性主义文学批评在政治解束后的积极进取取得了初步的成果。中国女性主义文学批评从最初实践开始就显示了"主义"意识的自觉和元理论探索的精神，这主要表现在对女性文学、女性意识、女性主义文学批评等基本概念的论争上。借助西方女性主义文学批评对父权制中心文化进行批判性的审理，中国女性主义文学批评获得了独特的批评空间，西学的理论资源为其提供了理论话语和理论框架，也让女性文学研究者树立了坚定的女性主义意识。应该说中国的女性主义文学批评从一开始就具有本土化的实践特点，但还是难掩所具有的西学特点。在女性形象的批评解读上女性主义批评家们借用了西方的理论资源，在不断的文学史"去蔽"过程中却又获得了中国女性文学史的独特风貌，而随着审美领域的不断开掘与深化，中国女性主义文学批评的本土化特点也在逐步显现。

第八章 思想解放浪潮与中国女性主义文学批评的开创

第一节 新时期到来与女性文学批评的反思与思进

随着"文化大革命"的结束,整个社会处于拨乱反正的时代潮流中,"为文艺正名"是新的历史时期文艺的呼声,"人的文学"的发声是时代的使然,人道主义的文学观念基本确立,从文学自身出发的形式与内容的思考真正进入文学领域,虽然旧有的意识形态和文学观念还会制约新的文学观念的产生和发展,但文学的新时期还是伴随着历史的转型自然地来到了,这是历史理性价值的真正体现,也是文学进入现代性视域的回归,它是五四文学传统的复归,也是启蒙精神的继续。20世纪80年代被称为新启蒙的年代,这是继五四以后的又一次"西学东渐",外国各种文学创作和文学批评思想都共时性地进入学人的视野,女性主义文学批评作为多元文化批评的一种,也以全新的话语和批评模式成为思想解放的一种潮流。

一 新时期的"思想解放"浪潮

对于"十七年文学"和"文革文学"的反思,标志着告别"以阶级斗争为纲"的工具论文学观念的开始,文学的自律性成为新的时期文学发展的基本观念,打破各种文学的禁区成为富有先锋性的文学创作的追求,对于历史的反思,奠定了新时期文学发展的人道主义色彩。文学创作和文学批评紧紧围绕"文学是人学"展开自己的实践,这是对马克思主义文学观念的继承与深化。1978年5月《光明日报》上发表了《实践是检验真理的唯一标准》,带动了文艺界思想的解放,西方思想文化著作的广泛译介推动了解放的浪潮。

1977年刘心武的《班主任》站在人道主义的立场上,对"文化大革命"中的现象进行批评和反思,引发了伤痕文学的兴起。在文学理论界朱光潜的《关于人性、人道主义、人情味和共同美问题》也引发了热烈的争论。西方的存在主义、弗洛伊德学说、尼采的哲学、萨特的戏剧、卡夫卡的荒诞戏剧也都被译介过来。新时期以来对人的思考进入了一种多元的视野，对人的生存现状的关注，以及对人的精神世界的理解都更加丰富和多元。可以说在这种多元的视野下，对于人的理解也更加完整，新时期关于人的基本立场也是女性观念的一种注解，这是一种完整的文化观念，侧重于共同性的人性立场。戴厚英的《人啊，人！》就是站在人道主义的立场上思考着现实人生的命运。对于人的发现是新时期文学的重要特点，此时的女性与男性相同，并没有洞见女性的差异性。文学是人性的基本书写已经成为新时期的共识。

新时期的思想解放浪潮呈现为逐级递进式的发展，在文学领域中，表现为由伤痕文学到反思文学的深化，以及由此引发的关于"歌颂与暴露"的争论，都扩展了对文学的理解。茹志鹃的《剪辑错了的故事》和谌容的《人到中年》都是这个时期重要的文学作品。禁锢的思想逐渐被改变，就像张弦的作品《被爱情遗忘的角落》，众多曾经被"遗忘"的主题重新回到文学创作中来。关于朦胧诗的讨论让人们较早地喜欢上了一位女性作家——舒婷——的诗歌，她的诗歌以温婉的抒情叙事成为那个时代温暖人心的记忆，以后对于新时期女性文学的研究往往是从舒婷开始的。而对十年"文化大革命"的反思更是成为许多女性作家书写生命感受的意象创造之源，从而表现出女性写作的差异性与独特之处。

新时期以来对于外来文化采取了开放的文化态度。1981年朱虹的《〈美国女作家作品选〉序》在《世界文学》上发表，是国内较早介绍西方女性文学的文章。一些欧美文学的研究者关于女性文学作品的译介成为推动新时期女性文学批评起步的重要助力。20世纪的西方文艺理论、文学作品，特别是现代文论、作品成为20世纪80年代主要的译介内容。俄国形式主义、结构主义、新批评、后结构主义、女性主义批评都得到介绍，这些批评方法也为女性主义批评实践提供了方法上的借鉴。

走过20世纪80年代初的文学岁月，1984年、1985年成为重要的思想开放年代的标志，对于文化思想界来说，1984年提供了众多的研究学术和从事创作的方法，开拓了作家与批评家的视野，文化的全球性有了初步的显现，系统论、信息论进入文学研究领域，于是在这种意义上就有了1984年的"方法年"和1985年的"观念年"。1985年拉美魔幻现实主义的代表马尔克斯获得诺贝尔文学奖，开启了中国当代的现代性文学想象。同样是在1985年，刘再复的《论文学的主体性》引发了热议，他对人的主体性的证明具有比较完备的系统性，并从创作主体、对象主体、接受主体三个方面论证了文学所应具备的主体性气质。刘再复对主体的精神层面的阐释，对于文学的"向内转"和批评家自身的学术品格有着积极的启发意义。他所采用的理论话语，对未来文学理论的格局和多种批评类型的发展都产生了较大的影响。关于女性的主体性建立，刘再复的理论同样引人深思，并有助于女性文学批评空间的敞开。韦勒克和沃伦的《文学理论》和夏志清的《中国现代小说史》的传播同样提供了文学阐释新的话语模式。对李泽厚《美的历程》和刘小枫《诗化哲学》的热议是一个时代对于审美精神的呼唤，这一切都为女性主义文学批评实践提供了思想的启示。

90年代以来，随着大众文化的兴起，文学批评方法日益多元化，女性主义批评的文化视域更加宽泛，加之西方的后现代主义思潮的引入，女性写作与文学批评呈现了不同的样貌。

一切是那么轰轰烈烈、那么鼓舞人心，而女性作家群体的逐渐壮大和女性文学批评家的日渐成熟，使女性主义文学批评研究走向了理性化，彰显了不同的文化张力。新时期的思想解放浪潮为女性文学批评提供了思想的资源，不同于西方女权运动的政治、经济、文化传统赋予中国女性主义文学批评本土化的色彩，从而接续了五四时期对于中国女性文学的研究，并以整体的历史性演变来反观中国女性文学的相关问题。

二 女性文学批评的政治解束与积极思进

女性文学批评的政治解束是指女性文学批评不仅仅是社会思想解放运动的组成部分，同时又以女性主体性的探寻与建构标志着女性主义文学批评获得了自主性的批判意识，这种批判深入历史文化传统之中。解除了政治上的束缚，女性主义文学批评也获得了发展的空间，受惠于西方女性主义理论的中国当代女性文学批评，有着与西方女权主义运动不同的历史、文化语境，它没有西方的政治反叛性，而是将批判的视角投入历史、文化传统之中，文化的反思性要强。在新时期的政治、文化语境中开展的女性文学批评，是女性主体意识获得自觉的见证，女性意识的发展走过了自觉意识的苏醒，渐进到审美意识的生发与建构中，从而确立了女性的个体意识。在中国的历史长河中，女性的主体意识一直处于男权制思想的压抑与异化之中。经过五四新文化思想的启蒙，女性的主体意识方从历史的整体中显露出来，随着新时期思想解放的潮流，女性在对历史整体的审视中逐渐有了不同于男性的审美意识，而西方女性文学批评的本土化实践则标志着女性个体意识的确立。女性的主体性主要体现在女性主体自觉意识、审美意识、个体意识三个层次上。

1. 女性主体自觉意识、审美意识、个体意识

女性主体意识是指女性主体的精神活动，女性主体意识的自觉往往是从对女性所处的客体地位的批判开始的。中国的女性没有经历先天的女权政治运动，她们是作为历史中整体性的人而出现的，女性主体意识的觉醒就有了一个演变的过程，这个过程是充满艰辛的。19世纪末20世纪初，受西方女权运动的影响和适应新文化运动的要求，中国的女性意识开始萌芽和觉醒，冰心、庐隐、凌叔华等作家的创作表现了女性爱情、婚姻、家庭生活的状况，并开始对女性的生命价值和生存方式进行思考。女性主体意识的觉醒往往表现在对社会地位、职业、教育等方面的平等诉求，而新时期作为五四时代思想的延续，也因为这期间所经历的历史断代，女性的主体意识延续了觉醒的主题，同时又有时代的新质，是女性意识从觉醒到自觉的转换，并由人的发现走向女性的发现。戴厚英在《人啊，人!》的"后记"中曾发出这样的呼唤："我走出角色，发现了自己。原来，我是一个有血有肉、有爱有憎，有七情六欲和思维能力的人。"[①] 这样对自我价值的确认源于特定的年代所造成的非人的状态。女性主体的觉醒还停留在对"非人"状态的控诉中，人的主体意识明显。在这个时期，整个社会以批判和告别的姿态反思过去的历史，这为女性批评家的历史意识的觉醒提供了社会条件。同时，80年代特有的启蒙氛围，为女性研究者进入历史和反思历史注入了理性精神，这是本土的历史语境。80年代的文化自觉也是全球化发展的历史必然，西方的女权主义运动已经成为不可阻挡的历史潮流，遍及全球各地。这被作为思想解放的当代中国女性的思想起点，这样

---

① 戴厚英：《〈人啊，人!〉后记》，花城出版社，1980，第353页。

的起点拥有现代理性和西方女权主义双重精神的指引,中国女性意识的觉醒具备历史提供的客观条件和自身的主体条件。

女性主体的审美意识是指女性意识的审美化,是女性审美主体从女性经验中总结出来的女性对于客体世界的审美把握,它基于女性的审美感受与审美表现能力,使女性意识提升到更进一步的精神层面。女性的审美意识主要通过自我观照和审视客体共同来完成,这种审美意识建构的双重性印证了女性主体意识审美性存在的重要性。来自女性自我观照的审美意识与男权制社会中形成的审美意识往往处于冲突之中,这构成了女性主体意识提升的内在性张力。从西方的女权运动发展来看,女权主义者对女性的性别意识是极其看重的,她们从受教育、经济独立平等出发,指认了西方社会男权制的本质,并积极投入社会的实际运动中来。关于女权主义认识,国内存在着一种误读,将西方女性主义对女性的形象重新阐释为一种强势,与长期以来文化传统规定的女性形象不符,这种情况也束缚了80年代初女性主义的传播,也反证了女性主体意识觉醒的革命性意义。从单纯的女作家作品介绍到西方女权主义理论的详细译介,再到对中国文学女性形象的女性主义解读,演绎了中国女性主体从自觉意识的萌动到本土化女性审美精神的构建过程,显示了一种成熟气质。由李小江主编、河南人民出版社出版的"妇女研究丛书"集中体现了女性主体意识建构的成果。其中李小江的《夏娃的探索——妇女研究论稿》(1988年)以及孟悦、戴锦华合著的《浮出历史地表——现代妇女文学研究》(1989年)对中国当代的女性主义文学批评的发展影响深远,李小江的《女性审美意识探微》(1989年)对女性的审美意识研究开拓了女性文学批评审美领域的学术研究。新时期女性主体的审美意识也有一个从女性文本到注重日常生活性的转变过程。

女性的个体意识是指女性能从自我意识出发来确定自己的主体性存在,是女性主体性建构的深入阶段,表现在文学批评层面上就是西方女性主义理论的本土化转化,这集中体现为90年代以来系统性的女性文学史解读和批评话语及标准的建立。众多的女性主义批评研究著作表明当代的女性主义批评研究已经成为一门独立的学科,并因自身的理论特点成为当代文学理论批评的重要方面,同时以文学史写作和叙事、社会性别理论为标志的理论成果的出现，表明当代的女性主义批评的学术研究日益深化。这期间盛英的《中国新时期女作家论》（1992年）、刘思谦的《"娜拉"言说——中国现代女作家心路历程》（1993年）、乔以钢的《中国女性的文学世界》（1993年）、盛英主编的《二十世纪中国女性文学史》（1995年）、陈顺馨的《中国当代文学的叙事与性别》（1995年）、林丹娅的《当代中国女性文学史论》（1995年）、戴锦华的《镜城突围：女性·电影·文学》（1995年）等著作各具特点。

主体自觉意识、审美意识、个体意识三个方面标志着女性意识的逐步提升，同时意味着中国的女性主义文学批评逐渐成为一种热潮。女性意识是新时期女性主义文学批评的重要标准，它伴随着阅读、写作、批评等一系列文学活动的展开而不断深入和提升。

2. 文学活动情况

女性主义文学批评的积极进取不仅表现在以"饥不择食"的状态来吸收译介西方多元化的女性主义文学理论，还表现在女性文学批评家群体的出现和一批优秀的学术期刊的推动，正是这种文化的合力和女性文学研究者的努力和不断探索，推进了中国女性主义文学批评的发展。女性主义文学批评作为妇女学的重要组成部分，也随着妇女在社会、政治、经济、文化等多个领域观念的变化而逐渐丰富起来，同时新时期女性主义文学批评通过学术刊物和学术会议及一些社会性活动发展起来。

新时期进行女性主义文学批评的学者众多，他们中既有朱虹、刘思谦、盛英这样二三十年代出生的人，有李小江、孟悦、戴锦华这样四五十年代出生的人，也有荒林这样六七十年代出生的年轻学者，其间还不乏像孙绍先、林树明这样的男性学者。他们的学术研究活动各有侧重，从事外国文学研究的一批学者是翻译介绍西方女性主义理论的代表。从事现当代文学研究的学者易于从现代文学史或当代文学史的角度来切入女性文学的研究，如刘思谦、乔以钢、盛英、林丹娅、王春荣就是从史论的角度研究女性文学的。有些学者更是在大的中华文化历史中寻求女性主体性的证明。像李小江这样的学者研究角度众多，既有对英国女性的介绍，也有对历史文化传统的审视与梳理，更有一些研究直接面对广大妇女的社会实践活动。女性文学批评的发展也得益于女性学者的社会实践活动，在1995年以前这种活动往往以民间的方式存在，长期以来以李小江为代表的研究者，以访问交流、学术研究、召开论坛、开展社会实践等方式推进妇女学学科的独立与发展。1992年李小江获得美国福特基金会资助"20世纪妇女口述史"研究，注重实地考察使她的妇女研究不同于学院式的研究，而是具有更大的开放性和实践性，她的学术活动历时性地贯穿着中国当代女性文学批评的发展过程，其间她走访了众多少数民族女性，以女性亲历的方式及口述的形式呈现了不一样的女性历史。

各种学术会议和妇女权益大会也对女性主义文学研究的深入开展具有积极的作用，因为这样的活动更便于学术观点的交流、争鸣与更新。1978年中国妇女第四次全国代表大会在北京召开，为新时期女性写作和女性文学批评的发展创造了良好的社会环境。5年后的中国妇女第五次全国代表大会通过了《中华全国妇女联合会章程》，全面阐释了妇女享有的权益。每五年一届的妇女大会不断完善妇女联合会的章程，而每次全国妇女代表大会都有女性作家和女性文学研究者参加，这使她们能够及时了解妇女的社会状况。女性主义文学研究的范围和规模逐渐扩大，论题的角度也逐渐由概念的辨析转变为理论体系的深入。1989年《文学自由谈》组织了"女权主义与文学批评研讨会"。1995年联合国世界妇女大会在北京召开，中国女性主义批评以更加积极的文化交流姿态来构建自己的女性文学批评，同时保持着对西方霸权主义、殖民主义的一种理性的自觉审视，中国的女性主义文学批评的本土化建构也进入一个积极思考的阶段。1995年联合国世界妇女大会推动了女性主义文学批评的研究，不断有优秀的著作出版。关于女性作家的各类研讨会相继召开，新时期的女性主义文学批评真正进入现代的学术研究体系中来，理论与文学创作和批评之间形成了良性的互动。1995年8月24~28日在北京召开的第一届中国当代女性文学研讨会是对新时期以来女性文学研究的一次全面总结，对女性写作的多元阐释及未来发展、女性文学批评与创作的关系及批评标准等问题进行了清理，对女性文学研究做出了文坛定位。

一些学术期刊以学术的自觉和开放的方式有力地推动了女性文学批评的兴起。20世纪80年代可以被称为"学术期刊"的年代，整个社会都处于一种火热的学习氛围中，其中《当代文艺思潮》《飞天》《文学评论》

《批评家》《上海文论》《诗刊》《文学自由谈》等刊物成为研究女性文学的学者交流和对话的重要媒介。《当代文艺思潮》对于推动当代文艺思潮的发展和丰富文艺批评方法的实践起到了积极的作用，它有力地推动了关于"朦胧诗"、人道主义等论争的深化，而对于崛起的80年代女作家群体的这一重要的文化现象的研究也体现了《当代文艺思潮》学术研究的敏感性，1982年第3期发表的张维安的《在文艺新潮中崛起的中国女作家群》，对这一时期的女性作家的创作进行了详细的介绍。同期还有刘慧英的论文《谈女作家作品的主题倾向》，对女性作家创作的独特性有所述。1983年第4期发表的吴黛英的《新时期"女性文学"漫谈》直接使用了"女性文学"的概念，从女性自我意识和女性经验出发确立女性写作不同于男性文本的美学价值，促成了女性文学批评的深入。1987年第2期的《当代文艺思潮》开设了"当前女性文学研究探讨与争鸣"栏目，发表有关女性文学的研究系列文章。1987年第5期《飞天》有专门"关于女性文学的讨论"。1989年第2期《上海文论》设有"女权主义"文学批评专辑，1989年第4期《批评家》推出"女性文学批评小辑"，收录不同研究风格的女性文学论文。1989年第6期《诗刊》开辟"女性诗歌专栏"，并就"女性诗歌"发表看法，为女性文学研究营造了良好的学术氛围。

第二节　作为"主义"的女性文学批评的理论开创

以译介的方式推动一种文化思潮的传播，是一个定位于现代性初始阶段的国家的常用方式，西方经典文本的选择与译介者的学术修养及引进时的文化背景都会影响一种学说的发展，西方的女性主义文学批评理论的内容源于激进的社会政治运动，它的学术体系与理论建构有一个历时性的发展过程，而我们是在共时性状态下进行文化研究和学术成果的转化。对西方的女性主义理论的广泛译介表达了对外来文化的渴求，从最初的大范围无选择性的译介，再到理论的应用和基础理论的建构，体现了学术研究的民族化和本土化过程。重视本身的历史、文化差异性，中国的女性主义文学批评走出了一条自我更新的道路。不同于五四时期女性解放的被动性的特点，新时期的女性主义文学批评具有自觉的女性主义视角，以主动的方式探索女性成长的历史轨迹，并积极建构女性主义文学批评的理论体系。

一　西方女性主义文学批评理论的积极引入

西方女性文学作品和理论的翻译和介绍成为中国新时期女性主义文学批评最初阶段的主要成果之一，这种译介活动开始时只是呈现为零星的状态，时间段为 1980~1987 年，此时的女性文学批评在整个新时期的批评热潮中处于边缘化的地位，这与它是后起的批评方法有关，也与长期以来存在的关于女性的观念有关，是女性在历史、文化中生存状态的真实反映。1988 年是新时期女性文学批评初见成果的重要时间点，此后的时间里译介文章不仅在数量上激增，而且在理论的选择上更加系统和全面，同时一批标志性的理论研究著作和论文也不断涌现。西方的女性主义文学理论是多元而复杂的，很难用一本著作来概括全部的理论特点，译介者的文化选择恰恰反映了西方女性主义理论的中国化特点。

西方女权主义理论早期译介者多为外国文学的研究者，他们对西方女权主义理论在中国的兴起起到了积极的推动作用，他们的译介活动主要体现在对具有女性主义意识的作家作品的介绍和对欧美的女权主义的基本观点的介绍，同时还有对女权主义理论著作的翻译。朱虹在 1981 年翻译了《美国女作家作品选》，这个集子的出版与她到美国的经历有关，80 年代初美国大学的妇女研究学科纷纷建立，从性别出发研究问题给了她很多启示，在阅读有关的美国妇女文学评论的基础上，就有了 1981 年的《美国女作家作品选》和 1983 年的《美国女作家短篇小说选》。在《美国女作家短篇小说选》"序言"中，朱虹介绍了美国女权运动的有关背景及对女性主义文学创作和批评产生的影响，她还介绍了女权主义理论中的经典著作，如伍尔夫的《一间自己的屋子》、波伏娃的《第二性》、贝蒂·弗里丹的《女性的奥秘》、凯特·米利特的《性政治》、桑德拉·吉尔伯特和苏珊·古芭的《阁楼上的疯女人：妇女作家和十九世纪文学想象》。可以说译者的女性意识是明显的，这对新时期的女性文学研究具有示范效应。以女性的角度来审视问题，学术研究就形成了不同的特点，也激发了对当代女性作家作品的关注。此外王逢振1986年发表的《关于女权主义批评的思索》及李小江的《英国女性文学的觉醒》都比较有影响。

一批西方女权主义理论著作的直接翻译直接为女性文学研究者提供了基础的理论批评话语。1984年出版的王逢振翻译的丹尼尔·霍夫曼主编的《美国当代文学》对女性文学概念、范围有一定的理论阐述。1986年西蒙娜·德·波伏娃的《第二性》（桑竹影等译）由湖南文艺出版社出版，标志着系统的西方女性主义批评开始进入中国学术视野，它带来了全新的女权主义认识视角，对于中国女性主义文学批评的发展影响深远。波伏娃的《第二性》是女性主义批评的重要思想来源，她使女性的后天形成成为一种共识。波伏娃的理论视野深入妇女形象形成的文化成因上，从而从文化的角度阐释了父权制对女性形象形成的压抑，她的女权主义观点与存在主义有着密切的联系，也为她的理论学说奠定了基本的人性色彩。她以历史性的视野对女性的生物属性、精神世界予以分析，通过父权制一元视角的分析，洞见了女性的命运。以对游牧时代、农耕时代、父权制时代、古代、中世纪至18世纪和法国大革命时代的女性命运的社会学分析，确认了女性从属地位的历史生成，提出女性解放的目标。《第二性》阐释的思想与方法奠定了女性主义批评的理论范畴和批评模式。1988年5月，四川人民出版社出版了贝蒂·弗里丹的《女性的奥秘》。这部著作改变了美国社会对女性家庭幸福的社会断言，认为女性的价值在于完美的女性气质的实现，女性不应该被束缚在家庭生活之中，她们应该与男性享有同样的社会权利。贝蒂·弗里丹对弗洛伊德主义进行了批判，言称女性的幸福不在于家庭，而在于社会价值的实现，只有走出家庭获得全面的平等，女性才能获得新生，有力地推动了女权运动的深入开展。《女性的奥秘》引发了美国女权运动的第二次浪潮，确立了女性的社会性别价值，为西方的女性主义文学批评提供了性别视域，使女性的差异性得到了确认。

1988年以来国内关于西方女性主义批评的译介文章逐渐增多，由1988年以前每年几篇文章发展到几十篇，对女性主义批评投入热情的学术刊物也对推广西方女权主义的学术观点起了积极的作用，西方女权主义理论研究的一批经典性著作相继出版，西方女权主义的众多流派得到了专门性介绍，1989年湖南文艺出版社出版了由胡敏、陈彩霞、林树明翻译的玛丽·

伊格尔顿编著的《女权主义文学理论》，该书对女权主义理论进行了历时性和分门别类的整理，从女性文学的传统、妇女与写作的关系、性别与文学的类型、女权主义写作的界定、女性写作的独特性等方面对女性主义文学理论进行归类，体现了女性主义文学理论的多元性。1989年上海三联书店出版了由王还翻译的伍尔夫的《一间自己的屋子》。《一间自己的屋子》是西方女性主义文学批评的早期著作，作者伍尔夫是英国著名意识流小说家，她为女性主义批评提供了最初的理论范式。她从19世纪以来渐渐发展的女性文学作品中，体悟到个体女性经验背后的群体经验的传承，并从小说文体入手分析女性创作空间的不易性。同时，伍尔夫列举了夏洛蒂·勃朗特创作《简·爱》的非常态和人们对待战争题材和起居室女性情感的不同，指出这种女人式写作具有非凡的意义，同时伍尔夫确认了女性写作传统的欠缺。伍尔夫借用柯勒律治的"双性同体"概念提出"双性同体"的写作观念，赋予莎士比亚和普鲁斯特完美作家的形象，她还号召女性从改变经济地位入手，从而成为真正的女性作家。1991年王逢振等编的《最新西方文论选》收录了肖沃尔特《荒野中的女性主义批评》等西方女性主义文学批评文章，并对女性主义批评进行了深刻分析。1992年时代文艺出版社出版了陶丽·莫依的《性与文本的政治——女权主义文学理论》，该著作阐述了激进女权主义的基本观念，对英美派和法国的女权主义理论都有批判性的解读，体现了西方女性主义批评反本质主义思想的学术路径。

  中国学者主编的西方女权主义理论和文学批评论文集也体现了对西方女性主义文学批评理论引进的成果。其中1992年张京媛主编的《当代女性主义文学批评》的出版可以视为用"女性主义批评"这一名称替代"女权主义批评"的一种转化。"女权主义批评"与"女性主义批评"是新时期中国女性主义批评研究者对西方女性主义理论译介的两种命名。"女权主义批评"的最初采用反映了这一批评方法与女权运动的深层次联系，也说明20世纪80年代的中国对这一批评方法的认同和对这一理论的运用处于介绍和挪用的阶段。正是从张京媛的这部著作开始，中国学界采用了"女性主义文学批评"这一概念，一方面说明学界对女性主义批评的认识转向温和态度，另一方面说明对这一西方的文化理论正处于本土化的经验转型和建构中。

从 80 年代初到 1995 年这段时期，因为译介者的努力与学术视域的开放，女性主义文学批评理论的翻译取得了丰硕的成果，不仅提供了一套独特的理论话语，培养了一批致力于女性文学研究的学者，更重要的是它打开了中国女性文学的空间，为女性作家的书写和批评者进行民族化的理论反思提供了工具。女权主义的英美派、法国派都得到了更加系统的介绍，一方面推动了西方女性主义思想的传播，另一方面极大地鼓舞了国内从事女性文学研究的学者，他们的学术研究也从简单的介绍西方理论开始进入提出自己的学术理论，并深入中国古代和现当代的文学传统研究的阶段，在审视女性形象的同时，寻找和构建自己的女性文学传统。

二 "主义"意识的自觉与元理论概念的探索

受西方女权主义运动第二次浪潮的影响，20 世纪 80 年代初对妇女文学的研究成为学习西方文化的必然结果，与一些女性作家对女性文学的理解不同，新时期女性文学研究者从一开始就具备基本的女性主义思想，他们是自觉的女性"主义"者，在对男权制的批判上与西方女性主义取得了一致，也正是在这样的一个基本理论前提下，他们开展了对传统文学史上女性形象的清理。批评家的文化选择显示了中国女性主义批评的能动性，对于女性文学研究的基本概念的探讨是对女性批评理论的原发性理解，是基础理论建设的起步。

"主义"意识的自觉是指新时期从事女性文学研究的学者，在批评实践上共同运用西方女性主义批评理论，其思想宗旨、理论诉求表现出对性别不平等的政治批判倾向，重在分析文学活动中的女性处于"第二性"的情形，形成一种以女性主义的理论观点来进行文学批评的批评状况，与五四时期女性文学批评缺失女性主体自觉性相比，这一时期的女性文学批评，显示出基于女性立场的批评自觉。对文学现象进行社会历史视角的分析是国内学术界惯用的批评方法，80 年代恰逢对历史文化的反思时期，对女性的命运思考自觉地汇入这一历史潮流中，对女性生存命运的反思正是女性主义文学批评的题中应有之义。新时期女性文学批评在开创期就出现了"女性主义"这一概念，1987 年孙绍先在《女性主义文学》中明确地在以往的"女性文学"概念中填入了"主义"二字,并以女性主义的立场对中国男尊女卑的文学传统进行了评析。此后的女性文学研究著作与论文,纷纷取女性主义的批判视角,从传统文学史中的女性形象入手,对男性女学传统进行批判,同时进行女性主义文学批评理论研究。李小江、朱虹、王绯、陈顺馨等人都是这一时期活跃的女性主义文学批评者,一些知名的女性文学研究者如刘思谦也积极转入女性主义文学批评研究中来。

女性主义元理论的探索主要表现在对基本概念的辨析上,这一工作属于新时期女性主义文学批评的基础理论建设工作。关于女性主义文学的基础性概念的讨论标志着新时期女性文学批评的兴起,它是具有元理论构建意识的,从对妇女文学、女性文学、女性意识、女权主义、女性主义、女权主义文学批评众多概念的理解与阐释上,反映出女性主义批评基本的学术立场和学术历史语境的变迁。对概念内涵与外延的不断清理和不同的学术阐述恰恰是文学批评活跃与进步的一种确认。新时期以来关于这些概念的争论一直没有停息,这也说明中国的女性文学批评本身有着持续稳定的学术命题,并显现出难得的从容与稳重的批评品格,这是新时期女性主义文学批评的独特品格。

对女性文学的理解通常是与"女性主义"与"女权主义"等问题联系在一起的。新时期女性主义批评最初对"女权主义"与"女性主义"两个概念的使用是不加以区别的。后因女权主义与西方原发性的政治运动有关,"女权主义"概念有更强烈的政治批判色彩,有作家对"女权主义"在中国是否存在提出质疑,由此引发了女性文学界的争论。作家张洁对女权与女性文学的关系、王安忆与刘索拉对妇女文学与现代主义的关系的分析都对中国是否存在"女权主义"持怀疑的态度,进而否定女性主义文学和女性主义文学批评的存在,与此不同的是海莹、花建在《FEMINISM 是什么?能是什么?将是什么?》中对此概念的肯定,文章指出在文化层面上"女性主义"/"女权主义"是女性经验的不断延伸和艺术形式的不断丰富。新时期女性主义批评家大多对"女权主义"思想持开放的态度,但在争论中认为,在从未发生女权主义运动的中国,使用"女性主义"概念较"女权主义"更为适宜。以 1992 年张京媛的《当代女性主义文学批评》为界,1992 年以后学界基本采用了"女性主义"的说法,并在对传统文学史的清理中实践着具备自身特色的女性主义文学批评。对"女性主义"和"女权主义"的辨析，使西方的女性主义文学批评在中国获得了认同，也意味着中国女性主义文学批评的合法性存在。

对"女性文学"概念的探讨一直是女性主义文学批评的重要内容，探讨的中心问题是"女性文学"这一概念的内涵所指。1983年吴黛英在自己的文章《新时期"女性文学"漫谈》中较早地使用了女性文学这个概念。她指出女性文学这个概念："在国外早已有之，但含义不尽相同。有广义的，泛指一切女作家的作品，也有狭义的，专指那些从妇女的切身体验去描写妇女生活的作品。"① 此后有一批文章从多个角度出发对这个概念进行深入的辨析，比较有代表性的文章是禹燕撰写的《女性文学的历史和现状》，张抗抗的《我们需要两个世界》，吴黛英的《女性世界和女性文学——致张抗抗信》，王绯的《女性气质的积极社会实现——读〈女人的力量〉兼谈女性文学的开放》《张辛欣小说的内心视境与外在视界——兼论当代女性文学的两个世界》，徐剑艺的《论新时期"女性文学"的超越》，刘慧英的《生存的思索和爱情的内省——谈女性文学的主旋律》。对于女性文学概念的不同理解，主要表现在从不同的角度出发来界定：一种是从题材角度出发对女性文学的界定。这种界定具有超越性别性，指的是所有反映妇女生活的作品，包括女作家的作品，也包括男作家的作品，如张抗抗持这种观点，她认为在这个意义上理解"女性文学"，用"妇女文学"这个概念更为合适；一种是从创作主体出发对女性文学的界定，即认为女性文学的作者必须是女性作家，女性作家的作品才是"女性文学"。如吴黛英就提倡狭义的女性文学观："狭义的一般指女作家的作品，有的定得更为严格，限定只有由作家创作的，描写妇女生活，并能体现出鲜明的女性风格的文学作品方能归入妇女文学。……我个人赞同狭义的概念，并认为，与其用'妇女文学'这一提法，不如改用'女性文学'。"② 吴黛英注重从性别的差异性上来强调女性文学的内涵，并试图从生理、心理的角度出发来确认这种差异；刘慧英的观念更为简洁和明了，她在《生存的

---

① 吴黛英：《新时期"女性文学"漫谈》，《当代文艺思潮》1983年第4期。
② 吴黛英：《女性世界和女性文学——致张抗抗信》，《文艺评论》1986年第1期。

思索和爱情的内省——谈女性文学的主旋律》中指出,"女性文学"主要是指女性作家所写的反映妇女生存感受的作品,这种生存感受主要是对生存和爱情的感受。20世纪80年代的形式主义文论也为界定女性文学提供了文本形式视角,即从语言、叙事、结构主义等视角来阐发对女性文学的理解,例如,陈顺馨的《中国当代文学的叙事与性别》对女性文学叙事方式有着较为独特的论述。

关于"女性意识"的争论也成为辨析何为女性文学的重要尺度,大多数学者认为女性文学重在表现女性意识,也有的学者对过多地强调女性意识是否有利于人格和谐发展提出质疑。对"女性意识"的关注使女性文学成为一种真正的存在,这种存在是对男性中心主义意识的批判,彰显出女性文学存在的价值。1981年朱虹在《美国女作家作品选》的序言中提出了妇女文学研究的一个中心就是妇女意识,之后也有很多针对"女性意识"的研究论文,如钱荫愉的《她们自己的文学——"妇女文学"散论》(1986年)、陈素琰的《文学广角中的一个世界——新时期女性文学论纲》(1987年)、陈志红的《走向广阔的人生——对新时期"女性文学"的再思考》(1987年)、彭子良的《新时期女性意识构成初探》(1988年)和《女性意识·贵族化·它的困境——换一种眼光看新时期的女性文学》(1988年)等,这些文章提出了对女性意识的不同看法。钱荫愉提出妇女意识是从事妇女文学批评的标准,妇女文学是具有妇女意识的作家的写作,凭借妇女意识她们发现自己在历史中不同于男性的地位;陈素琰明确提出女性意识是女作家创作呈现出不同魅力的根源所在;彭子良指出对女性文学这一概念的理解一定要从女性意识出发;陈志红则持不同观点,她反对一味地强调女性意识,主张人的意识的整体性发展。对于"女性意识"的讨论与探索,标志着新时期女性主义文学批评理论建构的自觉。

1995年后,关于女性文学的相关争论更加系统而全面,特别是一些批评家对性别批评的引入,如刘思谦和李小江对性别批评的不同诠释,为女性文学、女性意识的理解提供了更具学理严密性的理论视角,而伴随着后现代主义文论的广泛译介,女性主义文学批评的反本质实践也在展开,为我们认识女性文学的基本问题提供了更加开放的视野,也为中国女性批评理论的及时性整理和多元性建构提供了基础。

三　借西构体的尝试与大胆进取

新时期以来，中国女性主义文学批评在运用西方女性主义文学理论观照、阐释中国女性文学的批评实践中，进行着本土化女性文学批评的创构，即所谓"借西构体"。对中国传统文学男性作家笔下的女性形象的批判性解读、对五四现代女作家作品的重新阐释、对重写文学史的意义及其实践的探索以及对中国女性文学传统的寻找与发现，是中国的女性主义文学批评家借助西方的理论进行中国化批评创构的大胆实践。

审视中国传统文学中男权话语霸权下的女性形象即女性形象批评，是新时期女性主义文学批评"借西构体"的重要方面，批判性的视角使得女性主义文学批评独树一帜。孙绍先的《女性主义文学》是国内第一部以女性主义命名的学术著作，他强调文学文本的自身价值，对《陌上桑》《孔雀东南飞》《红楼梦》《三国演义》及明末清初的才子佳人小说等诸多作品进行女性主义的解读，特别是他提出的"双性文化"构想和"双性人格"概念具有开放的问题意识，彰显了女性主义文学批评不一样的历史发现。他善于对传统文化中的经典著作进行分析，同时对男性笔下的女性形象进行批判式的解读，这对于女性形象的解读是富有启发意义的。刘慧英的《走出男权传统的藩篱——文学中男权意识的批判》批判了男权意识在文本中的显现，她没有采取线性的历史叙事的方式，而是通过"才子佳人程式、诱奸故事程式、社会解放程式"三种故事模式的划分来进行女性形象的解析。李小江在《女人，一个悠远美丽的传说》中借用西方女性理论研究中的"妇女形象"研究，以中西比较的方法，探寻了中西文化传统中的"圣母——夏娃"形象与中国传统女性形象的异同。李小江将目光定格于宗法制的家庭制度，探究中国女性家庭观念的历史形成性，女性的形象、社会地位、审美经验都是紧紧围绕在家庭伦理视域下的，以西方女性主义立场发现了中国女性文学书写的特点。李小江的另一部著作《夏娃的探索——妇女研究论稿》对于女性形象的探索，则体现了文学研究与历史语境的关联性，呈现出一种历史逻辑性，对现代文学形象的研究具有借鉴意义。通过解读女性文学形象来批判文学中的男性中心，质询传统的审美批评标准和探寻女性文学传统是中国女性主义批评的重要目标。

五四时期出现了一个重要的女性作家群体，她们的创作体现了女性意识的变化，对于这些作家作品的解读成为时代的重要文化内容，传统的批评不能涵盖她们创作的丰富内容，而新时期西方女性主义批评理论的引进无疑为解读她们的作品提供了理论和方法。刘思谦的《"娜拉"言说——中国现代女作家心路纪程》以"娜拉"的女性立场出发，回顾现代女性作家在五四运动的感召下从事的表现女性意识觉醒的文学创作，刘思谦认为，现代女作家心路历程的独特性就在于女性意识的觉醒，而人的意识觉醒是女性意识觉醒的前提条件，这种认识奠定了她女性主义文学研究的人本主义色彩。刘思谦还通过对女性作家文本的解读，发现了文本语言对于女性的遮蔽——众多的现代女作家的作品采用了"我们"这种无性别差别的叙事，她运用西方女性主义文学理论，从中国文化传统的影响、现代女作家的创作心理等方面，对这种创作现象进行了分析与阐释。孟悦、戴锦华对现代女性文学创作的女性主义批评研究则综合运用了精神分析学、符号学等西学理论，对五四时期的女性文学创作进行了解读，她们合著的《浮出历史地表——现代妇女文学研究》是中国女性主义文学批评中标志性的著作，她们在该著作中指出，五四时代的女性作家群体因文化的断裂而浮出地表，为反思两千多年来的父权制社会提供了历史的契机。她们借用克里斯蒂娃的女性主义符号学和结构主义的理论，解读了鲁迅、茅盾笔下的女性形象，指出她们身上所具有的作家自己和男性群体的想象痕迹，同时指出女性作家使用的依然是男性意识明显的这一套话语体系。孟悦、戴锦华的学术视野非常宽泛，她们很好地吸收了西方女性主义文学批评理论与西方其他现代学说，以独特的学术视域与学术观点对现代女作家的历史功绩与历史局限给予了富有启发性与引导性的评价。

20世纪80年代初兴起的女性文学批评实现了批评的自觉与理论建构的统一，女性批评家借用西方的女性主义理论进行的积极的本土化实践，还表现在重写文学史的理论视域中，其批评摒弃了单纯的意识形态视角，走进了历史、文化的内部。从取得的成果来看，她们在重写文学史领域里取得了丰富的成果，为后来的现当代文学史实践提供了重要的学术参考。女性文学批评对重写文学史的热情也与当时中国文坛对于重写文学史的呼吁有关，《上海文论》在 1988 年开辟了重写文学史专栏，有学者将重写文学史追溯到 1985 年由钱理群、陈平原、黄子平三位学者共同提出的"20 世纪中国文学"的设想，他们希望通过将 20 世纪作为一个整体来进行研究，以打通现代和当代的联系。这种纵深的历史观为女性主义文学批评研究提供了一种新的借鉴：更加注重历史的全貌。中国 20 世纪 80 年代的文学观念是重写文学史的先声。随着新时期的到来，对"文化大革命"文学观念的清理成为一种历史的必然，而女性文学批评借用西方女性主义理论，对于中国文学史的观照，更是一种全新的历史解读。

80 年代末至 90 年代中期，一批具有重写文学史色彩的理论著作出版，其中较为有名的有：孙绍先的《女性主义文学》（1987）、李小江的《夏娃的探索——妇女研究论稿》（1988）、孟悦和戴锦华合著的《浮出历史地表——现代妇女文学研究》（1989）、刘思谦的《"娜拉"言说——中国现代女作家心路纪程》（1993）、盛英和乔以钢的《二十世纪中国女性文学史》（1995）、王春荣的《新女性文学论纲》（1995）、乔以钢的《中国女性的文学世界》（1993）和《低吟高歌——20 世纪中国女性文学论》（1998）、林丹娅的《当代中国女性文学史论》（1995）等。这些文学史论著作，在当时成为一种时代潮流，为中国的女性主义文学批评奠定了学理根基和存在的合法性基础，产生了广泛的影响。对于重写文学史的探索，女性文学批评者在方法上既采取了社会历史分析方法，又重视文本分析，史论结合，以史为主，史中有论。对综合性学术方法的运用，在女性文学和社会学等多重的跨学科视域下，形成了新的批评空间。社会历史分析方法在中国文学批评界富有传统，学者研究问题更加侧重社会历史、文化的分析，这与西方的女性文学批评的英美派有很多相近的地方，伍尔夫和肖尔瓦特的女性主义研究都采取了类似的方式。

重写文学史即是在历史清理中寻找女性的文学传统，这是中国女性主义文学批评在西方女性主义理论启发下进行本土化建设的重要目标，正如张岩冰所说："寻找女性文学传统是女性主义文学批评的一种必然趋向。"[①]

[①] 张岩冰：《寻找我们母亲的花园——当代西方女性主义批评的女性传统理论》，《河北师范大学学报》（社会科学版）1997 年第 3 期。

女性主义文学批评面对的不仅是男性作家笔下的女性形象,更要考察历史中的女性文本,并以迥异于男性批评的方式确立女性写作的主体性,从而打通女性阅读与写作的双重主体性。对此,林丹娅的理论建构富有代表性:"这不是一部断代史——她从历史混沌处而来,穿贯时空,于空白处,于无声处,鲜活而来,呈现她被塑的苦难与挣脱的意向——一个女性生命让我们重新认识的动态过程。"这是写在林丹娅的《当代中国女性文学史论》封面上的一段话,它很好地描绘了这部著作思想的起点,不仅融会了西方女性主义的理论,获得了一套女性主义的语码,同时对中国女性主义文学的阐释有一种理论色彩和观点的超越。林丹娅从语词结构、故事叙述、话语权力、成规与想象四个方面分析了女性被书写的历史,通过对造成女性边缘话语的传统文化批判的方式拒斥历史的无性书写,证明女性也有自己的声音,同时提出了"重构双性世界"的文化想象。双性和谐的建构思想一直是中国女性主义文学批评发展的一个重要思想资源和本土化特色。

借力于一批女性主义文学批评家的努力实践,中国新时期的女性文学批评从发声到系统理论的尝试并最终结出了丰硕的理论成果,西学的理论资源为她们提供了理论话语和理论框架,也为她们树立了坚定的女性主义意识,加之她们自身的学术经历与学术积累,都为一种西方理论的本土化尝试提供了思想的动力与源泉。

第三节 女性主义文学批评的文本实践与批评实效

新时期女性主义文学批评是中国女性文学批评现代性进程中的重要历史阶段,在这一历史阶段,女性主义文学批评者迅速集聚起来,形成一支热情高涨的队伍,以理论的自觉投身女性文学批评的实践活动之中,取得了显著的批评实效。本节仅从以西学为理论资源的文本阐释、发掘为政治遮蔽的女性文学创作、审美维度批评的开掘与推进三个方面来加以展示。

一 以西学为理论资源的文本阐释

在"拨乱反正"的80年代文坛,"反思"是一个关键词,反思文学是对历史的一次清理,具有寻找与呼唤为政治压抑的人性的重要意义。女性文学批评的实践也是从"反思"开始的,她们所具有的女性意识让她们的反思性研究变得生动而又超出常规。新时期女性主义文学批评的反思性研究是从文学文本的解读与阐释开始的,即从清理被歪曲的女性形象开始,对文学文本的女性主义视角的重读需要文学理论的支撑,传入中国的西方女性主义文学批评理论与西方20世纪其他相关理论,自然为中国的女性主义文学批评者所接受,并与中国女性文学批评实践密切结合起来。

> 中国女性主义文学批评终于在一个中西方都认同的立场上开始了自己的理论行程。……这个立场就是对男(父)权传统的毫不妥协的反抗。女性主义文学批评就是这一反抗从社会、政治、历史领域向文化、文学领域推进的结果。正是在这一点上,中国的女性主义批评家们与西方女性主义文学批评结成了一种精神上的同盟。①

正因为具有与西方的女性主义文学批评相同的批评立场,新时期女性主义文学批评对于文学史女性形象的重新解读以及对女性作家的文本阐释,接受了西方女性主义理论并以此为理论资源,西方的女性主义批评路径也为新时期文学批评所接受与采纳。

对宣扬男性价值观的文学史将女性形象塑造为"天使"或"魔鬼"的批判及对"坏女人"形象的辩护,是西方女性主义文学批评早期的批评成果与批评路径,新时期女性主义文学批评以此为借鉴,也以重读文学史、重新阐释文学史的女性形象为批评实践,取得了一定成效。1854年英国诗人考文垂·帕特莫尔发表了长诗《房中天使》,刻画了甘于奉献的家庭主妇形象,这一形象无疑承载着西方的男权中心文化思想,而在西方女权主

---

① 陈志红:《反抗与困境:女性主义文学批评在中国》,中国美术学院出版社,2002,第41页。

义代表人物伍尔夫的论文和小说作品中对男性所塑造的天使或是恶魔进行分析和刻画，从女性意识出发批判了父权制男性中心文化对于女性的这种歪曲性描写。桑德拉·吉尔伯特和苏珊·古芭的《阁楼上的疯女人：妇女作家和十九世纪文学想象》也对西方文学中被压抑与异化的女性形象进行了批判性解读与辩护。王逢振的《既非妖女，亦非天使——略论美国女权主义文学批评》，向中国学者提供了西方女权主义文学批评的理论及批评范式。朱虹以此为参照，对中国文学史的女性书写进行分析阐释，指出中国女性形象多是按照男性的愿望和理想塑造的，无论是古代文学中的女性形象，还是新时期的众多作品笔下的美好女性的形象大多是温柔娴熟、面容姣好、相夫教子的经典形象，是符合父权制男性的文化想象的"天使"，而有悖于封建伦理规范的女性就是"恶魔"。在"天使"与"恶魔"之名下的女性虽有很多别名，却跳不出男权制的中心统辖范围。陈顺馨在《"夏娃"与"圣母"的祭献——曹禺戏剧两极女性形象剖析》一文中指出无论是圣母型的愫芳，还是充满欲望的夏娃型繁漪都是男性审美经验的投射。女性主义文学批评还为那些在历史上没有好名声的"红颜祸水"进行辩护，并在这些女性形象身上寄予女性主义的同情与关爱。正如《简·爱》中的疯女人白莎在女性主义的解读下获得了更多的同情，中国古代文学中的潘金莲式的女性形象，在女性文学批评视域下，也获得了超越男性道德意识的关注，女性的欲望与体验获得了文学批评者的理论认同。孙绍先在《女性主义文学》中对古典名著中的众多女性进行了颠覆男权中心主义的解读。李小江、盛英、林丹娅、王春荣等都著书立说，在批判男权主义思想的前提下，给予女性文学形象合于女性主义理论主张的文本阐释，这些阐释为被男权文化误读的女性形象正名，极大地丰富了其形象的思想内涵。

对母亲形象的女性主义解读，是女性主义文学批评实践展开的又一收获。新时期女性主义文学批评，受西方二元论思想的影响，在具有鲜明的政治批判倾向的西方女性主义文学批评理论的导向下，重读了中国文学中的母亲形象。对于中国传统文学中的母亲形象，批评者分析出"慈母"与"恶母"两种形象，慈母如《岳飞传》中教导岳飞精忠报国的岳母、《杨家将》中的佘太君，恶母如《孔雀东南飞》中的焦母、《西厢记》中的崔夫人、《红楼梦》中的邢夫人，认为前者是中国儒家孝道文化的传承者，后者则是父权权威的代言人。对于现代文学的母亲形象，批评者给予更多的关注，如对张爱玲笔下的母亲形象进行了认真的解析，刘思谦在分析《金锁记》中曹七巧的形象时指出人物的经历："集中地概括了父权社会施加于女人身上的无声无息的残酷性，集中地概括了挣扎于这'残酷'下的女人的心理畸变与生命畸变的过程，也呈现出在一些女作家笔下被抽象化的'母爱'在一定条件下会是怎样一种可怕的'爱'。"① 林丹娅也专门论述过五四时期女作家作品中的母亲形象，她说："母亲角色作为女性本质，她总是、一直是作为客体、从属物被排斥于'父子血统'的或'同一'或'争斗'的主体历史之外，但实际上她有可能常常会被儿子们的父系血缘观念的'理'性所不忍拒绝的真实血缘关系所兼容——这是真实的人之'情'对'理性'的父系造成的一个不可避免的漏洞。"②

在西方的女性主义批评视域下，新时期女性主义文学批评还赋予文学作品中的"女儿形象"以新意。批评者认为，女性要改变作为男性的"他者"形象，就要从"弑父"开始，她们发掘文学作品中的父亲的女儿形象对父亲的反叛意蕴，并将之上升为对整个父权制挑战的高度来加以阐释。如《浮出历史地表——现代妇女文学研究》对作为父亲的女儿的形象进行深刻剖析，尖锐地指出，"女儿，父亲的叛逆之女，母亲的不孝之女，新文化之女"。批评者认为，五四的时代精神就是反传统，就是"弑父"，这一时期女性作家所塑造的具有叛逆特征的女儿形象是"弑父"的文学表征。女性曾是两千余年历史的盲点，在五四的反传统文学书写中，以女儿形象浮出历史地表，成为社会进步的一个证言。作为"父亲的女儿"这一重要的文化特征，这个时代的女作家的作品中都有一个或几个女儿的形象，这些女儿形象表达了这个时代女性挣脱传统枷锁的呐喊。批评家还认为，庐隐的困惑、冯沅君的反叛、冰心的爱之哲学、凌叔华的旧式女性的生存描写，都以女儿的身份写出了女性个体的时代伤痛与欲走向新生活的生命呼唤。

---

① 刘思谦：《"娜拉"言说——中国现代女作家心路纪程》，上海文艺出版社，1993，第317页。
② 林丹娅：《当代中国女性文学史论》，厦门大学出版社，1995，第115页。

对当代女性文学的女性主义视角的文本阐释,也是新时期女性文学批评的实践收获。1977年舒婷的《致橡树》在读者群中广为传播,舒婷以别样的爱情描写温暖了一代人,"木棉"和"橡树"的两性形象唤醒了女性意识的复苏,女性文学批评对此给予了热烈解读。盛英在《她们更向往现代文明——试论新时期女作家对社会人生的思考》中指出:"舒婷的《致橡树》以木棉自喻女子,当她向橡树致意寄情时,一再维护女性的独立品格,讳言依附和从属,也不赞同一味地奉献;不久,她又发出'宁立于群峰之中,不愿高于莽草之上'的呐喊,声威女性的尊严。"① 1979年张洁的小说《爱,是不能忘记的》发表,这是"文化大革命"后爱情题材的复归,小说将女性爱情与婚姻的思考置于人道主义的立场之下,从抽象的"人"的寻找到女性关于家庭、爱情、社会地位的思考,张洁用小说传达了她对爱情的理解,女性文学批评对于张洁作品中女性在爱情问题上的主体意识的觉醒与自觉给予充分肯定。吴黛英在1981年发表的《张洁小说艺术特色初探》中较早地论述了张洁小说中所具有的女性意识。此外,对谌容的《人到中年》触及的女性的职业与家庭之间矛盾的描写、张辛欣小说《在同一地平线上》《我在哪里错过了你?》涉及的女性渴望拥有自己的空间,减少对男性依附的意识展现,对于女性生存压力的关注,以及稍后的王安忆的小说《小城之恋》《荒山之恋》《锦绣谷之恋》和残雪的小说等,女性文学批评都给予了密切关注与跟踪式批评。

二 发掘为政治遮蔽的女性文学创作

在新时期文学观念变革的年代里,重读既往女性文学,重新评价既往女性文学作家,将此前由于政治原因受到忽视和湮没的作家及其作品发掘出来,使之散发应有的光辉,是新时期女性主义文学批评自觉承担的任务。"去蔽"是当时整个文坛的共识性活动,沈从文、老舍、废名、萧乾、钱钟书等一批作家的文学创作,即在"去蔽"活动中获得了重新阐发。女

---

① 盛英:《她们更向往现代文明——试论新时期女作家对社会人生的思考》,《天津社会科学》1989年第3期。

性主义批评家所从事的"去蔽"工作更为复杂，它要在去除男权中心话语对女性文学创作遮蔽的前提下去除政治遮蔽。发掘为政治遮蔽的女性文学创作，从时间段上看，它涉及50年代至70年代末为政治工具论所遮蔽的女性文学创作，涉及五四时期为民族解放的时代浪潮所掩盖的女性文学创作；从创作规律看，它涉及一直以来由于政治的强势而不被强调的基于女性特征的审美表达与审美追求（下一个问题将论及此点）。

50年代至70年代末，在"政治工具论"的认知导向下，女性作家在创作题材、语言等方面都与男性作家没有太大的区别，那是一个无性的年代，女性是"空洞的能指"，在"以阶级斗争为纲"的政治诉求占主导地位的年代里，作家小我的创作特色常常被忽视，女性作家的基于女性的经验创作更难以被普遍认可，一些富有女性特点，散发着女性光辉的文学创作或被漠视，或遭到批判。新时期女性文学批评将视线投入这些被遮蔽的女性文学创作，肯定其创作的文学价值，发掘其作品蕴涵的审美意蕴。王春荣在《新女性文学论纲》中以女性审美创造的历史性书写为视角，对茹志鹃、宗璞、杨沫等女作家作品体现出的女性经验进行了细致的解读。

五四时代是新女性出场的年代，女性以自我的体验反映了历史的变革，那里有女性自我发出的声音。回望新文化的历史时代，五四时代的新女性一起参与历史、文化的变迁，这些新女性有感于启蒙运动的思想浪潮，勇敢地走出了闺房，宣扬新的社会思想。五四时期又是民族救亡的关键时期，民族救亡是时代主题，随着民族救亡时代任务的迫在眉睫，文学也被委以民族救亡的重任，是否具有反封建与民族救亡的意义成为衡量文学的价值标准，女性的个体声音被包裹在时代的洪流之中。"五四女作家仿佛置身于来自时代语汇系统与自身经验双向的挑战之间。前者指向普遍的、群体的、无例外的一端，而后者偏偏指向个人的、特殊的、例外的一端。"[①] 在越来越明晰的文学为政治服务的思想导向下，后者例外的一端逐渐被淡化，甚至为前者无例外的一端所遮蔽。

新时期的女性文学批评重读现代女性文学，给被遮蔽的女性作家作品"去蔽"，"去蔽"的实践与成效主要体现在两个方面：一是对作品"去

---

① 孟悦、戴锦华：《浮出历史地表——现代妇女文学研究》，河南人民出版社，1989，第24页。

蔽",这包括两种情况,一种情况是重新读解知名的优秀作品,发掘其既往被漠视或被忽略的思想与艺术意蕴,另一种情况是将在现代时期文学评判标准衡量下被批判、被冷落的优秀作品发掘出来;二是对作家"去蔽",即将那个时期因政治评判标准的作用而未引起重视的优秀女作家发掘出来,重新评判她们的文学价值,还她们应有的文学史地位。

第一方面所取得的成效,可从对冰心、丁玲与萧红作品的重读来说明。对于冰心的作品,现代文学时期常从"爱的哲学"的社会背景和问题小说的角度来阐释冰心作品的意义,忽略了作家在表达时代女性共同面对的主题之外自我个性的东西。新时期女性文学批评重视冰心作为女性的审美体验和个性审美感受,对其作品重新阐释,如孟悦、戴锦华将冰心的创作归于"没有父权禁令的母女一体体验",为解读冰心的作品提供了女性个体内心体验的视角,让我们发现了冰心"爱的哲学"来源的女性视角,这无疑是冰心在大时代里个体的声音。刘思谦在论及冰心的"迷离的东方女性之真"时说:"她从围绕着她的爱的温馨中陶醉感悟,并且运用现代知识和理性思维将这份爱上升为终生不渝的宇宙观和人生信念,由东方传统的亲情之爱推己及人为普泛化的爱的哲学。"[①] 林丹娅在分析冰心作品中的母亲形象时指出,冰心正是借母亲的名义张扬了新女性观,她说:"冰心在其早期代表作《超人》中就用'青年''儿子'的视角,极为深情地颂扬了母亲,属于母亲才有的情感以及这种情感的力量。"[②] 这些论述都极为看重冰心身为女人的个性特点。

对于丁玲的作品,以往的政治性批评从时代的宏伟主题中截取丁玲作品所富有的时代意义,将她作品中的女性与茅盾笔下的新女性相比较,而没有看到丁玲是一位女性意识非常强烈的作家,新时期女性主义文学批评就丁玲的女性意识表现给予阐发与认可,揭示了她的作品对女性意识坚持与退却的创作轨迹。有学者指出,当丁玲笔下的莎菲发出"我只是一个女人味十足的女人"时,一种有别于社会标准的女性意识就已经诞生了,她的早期代表作《梦珂》《莎菲女士的日记》女性意识强烈,中期作品有所

[①] 刘思谦:《"娜拉"言说——中国现代女作家心路纪程》,上海文艺出版社,1993,第98页。
[②] 林丹娅:《当代中国女性文学史论》,厦门大学出版社,1995,第116页。

淡化，后期采用女性视角创作的《我在霞村的时候》《三八节有感》，是她的女性意识的一种复苏。刘思谦、孟悦和戴锦华都是从丁玲女性意识的强弱转换来分析她的创作的。

萧红的创作也是新时期女性主义文学批评家们关注的热点。在现代文学时期，萧红的创作曾被批评，批评者指责她创作题材狭小，没有表现革命和战争的实景，没有把握时代的脉搏。在新时期女性文学批评的"去蔽与重写"的视野中，萧红作品的文化价值得以显现。萧红对自由的向往热烈而执着，对"男权"的反叛富于矛盾性，但她却生活在一个如"铁笼"一般的环境中，"正由于这种历史的缺陷，肖红的悲剧沿着她生活的每一转折、每一抉择而走向深入。如今她已不仅是一个进步阵营中的作家，还是一个未被阵营承认的女人，一个未被时代和历史承认的性别的代表"[①]。批评者认为，正是由于这种边缘化的身份，萧红的《生死场》才显示了独特的叙事魅力，这是一种有别于主流叙事之外的"粗野叙事"，由此她写出了女性的历史命运。此外，现代文学时期对萧红作品的解读多采用社会—历史批评视角，忽略了萧红的女性感受，在女性主义批评家看来："女性经验成为肖红洞视乡土生活和乡土历史本质的起点，也构成了她想象的方式，当肖红把女性生育视为一场无谓的苦难时，她已经在运用一种同女性经验密切有关的想象——象喻、隐喻及明喻。……《生死场》正是这种源自女性心理的符号手段的扩大化和社会化。"[②] 此后的《呼兰河传》更是对历史的一次女性解读，她写出了那个时代男性作家所遗漏的女性的沉默。在新时期女性文学批评的阐释下，萧红的《生死场》《呼兰河传》等作品的价值重新得以彰显。

新时期女性主义文学批评重读现代女性文学在第二方面所取得的成效，可从对张爱玲、陈衡哲和白薇的重新评价得到证明。由于远离主流话语，才女张爱玲在正统的现代文学史上是缺席的，人们对她的认识只停留在通俗文学的层面上。张爱玲保持着相对稳定的写作姿态和独立的女性意识，她的《谈女人》洞见了女人历史的生存状态：我们生活中的文明是男

[①] 孟悦、戴锦华：《浮出历史地表——现代妇女文学研究》，河南人民出版社，1989，第182页。
[②] 孟悦、戴锦华：《浮出历史地表——现代妇女文学研究》，河南人民出版社，1989，第192～193页。

人的文明，超人只能由男人装扮，而超等女人在现实中是难以求得的，在任何文化阶段中，女人只能代表最基本的存在。受传统文化浸染的张爱玲创造了一个民族女性生活的神话，在充满荒凉色彩的神话里，张爱玲绘制了《沉香屑第一炉香》《倾城之恋》《金锁记》《红玫瑰与白玫瑰》等一个个女性王国，塑造了众多体现了男权社会中女人命运的上海故事和作为男权制文化的"他者"，写出了在历史交替时段的夹缝中生存的女性。新时期女性文学批评对张爱玲给予了极大关注，研究张爱玲的著作与论文众多，掀起了张爱玲研究热，这些研究肯定了张爱玲作品独有的文化特质，刘思谦曾言："她以平凡和世俗反超人、反英雄、反神话，她抓住了人生安稳的一面，以对人性的真实描绘揭开了女性神话那温情脉脉的面纱。"[①]林丹娅也指出："张爱玲，作为一个一直处于时代主流文化边缘位置上女作家的典型代表，她的本文倒是保有了一份较为完整、因而也是十分难得的真正属于自己的女性体验女性话语。"[②] 这些研究消解了张爱玲文学史缺席的状况，她的文学史地位迅速提升。

　　陈衡哲和白薇是五四时期的重要女作家，但在后来如火如荼的民族救亡运动中，她们很少被提及，因此慢慢淡出了文学阅读者的视域。实际上，她们对中国现代文学尤其是中国现代女性文学的发展做出了卓越的贡献，在白话文创作实践上很有代表性，陈衡哲的《小雨点》、白薇的《琳丽》等作品有着非常高的艺术水准。新时期女性文学批评对她们也予以关注，阎纯德在1981年发表了《陈衡哲及其〈小雨点〉》，对陈衡哲作品的独特性进行论述。1993年，盛英在《大陆新时期女作家的崛起和女性文学的发展》一文中指出：陈衡哲"看重和钟爱女性的性别特征，认为妇女应该将'为人'与'为女'统一协调起来"。[③] 孟悦、戴锦华在《浮出历史地表——现代妇女文学研究》一书中对白薇作品的细致解读可以视为一种考古式的发掘："在新文学第二代女作家中，白薇是少有的几个用女性的心灵而不是用中性的大脑写作的作家之一。这或许因为她的个人经历本身

---

① 刘思谦：《"娜拉"言说——中国现代女作家心路纪程》，上海文艺出版社，1993，第300页。
② 林丹娅：《当代中国女性文学史论》，厦门大学出版社，1995，第145页。
③ 盛英：《大陆新时期女作家的崛起和女性文学的发展》，《理论与创作》1993年第5期。

就如一部现代意义的女性小说或女性戏剧。"①

新时期的女性主义文学批评所做的学术研究正是一项"去蔽"的伟大工程,随着研究的深入,女性文学的传统不断地被清理出来,女性的文学史不断地被书写,女性文学所具有的独特的审美特点也不断得以彰显。很多学者是这项"去蔽"工程的贡献者,阎纯德的《中国现代女作家》、孟悦和戴锦华的《浮出历史地表——现代妇女文学研究》、刘思谦的《"娜拉"言说——中国现代女作家心路纪程》、盛英的《中国新时期女作家论》、林丹娅的《当代中国女性文学史论》、荒林的《新潮女性文学导引》、王春荣的《新女性文学论纲》等一批关于女性作家文学创作的批评实践勾勒出20世纪那些被政治遮蔽的女性文学创作的整体风貌,那些被过往文学史所忽略和误读的作家创作一经被纳入女性主义的批评理论话语中,就呈现出了独特的不同于以往的文本解读,在这样的文本解读中,中国女性主义文学批评的本土化理论得以建构。

三 审美维度批评的开掘与推进

由于长期以来政治话语是文学批评的权威话语,审美维度的文学批评一直未得到充分强调,在特定的历史阶段,甚至被有意遮蔽与消解。新时期文学领域的思想解放集中表现为去政治化,遵循艺术规律,重视审美自律,由此20世纪80年代中国掀起美学热潮和艺术创新热潮。与时代发展同步,新时期女性主义文学批评也积极进行着审美维度的开掘与推进,可以说,新时期女性文学批评起步就是一种审美批评;同时,康德、席勒关于美的自由学说和审美救赎理论所具有的人本色彩与女性主义终极价值诉求相一致,在掀起的美学热中很快为女性批评者所接受,一些女性文学批评家将审美视为解放女性的桥梁,认为审美可以促成完美人性的生成,而女性独立的前提就是完整意义上人的实现。如吴黛英著文《审美与妇女解放》,专门探讨妇女解放与审美的相互关系,通过分析审美与女性解放两者结合的必然性,得出"美在妇女解放"的结论,基于这样的审美理性认知,新时期的女性主义文

---

① 孟悦、戴锦华:《浮出历史地表——现代妇女文学研究》,河南人民出版社,1989,第159页。

学批评审美维度的开掘与推进,便成为一种自觉的理性行为。

新时期的女性主义文学批评审美维度的开掘与推进主要表现在以下几个方面。

改变传统的道德批评模式,对女性作家作品的审美特征进行研究,以此来确定女性文学和女性文学批评的合理性存在。1979 年张洁的《爱,是不能忘记的》一书发表,引发社会热议,热议大多来自社会学意义上的道德批评,集中阐释离婚是否道德的问题,而女性主义批评则关注作为女作家的张洁在作品中表现了怎样的女性审美视角。吴黛英在 1981 年发表的《张洁小说艺术特色初探》中提到了张洁小说中的感伤特点是作为一种审美因素存在的,同时她也谈到作家象征手法的运用赋予作品人物形象较高的审美价值,她说:"感伤在张洁的作品中既是一种基本的情绪又是一种审美的酿素。"[1] 张维安在 1982 年发表文章《在文艺新潮中崛起的中国女作家群》,集中论及了女性作家作品关于爱情、婚姻、家庭的独特审美视角与审美表现。李小江的《女性审美意识探微》是较早的一部专论女性审美特点的著作,她详细地论述了传统的艺术评价的标准,指出对女性艺术活动的审美评价的缺失,审美经验存在两性的差别,应该从女性与男性的差异性出发来确定女性的审美批评标准,确认女性的审美主体地位和独特的审美创造力。1983 年吴黛英在《新时期"女性文学"漫谈》中明确提出女性作家区别于男性的"女性风采",阐发了女性文学所具有的美学特征,她指出女性风采表现在女性在生活视野、心理素质、思维方式上与男性的不同,女性风采决定了女性文学具有独特的审美特点。在她的《从新时期女作家的创作看"女性文学"的若干特征》一文中,她对具有女性风采的女性文学的审美特征进行了归纳。从对女性个体作家审美表现的发掘,到对女性作家群审美特征的整体观照,再到"女性风采"概念的提出及对此概念的美学阐述,可见新时期女性主义文学批评审美维度的大致轨迹。这一阶段的审美批评主要研究女作家在题材选择、情节设置和语言运用等方面的特点,自觉地将女作家创作与男作家创作从生理和心理角度相区别,注重女性文本的情感特点和对爱情、婚姻价值的强调,以此来确立

---

[1] 吴黛英:《张洁小说艺术特色初探》,《求是学刊》1981 年第 3 期。

女性文学创作的独立审美特征，也可以说新时期确立女性文学的独立性和女性主义文学批评的存在合理性首先是从审美领域开始的。

　　基于对女性作家作品审美特征的发掘，对文学史进行重读与批评，肯定女作家作品在文学史上所具有的独特的审美价值。这种审美批评不同于简单的女性审美特点的归纳，它具有较强的批判性。当女性主义批评家对女性作家的创作进行阅读和构建批评体系的时候，她们发现传统的文学史对于作家的阐释往往与主流的审美经验有关，从而掩盖了多元化的立体的审美经验包括女性审美经验的呈现。很多评论家将过去的文学史写作称作"一体化"的文学史写作。前面提到，对于文学史的重写是新时期女性文学批评的任务之一，这种重写的一个重要方面，就是从审美视角发掘女作家作品的审美表现，给她们应有的文学史地位。文学史的重读包括古代文学史，也包括现代文学史。对于古代文学史，很多批评者对古代文学的女作家进行研究，总结这些女作家迥异于男性作家的审美书写。如乔以钢对中国古代女作家创作进行审美分析，概括出中国古代妇女文学的感伤传统，这一分析和归纳是精当而富有学术价值的；对于现代文学史，很多批评者则以批判的态度抨击了文学史书写者对于女性作家审美经验表现的漠视与遮蔽，并深入历史的内部，发掘女性作家基于女性特征的审美表现，对之进行理论确认和归纳总结。孟悦、戴锦华合著的《浮出历史地表——现代妇女文学研究》、刘思谦的《"娜拉"言说——中国现代女作家心路纪程》和林丹娅的《当代中国女性文学史论》等一批女性文学史著作都在此方面做出了积极的贡献。

　　诗化的语词选择与审美批评话语的生成，是新时期女性主义文学批评审美维度表现的又一重要特点。很多女性文学批评的文本修辞呈现出诗化的特点，显示出女性批评者独有的审美追求。女性批评者的著述，文思自然而流畅，既有历史演绎书写的低沉控诉，也有来自文本细读的惊喜发现。女性的文本批评往往可以深入女性作家的内心世界，批评转化为对话式的交往，又不失学理性的深思。如女性审美主体对于"镜像"的概括，既有历史中的李汝珍"镜花缘"的历史回响，又有西方精神分析学的影子，同时是对女性现实命运的形象比拟。女性主义批评话语有着跨学科的特点，研究者常常在历史学、心理学、哲学、美学、政治学中获取批评的角度，建构富有包容性的批评话语。女性主义文学批评审美话语的生成本身就具有审美意义。

第九章

全球化视域与中国女性主义文学批评的多元发展

21世纪之交,在中国计划经济体制转向市场经济体制的时代语境下,借助北京联合国世界妇女大会成功召开的强劲东风,中国女性文学批评进入全球化视域下的批评时代。在这一时期,中国女性文学批评在西学译介、理论研究的推进、批评的中国化实践以及中国特色的理论体系建构等方面都取得了富有时代特色的长足发展。

第一节 女性主义文学批评的全球化视域

一 世界妇女大会与女性主义西学译介再掀高潮

1. 世界妇女大会

世纪之交,中国的改革开放走到了又一个关键的节点,完成了由计划经济体制向市场经济体制全方位的转变。市场经济体制的建立是进一步深化改革开放的结果,它使得中国经济进一步打开国内市场与世界经济开始全面接轨,标志着中国现代化建设步入快速发展轨道。1995年世界贸易组织接纳中国为该组织观察员,中国正式加入WTO的日期为时不远,从某种意义上讲,这宣告了中国全球化时代的来临,是中国主动寻求全球化发展的主体性行为,展现出21世纪中国国家与人民面向整个世界的自信、信心与气度。在这样的时代背景下,中国迎来了1995年9月4~15日于北京举行的联合国第四届世界妇女大会（以下简称北京世妇会）的召开，同时迎来了中国女性主义文学批评的新时代。

北京世妇会的召开，无论对中国妇女事业的发展，还是本书论证的作为中国妇女发展事业重要组成部分的中国女性文学批评的发展，都是一次标志性的历史事件，这样认定的理由既基于会议自身对中国妇女事业发展的重要意义，更基于会议长时间以来的深远影响。北京世妇会在历届世界妇女大会中规模最为宏大，共有197个国家和地区的政府代表团，联合国系统各组织和专门机构，政府间组织及非政府组织的代表17600多人出席了北京世妇会，其中中国派出包括政界和学界在内的各界代表5000余人，会议规模史无前例，意味着新世纪妇女解放运动在世界范围内的更为蓬勃的发展。① 且按照惯例，联合国妇女地位委员会所属的非政府组织妇女论坛此前在同年8月于北京怀柔举行，作为联合国妇女大会的辅助会议，该论坛是民间组织讨论妇女问题的主要场所，以专题会议和各种讨论会的形式出现，出席人员高达31549人。② 这样总计有近5万名来自世界各地的妇女代表出席了北京世妇会。会议以"平等、发展、和平"为主题，讨论了妇女"健康、教育与就业"等问题；会议打破了西方白色人种传统意义上对世界妇女问题的代言性垄断，更多地彰显了世界发展中国家有色人种妇女的声音及她们的各种切身问题；会议议题的关涉面更广，切入更为具有现实针对性，涉及的利益人群也更多。这是一次名副其实的国际盛会，充分反映了全球化背景下多元并起的各国妇女解放的国际声音，无论是在中国，还是在世界范围内，都产生了相当大的影响。会议发表的《北京宣言》和《行动纲领》直到今天依然是联合国妇女地位委员会的执行纲领。从中国情况来看其影响力更是有目共睹，自这次会议之后，中国把进一步实现男女平等作为促进社会发展的一项基本国策，优化妇女发展的政治和社会环境，全面推进中国性别平等和妇女发展，努力促进联合国《千年发展目标》在我国的实现，北京世妇会将中国妇女事业更紧密地融入世界妇女运动之中。借此，中国女性文学创作与批评也迎来了进一步发展的新契

---

① 中央政府门户网站，http：//www.gov.cn/lssdjt/content_2478916.htm。
② 新华网，http：//news.xinhuanet.com/ziliao/2003-06/25/content_936402.htm。

机，它获得了与世界各国沟通的更加广阔的平台，全球化视域下的对话与交流更加便捷，理论建构与批评实践得以长足发展。

2. 女性主义西学译介再掀高潮

北京世妇会后，中国女性文学批评采用了"他山之石，可以攻玉"的策略，再掀译介高潮。

改革开放后对西方女性主义文学批评的译介，最早源于 80 年代对西方女性主义理论思潮的引介，这反映出中国的女性主义文学批评，一开始就有着构建批评理论的学理意识。在这点上，其起步的原点显然与西方女性主义文学批评不同。西方的女性主义文学批评是建构在女性主义解放运动和女性主义理论的双重基础上，尤其是西方长达百年的女性主义解放运动为女性主义文学批评提供了现实动力，这使得西方的女性主义文学批评在性质上成为西方女性主义解放运动之现实状况的回声与反应。而中国的女性主义文学批评却是一种致力于中国女性思想启蒙的方法与途径。事实上，80 年代的中国显然没有深达草根的女性主义解放运动，中国女性即便是在新中国的政治体制下依然没有摆脱被动的地位，虽然她们较之前的封建社会拥有了更多的自由与权力，其自由与权力甚至有了法律保障。但是，新中国成立后赋予女性的解放在本质上未能超出被动的政治解放，缺少女性自我主体性的深刻醒悟。所以，中国新时期的女性主义思潮依然是源于知识精英阶层的自上而下的大众思想启蒙，可以看成是五四对女性启蒙的接续和深化。改革开放新时期的女性解放思潮，其历史使命就是在女性作为行为主体的意义上，完成对中国女性的彻底启蒙，激发她们的主动积极的现实行动，实现对女性由主体意识到现实行动的充分解放。进入 21 世纪，在全球化视域下，中国妇女事业包括女性主义文学批评谋求更大的发展，欲向世界表达自己的观点、立场和希望。既然缺少女性主义解放运动实践的支撑，那就不得不寻求理论对实践的指导，所以与西方女性主义文学批评在女性主义运动实践中建构理论、以理论指导文学批评实践的路数不同，中国的女性主义文学批评直接译介西方理论，再图以理论指导文学批评实践。但是，这里有一个问题，那就是批评理论的选取应该符合中国的国情，所以中国学界对女性主义理论的译介有本土化再造倾向。这就导致了中国世纪之交掀起的女性主义西学译介潮流有个相伴相生的情形：一边直接将译介过来的女性主义理论应用于女性主义文学批评实践，一边借助译介理论试图完成自我理论的创生与建构。

在对西方女性主义理论的译介方面，80年代末伴随着整个中国社会拨乱反正的思想解放潮流既已萌动，第八章对此做了介绍。新世纪以来，伴随着中国学人对女性主义文学批评实践的现实需要，中国学者翻译西方女性主义理论著作的志向可谓日久弥坚。对西方女性主义文学理论的翻译，经历了80年代末90年代初西论中译的艰难起步，90年代前半期的波澜不惊，1995年后借着世界妇女大会和全面改革开放的助力变得蔚为壮观，更多的著作如雨后春笋般源源不断地被翻译过来。1995～2005年的十年间，中国学者放眼全球，翻译了众多西方女性主义理论著作，如有"女性主义圣经"之称的法国西蒙娜·波伏娃的《第二性》、美国凯特·米利特的《性的政治》、澳大利亚杰梅茵·格里尔的《女太监》、文艺复兴时期意大利出生的法国古典女性主义者克里斯蒂娜·德·皮桑的《妇女城》、英国伊莱娜·肖瓦尔特的《她们自己的文学：从勃朗特到莱辛的英国女性小说家》及美国的罗斯玛丽·帕特南·童的《女性主义思潮导论》等。2005年之后的十年，对女性主义理论作品的翻译更是热潮不减，而且出现了精益求精的重译风。这一时期，《第二性》《女性的奥秘》《女太监》等均被重译，尤其是《第二性》被一译再译，竟然有3个译本，分别是1998年陶铁柱译本、2004年李强选译本及2011年郑克鲁全译本，其中郑克鲁先生是中国法语界执牛耳的翻译大家，他本身并不是女性主义研究专家，由此可一窥女性主义著作翻译的火热程度，也足见女性主义理论的影响何其深远，早已超越了女性主义研究自身的圈子，被整个学界所广泛接受。正是由于这些鸿篇巨制的热译，中国女性主义文学批评才越来越具有学理可信性，1995年之后的批评文章才能够更多地引经据典，在论说逻辑和批评范式上才能够与世界范围的女性主义研究相互交流和对话。西学译介，西论中化，为中国的女性主义文学批评走入世界提供了言说机制的保障，这也是在全球化视域下中国女性主义文学批评获得的显著成果之一。

二 女性主义文学批评中的两性关系新阐释

在中国步入全球化的时代,西方女性主义理论的译介影响着中国的女性主义文学批评,从西方译介批评术语运用于批评实践,仍然是中国女性文学批评的批评路径之一。这一时期女性文学批评最为核心的问题,是在对西方批评术语译介的启发下,结合中国实际进行的对两性关系的重新定位与重新阐释的批评活动。

从中国现实来看,新中国成立后一直强调男女平等,"十七年"时期及"文化大革命"中更是有过之而无不及,这实际上是以男性的社会标准来要求女性,其结果是女性与男性的性别差异被人为地抹除,女性成为被动的中性人,主体自由与自我意识无从谈起。而且,片面强调男女同工同酬,女性往往付出更多,因为她们一方面走出家门在社会上承担着与男人相同强度的工作,另一方面下班后回到家却又不得不为柴米油盐的家务所累。这样的女性解放彻底变成了一种政治上的被解放,思想意识形态依然是封建社会遗存下来的男尊女卑。在新时期,女性文化与女性文学研究者对中国妇女这种解放模式进行了认真反思,女性主体意识在反思中觉醒,被译介过来的西方"女权主义"概念因而受到热捧;此后,因中国缺失产生"女权主义"的土壤,有学者对此提出质疑,争辩中西方被译介过来的较为温和的"女性主义"为中国大多数学者所接受,取代了"女权主义"概念;90年代以市场经济为主导的新的社会生存模式出现了,在市场经济的商品大潮中,女性又面临成为被男性观看的消费物的可能,两性关系在新的社会现实面前,需要新的认知。在这样的时代背景下,中国的女性主义一方面反思批判新中国成立以来中国女性的解放道路,主要是对追求形式上男女两性绝对平等的、充满了激进女权主义色彩的性别认识给予了否定;另一方面,在追求男女平等的目标下,积极探索符合客观实际的两性关系的新认知,在接受西方"社会性别理论"的基础上,提出"双性和谐""双性声音"的理念,承认性别差异,倡导与男性建立一种平等的和谐的社会关系。这就呈现了女性批评的核心术语由"女权主义"向"女性主义"再向"社会性别理论"的转变,甚至在当下又出现了"妇女主义"

的新说法。"女权主义"的隐退，揭示出女性主义者或性别研究者对于两性关系理解的变化。

值得注意的是："女权主义"和"女性主义"相对的翻译原语其实是一个词，拿英文来说都是 feminism，有的中国学者认为是汉语误译，有的则认为是误用于日语翻译，其实是翻译选择的问题，来源于不同的翻译原则与理念，也受到时代语境的影响。中国学界起初将 feminism 按照意译的原则翻译为女权主义，是关注到了西方女性解放运动对女性权力的欲求。争取社会参政权、教育权、财产权等这些权力色彩十分突出的运动，用来概括西方女性主义第一次浪潮是恰当的，用来界定中国五四时期一直到"十七年"这一阶段也是恰当的。但是，若继续沿用这一传统命名，用来指西方后来的第二次女性主义浪潮和第三次女性主义浪潮，以及中国改革开放后的女性主义启蒙潮流就不那么准确恰当了。因为这个翻译显然忽略了20世纪六七十年代以来，世界女性主义运动不断高涨中出现的更丰富的内涵，除了权力，女性主义运动诉求的东西还有很多，如性别平等、性爱自由、生存空间与意识解放等。大体说来，第二次女性主义浪潮致力于对传统女性身份的批判，主要是反思批判传统文化中有关"女性"的社会意识形态是如何形成的，这一时期最典型的理论批评著作是波伏娃的《第二性》，指出女性不是天生的，而是由父权制社会文化所塑造的；第三次女性主义浪潮，则致力于在多元的文化视野中，重新建构各种女性身份，致力于平衡男女两性之间的关系、女性与女性之间的关系及女性与自然之间的关系，到目前为止最经典的理论著作是美国酷儿理论的代表人物朱迪斯·巴特勒的《性别麻烦》，否认性别的固化式存在，强调在具体行为中在流动变化样态下的性别身份，从而为多元的性别身份提供了存在的合理性。酷儿理论既可以平等彰显族裔文化中不同的性别文化，又可以自由显现群体中不同个体的性别选择。

当中国的女性主义文学批评拓展至全球化视域的时候，当发现西方女性主义当下形态的不断发展变化之后，固守"女权主义"这一批评术语显然是不合时宜了。而且，即使单就中国女性主义的现实状况来看也已经不合时宜。改革开放后，虽然中国当时还没有明显成型的女性主义社会运动，但从意识形态上看，由于新中国的成立早已在法律上赋予了中国女性以政治、经济、教育各个方面的性别平等权,使得中国女性主义已经在事实上走出了五四时期的性别争权时代,以致连西方的女性都要羡慕中国女性短时间内获得如此广阔的平等权,连法国的女性主义批评家朱莉亚·克里斯蒂娃和波伏娃都曾经怀着深厚的兴趣在70年代分别来到中国,研究中国妇女的生存状况。克里斯蒂娃甚至专门写了一本著作《中国妇女》。中国女性的解放既然已经取得了政治权力上有目共睹的成果,再继续使用"女权主义"这一批评术语,不但不合时宜,更显得咄咄逼人,缺少合理性。新时期至新世纪,中国女性解放的任务是如何在与男性和谐相处的基础上,完成自我主体意识的深层启蒙,进而完善女性自身的身份建构,祛除被解放的超现实痕迹。

正是基于以上所述的中国和世界女性主义发展的现实情况,同时基于重构两性关系秩序的时代需要,中国的文学批评领域中才出现了女性主义批评之核心术语的转向。80年代至90年代初期,中国学界较多地使用"女权主义",此后多使用"女性主义",近年来,"社会性别理论"以更包容的理论视域成为女性文学研究的热点问题,理论研究的"性别"视角甚至取代"女性"视角为更多的女性文学研究者所采纳。此外,由于世界有色女性主义族裔批评的日益升温,"妇女主义"在族裔文学和族裔的女性主义运动中也不断被使用。该词诞生于白人女性主义批评话语开始遭受非裔女性主义质疑的20世纪70年代末,由美国著名的黑人女性主义作家普利策文学奖的获得者爱丽丝·沃克最先提出。在沃克1979年出版的《寻找我们母亲的花园》中,她第一次使用了"妇女主义"一词。但是这个词沉寂多年,直到90年代族裔女性主义大规模兴起,才被更多地使用。"妇女主义"主要用来强调少数族裔女性的权利,提倡女性主义在身份话语和权利利益上的多元化和差异化,反对传统西方白人女性主义的唯我独尊的一元中心主义话语霸权;除了两性关系,亦强调女性与女性间的关系。"妇女主义"带有后现代女性主义批评色彩,是第三次女性主义浪潮的产物。"妇女主义"一词,21世纪以来亦开始越来越多地在中国学界出现,但最初仅限于外语界尤其是英语文学批评的小圈子,后来逐渐向其他学科的女性主义研究圈扩大,其使用频率目前大有提升之势。至于未来该词的意义是否能够与中国本土的女性主义话语批评相匹配,如参照以往外来批评术语的本土化植入和移植的发展惯例,其乐观前景实在是值得期待,很可能被用来涵盖中国国内边缘女性群体的身份话语诉求。与"女权主义"和"女性主义"相比,"妇女主义"强调的重心由注重女性主流文化群体的权利利益转向注重女性亚文化群体的生存境况及自由。显然,"妇女主义"向女性主义批评话语中心的位移,显现了女性主义运动及其思潮不断拓展深化的情形。

世纪之交的中国女性主义批评在对历史的反思与批判的基础上,否定了那种无视女性自身特性与男性绝对保持等同的做法和观念,开始张扬女性的生理性征,提倡恢复女性的自我意识,寻求女性真实的自我。除了在批评术语的使用上,由强调"女权"向"女性"向"性别",甚至是"妇女"的越来越柔和的向度转变,中国的女性主义文学批评在21世纪还明确地提出了"双性和谐"及"双性声音"等理念。1995年中国学者万莲子在当年的《文学自由谈》第4期上提出"双性和谐"的概念,提倡"由差异而来的和谐",明确反对使用西方的"双性同体"概念,主张以"双性和谐"替代,并将其上升为具有全球战略的文化期待,由建构两性和谐,进而期待世界和谐。① 万莲子的主张不断获得支持,到1998年,基本形成中国女性主义批评显要的群体主张,"1998年在全国女性文学研讨会前夕,会议组织者曾以'我的女性观'为题向获奖的作家和评论家征稿,绝大部分人都不约而同地在文中提出了'双性和谐'的思想"。② 此后的十多年,"双性和谐"的具体理念被众多的学者不断充实,逐渐成为具有中国本土化特色的批评术语。确实,"双性和谐"更具有中国传统文化的底蕴,中国文化的精髓就在于讲究自然和谐的天地大道,主张天下万物阴阳和合,互动互补和谐共生。承认阴阳差异,强调和合共生,中国文化中自古就包含了对他者存在感的尊重。"双性同体"是西方女性主义在反对西方传统的二元论思维基础上提出的,女性主义著名理论家弗吉尼亚·伍尔夫首先将其运用于女性主义文学批评中,用来证明女性也具有男性的特质,目的在于消除两性差别、提高女性地位,主要用来针对社会思想习俗

---

① 万莲子:《掇拾"双性和谐"的文化意义》,《文学自由谈》1995年第4期。
② 陈骏涛:《关于当代中国(大陆)三代女批评家的笔记》,《东南学术》2003年第1期。

上的女性卑微低能和弱势论；后来历经艾莱娜·西苏和朱莉亚·克里斯蒂娃等人在各自著作中的进一步强调和论证，成为西方女性主义的经典理论之一。"双性同体"的核心主旨在于抹除性别差异，而在此基础上经过中国学者的本土化建构，与中国的传统文化相融合，生成为"双性和谐"，在宗旨上就发生了变化，由抹除性别差异转换为承认性别差异，印合了中国文化中的"和而不同"，纳入天地自然阴阳双生互动互补的自然伦理之中，更具有生态和谐的全局观念，比"双性同体"在境界格局上更为高妙，也更符合第三次女性主义浪潮中的生态女性主义思想。批评术语从"双性同体"到"双性和谐"的转化，可谓一次非常成功的中国女性主义文学批评的本土化建构的事例。它不但成功地融合了中国自己的历史文化思想，也与西方第三次女性主义浪潮相衔接[1]。

三 女性主义文学批评的多学科视野

加入 WTO 后的中国，经济快速进入全球一体化时代，以紧急转弯进入消费主义肆行的市场经济之后，亦突然面临现代性的种种问题，主要是现代社会伦理关系的重构、人与自我及与他人之间的现代性冲突、社会发展失序造成环境污染和生态危机等。在人文领域里，西方社会在几百年的现代经济发展过程中逐渐遭遇的各种震荡、流变与危机，中国的人文学者却不得不因为现代性的突然来临，在短时间内必须仓促面对。而且中国的人文学界各个领域，同时都在面对着全球化时代的社会生相，都在努力地对差不多共同的问题给出思考、辨析与解答，尽管各有各的角度，但是由于面对同样的现实问题，就有了跨学科合作的可能。这样的情境表现在女性主义研究方面，就是社会学、政治学、历史学、心理学、艺术学、文学甚至是精神病学等共同为女性主义研究做出贡献，促成女性主义研究的跨学科发展，也潜在地对人文通才有着渴盼。而在一个学科门类的内部，自

---

[1] 西方第三次女性主义浪潮的最新态势是生态女性主义，强调人与自然万物之间的和谐关系，自然包括人与人之间的和谐关系，也包括男性与女性之间的和谐关系，由此男性由女性主义运动批判的父权制体系相脱离，成为可以和女性一起对传统父权制文明进行批判的同盟军。这是西方女性主义批评在两性关系上的新阐释。

然也会出现跨界的研究现象。就中国女性主义文学批评来看，这种跨界的需求自然同样存在，一方面是为了解决面临的全球化时代共同的问题，另一方面是彼此需要借助其他各领域针对这些共同问题而产生的研究成果，于是就有了批评领域跨界组合的必然欲求，也就有了女性主义文学批评多学科视野的发展。

21世纪以来，女性主义文学批评的多学科视野融合特征主要表现为以下方面。

首先，女性主义文学批评理论本身对于各学科新理论、新方法的兼收并蓄。女性主义文学批评理论体系处于不断生成之中，不断吸收融会来自哲学研究、历史研究、文化研究、生态研究和社会学研究等各个学科领域的成果，并不断与各个学科新的研究成果相嫁接与融合，既能生成新的女性主义文学批评流派，又能不断生成新的批评方法。如与精神分析、后现代、后殖民、结构主义、解构主义、新历史主义、赛博主义、生态主义等源发于不同学科领域的理论和方法结合，促成了精神分析女性主义文学批评、后现代女性主义文学批评、后殖民女性主义文学批评、结构女性主义文学批评、解构女性主义文学批评、新历史女性主义文学批评、赛博女性主义文学批评和生态女性主义文学批评等繁杂的女性主义文学批评视域。而且一些西方理论刚刚萌芽即被译介到中国，并应用于中国女性文学批评实践，中国学者对西方理论进行本土化批评实践得出的成果，反过来丰富了世界的女性主义文学批评。如近年来为中国学者接受并迅速涌现出众多成果的生态女性主义文学批评，就成为中国女性文学批评新的理论增长点，这样的努力使得中国的女性主义文学批评具有了自身学科发展的更多可能性。

其次，中国女性主义文学批评本身是一个多学科共鸣的话语场。改革开放30多年来，在中国从事女性主义文学批评的主要是两支生力军，一支来自外国语言文学界从事女性文学研究的学者，另一支来自中国语言文学界从事女性文学研究的学者。这两支队伍虽然研究的文本对象、研究的视角和研究的方法论略有不同，但是这并不妨碍他们彼此呼应与默契合作。除了女性主义文学批评自身的多学科视野外，中国女性主义文学批评的热潮还带动了其他学科的女性主义研究，1995年后在其他学科获得越来越多的响应，哲学、音乐、美术、电影艺术、社会学等学科的女性主义批评也先后开展起来。这些学科的研究成果反过来进一步促进了中国的女性主义文学批评，哲学学科对女性主义理论的透彻研究，社会学对女性主义运动的探讨与激发，各艺术学科对女性主义先锋艺术形式和女性主义审美的创作研究，均为女性主义文学批评提供了源源不竭的理论与方法论的源泉。女性主义研究在这样众声喧哗下彰显了自身的价值与力量，成为多学科携手共进的显学。21 世纪女性主义批评的这种多学科共鸣态势，若追究其发轫的根本原因，主要是市场经济与世妇会的共同主导。北京召开的规模空前的联合国世界妇女大会极大地催发了中国女性的主体意识，在北京世妇会的影响下，同年中国学界与妇女界即召开了多次女性主义研讨会议，使 1995 年成为中国女性研究史上最为粉红灿烂的一年，被学界公认为"女性年"。自此，一种开放的视野使中国女性主义文学批评成为多学科同场共鸣的批评舞台。

最后，从具体的文学批评现象来看，21 世纪以来女性主义研究成果亦包含了多学科跨界融会的特征。下面仅以 1995 年发表的一些有关女性主义文学批评的论文成果为例。中国女性主义文学研究者林树明，分别在《外国文学评论》和《中国比较文学》上发表了《女性主义文学批评的糊涂账》及《女同性恋女性主义批评简论》两篇文章，涉及女性主义运动中的同性恋话题，在当时可谓相当前卫，应对了世界妇女联合会所属怀柔会议上的同性恋话题；同年《中国比较文学》还发表了中国作家协会湖南省作协骆晓戈的文章《文学女性与妇女文学》，该文将中国的宋代著名女词人李清照与美国当代著名的女诗人普拉斯等进行了对比研究，这篇文章所涉猎的这两位女性作家，分别属于中国古代文学和英美文学两个学科研究的范畴，从研究对象的角度彰显了中国女性文学批评的多学科视野；北京师范大学李世涛[1]、湘潭大学外语系罗婷[2]等文章力图在多学科的研究视野上，对西方女性主义文学批评进行整体的梳理与把握；另外一些学者则力图选取恰当的视角，将西方理论移植嫁接到中国的女性主义文学研究

---

[1] 李世涛：《行进中的沉思——西方女性主义文学批评述评》，《中华女子学院学报》1995 年第 4 期。
[2] 罗婷：《当代法国女性主义文学批评简论》，《湘潭大学学报》1995 年第 2 期。

中，如陈虹的①，借用西方的女性主义理论对中国女性作家王安忆和张洁等人的作品进行了女性主义批评；在陈虹的文章发表之后，《文艺评论》又发表了季广茂的②，从两性关系的角度对女性主义批评进行了批评的质疑和反思，这亦可以看成是对西方女性主义理论的批判性吸收。

第二节　女性主义文学批评立足世界的本土化建设

　　中国文论虽有几千年的历史积淀，但是当下文坛的女性主义批评从基本概念、理念到整个理论体系，却都是从西方横向移植来的舶来品，自然与中国文化存在天然的基因差异。与其说是移植来一种批评理论或批评方法，不如说是移植来一种解放思想，因为女性主义批评理论在80年代的这次来临，与改革开放思想解放的时代环境密不可分。这种理论能够在中国批评界生根立足，并被应用于文学批评实践，最重要的历史原因是中国走入全球化时代，为这种理论的生存营造了与其本土历史环境相似的现代性境遇，正是现代性对个体解放的共同欲求为其提供了生存动力。而其在理论阐释和文本批评实践中的运用能够发展成为21世纪的中国女性主义文学批评，并在中国文艺理论界和批评界占有一席之地，则是因为中国女性批评家做出卓有成效的使其本土化的工作。任一鸣在其《女性主义文学批评与中国本土特色》中指出："中国女性主义文学及其批评的产生和发展，它的背后有着民族的、时代的、世界的多重文化背景的叠印；是由中国女性在中国文化传统中的性别境遇的中国特色所决定的；是由中国特定历史情景所提供的具有中国特色的时代可能性决定的；是由世界女性主义的共同宗旨所决定的"，所以"中国女性主义批评是具有中国特色的，而非西方的"③。那么，中国的女性主义文学批评是通过怎样的本土化策略，来实现中国特色的批评实践的呢？为了更清楚地说明问题，此节专门分析发生

---

① 陈虹：《中国当代文学：女性主义·女性写作·女性文本》，《文艺评论》1995年第4期。
② 季广茂：《这文学，怎一个"女"字了得？——给女性主义批评泼点凉水》，《文艺评论》1995年第4期。
③ 任一鸣：《女性主义文学批评与中国本土特色》，《中华女子学院学报》2005年第1期。

于这一时期的颇有影响的身体批评,借此展现西论中化以及中国女性文学批评本土化建设的情形。

一 西方身体批评理论的中国化读解

中国女性主义文学的身体批评是伴随中国文坛的"身体写作"热而兴起的,最初是关于"身体写作"现象及相关创作和文学作品的批评,后来"身体"的含义在批评实践中日益扩大,除了女性身体的生理和心理层面,也涵盖身体的政治权力与思想自由等各个方面。20世纪八九十年代陈染、林白、卫慧、棉棉等一批新生作家的创作①,描述了女性的生理、性欲、爱恋等女性的生命体验及个人私密化生活,他们的作品被称为"身体写作",这个命名是1996年诞生的,"批评家葛红兵在《山花》发表《个体文化时代与身体型作家》一文,首次提出'身体写作'"②。身体批评也是这一时期的标志性事件,批评理论从西方引进,但批评文本却根植于中国文坛的身体写作热,与90年代后的社会政治经济及意识形态状态相应和,具有中国女性主义文学批评本土化的特色。在全球化时代,尽管理论引进于西方,但是中国依然保持了自己的理论解读与实践应用,对舶来的身体批评理论进行了符合本土化批评需求的移植与嫁接。

1. 身体批评的西方文化传统

身体批评,理论源自西方,渗透着西方的文化逻辑,表征着西方的政治经济秩序。19世纪以来对身体的关注裹挟在马克思的政治经济学批判、尼采的权力意志批判、法兰克福和伯明翰的文化批评及法国结构主义批评这些此起彼伏的社会思潮中,最终在60年代末形成清晰的后资本主义文化批判中的身体转向,并在80年代获得多学科的广泛响应形成持续高涨的批评热潮,性别和身份话语批评成为身体批评的主要焦点,后时代的女性主

---

① 有关"身体写作"常被提及的作品有:陈染的《私人生活》及《与往事干杯》,林白的《一个人的战争》及《说吧,房间》,卫慧的《蝴蝶的尖叫》,棉棉的《糖》及《盐酸情人》,九丹的《乌鸦》,木子美的性爱日记;此外,还有2000年创刊的杂志《下半身》,及春风文艺出版社出版的"阅读身体系列丛书"等。

② 罗四鸽:《"身体写作"日渐升温 学界反思激烈争论》,《文学报》2004年5月13日。

义批评和身份政治批评成为时代宠儿。根据结构主义者福柯的权力话语理论、阿尔都塞的询唤理论和阿伦特的极权主义理论，不难发现：在西方的文化传统中，身体历来被视为一种政治，权力系统需要对其施加一种管理技术，于是对身体进行一系列的监禁、规训、控制和支配，使其与权力系统形成应答关系，促使被统治者对权力的规训形成自我内化，这就是权力对主体的询唤功用，是权力机制得以运转的一个基本保障；在某种程度上，被权力询唤的主体并不完全拥有自己的身体。而完全拥有自己的身体，无疑是自我解放的需要，在后现代掀起的反启蒙理性反工具理性霸权的思潮中，使主体如何在真正意义上拥有自己的身体，获得自己身体的自由支配权，从而成为真正的意识主体，这样的追求成为对抗机械理性霸权和资本异化的手段。身体的抗争，对抗着马克思所揭示的资本主义大生产造成的人性异化，也对抗着马克斯·韦伯所论述的宗教理性和霍克海默及阿多诺所批判的工具理性的霸权逻辑，展示出重构资本主义后时代文化秩序的雄心壮志。

　　整个20世纪后期，在西方战后的世界文化中，无论是嬉皮士文化、朋克文化还是酷儿文化，几乎所有的大众文化无一不热烈地体现着身体对感性，尤其是对自我欲望的深切回归。在尼采高呼"上帝死了"，巴特断言"作者死了"，福柯击毁了历史、知识与权力的神圣三位一体，德里达解构了逻各斯中心主义的魔咒，德勒兹掀开了语言牢笼中的意义逃离线之后，身体成为一个大众文化时代的浮萍，在消费主义大行其道、媒介文化上天入地的时代，这个身体成为社会文化中最能吸引眼球的表演物，它既不依附于宗教，也不依附于真理，更不理会伦理与道德，只是一个浸淫在七情六欲氛围中的等待着被自我主体成功抓住的漂浮物。然而，身体的触觉，甚至每个毛孔都是政治的，它张扬着主体对自我权利的诉求，自我要成为对身体具有主宰能力的存在者。身体批评的政治性在于重整父系文化的山河秩序，在于打破由柏拉图洞穴说所奠定的逻各斯中心主义统治，在于拯救父系文化的沉疴痼疾。

　　后理论时代，女性主义对身体的研究取得了令人瞩目的突破，极大地推动了身体史的研究，学界认为，"最近，较好的身体研究是由女性主义完成的"。① 女性主义对身体的认知消弭了存在主义者波伏娃的文化焦虑，同时一扫弗吉尼亚·伍尔夫的经济忧愁，丢弃掉西苏、伊瑞格瑞和克里斯蒂娃等人对女性先祖回归的渴望与无限怀念的乡愁，将女性的身体化为自我意识表达的操演场。在罗兰·巴特的差异身体之后，后理论时代的朱迪斯·巴特勒理论中的身体显然被抛入身体狂欢的高潮时代，这个身体力图自由地游走在两性之间，其身份命名具有极端的不稳定性，超越了文化语言在此之前对身体的所有定义，更把西蒙娜·波伏娃的女性主义理论从对女性定义的执着中拯救出来，巴特勒的身体根本不理会父权社会夯定的语言秩序，也无意于西苏的女性之身体书写，并大力穿透了伊瑞格瑞的性别象征域，打碎父系语言之家中的性爱秩序，在语意所指抵达之途的述行游走中，拨动漂浮的能指，按照自我主体的意愿，令身体自由地在象征界滑动，这个被能指力图抓住的身体，既可以是女性，也可以是男性，或什么性别都不是，它只是它自己，拥有自己的欲求。在巴特勒的论证中，性别是父权文化的一种发明，被以性别界定了的身体更是一种文化建构，对于身体来说，性别不具有一成不变的对这个具体身体的标记作用。纯粹物质性的身体要与主体自我欲望高度结合在一起，当欲望抓住了这个身体的时候，恰恰显露出尼采的那个灵性的肉体，那便是具有主体欲求的身体。

综上所述，身体批评是西方现代社会反逻各斯中心主义，反对启蒙理性，拯救人性异化，重回世俗人生的文化批判。女性主义的身体批评融会于整个 20 世纪的文化批评之中，与时代文化批评大潮中的身体转向相应和，其实西方女性主义的身体批评本身就是这个大潮中的一部分，是整个西方社会文化发展的必然结果，尽管女性主义在不断地挑战男权社会，但是其本身却逃不出是男权文化发展到一定历史时期的产物，女性主义恰恰是男权社会文化的一部分，这是女性主义的宿命，这个宿命告诫着身怀女性主义梦想的人们，女性主义不可能重新自创一个与男性社会毫无瓜葛的新社会体系，所以女性主义自身也要破除二元中心主义思维范式的禁锢，采用斯皮瓦克所倡导的"寓居其中"的身份策略，善于与这个既定的社会

---

① Roy Porter, History of the Body, Peter Burke ed, *New Perspectives on Historical Writing*, Pennsylvania: Pennsylvania State University Press, 2001: 207.

秩序内部的反叛力量联盟，才能够不断积聚从其内部突围的足够力量。

2. 身体批评理论的特征及中西差异解读

以上提及的一些身体批评理论家，在创发这些理论的同时，也将它们应用于自己的文学批评实践，若站在女性主义立场上应用这些批评理论，就形成了文学中的女性主义身体批评实践。即使那些没有把自己的身体批评理论应用于女性主义文学领域的人，也同样通过他人对他们理论在女性主义文学批评中的应用，为女性主义文学身体批评做出了理论贡献。而那些直接将自己的理论应用于文学批评实践的理论家，在文学批评的实践中进一步阐发完善了自己的理论。所以，西方的女性主义文学身体批评具有三个不同于中国的特点。

第一，西方的女性主义文学身体批评具有厚重的理论渊源。在这样的理论渊源的影响下，经典文学中对身体及其相关事务的描写具有文化的厚度，对欲望的批评也具有哲理之思；在女性主义文学批评与创作中，身体是政治立场的表达，是个体权力诉求的展现。无论是希腊雕塑，罗马神话故事，还是文艺复兴时期裸体油画的繁盛及解剖学的兴起，甚至是黑暗的中世纪时代的宗教绘画，各种各样的裸体形象、蕴涵的性别叙事及观感体验都表明西方社会对身体的关注历史悠久，所以女性主义对身体的书写并不会像在中国90年代那样，在某种程度上成为商业炒作的噱头，也不会像在中国改革开放初期那样有关道德水准问题，也不具有中国五四时期那样的伦理冲击力。身体批评通常被看作是一种标榜差异的身份权力话语的表达，是后现代元批评之后众声喧哗的他者小叙事之一，是一种主流文化外的亚文化抢镜。身体批评同女性主义其他的批评现象一样，一如既往有着自身诞生的文化逻辑。总之，西方女性主义文学的身体批评，与中国90年代出现的女性主义身体批评相比，最显著的不同就是：在理论根脉上，它是西方文化的自生物，与西方整个的历史政治文化相连，有着西方文化厚重的理论资源；而中国的女性主义身体批评在理论来源上则是舶来品。西方的女性主义身体批评在诞生那一刻就是土生子，而舶来的中国的女性主义身体批评，在合法身份上，则需要本土化建构，需要将西方的理论思想灌注为符合中国社会实际需要的中国文化下的本土化弥合、阐释与实践运用。

第二，西方的女性主义文学身体批评具有社会批判功能。这个批评的目的是希望社会在文化范式的根本模式上发生彻底改变。身体批评与同时代诸多的后理论批评分享着同样的理论根基，就是对一元主义为中心的二元论，即对逻各斯中心主义进行批判，又称元批判。后现代身体批评的最重要特征就是反本质主义的元批判。为什么叫元批判呢？就是对整个文化建构的元叙事不信任，从其建构起来的根本逻辑、理念和命名等诸多根基性元素进行批判，这些根基性元素构成了文化认知的元叙事，是整个父系社会文化认知建构起来的合法性基础。[①] 例如巴特勒认为社会文化历史上对性别仅存在男女两性的命名，是源于一种无视性别多样性事实存在的排他性命名，其目的是确保二元对立而以一元为中心的父系利益，这种命名的约定俗成仅是父系霸权强力作用的结果，并不是符合事实的物质性存在，更不是真理性表达，它仅仅是父系语言系统无视事实的偏执叙事，因为事实是除了男性与女性之外，还有其他性征的人群存在，他们在父系语言系统中显然无法被命名为"男性"或"女性"，但是这样的身体确实存在，而且是纯粹物质性的存在，只不过为了父系权力秩序的需要，这样的身体存在遭受命名的遮蔽和排斥，此外，按照同样逻辑被遮蔽的还有异性恋之外的同性恋、多性恋和无性恋等这些酷儿之恋。并且，即便是"女性"的命名，在巴特勒的论证下也是排斥了"女性气质"的存在。[②] 就这样，身体批评直接解构了性别，直接摧毁了历史积淀下来的对"女性"进行嫌恶、排斥、诋毁的叙事，因为"女性"的命名首先不具有合法性，这些语言暴力也就根本不具有与事实相对的真实性，因为父系的语言实际上是先于物质的，无视纯粹的物质性存在的事实，简直就是虚妄的言说。[③] 身体批评直接抨击整个文化秩序得以建立的语言逻辑，其杀伤力之强表明其目的并不在于社会改良，而是在于解构，是要解构整个文化的认知结

---

① 关于元叙事批判，可以参见利奥塔的《后现代状况：关于知识的报告》。
② Butler, Judith, *Bodies that Matter: On the Discursive Limits of "Sex"*. New York and London: Routledge, 1993: 28-30.
③ 对此，巴特勒的表述是："对于性别差异，我们可能会本原性地认为物质先于话语，但却最终发现物质充分积淀于性征与性象的话语，因为它们预设并限定了'物质'这一概念的使用。"参见 Butler, Judith, *Bodies that Matter: On the Discursive Limits of "Sex"*. New York and London: Routledge, 1993: 30。

构,这与利奥塔在《后现代状况》中的元批判立场是高度一致的。如果说先前各种女性主义批评侧重于修订男女两性的关系、以平等的原则重新分配两性的政治权力的话,以西苏、伊瑞格瑞、巴特勒等人的女性主义理论武装起来的后现代身体批评,则致力于直接从文化根基上解构父系社会的权力建构,摧毁其语言之家。身体批评从性别角度冲击了父系社会历史秩序的合法性,使父系社会的权力话语叙事面对继续生存的合法性危机。所以,西方女性主义身体批评显露出强劲的社会批判功能,显然中国女性主义身体批评对社会文化的质疑要温和得多,因为其从来没有从根本上反叛整个中国文化的历史性合法地位,其批评的目的在于进行社会改良,且更多的是在于促使女性自身性别意识的充分觉醒,其批判的矛头从五四时期一直到当下针对的都是几千年来的封建意识,调节的是两性伦理关系,女性致力于寻求的是在整个文化中拥有一个恰当的位置,而不是摧毁整个社会的文化建构,相反的,中国的女性主义身体批评常常要从历史文化中寻求自身合法性的存在,例如 2014 年出版的《姐妹镜像:21 世纪女性写作与女性文化》[①]、2011 年出版的女性主义身体批评著作《身体写作与文化症候》[②],以及诸多学术论文,身体写作被视为文化现象的表达,汇入消费时代的乌托邦,显然西方的女性主义批评理念到了中国被转化为中国本土化建构下的理论应用。

第三,西方的女性主义文学身体批评具有理论的持续创生性和社会运动的支撑。身体批评在西方是理论与实践高度结合的产物,一方面与文学批评实践相结合,另一方面与社会运动实践相结合。理论在这些实践中得到运用,同时实践也为理论的进一步发展提供了源泉。在西方,知名的女性主义批评家,通常也是作家和女性主义社会活动家,他们一边创作文学艺术作品,一边从事文学批评和理论创造,还一边参加女性主义社会运动,这是西方女性主义几百年来一贯的历史性传统,当下从事身体批评的女性主义理论家自然也不例外。波伏娃、

[①] 张莉:《姐妹镜像:21 世纪女性写作与女性文化》,中国社会科学出版社,2014。
[②] 陈定家:《身体写作与文化症候》,中国社会科学出版社,2011。

西苏、伊瑞格瑞、克里斯蒂娃、斯皮瓦克、巴特勒等人的理论皆与文学批评实践和社会运动密不可分,如当下最为著名的女性主义后现代身体批评大家朱迪斯·巴特勒将自己的理论视为酷儿运动中酷儿写作的一部分。这种情形充分地说明了,西方的女性主义文学身体批评在社会运动的支撑下,具有理论持续的创生性。事实上,无论是身体批评的理论,还是其他的女性主义理论,都与西方的女性主义运动不可分割,理论与实践的互动,为各种女性主义批评理论的持续生成提供了宝贵的土壤。理论与理论所处的本土语境的一致性,也对理论的异域移植提出了挑战,那就是如何使移植的理论适应新的环境。所以,中国对这些理论的引进,必须最先做好的工作就是实现本土化。

相比于西方,中国运用其身体批评理论不具有原生态自身逻辑的理论创生性,而是拥有理论意义与运用范畴上的转化生成性,即理论经中国的本土化运用获得再生(注意,不是创生),但是这种经过移植或嫁接的再生不具有本原的创造生发性,而是不同语境的再创造,这种再创造与原生态保持一定的相似性,通常保持同样的叙事逻辑,但是意义在具体所指上会发生变化。这是因为中国为身体批评提供了与西方迥然不同的批评语境,所以使得理论在意义的所指上发生变化,概括来讲,它指向中国自身相应的社会情形。即便是全球化时代,理论可以拥有空间维度上的自由流转,但是却无法确保不同空间下理论在意义上的一致性,这也是空间的不可完全交通性,变化总是不可避免,空间的漂移常常导致似是而非。如果用波德里亚的文化理论来解读这种现象的话[①],那么在空间漂移的过程中理论存在着一种拟像与仿真,理论成为可复制的仿制品,事实上不拥有绝对永恒的不可变更性。因为拟像与仿真,作为可复制文本的批评理论,在空间穿越中解构了自己原有的神圣面目,在原有语言系统的内部,诸多维持自身稳定的同一性受到破坏,释放出不同文化语境下的解读可能,也使其客观上具有了在异域生存的能力,那就是首先使自己成为不同主体话语的表达范式或言说工具。

[①] Jean Baudrillard, *Simulacra and Simulation*, Trans. Sheila Faria Glaser, Michigan: University of Michigan Press, 1995.

二 中国女性主义文学身体批评的本土化实践

1. 身体批评的历史溯源、现状及时代境遇

这一时期在文学批评领域兴起的身体批评，主要是应用诸如上述的西方相关理论进行。从批评类型学和方法论的历史角度探查，并不是有史以来的第一次。中国女性主义文学的身体批评，最早可以追溯到五四，西学东渐的第一次译介高潮时期，同时代欧美的女性主义批评理念及女性解放思想被及时地引介到中国，促成中国女性主义文学史的写作热潮，也在某种程度上催发了女性写作热潮，诞生了一大批熠熠闪光的五四女性作家。当时正值西方女性主义运动的第一次浪潮，在身份政治上，西方女性渴望获得以人格独立为基础的政治权利、经济权利和教育权利，中国女性则刚刚获得自我意识的初步觉醒，致力于摆脱封建社会的人身依附关系。中国的女性主义身体批评与当时的救亡图存的反封建运动相结合，以西方的女性主义理论武装自己，力图从封建家族伦理关系中获得人身自由，当时以自由恋爱和自主婚姻为主张，首先渴望解除的是与封建家庭的伦理依附关系，而不是像西方那样争取政治、经济、教育的法定平等权。并且，中国女性的解放在那个时代就形成了由男性支持和力主的特色，那不但是一个以男性为主体的解放时代，也是一个以男性批评家为主体的女性文学批评时代，这样一种执行主体与受益主体不对等的解放与批评模式影响深远。虽然到了80年代在中国女性主义批评的第二次浪潮中，中国女性担当起女性主义文学批评的主体角色，但是直到90年代后中国进入全球化的时代，中国女性主义的身体批评依然没有像西方社会曾经经历的那样把批判的矛头直接指向男性群体。

在全球化时代，女性成为文学中身体批评的主体，也成为身体批评的主要对象，在身体批评的话语体系上，主体与对象第一次在性别上构成了对等关系，因此这一时期的身体批评具有女性对自我意识进行检视反省的特色，这种反省的进步性表现在以独立的人格意识重新审视中国社会传统中男女两性的关系。从身体批评的主体对象来看，不得不承认，中国女性始终与男性在身份意识上保持着一种利益界限不清的暧昧关系。这种暧昧关系致使中国女性的主体意识无法从对男性的黏着和依附中剥离出来，对男性的暧昧心理使得中国女性的主体无法获得有如西方式的彻底倒戈男性的解放，中国女性的主体独立和意识解放必须处理好与男性的复杂关系，甚至必须主动去帮助男性也获得自我独立意识的解放，而不仅仅是像在新旧民主革命时期那样受惠于男性对自己的帮助，获得一种被动的民主政治解放，这也是中国的女性主义文学批评在90年代中期会形成双性和谐的共识的另一个原因。两性关系暧昧不清的现实状态源于中国人的自我主体意识觉醒的不彻底性。中国人的个体意识在明末清初萌芽[①]，但不断遭受少数族裔封建强权的压制与帝国主义侵略的破坏，后来又被民族解放和国家建设的宏大叙事所遮蔽，自我意识始终没有获得人格意义上的完全觉醒。几千年的封建宗法社会使得中国人有家有国而无我，女性在这样的文化场域中就更是无我。无我的混沌意识即使是到了全球化后的现代中国，也依然没有获得彻底改变，中国女性时至今日，依然会有显见的人群去甘愿做达官显贵的"二奶"，甚至存在着所谓的"二奶村"，这说明中国女性远没有获得人格的完全独立，仍然处于非完全自我主体化的生存状态，金钱至上的消费主义浪潮使女性与男性的暧昧依旧。木子美现象、郭美美现象、中国男性是否配得上中国女性的网络大讨论，所展现出的自我人格变态、人生观病态、自我价值迷失等，从不同角度注解了中国女性与男性关系暧昧的传统。

　　在中国，这种暧昧关系从文学批评的表征来看，五四时期女性主义解放浪潮的矛头指向封建社会的伦理规约，而在全球化时代其批判的矛头则指向消费主义大众文化的乌托邦。从这两个时期文学作品的表述与批评中，不难看出中国女性先是在封建礼教中挣扎，后是在消费主义文化中挣扎。与西方相比，中国女性受到的来自男性的压迫更为隐秘，女性对父权管束的内化性更为深厚，女性本应对男性特权的反抗，不是消弭在礼教的规训中，就是消弭在金钱的欲望中，总不是明明白白地显露在对文化本质主义的否定中，所以90年代以来的中国女性主义身体批评不具有反文化本

[①] 王影君：《综论中西文论融合之初现与儒家思想变迁》，《沈阳工业大学外语学报》2011年第2期。

质主义的色彩，讲究天地人浑融一体，阴阳两性相辅相生的中国文化事实上也确实在本质上不是单单仅为男性言说的，女性的身体及女性主义身体批评在这样的文化中必然拥有不同于西方的时代境遇。

在身体批评的时代境遇上，中国的身体批评以消费主义浪潮泛起为历史背景。90年代中期，中国加入WTO，进入全面市场化，消费主义时代来临了。随着消费主义时代的来临，被消费的除了商品，还有欲望。在商品流通统领的时代，物欲横流激发了人们对金钱的欲望，在金钱的冲击下，传统价值观失衡，身体首先成为商品肆虐的目标，一个人的身份价值在陌生的公共空间中被商品所标记，对商品品牌的追求成为物质主义至上的标签。为了购得更多的商品，占有更多的社会资源，金钱成为人们欲望的载体，为了追逐更多的金钱，女性的身体亦成为牟利的工具。女性的身体一边向广告宣传屈服，一边向男性的欲望屈服。无论是向广告屈服，还是向欲望屈服，都是向金钱屈服，都是以物欲放逐自我的主体意识，被消费社会所摆布，女性的审美观、价值观、幸福观任由这些商品欲望所影响、塑造和驱使。消费主义时代的商品在建构新的社会价值的同时，自然带来传统价值的失衡与传统性别观念的松动。消费主义的狡诈还在于它甚至能够利用与传统间的对比张力，为自己制造噱头，女性主义的身体写作热就是这类的噱头之一。中国几千年来对身体的保守主义倾向，使得文学中公开展露的女性身体和被渲染的性欲最容易成为夺人眼球的商品，这使得西苏所主张的女性书写，在中国既是女性主义的主体创作行为，亦逃不开消费社会的商品化运作。这使得中国文学中的女性主义身体批评面临较西方更为复杂的境况，甚至有被男性欲望所稀释和利用的威胁。当然，反之亦然，女性同样可以借助商品化的运作，使载有自我主体意识的女性书写利用市场欲望的驱动，被更为广阔的读者群所接受。在这样复杂的历史境遇下，中国文学中的女性主义身体批评显然肩负着更为重要的作用。

尽管身体写作可能有使女性从解放到堕落为商品的危险，但是从事实效果来看，女性的身体写作对男性的冲击力远远大于对女性的危险。这点可以通过一次著名的学术会议获得辅助证明。文学批评界对90年代以来的身体写作现象始终保持关注，随着身体写作的声势日隆，社会各界的关注不断热起，最终以高水准专题学术会议的形式，展开了群体激辩式的批评与讨论。2004年4月10日,《文学评论》、首都师范大学文学院、《文学前沿》在北京联合召开"身体写作与消费时代的文化症状"的学术研讨会,对文坛上的身体写作现象进行研究和讨论,会议聚集了钱中文、童庆炳、张颐武、朱大可、孟繁华、陶东风、叶舒宪、高小康、汪民安等当下知名的50多位中国学者和文学评论家,各派观点众家纷说,在学术界和批评界引起震动,同时吸引了媒体的争相报道。《文学评论》《文学报》、新华网、网易等新闻媒体和学术期刊都刊发过相关文章,其中《文学评论》发表了会议综述①,《文学报》发表了记者罗四鸽的会议报道《"身体写作"日渐升温 学界反思激烈争论》②,新华网以《专家会诊"身体写作"》③为题转发,这些有代表性的文章读起来饶有兴味。会议综述罗列了一堆男性学人的观点,其阳刚立场下对女性身体写作的审度非常形而上,充斥了不少哲学论证;相反,罗四鸽的文章则显得更为细致精巧,娓娓道来。非常明显,这是阴阳两性的评论,男性化的评论充满质疑与焦灼,女性化的评论则表现出客观与从容,这两篇评论从另一个侧面展现了两性间对同一事物立场的"争夺与战斗"。④ 此次会议产生了轰动效应,其意义同样令人瞩目,本次会议在客观上赋予了身体写作以当代文学创作思潮的文学史地位。十几年来身体写作和研究批评的热潮不减,诸如《身体写作与文化症候》⑤ 这样的学术批评专著和文章不断问世,这些充分证明了这一文学史地位的确立无疑。此次会议影响深远,为身体批评树立起文坛风向标。此次会议虽然以男性为绝对主体,女性主义学人的声音微乎其微,但是鉴于身体写作与女性主义密切的关系,可以推知女性主义研究通过身体写作对传统文学审美价值发出的冲击的轰动效应,很好地扩大了自己的影响力,使中国的女性主义批评走向整个文坛,身体写作迫

---

① 贺玉高、李秀萍:《"身体写作与消费时代的文化症状学术讨论会"综述》,《文学评论》2004年第4期。
② 罗四鸽:《"身体写作"日渐升温 学界反思激烈争论》,《文学报》2004年5月13日。
③ 《专家会诊"身体写作"》,新华网,2014年5月17日 http://news.xinhuanet.com/book/2004-05/17/content_1473910.htm。
④ 会议上孟繁华发言,他认为消费主义时代后,文学作品身体写作的主角由男性换为女性,这种现象是支配、控制与认同的文化政治,是一场对女性身体的争夺与战斗。参见《文学评论》2004年第4期会议综述。
⑤ 陈定家:《身体写作与文化症候》,中国社会科学出版社,2011。

使男性作家与学者不得不重新审视女性,审视女性与男性,甚至整个社会与文化的关系,不管他们的观点保守还是开明,纷纷表露出对身体写作的震撼。

2. 身体批评理论在文本批评中的本土化实践

在北京那次著名的学术会议上,面对中国文坛空前热闹的身体写作现象,从与会者的发言来看,尽管陶东风呼吁,"解释中国的'身体'问题如果只套用这些外来理论显然是不够的,中国的'身体热'有它特殊的语境"①,但是我们发现汪民安、朱大可、张颐武这样的著名学者依然在不断地"套用"西方的外来理论表达自己的批评立场。为什么?因为中国文论的传统批评话语在面对消费社会的身体热时出现了语言的匮乏,一时运用中国自己的批评语言难以达到有效的批评效果,但欧美比我们更早地进入了现代消费社会,他们的文化历史上已经积聚了有效的批评语言,尤其是面对骤然兴起的现代社会里独具的社会现象时,在中国传统文论没有获得有效的现代化转化的情形下,除了选用西方的现有的理论作为批评武器,似乎别无他选。如今距离那次会议上的思想交锋,整整十年过去了,中国当下的身体写作热潮也有了20多年了,一直以来我们能够使用的批评理论却依然是西方的,只是把它们应用得更合手而已。或者说,为了使西方的理论更适用于中国社会的不同语境,中国学界对这些理论进行了中国化的解读与改造。确实,中国学者在女性主义身体批评理论方面做了不懈的本土化努力,其努力见于以下几个方面。

第一,理论是舶来品,文本却是本土生产,所以在女性主义文学的身体批评中,一般对理论做选择性的译介与整理。这些被以本土化标准重新归纳阐发的批评理论,往往在学界可以形成共识性,并以通识的知识面貌被应用到文本批评的实践中去。最典型的理论就是波伏娃《第二性》中的女性批评理论,其实中国学界很长时间内译介的并非全本,通常被使用的是该著作的第一部分,这种情形不由得使人记起严复译的《天演论》,也不是全译本,只是为了中国社会现代启蒙的需要,译了含有"物竞天择、

---

① 贺玉高、李秀萍:《"身体写作与消费时代的文化症状学术讨论会"综述》,《文学评论》2004年第4期。

第九章　全球化视域与中国女性主义文学批评的多元发展

适者生存"思想的那一部分。对西方理论有选择的译介针对中国自己的社会现象，根据中国自己的批评需要，解决自己的批评问题无疑是选译的根本原因，这样的做法就是西方理论本土化的操作，而且还是不成文的约定俗成的惯例性系列运作。另外，与西方那些著名理论家的做法不同的是，中国批评家以本土化为主旨，在进行身体理论的文本阐释与批评的过程中，往往不侧重以文本挖掘理论自身的思想深度，而是以相应的理论挖掘文本的文化深度，目的在于对文本所反映的社会问题进行有效批评。侧重文本批评，着眼于社会问题，这就是身体批评理论在中国的实践之维。中国的女性主义批评家，较早感知到身体写作的独特意义。他们不但密切关注中国现代文坛女性作家群体的创作动向、作品表现、社会影响，也充分注意到这些创作的文学史意义。90年代在身体批评热兴起的时节，除了陈染、林白、王安忆这样的当代作家成为批评界的宠儿，丁玲的创作更是引起人们的加倍关注，中国丁玲研究会自1982年全国丁玲学术研讨会第一次会议，到1997年已经召开了全国规模的7次研讨会。丁玲一时成为与女性主义批评话语联系最紧密的经典作家。尤其是1997年前后，丁玲作品中原有的被国家话语的宏大叙事所遮蔽的饱含了女性意识的个体化小叙事，包括隐晦的身体写作，被女性主义身体批评挖掘展现出来。如"丁玲小说的女性主义书写"[①]，甚至连"丁玲的性爱"[②]这样扎眼的问题，也被批评界作为研究对象，得到辨析、发现和论证。显然，身体批评热衷的丁玲并非中国现当代文学史中的那个被中国读者所熟悉的丁玲，亦非女性主义文学批评初期的那个作为作家群落里的"拓荒者"被批评界所认知的丁玲，更不是民间传奇中的那个延安女作家兼女子革命家的丁玲，而是一个大胆的标新立异于时代的私密的个体化的丁玲。无论是否接受，一个新的作家丁玲，被女性主义身体批评话语再次发现了。这样，在女性主义身体批评领域，出现了重估经典，重写文学史的氛围，身体批评的文本对象被从当下追溯到五四，使五四时期的个性解放与新时期的思想解放相关联，在历史

[①] 左怀建：《流浪女的精神价值：丁玲小说的女性主义书写》，《商丘师范学院学报》2000年第5期。

[②] 陆文采、马殿超：《论丁玲创作的性爱描写特色及其女性观》，《辽宁税专学报》1997年第3期。

的脉络中展现出中国女性文学身体批评的文化意义和文化深度，较为成功地将身体批评理论与中国女性的历史遗留问题与现代社会的新问题相结合，以批评文本本土化的运作成功地应用了舶来的理论，为这些理论扎根于中国文化土壤进行了有效尝试。

第二，舶来的理论，成为反思自我文化的他者之镜，尽量发挥舶来理论的文化反思作用，这是身体批评理论引介的意义之维。借用西方理论对身体写作的女性主义批评，在引发了报纸、期刊、媒介和学术会议上价值评定的大讨论的同时，客观上推动了中国学界对自身文化的反思。中国文化中对女性的身体是隐晦的，对隐私部位更是少有提及，即便提及也是像《金瓶梅》这样的男性作家的作品，而且多是点到即止，不会沉迷于露骨的描写。从女性主义文学批评角度看，90年代兴起的女性"身体写作""美女写作""私人写作"，则主要是从两个方面打破了这样的文化历史传统，一是打破男性作家的垄断，由女作家写作女性自己的独特的身体体验与激情爱欲，像陈染、林白、卫慧、棉棉等女作家都因身体写作的私人化小说而闻名，对她们的作品进行研究和评价一度是报纸、期刊、学位论文和女性主义学术专著的追寻对象；二是否定男性的代言，由女性从自我主体性出发进行写作，展现了女性在身体体验上的自我言说，寻求女性自我的人格独立。身体写作一改文学史上的价值传统，且以时代潮流的形式，将身体作为公共话语在公共空间中展示出来，以小叙事横空出世，以迅雷不及掩耳的态势客观上摧毁了国家话语的宏大叙事一统天下的局面，将"文化大革命"十年对个体叙事的极端压抑顷刻释放，将改革开放后的思想解放潮流引进女性身体与性恋的话语场。一时社会反应褒贬不一，批评界更是莫衷一是，但是存在的就是合理的，批评界一方面紧急呼吁以必要的价值批判制约身体写作的具体走向，另一方面借用各种西方现代理论对身体写作进行文化反思与批判。如钱中文指出："文学作品中的躯体描写、性描写有的的确有着深刻的文化意味，但是一旦与消费主义结合起来，使得人体变成了消费，这时写作往往就成为一种发出腐烂气息的时尚和炒作。"[1] 朱大可

---

[1] 贺玉高、李秀萍：《"身体写作与消费时代的文化症状学术讨论会"综述》，《文学评论》2004年第4期。

第九章　全球化视域与中国女性主义文学批评的多元发展

赞同身体写作有着这种消费主义时代的市场逻辑，同时他也指出身体写作具有文化意义上的反叛逻辑："通过身体来表达个人自由对抗强大的国家道德禁忌。"[①] 由此推之，女权主义的身体写作若从肯定和积极的角度看，那就是反叛父权社会的身体管制。身体确实具有极深的文化意义，从目前的女性主义文学有关身体批评的研究成果来看，西苏的女性书写理论最先被直接应用于对身体写作的评价，中国几千年的性歧视、性压抑和性束缚，被视为对女性的统治策略，当下的身体写作则被视为女性身体解束的有西苏理论支撑的手段。继西苏的理论之后，更多的理论被挖掘出来论证身体写作的女权主义属性，如波伏娃的第二性论、凯特·米丽特的性政治论，巴特勒的性别操演论（目前，性别操演论，学界又称为身体述行论，或身体述行主义），甚至是波德里亚的消费主义理论，从政治、经济、社会各个层面对身体写作进行研究批评。这样一来，女性的身体写作由与国家话语宏大叙事对应的小叙事，重新上升为反父系文化的宏大叙事。舶来的理论作为一种可以便捷使用的批评范式，以其内在的现代社会的文化逻辑，起到了他者之镜的作用，与中国传统的性别文化形成互映关系，二者间的文化差异促使这些批评理论的运用对中国文化起到反思作用，尤其是对隐藏在社会习惯、习俗与观念内部的对女性身体的管制逻辑，通过差异对比获得彰显。正是在这样的异域理论的对比接纳下，如刘慧英的《走出男权传统的藩篱》[②] 这样的女性主义批评著作才会应运而生，同时因为对自身文化的反思，中国女性主义身体批评的声音才会书写上自己的本土化特色。

第三，身体批评理论在中国虽然没有女性主义运动的社会实践支撑，移植来的理论不具有全球化时代普适理论的原发创生性，但是却有着极强的指导社会思想解放的意识形态作用。经历了中国本土化改造的身体批评理论，通过学界的介绍、研究与批评运用，由学院精英借助大众传媒撒播推广给社会草根，客观上引领了社会群体观念意识的变革，更是催发了女性意识的自我解放。而且解放了的女性意识，使得作家可以大胆创作更为自由的文本。可以说身体批评理论的本土化，丰富了对中外文学文本的解

[①] 贺玉高、李秀萍：《"身体写作与消费时代的文化症状学术讨论会"综述》，《文学评论》2004年第4期，第190页。
[②] 刘慧英：《走出男权传统的藩篱》，生活·读书·新知三联书店，1995。

读，也催生了相应的文本创作，甚至促成了女性草根运动的诞生。如目前，在中国也有了彩旗运动，中国也有了研究同性恋运动的社会学专家女性性学专家——李银河，巴特勒的酷儿理论同样为中国的彩旗运动提供了理论思维的支撑。目前，不但女性的身体写作在向更为艺术的方向发展，性爱和性别自由也已经在社会上取得了一席之地，这些与中国文化传统高度背离的事件，已经超乎了消费主义时代商业炒作所能解释的范畴，这里文学艺术的创作批评和身体理论的推动功效，确实在意识形态方面做出了一定的贡献，这是身体批评理论的功能之维。在中国，先有女性主义的理论批评，后有自我意识的觉醒，然后才有女性主义团体和女性主义运动，这是中国的特色，理论自上而下推广开来，理论指导社会实践，而不是如西方那样的相反，理论来自社会运动。

　　身体写作一度引起批评界罕见的热烈争议和长久回响，以致争议本身成为一个文学批评界的历史事件。这个事件本身表明的是全球化时代文学领域中传统批评标准的延续危机，很多学者将其视为批评的现代性危机。从女性主义身体批评在90年代后的持续发展及积极效果来看，这一批评的现代性危机在身体批评领域，由舶来的理论经本土化应用之后获得化解，虽然舶来并不是解决文学所有创作领域现代性批评危机的可行性办法，但是将舶来的理论本土化，借用西方理论成熟的现代化理论构架，无疑是姑且可行的合情合理的方法之一。事实上，很多文艺理论家在此方面做了不懈努力。中国的女性主义批评对西方的批评理论进行了快速筛选、引进与阐释。虽然在文本批评的过程中，尤其是对外国女性主义文学文本的批评，颇有机械套用西方批评理论的现象，但是中国女性主义的批评实践效果却是有着很大一部分积极作用的。正如女性主义研究学者任一鸣指出的那样，中国女性主义文学批评在生成和发育的过程中，奉行"拿来主义"的策略，通过理性的批判与吸收，将西方女权主义的精粹部分，最适合中国女性主义的部分融会进来，在理论资源、理论框架、话语形式上，采取了一种横向移植的方式，中国文艺理论界仅用20年就走过了西方理论界100年才走过的历程。[①] 笔者认为，正是这样的努力，才使中国的女性主义

[①] 任一鸣：《女性主义文学批评与中国本土特色》，《中华女子学院学报》2005年第1期。

文学批评最终可以和世界接轨，才使得中国的女性主义批评家可以在国际学术会议上，被接受、被重视，并能发出中国自己的声音。

三　身体批评本土化实践对中国女性文学批评建设的启示

20世纪80年代以来，学界对西方现代及后现代的身体批判理论一路积极译介和阐发，历经本土化的选择和打磨，使得以西苏女性书写理论为代表的女性主义身体批评理论，成为能够应对世纪末身体写作热潮的批评工具。这些批评理论的运用以及近20年文本批评规模化的实践努力，女性主义文学身体批评实践如今具有符合国际学术标准的研究理路和思维范式，并备受瞩目。目前身体批评的影响力已经超越了女性主义文学范畴，扩大到电影批评、艺术批评和媒介批评等诸多的学术领域，事实上，这样的影响力在女性主义文学批评史上是少有的现象。在大多数情形下，女性主义文学批评多受到同时代的其他种类文学批评的影响，并在批评地位上从属于这些批评潮流，如五四时期女性主义文学批评从属于民族解放话语的文化批评，"十七年"时期的女性主义文学批评从属于国家建设话语的政治批评，改革开放初的女性主义文学批评从属于思想解放话语的意识形态批评，而90年代末以来的女性主义身体批评独树一帜，引领了全球化时代个性启蒙与解放的时代话语，以2004年的"身体写作与消费时代的文化症候学术讨论会"的召开为标志，预示着身体批评成为整个中国当代文学界共同参与的话题域，更为重要的是这意味着女性主义有望走出边缘化的学界地位，发挥独特的社会影响力。

身体批评作为一个将西学引入中国并对中国批评实践发挥作用的颇有典范作用的事例，为中国女性文学批评的主体性建设提供了重要启示，主要表现为以下几个方面。

第一，为了开展本土化批评的需要，首先厘清基本概念、术语和称谓，树立符合学理规范的批评标准。虽然90年代的思想解放因为中国经济现代化的高速发展，以及西方社会几百年发展起来的现代与后现代思潮的狂飙引入，获得了前所未有的进展，个性张扬的离经叛道行为在思想洞开的社会上拥有了立足空间，但是对于多个世纪以来一向性保守、性压抑、性隐讳的中国社会来说,"女性书写"或"身体书写","身体写作"或"私人化写作"这样的理念给社会人心仍然带来了石破天惊的震撼,再加上有被消费主义社会色情消费的淫秽可能,女性主义的身体书写曾一度引起社会质疑,不乏道德堕落之指控;同时,也曾一度引起盲目跟风,被商家恶意炒作,或被动机不纯的写手浑水摸鱼;也曾在商品经济下,沦落为被凝视与被观看的亵渎女性身份与主体尊严的对象。这些境况迫使批评家们不得不进行符合中国社会批评语境的本土化标准建构,首先不得不做的工作就是澄清身体写作的文学审美定位,肃清概念门户,明确批评对象。

从现存的研究成果来看,2000年身体批评较前开始显著增多,到了2004年则差不多吸引了整个中国文学批评界参与其中,在社会上引起巨大轰动,除了4月的"身体写作与消费时代的文化症候学术讨论会",5月首都师范大学还召开了"当代诗歌创作中的'身体写作'研讨会"①,著名的女性主义批评家刘慧英、荒林以及其他一些女性主义学者出席了此次会议,"身体写作"成为该年独领风骚的学术热点,以至于该年在女性主义文学批评史上可以被冠以"身体批评年"。这一年里的纷繁图景,主要是进行了各种形式的身体写作大讨论,除了学术会议波澜迭起,媒介争相报道,学术期刊也在推波助澜。在2004年9月发行的《文艺争鸣》当年的第5期上,同时刊发了知名学者阎真、朱国华、林树明三人的批评文章,分别是《身体写作的历史语境评析》《关于身体写作的诘问》《关于"身体书写"》,三篇文章一个批评话题组,被集体命名为"身体写作的文学考察"。这次文学考察历来被视为4月北京会议的回响。阎真的文章以批评家的敏锐,指出身体写作是"文化大革命"后文学观照对象走向趋于注重物质性的结果,对身体写作的出现给予客观认同。②朱国华尽管以中立的立场论证了批评界对身体写作的正反态度,但是从其开篇名义的几句话不难推知其本人的批评意向,那就是并不看好身体写作,因为朱说:"当代文坛,精品之作不多,文学热点倒不少",随后他以反问的话语形式指出身体写作是文学热点之一,身体写作的非精品化之意即在其中。朱的文章

---

① 张立群:《当代诗歌创作中的"身体写作"研讨会召开》,《中国诗歌研究动态》2005年第1期。
② 阎真:《身体写作的历史性评析》,《文艺争鸣》2004年第5期。

中也提醒人们注意，致力于寻求女性身体解放的身体写作有陷入男权统治逻辑的色情陷阱的可能，这确实是当时社会语境下具有代表性的忧虑，因为"身体写作构成了一个对于性的文化消费的基础"。[①] 何谓身体？何谓女性的身体？何谓身体写作？三篇文章多有关注和论及。作为女性主义文学的研究专家，比较而言林树明对概念的理论化论述意识更强些，林阐明并借助西苏的女性书写理论，以此为参照得出自己的观点："'身体书写'不能简单地视为对生理范畴的'肉体'呈现，其受到心理感受及无意识幻想的激励，又受到文明规则的束缚，即包括了自然与文化两个范畴。'身体写作'可以说是一种话语方式。"[②] 笔者认为，这里的意思可以理解为：身体写作需要文化意蕴的包含及文学话语的审美呈现。基于此，林树明认为卫慧、棉棉等人的一些作品过分消费了肉体，并不是西苏意义上的女性身体写作，但是棉棉等人反抗男权的女性意识要给予肯定。林的这番论述以西苏理论为身体写作合法性的基础，并回答了朱的忧虑，对被消费的肉体与女性书写的肉体进行了区别划分，并表明对女性主义作家成长的期待，其批评立场是积极的肯定派。林树明指出："单纯呈露女性的'肉体'，只表述角色的'性'的写作，不应归入世界性的'女性身体书写'的范畴，特别不应用西苏的理论去取代。"[③] 这样的界定意义深远，一方面摒弃商品化的色情写作，保重女性主义文学身体写作的严肃性；另一方面为身体书写的文学批评建构起基本的评价标准。此后，诸多学者研究人员对身体写作给予过论述，著名的女性主义文献研究家谢玉娥 2008 年 5 月发表的《当代女性写作中有关"身体写作"研究综述》[④] 一文，对中国"身体写作"方面的研究成果进行了梳理、归纳和辨析，汇集了各派观点，光引用的参考文献就多达 70 条，引用文献的跨度从 2000 年直到文章发表的 2008 年，是中国目前有关"身体写作"理念最全面的成果分析，真实呈现了女性主义学者在身体批评方面的诸多努力。从谢玉娥的研究成果来看，

[①] 朱国华：《关于身体写作的诘问》，《文艺争鸣》2004 年第 5 期。
[②] 林树明：《关于"身体书写"》，《文艺争鸣》2004 年第 5 期。
[③] 林树明：《关于"身体书写"》，《文艺争鸣》2004 年第 5 期。
[④] 谢玉娥：《当代女性写作中有关"身体写作"研究综述》，《河南大学学报》2008 年第 3 期。

女性身体写作与批评的理论根据多是欧美女性主义的身体批评理论,尤以西苏的女性书写理论为重,思路与林树明一样尽量以西苏理论为基础,对容易导致西苏理论被色情利用的社会情境加以清除,从中可以窥见西苏等人的理论在中国被本土化改造的痕迹。此后,身体写作的专项批评著作也一路发展,从近年问世的专著来看,基本概念已经基本明确,标志着女性主义身体批评理路的稳定与成熟。2010年宓瑞新的《"身体写作"在中国的旅行及反思》[1] 考察了身体写作进入中国后其概念历经的浮动、窄化和泛化。再有从2013年出版的《身体·性别·欲望:20世纪八九十年代小说中的女性身体叙事》来看[2],身体写作与色情写作的界限已经无须界定了。目前,身体写作对女性主体意识进行启蒙与解放的作用,已经成为女性主义批评界的基本共识,并成为中国化的身体批评的意义所在。

第二,批评本土化建构的另一个策略是,强调女性体验,明确女性书写,应用女性主义批评视角。朱国华在《关于身体写作的诘问》一文中,对身体写作的合法化及非法化分别进行了论证,朱在论证中模拟了正反两派的辩论,这样的论说方式饶有意味。从中可以窥知,在2004年,身体写作是否合法还是个问题域,是个学界要争论的话题。其实,女性主义学者一直在致力于探讨身体写作与批评的合法性。除了前文所论述的通过界定身体写作的概念规范明确批评对象外,还做了很多细节方面的批评工作,最主要的就是以女性意识确立性别写作的差异性,以女性生命的真实体验分割与色情文学的界限,以此为身体写作建构起女性批评的视角。西苏等人认为父系社会的语言充满了父权的欺骗、歧视与压迫,为此女性要建立自己的话语表达,寻求女性话语权;而女性生理上的成长、爱欲与生育等生命体验是男性无法进入的世界,这里存在女性真正的主体性言说,所以以西苏为代表的法国女性主义理论家提倡身体的女性书写,这就是女性主义视角下的身体写作。中国女性主义批评界以西苏等的理论为基础,借助90年代以来中国文坛火热的身体写作,寻求确立女性自己的身体文学体

---

[1] 宓瑞新:《"身体写作"在中国的旅行及反思》,《妇女研究论丛》2010年第4期。
[2] 杨秀芝、田美丽:《身体·性别·欲望:20世纪八九十年代小说中的女性身体叙事》,武汉大学出版社,2013。

系,并开展以女性主义为视角的身体批评。值得注意的是,在女性主义批评视角下,女性主义身体写作文学和女性主义身体批评在范畴上并不是完全的对应关系,批评的范畴大于此类文本的范畴,这也是女性主义文学批评的一贯做法。以女性意识解放为目的的女性主义身体批评,其批评的对象范畴已经不仅仅限于女性主义身体写作,也涉及非女性主义的身体写作,甚至是不以当代文坛的文学作品为限,理论上可以涵盖中外文学史上有过身体描写的文学文本。其批评立场不外乎两个维度,一个是对符合女性主义美学标准的作品进行正面批评,另一个是对不符合这个标准的肉体写作或性写作进行以男权主义为靶子的反面批评。在身体批评初期,90年代后兴起的作家林白、陈染、卫慧、棉棉、张悦然等人的作品备受关注,诞生了相关研究成果,如1996年荒林的《陈染小说:为妇女获得形式的写作》[1]、2003年冉小平的《从身体书写到书写身体——90年代新生女作家创作漫谈》[2]、2008年乔以钢和李振的《当身体不再成为"武器"——80后部分女作家身体书写初探》[3];后来这种关注又扩展到王安忆、张洁、铁凝、徐坤、残雪等上一代作家,随之借助整体女性主义研究的丁玲热及五四作家研究热,很快扩展到丁玲、萧红及其他五四经典女性作家及其作品,如《革命时代自我定义权的丧失与女性主义写作的溃败——以丁玲几篇小说为中心的分析》[4]、《萧红小说中的身体之喻》[5]、《别样视野的身体写作——萧红笔下女人的生死场》[6]、《当代女性诗歌中的身体书写与五四革命文学传统的关系》[7],这种扩展的潮流以不可遏止的冲击力,蔓延到五四时期男性作家的作品,成功将当下的身体批评与五

---

[1] 荒林:《陈染小说:为妇女获得形式的写作》,《湛江师范学院学报》1996年第4期。
[2] 冉小平:《从身体书写到书写身体——90年代新生女作家创作漫谈》,《北京大学学报》2003年专刊。
[3] 乔以钢、李振:《当身体不再成为"武器"——80后部分女作家身体书写初探》,《天津师范大学学报》2008年第1期。
[4] 徐仲佳:《革命时代自我定义权的丧失与女性主义写作的溃败——以丁玲几篇小说为中心的分析》,《南京师大学报》2008年第1期。
[5] 雷霖:《萧红小说中的身体之喻》,《吉首大学学报》2007年第6期。
[6] 胡辛、何静:《别样视野的身体写作——萧红笔下女人的生死场》,《江西社会科学》2011年第11期。
[7] 赵彬、崔煜杨:《当代女性诗歌中的身体书写与五四革命文学传统的关系》,《华夏文化论坛》2012年第1期。

四时期的民族解放话语相连,甚至有个别的研究个案将身体批评的研究对象鞭及古典文学。

为了本土化批评的需要,女性主义批评视角在身体批评中不断得到具体运用,实例比比皆是,如《"边缘"和"极端"的女性书写与殊途同归的悲剧命运》①、《自我镜像的言说——论90年代女性写作中的身体书写》②、《女性主义与身体美学化双重语境下的身体写作》③。此类批评论文,以符合女性主义身体写作标准的文学创作为前提,使用女性主义身体批评的视角,论述了90年代女作家群体用身体进行私人化写作的问题,《女性主义与身体美学化双重语境下的身体写作》的作者禹建湘还明确指出身体写作是中国女性主体得以确立的一个标志。论文不时显露出对西方批评话语的借鉴,因为"边缘""极端""镜像""美学化"这些表述都来自西方文学理论的基本概念,但是被研究对象的中国属性却是不容置疑的,西方理论概念的使用成为他山之石。再如,《女性身体:性别歧视的对象——以女性主义理论关照明末清初才子佳人小说》④、《用身体想象革命——论早期革命文学中的身体书写》⑤、《论"中国式"的身体写作》⑥、《女性主义女体书写的误读》⑦ 这些评论,虽然不是以90年代女性主义身体写作文学为核心批评对象,而是将批评范畴扩大到历史文本,却从侧面彰显出评论家在身体批评话语场进行中国式建构的努力。通过女性主义批评视角的使用,将身体批评归于中国的文学史传统,使用以更多更早的本土经典文本作为批评对象,客观上为女性主义身体批评开拓出本土化的批评视野。

---

① 高音:《"边缘"和'极端'的女性书写与殊途同归的悲剧命运》,《北京社会科学》1997年第4期。
② 吴宏凯:《自我镜像的言说——论90年代女性写作中的身体书写》,《福建论坛》200年第5期。
③ 禹建湘:《女性主义与身体美学化双重语境下的身体写作》,《山西师大学报》2007年第3期。
④ 冯军:《女性身体:性别歧视的对象——以女性主义理论关照明末清初才子佳人小说》,《许昌学院学报》2004年第4期。
⑤ 李蓉:《用身体想象革命——论早期革命文学中的身体书写》,《文艺争鸣》2008年第7期。
⑥ 吴敏:《论"中国式"的身体写作》,《时代文学》2012年第4期。
⑦ 汪新建、王丽:《女性主义女体书写的误读》,《南开学报》2007年第2期。

第三，批评成果再批评，以反思形成评价机制，不断维护批评理路的畅通。身体批评是目前中国女性主义文学批评较为成熟的批评流派之一，像学界公认的那样，一度代表了中国女性主义文学批评的走向，且在2004年造就的身体批评高潮之后，至今依然占据女性主义批评的一席之地。身体批评的长久不衰，与中国甚至整个世界的时代走向固然密不可分，因为身体批评代表着身体政治话语，而身体政治正是当下世界后现代文化思潮的核心问题，文学界所有当下的批评议题都离不开身体政治，对他者身份的寻求正是后现代元批判的目的所在，所以符合整个时代的思想走向，是身体批评之生机所在。但是，身体批评作为一种批评理路，在中国能够保持稳定发展，还是与批评界的有力作为无法分开的。回顾20多年来身体批评在中国所走过的历程，不难发现以本土化生存为目的的对身体批评自身的反思与批判，一直在维护和畅通身体批评的发展道路。正是在不断的反思批判中思考问题、发现问题和解决问题，身体批评作为批评流派得以认同和发展。对身体批评的反思与批判，是身体批评的批评，是一种矫正的力量，是一种有益的评价机制的存在，它的存在确保了身体批评的正能量成长。

早在2004年4月，北京的批评会议即被视为身体写作的反思之举。2004年5月13日《文学报》的头版上，刊发了记者罗四鸰的文章《"身体写作"日渐升温　学界反思激烈争论》，以"反思"为题对"'身体写作'与消费时代的文化症候"这次学术研讨会做了批评报道。从这次被转载的发言来看，与会者渴望对"身体写作"进行价值评判，否定的声音显然高于肯定的声音。钱中文将身体写作视为"精神匮乏的象征"，朱大可提醒人们要"谨慎小心"，陶东风认为应该"挖掘背后的症状的症状"，孟繁华则承认了女性身体的"被消费"，并以女性宿命论否定身体写作的积极意义。①尽管如此，如何塑造身体批判的女性主义视角，却在这次反思之会过后，被女性主义批评学者重视起来，显然以女性主义视角才能令身体写作获得积极的价值判断，才能在实践中对于来自男性话语系统的质疑给予回击。2004年之后，学界对身体及西方身体批评理论的审美和哲理反思变

---

① 罗四鸰：《"身体写作"日渐升温　学界反思激烈争论》，《文学报》2004年5月13日。

得多了起来，这种情况有利于在理论上为身体写作和身体批评的合法性扩大生存空间。从事这方面反思的以初出茅庐的年轻学者为多，体现了新一代批评家对这一敏感问题的关注和大胆突破。如2005年的《当代中国女性"身体写作"现象反思——西苏身体写作理论对中国文学的影响》，虽然论证上不是很充分，但值得肯定的是该篇论文涉及身体写作现象的理论支点，力图为女性文学在商品大潮中寻求到一份应有的位置。作者看到了当时纯个人化的创作和纯学术性的理论批评之间的某种关系错位，对文学走向大众的转型给予肯定，作者指出："用三个字来概括今天的女性文学以及关爱着、思考着她的未来的人们的共同状态，那就是——在路上"[①]；2006年的《新诗中身体叙述的演变及其反思》，在启蒙语境的历史维度中，论述了五四新文化运动中的诗歌及当下消费主义时代诗歌中的身体叙述，对诗歌中的身体叙述给予肯定："在诗歌中身体当然不应该被扼杀和贬斥"，但作者同时指出："应以生命叙述和灵魂叙述来提高身体叙述的格调"，关注身体的生命性，提倡诗歌身体叙述的灵肉浑融[②]；2007年李蓉发表于《文艺争鸣》上的《现代文学"身体"研究的问题及其反思》，指出中国的"身体写作"是受全球反思现代性影响的文学现象，身体研究"应该融入更多的理论自觉"，"身体"的内容除了作家在文本中的直接书写，还应该包括"在文学中有更抽象更为本质的存在方式"，因此呼吁对审美层面的身体给予更多关注。[③] 这样的批评观点显然是用力摆脱身体写作形而下的道德批评，致力于身体批评审美之维的形而上，从中可以窥见批评界对身体批评合法性理路建构的努力；2009年的《历史与社会的缺席：中国本土作家的身体写作困境》指出对女性的"身体写作"应该保持警惕，因为"在强大的商业浪潮下，'身体写作'的政治性面临被消解的危险"，"女性作家就有可能在无意识中与男性共谋，为了自身写作的繁荣，再度被物质化"[④]。这是对2000年的批评文章《宿命的娜拉——对90

[①] 齐丽梅：《当代中国女性"身体写作"现象反思——西苏身体写作理论对中国文学的影响》，《三峡大学学报》2005年第7期。
[②] 邓晓成：《新诗中身体叙述的演变及其反思》，《学术研究》2006年第1期。
[③] 李蓉：《现代文学"身体"研究的问题及其反思》，《文艺争鸣》2007年第11期。
[④] 庄彩云：《历史与社会的缺席：中国本土作家的身体写作困境》，《安徽文学》2009年第1期。

年代女性主义小说再反思》① 的隔空共鸣，也与戴锦华《犹在镜中》的观点互为印证，戴锦华早在 1999 年就担忧过："女性个人写作的繁荣就可能相反成为女性重新失陷于男权文化的陷阱：不是女性自己声音的出现，不是女性的反抗，而成了男性心理的满足；不是女性文化空间的浮现，而成了对男权的加固。"② 可见，多年来正是女性主义批评家对女性写作重蹈男权话语的可能性宿命始终保持清醒，在不断的反思中维护着身体批评的积极走向，并以女性主义文学身体批评的正能量为女性写作尽可能地保驾护航，2010 年后身体批评的理路建设获得了更为可观的收获。如 2010 年发表于《妇女研究论丛》上的《"身体写作"在中国的旅行及反思》对身体写作的基本概念在批评实践范畴上的变化进行了研究③、2012 年发表于《外国文学评论》当年第 1 期上的《当代西方文学研究中的身体视角：回顾与反思》④、以外国文学研究为对象，反思以身体为切入点的文学研究路径的发展与困惑，回顾了身体批评的跨学科研究。此外，身体批评近几年有获得多学科强力加盟的迹象，除了学术论文，专著和译著出版也很热闹，2012 年社会学专著《身体符号权力与秩序：对女性身体实践的研究与解读》⑤ 发表，2013 年《身体的媚术：中国历史上的身体政治学》⑥、《身体的神秘：法国哲学论丛》⑦、《身体与情感》⑧、《身体的历史》（三卷本）⑨ 分别在各大出版社出版，如此繁荣的出版面貌预示着中国文学身体批评将获得更充足的理论资源，必将获得进一步发展。

种种迹象表明，身体批评在当下中国文坛依然保有生机地位，并有继续发展的可喜之势。20 世纪末的 10 年是女性主义文学身体批评的起步时

---

① 黄佳能、丁增武：《宿命的娜拉——对 90 年代女性主义小说再反思》，《文艺评论》2000 年第 6 期。
② 戴锦华：《犹在镜中——戴锦华访录录》，知识出版社，1999，第 204 页。
③ 宓瑞新：《"身体写作"在中国的旅行及反思》，《妇女研究论丛》2010 年第 4 期。
④ 徐蕾：《当代西方文学研究中的身体视角：回顾与反思》，《外国文学评论》2012 年第 1 期。
⑤ 李叔君：《身体符号权力与秩序：对女性身体实践的研究与解读》，四川大学出版社，2012。
⑥ 许晖：《身体的媚术：中国历史上的身体政治学》，商务印书馆，2013。
⑦ 杨大春：《身体的神秘：法国哲学论丛》，人民出版社，2013。
⑧ 〔德〕赫尔曼·施密茨：《身体与情感》，浙江大学出版社，2013。
⑨ 阿兰·科尔班等主编《身体的历史》，华东师范大学出版社，2013。

期,与身体写作齐头并起;21世纪的头10年是身体批评的进一步发展时期,是引领女性主义文学批评的流金岁月。特别值得注意的是,最近10年,在宏观的女性主义文学批评风潮逐渐归于落寞的时期,身体批评以其具体扎实的针对性,依然可以与时代话语衔接,不断被外国文学和中国文学界的许多学术同人所采纳,成为女性主义批评的前沿阵地之一。

第三节 女性主义文学批评发展的新质性

1995年后中国全球化时代的女性主义文学批评较之此前,有了崭新的发展变化和学术风貌,声势上更为激越澎湃,成果上更为厚重多样,从事批评的人员规模更为广泛壮大,对女性主义文学批评的接受也越来越好,学术影响与学科建设获得决定性突破。下面分别从学术影响、学术建设和学术轨迹三个方面展现全球化视域下中国女性主义文学批评发展的新质性。

一 学术影响:隐学→显学

在学术影响上,20年来中国女性主义文学批评,一路借助着全球化视域下中国社会转型的巨大冲击力,在激辩与争鸣中始终坚持本土化的中国立场与批评策略,由饱受质疑的曾经面临生存合法性危机的隐学,走向了学科体系完备备受瞩目的显学。

回顾中国女性主义文学批评的发展历程,其初始期的举步维艰与后来的众声喧哗形成巨大反差,更非今日的后来学者可以想象。中国女性主义文学批评最早的学理根脉可以追溯到80年代中国对美国女权主义文学批评的研究,或者说中国的女性主义文学批评最初奉行的是美国女权主义文学批评的理路,很长时间与法国女性主义文学批评理论没有直接建立关系,而是通过对美国女权主义批评理论的研究对其获得把握,当时相对于原文Feminism的翻译采用的还是"女权主义"。在中国女性主义文学批评建构之始,批评范式的最初引介是由从事英语语言文学工作的外国文学界学者承担的,然后由中国文学研究界学者应用到了中国文学批评中。从现在可以获得的研究资料来看,主要有三位学者对此做出了泽被后人的贡献。

第一位是郭纪德,1980年他在《山东外语教学》的创刊号上,发表了《谈"女权运动"对英语用词的影响》,提及女权运动及其女权主义文学和评论。后来,郭纪德在《山东外语教学》1987年第3期上再次刊发文章,开篇便提及了1980年的文章,并将此次文章的题目直接命名为《美国的女权主义文学批评》。这篇文章中有关美国女权主义文学批评四项任务的观点,为后来中国女性主义文学批评的学理标准、学理范畴与实践范式给出了大体参考,这四项工作是:第一,发掘被埋没的或不公正地受到冷落的妇女作家以及她们绝版的、受到歧视或被错误理解的作品;第二,对现有文学作品中的大量妇女人物形象进行综合分析和鉴别,对男作家作品中的妇女人物形象更应当如此;第三,对现有的关于女作家作品的评论进行再评论、再探讨,即从女权主义运动角度出发来检验过去对女作家的评论是否恰当;第四,以女权主义运动的核心指导思想"人类平等"为基础,创作一批富有想象力的、经得起考验的新作品。[①] 后来中国学界的女性主义文学批评,无论是外国文学研究界还是中国文学研究界,都没有超越这四个范畴,其中第三点尤其是被中国文学研究界充分开发,对中国女性主义文学批评的本土化建构起到了定位作用,使其能够在批评的批评中不断发展、壮大和完善。第二位是朱虹,她于1981年发表了《美国女作家作品选·序》,于1983年出版了由她编著的《美国女作家短篇小说选》,于1989年在《外国文学评论》第1期上发表了《妇女文学——广阔的天地》一文,还与文美惠一起主编了《外国妇女文学词典》。在这些著作的编撰及书写的序言中,朱虹表现出明确的女权主义观点,介绍了西方最为经典的女权主义理论著作,并在女权主义的观点上为中国引入了世界各国的妇女文学作品。在词典的编者《前言》中,朱虹表达出的观点与郭纪德不谋而合,她指出:"我们的任务,不仅要介绍世界文学史中已有评定的杰出的妇女作家和作品,还有从女权主义观点出发,对她们和她们的作品进行

[①] 郭纪德:《美国的女权主义文学批评》,《山东外语教学》1987年第3期。

新的挖掘。"[①] 第三位是李子云,她于 1984 年 2 月在生活·读书·新知三联书店出版了《净化人的心灵——当代女作家论》,将女权主义观点和立场应用于对中国当代作家的评论中,对茹志鹃、宗璞、张洁、张抗抗、王安忆等人的创作给予了中肯的评价,这本著作为后来的女性主义作家作品批评起到了成功的示范作用,是西方女性主义批评理论在中国文学研究中最早实现本土化转化的著作,在批评范式这个宏观的视角上可以视为 90 年代身体写作批评热的先驱作品。

在整个 80 年代,从事女性主义文学批评的研究者还为数不多,李小江、孙绍先、吴黛英等可谓女性文学批评研究的先行者,从总体上看,研究成果数量有限,直到 80 年代的最后一年——1989 年才有了较大突破。孟悦、戴锦华、陈惠芬、王逢振、林树明等人,在这一年各自在中国女性主义文学批评的研究领域,留下了对自己日后学术地位极其重要的足迹。在这一年里,女性主义批评家编辑陈惠芬将 1989 年第 2 期的《上海文论》做成了"女权主义文学批评"专辑,这是中国大陆出版的第一个"女权主义文学批评"专辑;孟悦、戴锦华的著作《浮出历史地表——现代妇女文学研究》出版;林树明的第一篇女性主义知网论文《女权主义文学批评起因探》发表;王逢振最早的女性主义知网论文《既非妖女,亦非天使——略论美国女权主义文学批评》刊发。仔细研读这些论文或著作,不难发现王逢振和林树明在论说范畴上并没有形成对郭纪德等人的明显超越,王逢振论文的主要研究对象仍然是美国的女权主义运动及其文学批评,林树明文章中对女性主义文学批评的界定保持着 10 年前郭纪德的认识,但是在批评理论的运用上后来者却显现出更为宽广也更为深厚的批评功力。批评理论的强化同样展现在孟悦和戴锦华身上,她们对女性主义文学精髓的把握,对批评话语的运用更为娴熟,以犀利鲜明的女性主义主体批判意识冲出历史重围。《浮出历史地表》以女性主义对性别意识的解构再造,在学术界引起地震般的轰动,因为它的诞生使"中国大陆的女性主义文学批评才名副其实"。以上这些成就在 1989 年的诞生,足以使得 1989 年配得上

[①] 陈骏涛:《关于当代中国(大陆)三代女批评家的笔记》,《东南学术》2003 年第 1 期。

"女权批评年"这一称号。① 从这些成果的历史价值看，1989年确实是女性主义文学批评极具意义的一年。4年后的1993年，通过知网以"女性主义文学批评"为题名搜索，1993年的研究成果达到了两位数。不过，令人匪夷所思的是接下来的1994年的成果数量又回到了一位数，仅有"3"项成果被搜索出来，直到1995年之后才重新回到两位数字"15"，这一年也是整个中国历史和女性主义文学研究史上颇具跨时代意义的一年，女性主义文学史研究著作出现井喷的"女性年"，学术论文研究成果增加显然也是大势所趋。1995年后保持平稳渐增态势，到2004年显见明显涨幅，达到"73"，最终在2007年实现了对100的突破，搜索结果是"108"，此后再次保持平稳增长，到2013年统计数字为"142"。虽然仅以知网为搜索范围，不得不将研究著作成果排除在外，也可能将一些女性主义文学批评的文本研究或其他细节方面的研究排除在外，有鉴于此，事实上女性主义文学批评的研究成果的确会比以如此方法获得的统计数量要多，但是以这样的搜索数据作为参照系，以其逐年数字的变化曲线来衡量相关学科的学术发展状况，符合学理规范，符合统计概率，具有学术可信度，可以说明问题。

那么，改革开放后中国女性主义文学批评发展的学术态势究竟怎么样呢？由这些数字的变化，可以推知：女性主义文学批评从1980年起步，到1989年的批评成果微显进步，再到1995年世妇会召开才完成了自身合法性基础的建构。1980～1995年，一直都是在默默地努力前行中的"隐学"，虽有学术大腕在开疆拓土，但是并没有出现一呼百应的声势。直到伴随着身体批评热，学科研究才获得持续进展。1995～2006年，在全球化批评视域下，历经了十几个年头，才真正获得了突破，终于有了声势，或者说成为"显学"。事实上，2006年前后也是女性主义文学研究各个流派获得突破进展的年头，如女性主义文学生态批评和女性主义文学伦理批评莫不如此，这也是为什么乔以钢在她新出的学术论文《文学领域的性别研究实践：2006～2010》② 中，将2006年视为2006～2010年发生的女性主义研

---

① 林树明：《评当代我国的女权主义文学批评》，《文学评论》1990年第4期。
② 乔以钢：《文学领域的性别研究实践：2006～2010》，《中国现代文学研究丛刊》2014年第5期，第96～108页。

究学术转型之起点的面上原因。总之，作为批评的批评，中国的女性主义文学批评从1980~1995年用了15年的时间完成起步，但依然是学术研究中没有变得火热的"隐学"；1995~2006年又历经了10余年的时间获得发展壮大，最终成为学术研究的"显学"；2007年至今，按照此前发展的规律，估计仍需要20年方能获得最后的成熟，成为"厚学"。女性主义文学批评在内在动力上自然需要社会发展契机的支撑，其成熟之日应该即是中国女性完成自我主体意识彻底启蒙之时。

二 学术建设：单一批评方法→学科化生成

全球化视域阶段的女性主义文学批评在1995女性年之后，由于各个学科领域对女性问题的共同关注而作为一种批评方法被各学科所采用，在各个学科创生出独特的研究领域，一时各学科诞生了不少研究成果，而这些研究成果因为女性主义而彼此相关，在后来的研究中不断地彼此借鉴、融合、生发，形成百花齐放的女性主义研究局面。女性主义文学批评很快成为跨学科的批评范式，其身份地位由先前的单一批评方法转化为适用范畴颇广的批评范式。这种转变使其成为一种被广泛关注的社会人文思想，这种思想进而在本土化的批评实践中不断获得深化与拓展，既与中国的社会现实和女性人生的个体体验紧密相连，又与文学创作、文学接受和文学再批评紧密相连，这样女性主义文学批评成为一个经得起不断挖掘的思想宝藏，将学理性、认知性和审美性融于一体，这样就具备了使其自身升格为可作为学科培养的素质。

女性主义文学批评呈现学科化发展的一个重要表现在于，很多具有博士授予权的大学设立了女性文化与女性文学研究的博士招收方向。最早见于河南大学刘思谦所带的博士方向，确定为女性文学研究，第一个此方向的博士生是哈尔滨师范大学的郭力，现已成长为教授。以后有的学校也开始以此方向招收博士生，如南开大学有"现代中国文学与性别研究方向"，中国人民大学有"女性性别与现代文学思潮研究方向"，厦门大学有"性别与文学文化研究方向"，陕西师范大学有"性别文化与文学批评研究方向"，辽宁大学有"女性文化与文学研究方向"，等等。女性主义文学批评开展得较早的大学，一般都拥有知名的女性主义批评大家，如有着刘思谦和谢玉娥的河南大学、有着戴锦华的北京大学、有着林树明的四川大学、有着乔以钢的南开大学、有着李小江的大连大学、有着林丹娅的厦门大学、有着屈雅君的陕西师范大学、有着荒林的首都师范大学、有着王春荣的辽宁大学、有着罗婷的湖南女子学院等，这些专家目前都已经成为博士生导师，他们名下所带的硕士研究生和博士研究生，有相当大比例的年轻学者由于师承关系，在从事着女性主义文学批评研究。同时这些名家博导本身很多亦是学科带头人，这样女性主义文学批评既拥有了学科研究的现实土壤，又有人力资源，从而使女性主义文学批评完成华丽转身，成为具有自身研究对象、研究方法、研究目的的学术学科，成为集各种资源于一身的学术厚土。此外，由于中国女性主义研究的学者多为大学学院派，所以女性主义文学批评得以直接在大学课堂或学术讲坛获得传播，这使得中国女性主义文学批评不但取得了丰富的论文成果与著作成果，也取得了丰富的教学成果。

中国的女性主义文学批评主要是由外国文学学科界和中国文学学科界共同建设起来的，其中外语界侧重于理论引进和外文文学文本的女性主义批评，中文界则侧重于本土化建设，多年来这个事实上的合作传统始终存在。所以，女性主义文学批评作为学术研究方向在北京外国语大学、上海外国语大学和广东外贸大学这样的以外语学科见长的高校，也一直得以存在。虽然这些高校多以英美文学或文论研究为研究生的招生方向，但是女性主义文学批评始终是事实存在的更为具体的学术研究方向，而且影响范围不小。因为外语类院校传统上拥有更多的女性学生，她们对女性主义文学批评的世界影响力更具体察力，且英美文学研究在中国女性主义文学批评方面的拓源之功发挥出足够影响力，使这一研究传统得以持续延承。另外，因为这些高校日常就有与国际学术界直接交流的优势，具有培养出与世界女性主义文学批评零距离接轨的研究人才的能力，加上一些英美文学方向的博士生导师本身通过留学直接获得了英美女性主义文学研究大家的师承传统，如上海外国语大学的博士生导师张定铨教授，广东外贸外语大学的博士生导师刘岩教授等，他们自然带出了不少女性主义文学批评方向的硕士生或博士生，通过知网进行女性主义文学研究的硕士论文搜索，会发现相当一部分成果来自这些院校，这些成果事实上为女性主义文学批评在外语界的持续发展提供了影响力和学科研究的具体方向支撑。

很多科研部门与高校还设有常规的女性主义学术研究机构，同样为多学科共建的女性主义文学批评提供了发展资源。如北京外国语大学有"性别研究中心"、河南大学有"女性/性别研究会"、首都师范大学有"中国女性文化研究中心"及"中国女性文学研究中心"、南开大学有"妇女与发展研究中心"、大连大学有"性别研究中心"、广西大学有"妇女与发展研究中心"，此外中国人民大学、东北师范大学、上海师范大学、陕西师范大学、辽宁大学等有各自的"女性研究中心"，加上中国女性文学研究会及中华女子学院和金陵女子学院所进行的女性学术研究，亦在多学科的维度里积聚着女性研究的成果，往往可为像荒林主编的持续出版物《中国女性主义》及中国妇女联合会主办的《妇女研究》这样重量级的女性学术期刊提供用之不竭的成果资源。各个女性研究机构、相关学术渠道和辅助学术资源目前呈现出多元发展、纷繁共荣的态势，展现出学科资源融通整合可以汇聚出来的强势，以女性主义批评理论为共同基石，建构起女性学研究实践的广阔空间，为女性主义文学批评的持续发展提供支撑。经过女性主义研究者的共同努力，在全球化视域下，"中国妇女研究在国际妇女运动和女性主义学术促动下，在研究视角、研究领域、研究深度、研究推动决策、妇女学学科建立等方面"获得显著进展[1]，这一时期"有关文学与性别关系的探讨取得新的收获"[2]。

此外，这一时期有关女性文学研究的国家级学术立项与省部级学术立项也有了长足发展，如仅粗略统计，20 世纪以来"中国文学"学科目录下的有关女性文学研究的国家社科各类立项有 30 多项，教育部立项达近 200 项。如国家社科一般项目有乔以钢的"中国当代女性文学创作的文化研究"（2000）、何向阳的"中国女性文学形象塑造及对女性文化人格的影响研究"（2004）、刘群伟（荒林）的"当代中国女性主义文学思潮研究"（2004）、樊洛平的"两岸女性小说创作形态比较研究"（2005）、屈雅君的"性别视角下的中国文学女性叙事研究"（2006）、林丹娅的"台湾女性

---

[1] 刘伯红：《95 世界妇女大会影响下的中国妇女研究》，《云南民族学院学报》1999 年第 3 期。
[2] 乔以钢：《文学领域的性别研究实践：2006～2010》，《中国现代文学研究丛刊》2014 年第 5 期，第 96 页。

文学史"（2007）、王纯菲的"比较视域下的中西性别理论与女性文学研究"（2010）、艾尤的"台湾女性小说性别叙事转型研究"（2011）、王艳芳的"当代两岸四地女性文学整合研究"（2011）、郭延礼的"中国女性文学转型期（1900～1919）的文学创作及其文学史意义研究"（2011）、郭淑梅的"满通古斯语民族民间口述资源的女性研究"（2012）、王侃的"中国新时期女性文学的话语系统研究"（2012）、马超的"中国现当代女性文学与妇女解放思潮互动关系研究"、程亚丽的"抗战时期女性文学叙事研究"（2012）、赵彬的"当代女性诗歌写作的变革与转型研究"（2012）、王宇的"21世纪初年女性乡土叙事潮流的崛起及其意义"（2013）、王东的"当代东北女性文学的文化研究"（2013）、贺桂梅的"女性镜像与当代中国的主体认同（1940～2010）"（2013）、詹颂的"清代八旗女性文学创作研究"（2013）等，从国家社科一般项目有关女性文学研究方面立项获批的走势看，获批数目呈上升的态势。项目的确立与获批保证了女性文化与文学研究的科学性、规范性发展与学科化建设。

上述可见女性主义文学批评在中国已由起步之初的单一的批评方法，向专业课程建制完备、学术成果深厚、研究人才济济、发展动力强劲的学科方向维度发展，或说其本身处于有目共睹的欣欣向荣的学科化生成过程中。

三 学术轨迹：借西论中→借西构体→中国特色

从20世纪80年代一直延至21世纪头十年，中国的女性主义文学批评走过了30多个年头。这30多年间，学术轨迹大体呈现为：借西论中→借西构体→中国特色，当然，如此轨迹并不完全泾渭分明，甚至互有交叉。

80年代至90年代中期，女性文学批评理论由西方介入，以女性主体意识觉醒与展现为基点，对理论进行观点、概念和体系的整合、阐释与界定，这一时期因为女性主义批评初建，需要借用西论作为合法性支撑，所以尽力保持引进理论的话语逻辑建构和原批评模式，有唯西是尊、借西论中的研究倾向，并以此初步奠定中国女性主义文学批评的理论范式框架和话语模式系统。

90年代中期至21世纪初期的几年间，中国现代性的全球化时代来临，在与国际不断接轨的消费主义文化中，民族自我意识在全球化的空间压缩中获得彰显，中国立场成为批评实践的客观需要，立足中国现实语境，坚持启蒙中国女性自我的主体意识，解决中国社会自己的问题，重写中国女性文学史，重审中国文化和伦理关系，在批评实践中完成对西论的磨合并建构自己的女性主义批评话语与批评范式，这是批评理路上的借西构体时代。

近几年，中国女性文学批评加快了"中国特色"建设的步伐。批评界开始立足中国女性主义文学批评所面临的现实情境，解决西方女性主义文学批评理论在中国本土化过程中遭遇的理论实践问题和现实社会问题，进行"中国特色"女性文学建设。回顾以往，主要做了两个方面的工作：一个是解决本土化进程中，中国女性主义文学批评自身在学理、理念和批评范式上的问题；另一个是解决女性主义文学批评与中国社会现实情境相契合的本土化实践问题。

由于中国女性文学批评的理论资源主要来自西方，如前所述，即存在一个如何适应于中国文学实践进行理论转化的问题，近几年很多学者在学理、理念和批评范式等问题上探讨"中国特色"的建构，取得了一定成果。如刘思谦一直致力于女性文学批评学科建设的基础理论的思考，"她广泛地吸收、借鉴20世纪后半期众多的文学批评理论的合理成分，认真分析了西方女性主义批评思潮的特点与得失，强调我们的女性批评应该站在我们自己的本土的、主体性立场上对西方女性主义文学批评进行选择和扬弃，以综合与超越的自觉意识进行女性文学研究的具体理论建设"[1]；再如林树明2009年在中国中外文艺理论年会上宣读论文《在地域与跨性别中对话——中国大陆对西方女性主义文学批评的回应》[2]，该文与其1990年发表于《文学评论》第4期上的《评当代我国的女权主义文学批评》及1999年发表于《社会科学研究》第2期上的《女性主义文学批评在中国大陆的传播》互为姊妹篇，跨度差不多20年，展现了该问题的发展，该文详细回顾

---

[1] 沈红芳：《综合与超越：刘思谦关于女性文学研究学科建设的思考》，《新乡师范高等专科学校学报》2004年第6期。
[2] 林树明：《在地域与跨性别中对话——中国大陆对西方女性主义文学批评的回应》，载《中国中外文艺理论学会年刊（2009）——新中国文论60年》，知识产权出版社，2010，第441～450页。

论述了中国女性主义文学批评30年以来的发展状况,强调了中国自己批评的地域特征。文章把此前中国大陆的女性主义文学批评之历程,划分为3个时期,分别对各个时期的特征及成果加以批评论证,其中尤以第一阶段对西方理论概念的引入所进行的阐释和批评最为到位。还有任一鸣2003年在《女性文学与女性主义文学及其批评之辨析》[①]一文中,对属于女性主义文学批评基本范畴的理念,按照学理逻辑及其在中国现实语境中的批评表现,做了区分和辨析。此类专家的研究与文章的发表,表明21世纪以来中国女性文学批评在基础理论上已着手进行"中国特色"的建构。

对于女性主义文学批评与中国社会现实情境相契合的本土化研究,很多学者也从多个角度进行探索,近几年也不断地有研究著作或论文的问世,就著作而言,有王春荣和吴玉杰《女性声音的诗学》(2003)[②]、林树明《多维视野中的女性主义文学批评》(2004)[③]、王纯菲等《火凤冰栖——中国文学女性主义伦理批评》(2006)[④]、乔以钢《中国当代女性文学的文化探索》(2006)[⑤]、孙桂荣《消费时代的中国女性主义与文学》(2010)[⑥]、屈雅君:《中国文学:关于女性的叙事》(2014)[⑦]、贺桂梅《女性文学与性别政治的变迁》(2014)[⑧] 等,这些著作着眼于中国文化与中国女性文学创作实际,从各个角度探索女性主义文学批评的中国特色,加快了对中国女性文学批评理论的中国化建构。

当下,研究并建构中国女性主义文学批评成为新的学术趋势,尤其是拥有了几十年女性主义文学批评实践的女性主义老一辈专家再次进行中国立场的批评整理,这是将中国的女性主义文学批评深度本土化和加倍中国化的卓越努力,未来的女性主义文学批评在批评界的努力下,必将形成具有中国性别和文化特色的繁荣、多元、学科化尽显的批评面貌。

---

① 任一鸣:《女性文学与女性主义文学及其批评之辨析》,《昌吉学院学报》2003年第2期。
② 王春荣、吴玉杰:《女性声音的诗学》,辽宁大学出版社,2003。
③ 林树明:《多维视野中的女性主义文学批评》,中国社会科学出版社,2004。
④ 王纯菲等:《火凤冰栖——中国文学女性主义伦理批评》,辽宁人民出版社,2006。
⑤ 乔以钢:《中国当代女性文学的文化探索》,北京大学出版社,2006。
⑥ 孙桂荣:《消费时代的中国女性主义与文学》,中国社会科学出版社,2010。
⑦ 屈雅君:《中国文学:关于女性的叙事》,人民出版社,2014。
⑧ 贺桂梅:《女性文学与性别政治的变迁》,北京大学出版社,2014。

参考文献

1. 〔德〕卡尔·雅斯贝尔斯：《历史的起源与目标》，魏楚雄等译，华夏出版社，1959。
2. 〔荷〕彼得·李伯庚：《欧洲文化史》，赵复三译，上海社会科学院出版社，2004。
3. 〔古希腊〕亚里士多德：《政治学》，吴寿彭译，商务印书馆，1997。
4. 〔挪〕希尔贝克·伊耶：《西方哲学史——从古希腊到二十世纪》，童世俊等译，上海译文出版社，2012。
5. 〔法〕西蒙娜·德·波伏娃：《第二性》，桑竹影等译，湖南文艺出版社，1986。
6. 〔英〕弗吉尼亚·伍尔夫：《一间自己的屋子》，王还译，上海三联书店，1989。
7. 〔美〕贝蒂·弗里丹：《女性的奥秘》，程锡麟等译，四川人民出版社，1988。
8. 〔英〕玛丽·伊格尔顿编《女权主义文学理论》，胡敏等译，湖南文艺出版社，1989。
9. 〔德〕赫尔曼·施密茨：《身体与情感》，庞学诠、冯芳译，浙江大学出版社，2013。
10. 〔挪威〕陶丽·莫依：《性与文本的政治——女权主义文学理论》，林建法、赵拓译，时代文艺出版社，1992。
11. 葛兆光：《中国思想史》，复旦大学出版社，1998。
12. 李泽厚、刘纲纪主编《中国美学史》，中国社会科学出版社，1984。
13. 袁行霈主编《中国文学史》，高等教育出版社，1999。
14. 刘增人主编《中国新文学发展史》，人民文学出版社，1991。

15. 张少康：《中国文学理论批评发展史》，北京大学出版社，1995。
16. 高楠：《中国古代艺术的文化学阐释》，辽宁人民出版社，1998。
17. 张光直：《中国青铜时代·二集》，生活·读书·新知三联书店，1990。
18. 郑春苗：《中西文化比较》，北京语言学院出版社，1994。
19. 仪平策：《中国美学文化阐释》，首都师范大学出版社，2003。
20. 费正清：《美国和中国》，世界知识出版社，1999。
21. 吴龙辉主编《花底拾遗——女性生活艺术经典》，中国社会科学出版社，1993。
22. 思履主编《四书五经》，中国华侨出版社，2013。
23. 黄寿祺、张善文：《周易译注》，上海古籍出版社，2004。
24. 李先耕：《老子今析》，中国社会科学出版社，2002。
25. 杨柳桥：《庄子译诂》，上海古籍出版社，1998。
26. 谢无量：《中国妇女文学史》，中华书局，1916。
27. 梁乙真：《清代妇女文学史》，中华书局，1927。
28. 辉群：《女性与文学》，启智书局，1928。
29. 谭正璧：《中国女性文学史》，上海光明书局，1930。
30. 黄英：《现代中国女作家》，北新书局，1931。
31. 草野：《现代中国女作家》，北平人文书店，1932。
32. 陶秋英：《中国妇女与文学》，北新书局，1933。
33. 黄人影编《当代中国女作家论》，上海光华书局，1933。
34. 贺玉波：《中国现代女作家》，上海复兴书局，1936。
35. 朱虹编《美国女作家短篇小说选》，中国社会科学出版社，1983。
36. 阎纯德编《中国现代女作家》，黑龙江人民出版社，1983。
37. 孙绍先：《女性主义文学》，辽宁大学出版社，1987。
38. 李小江：《夏娃的探索——妇女研究论稿》，河南人民出版社，1988。
39. 孟悦、戴锦华：《浮出历史地表——现代妇女文学研究》，河南人民出版社，1989。
40. 李小江：《女性审美意识探微》，河南人民出版社，1989。
41. 李小江：《女人，一个悠远美丽的传说》，上海人民出版社，1989。
42. 王逢振等编《最新西方文论选》，漓江出版社，1991。

43. 张京媛编《当代女性主义文学批评》，北京大学出版社，1992。
44. 盛英：《中国新时期女作家论》，百花文艺出版社，1992。
45. 刘思谦：《"娜拉"言说——中国现代女作家心路纪程》，上海文艺出版社，1993。
46. 乔以钢：《中国女性的文学世界》，湖北教育出版社，1993。
47. 陈顺馨：《中国当代文学的叙事与性别》，北京大学出版社，1995。
48. 林丹娅：《当代中国女性文学史论》，厦门大学出版社，1995。
49. 刘慧英：《走出男权传统的藩篱——文学中男权意识的批判》，上海三联书店，1995。
50. 盛英、乔以钢：《二十世纪中国女性文学史》（上下卷），天津人民出版社，1995。
51. 王春荣：《新女性文学论纲》，辽宁大学出版社，1995。
52. 荒林：《新潮女性文学导引》，湖南文艺出版社，1995。
53. 乔以钢：《低吟高歌——20世纪中国女性文学论》，南开大学出版社，1998。
54. 张岩冰：《女权主义文论》，山东教育出版社，1998。
55. 陈志红：《反抗与困境：女性主义文学批评在中国》，中国美术学院出版社，2002。
56. 王春荣、吴玉杰主编《女性声音的诗学》，辽宁大学出版社，2003。
57. 林树明：《多维视野中的女性主义文学批评》，中国社会科学出版社，2004。
58. 乔以钢：《中国女性与文学——乔以钢自选集》，南开大学出版社，2004。
59. 乔以钢：《中国当代女性文学的文化探索》，北京大学出版社，2006。
60. 王纯菲等：《火凤冰栖——中国文学女性主义伦理批评》，辽宁人民出版社，2006。
61. 乔以钢、林丹娅主编《女性文学教程》，河北教育出版社，2007。
62. 陈定家：《身体写作与文化症候》，中国社会科学出版社，2011。
63. 屈雅君：《中国文学：关于女性的叙事》，人民出版社，2014。
64. 贺桂梅：《女性文学与性别政治的变迁》，北京大学出版社，2014。
65. 中国科学院文学研究所编《十年来的新中国文学》（试印本），作家出版社，1963。

66. 沈阳师范学院中文系编《中国当代文学研究资料·杨沫专集》，1979。

67. 茅盾：《茅盾文艺评论集》，文化艺术出版社，1981。

68. 孙露茜、王凤伯编《中国当代文学研究资料——茹志鹃研究专集》，浙江人民出版社，1982。

69. 人民文学出版社编《宗璞文学创作评论集》，人民文学出版社，2003。

70. 余仁凯编《草明研究资料》，知识产权出版社，2009。

71. 张伟、马莉、邹勤南编《葛琴研究资料》，知识产权出版社，2009。

72. Roland Barthes, *Roland Barthes by Roland Barthes*, Hill & Wang, 1977.

73. Roy Porter, History of the Body, Peter Burke ed *New Perspectives on Historical Writing*, Pennsylvania State University Press, 2001.

74. Butler, Judith, *Bodies that Matter: On the Discursive Limits of "Sex"*, Routledge, 1993.

75. Judith Butler, *Antigonia's Claim: Kinship between Life and Death*, Columbia University Press, 2000.

76. Hekman, Susan, "Material Bodies," in *Body and Flesh: A Philosophical Reader*. Ed. Donn Welton. Blackwell Publishers Inc., 1998: 61 – 70.

后 记

　　2011年末，我顺路参加了两个有关女性研究的会议，一个是复旦大学12月16～19日召开的"'华人女性与视觉再现'国际研讨会"，一个是厦门大学12月19～22日召开的"中国女性文学第十届国际学术研讨会"。会议上我结识了来自美国德儒大学的柏棣、来自海外中华妇女学学会的苏红军以及来自美国密歇根大学的王政。她们都是海外从事女性主义理论研究的华裔学者。在复旦大学的会议上，美国华裔学者是会议主办方之一，王政、柏棣在主场圆桌讨论做了中心发言，在厦门大学的会议上，她们三人作为会议特约贵宾被安排进行了一场与国内学者互动的演讲。在她们的发言与国内学者的对话中，感受最深的是海外华裔学者与国内学者在研究取向、价值观念、思维方式等方面的错位。在复旦会议上，柏棣与王政不约而同地对"文化大革命"时期的样板戏与电影给予了肯定，柏棣认为"样板戏所体现出的'革命女性主义'理想是对自辛亥革命至1976年各个时期的女权运动、妇女解放运动诉求的继承和发扬"，"为全球女性主义，特别是西方第二波女性主义的理论发展具体做出了重要的贡献"，"为理解革命女性主义理论提供了最佳文学文本"；王政分析了电影《八女投江》，认为陈波儿等八位女战士是批判父权国家和男权意识形态的真正的女英雄，是女性解放的范式与样板。这些思想被带到厦门会议的演讲台上，同时柏棣、苏红军在厦门会议上还对当下资本主义社会的资本入侵提出批判，号召国内女性主义学者抵制资本入侵，她们认为女性抵制资本入侵就要"去女性化"，拒绝来自资本主义国家的美化女性的生活消费品。这些观点遭到了国内女性主义文学研究者的质疑与反驳，国内学者否认"文化大革命"时期文学作品中"女

后 记

性男性化"式英雄是女性解放的标志，反而认为这恰恰是女性异化、非解放的表现；国内学者也不认同女性要与男性平等就一定要拒绝"女性美"、一定要"去女性化"的观点，她们认为张扬女性美就是在彰显女性的主体性意识。很多国内学者表示难以理解来自美国的华裔学者会提出如此的观点。会后，我与柏棣、苏红军聊天（我跟她们开了两个会议，与一般国内学者相比与她们更熟近一些），她们也难以理解国内学者：作为女性主义研究者与倡导者，怎么能追求"女性化"？她们对是不是真正的女权主义者，有一个最简单的判断，就是看你的穿戴是否被"资本入侵"，她们的穿戴是很质朴、很"男性化"的。何以出现如此的错位？一个重要原因自然与学者所处的文化语境及由此接受的文化价值导向有关。柏棣与我有相似的经历，都是"文化大革命"时期的70届毕业生，都是1977年恢复高考后的第一批大学生，她80年代去了美国便在那里定居了。这30年来国内发生的天翻地覆的变化，她们自然不能亲历。美国的女权主义有着强烈的反男权的政治意识，争取女权的政治诉求是文学观照的重要尺度，甚或是唯一尺度，很多学者坚持着这样的尺度。而中国80年代以后文学领域的主要诉求就是去政治化，并在此基础上强调审美自律，女性文学批评在对"十七年"及"文化大革命"中将"女性男性化"的猛烈反击中开始复苏女性的审美意识。如此，错位是必然的！讲述这件事在于说明，任何理论乃至理论的坚持都是语境性的，中国有中国的语境，西方有西方的语境，西方的女权主义理论不甚适合中国女性生存的历史与现实状况，也不甚适合中国女性文学创作与批评的状况，我们应该有自己的理论建构。

本书是教育部人文社科项目"中国性别理论与女性主义文学批评"的结项成果，参与本书写作的，有的是在女性文学研究中已取得成就的中青年学者，有的是女性文学研究方向的博士。王纯菲设置全书体例与修改稿件，具体分工如下：

王纯菲：前言、第一章、第二章、第六章；

李静：第三章、第四章、第五章；

崔桂武、刘虹：第七章；

修雪枫：第八章；

267

王影君：第九章。

此外，任艳、韩亚楠、张立君为本著作研究做了一些前期资料搜集的工作。

感谢责任编辑高雁，她付出的辛劳使本书的出版工作进行得轻松而愉快！

王纯菲

2014年8月于沈阳

图书在版编目(CIP)数据

中国性别理论与女性文学批评/王纯菲等著.—北京：
社会科学文献出版社，2014.10
ISBN 978-7-5097-6488-6

Ⅰ.①中… Ⅱ.①王… Ⅲ.①中国文学-妇女文学-文学研究 Ⅳ.①I206

中国版本图书馆CIP数据核字（2014）第212253号

中国性别理论与女性文学批评

著　　者 / 王纯菲 等

出 版 人 / 谢寿光
项目统筹 / 高　雁
责任编辑 / 高　雁　黄　利

出　　版 / 社会科学文献出版社·经济与管理出版中心（010）59367226
　　　　　地址：北京市北三环中路甲29号院华龙大厦　邮编：100029
　　　　　网址：www.ssap.com.cn
发　　行 / 市场营销中心（010）59367081　59367090
　　　　　读者服务中心（010）59367028
印　　装 / 北京鹏润伟业印刷有限公司

规　　格 / 开　本：787mm×1092mm　1/16
　　　　　印　张：17.75　字　数：276千字
版　　次 / 2014年10月第1版　2014年10月第1次印刷
书　　号 / ISBN 978-7-5097-6488-6
定　　价 / 69.00元

本书如有破损、缺页、装订错误，请与本社读者服务中心联系更换

版权所有 翻印必究